A E
*&* I

# Los usurpadores

Autores Españoles e Iberoamericanos

Jorge Zepeda Patterson

# Los usurpadores

Diseño de portada: © Liz Batta
Ilustración de portada: © Remi Cárdenas
Fotografía del autor: © Sashenka Gutiérrez/EFE
Diseño de colección: © Compañía

© 2013, Jorge Zepeda Patterson

Derechos reservados

© 2016, Editorial Planeta Mexicana, S.A. de C.V.
Bajo el sello editorial PLANETA M.R.
Avenida Presidente Masarik núm. 111, Piso 2
Colonia Polanco V Sección
Deleg, Miguel Hidalgo
C.P. 11560, Ciudad de México
www.planetadelibros.com.mx

Primera edición: octubre de 2016
ISBN: 978-607-07-3666-7

Impreso en los talleres de Litográfica Ingramex, S.A. de C.V.
Centeno núm. 162-1, colonia Granjas Esmeralda, Ciudad de México
Impreso y hecho en México - *Printed and made in Mexico*

*A mi hermano Memo y a mi amigo Páez,*
*por mucho, por tanto tiempo.*

Si una vez lo probáis, Sancho, comeros heis las manos tras el gobierno, por ser dulcísima cosa el mandar y ser obedecido.

*Don Quijote de la Mancha*, parte II: cap. XLII

## 1

**Todos**
*Sábado 25 de noviembre, 11.30 a.m.*

«Jodidos pero solemnes», se dijo Cristina Kirchner después de las tediosas peroratas de tres funcionarios durante la ceremonia de inauguración de la Feria del Libro de Guadalajara. Aun en calidad de expresidenta se sabía más importante que cualquiera de los veintiún miembros del presídium. No obstante había tenido que conformarse con ser ubicada en la primera fila del enorme recinto; después de todo, se encontraba allí simplemente como autora de un libro de memorias con el que esperaba cimbrar a la política argentina. Y en efecto la cimbró minutos más tarde, aunque por motivos totalmente distintos de los que hubiera deseado.

Quince filas más atrás la actriz Salma Hayek se preguntaba si la vida de Cristina Kirchner constituiría material para una buena película. La noche anterior se habían encontrado en el *hall* del hotel y la idea no la había abandonado desde entonces. Aunque la actriz era trece años más joven, se dijo que compartían el mismo fenotipo; con un poco de maquillaje podría interpretar a la viuda de Kirchner en distintas épocas de su vida. Lamentó una vez más que los organizadores no las hubieran colocado en la misma fila para tener oportunidad de conocerla mejor.

El Premio Nobel de Literatura Cristian Wolfe también lamentó que Salma no se encontrara en la primera fila. Abrigaba desde años antes una secreta devoción por la artista. Desde su silla en el presídium observaba en la distancia el rostro seductor de la mexicana y fantaseaba con la posibilidad de un romance entre la pantalla y la literatura, a la manera de Marilyn Monroe y Arthur Miller. Se dijo que la abordaría tan pronto terminase la ceremonia de inauguración. Seis minutos después estaba muerto. Él y otro centenar de asistentes.

Las imágenes difundidas viralmente en YouTube mostrarían posteriormente que el escritor estadounidense fue uno de los primeros en caer. Se encontraba en el estrado, a dos sillas de distancia del secretario de Educación, principal candidato a la presidencia de México, destinatario de los primeros disparos. En el pandemónium que siguió, la cámara fija continuó grabando indiferente a las ráfagas que barrieron al resto de los miembros del presídium. Solo tres de los veintiuno sobrevivieron.

Las primeras tres filas no corrieron con mejor suerte. Los agresores y sus armas automáticas se desentendieron del resto de la sala para volcar ochocientos setenta y dos proyectiles sobre políticos y celebridades a lo largo de cuatro minutos. Cuando terminaron, los setecientos cincuenta asistentes a la ceremonia se encontraban tirados en el suelo, muchos de ellos cubiertos de sangre propia o ajena.

Casi al inicio del tiroteo Cristina Kirchner sintió un pinchazo en el omóplato y se dobló en el asiento aprisionando el bolso en el que guardaba sus memorias. Luego perdió el conocimiento. Los que la rodeaban perdieron la vida. Entre ellos, el enviado de la Casa Blanca y el embajador de Estados Unidos, además de escritores e intelectuales de ese país, invitado especial en la edición del 2017 de la Feria de Guadalajara. También murieron el alcalde de Guadalajara, la secretaria de Cultura, un expresidente colombiano, el director editorial de McMillan, el presidente de Univisión, el director del diario *La Opinión* de Los Ángeles, el corresponsal de *The New York Times*, además de muchos otros artistas, políticos y editores. Se salvó Lula da Silva, expresidente de Brasil, gracias a su impuntualidad, que le obligó a sentarse en el fondo de la sala.

En la segunda hilera de butacas se encontraban Tomás Arizmendi y Claudia Franco, respectivamente director y dueña de *El Mundo*, el diario más importante del país. Malherida, la mujer susurró algunas palabras al oído del periodista, antes de entrar en coma. En total fallecieron ciento cuarenta personas, además de catorce miembros del comando ejecutor, en lo que fue considerado el peor atentado en el continente americano desde el ataque a las Torres de Nueva York.

Las primeras reacciones de la prensa dieron por descontado que se trataba de un operativo destinado a cambiar la sucesión presidencial en México; otras versiones privilegiaron el aparente origen rural de algunos de los atacantes y lo interpretaron como un acto de resistencia política de grupos revolucionarios; estas versiones fueron negadas categóricamente por aquellos que veían en las armas automáticas utilizadas la presencia de los cárteles de la droga. La muerte de Frank Pizolatto, subsecretario del Departamento de Estado a cargo de Asuntos Hemisféricos, y Brad Douglas, embajador de los Estados Unidos, llevó a la prensa de Washington a suponer que era obra de terroristas de origen islámico.

En realidad la tragedia fue resultado de una semilla sembrada dos meses antes en un partido de tenis disputado en Flushing Meadows por protagonistas y testigos que, sin saberlo, cambiaron el curso de la historia.

# PRIMERA PARTE

———

La culpa es de Federer

*6 a 15 de septiembre de 2017*

## 2

**Celorio**
*80 días antes del atentado, 1.45 p.m.*

«Cincuenta y ocho segundos. Ni siquiera un minuto», se lamentó Agustín Celorio. Sus conversaciones con el presidente Alonso Prida cada vez duraban menos. Se trataba de una diferencia de segundos, aunque se traducía en eras geológicas a efectos de su carrera política. La llamada telefónica del canciller mexicano al mandatario no solo había sido mucho más corta que las anteriores; las respuestas monosilábicas del soberano trasminaban impaciencia y quizá un poco de irritación. Una muestra del escaso amor que parecía prodigarle en las últimas semanas su jefe, el jefe de la nación. «No se equivoquen —había dicho Prida desde Los Pinos—, la lista de candidatos que analiza el partido no pasa de tres». Los analistas políticos aseguraban que en la lista de tres solo cabían dos: Cristóbal de nombre y Santa de apellido, el secretario de Educación. Y el desdén que el mandatario mostraba en sus conversaciones telefónicas constituía una muestra tangible de que él, Agustín Celorio, no tenía posibilidades de ser ungido por el dedo celestial.

Pero eso no tenía por qué saberlo Juan Montesinos, líder del Senado, quien seguía la llamada telefónica con avidez, sentado al otro lado del escritorio del canciller.

—Una cosa más, presidente —dijo Celorio, pese a que desde hacía algunos instantes el teléfono solo le devolvía un ominoso zumbido—: sobre la opinión que me pidió de la tragedia de Oaxaca, ya tengo un planteamiento, le va a gustar.

Luego Celorio hizo una larga pausa asintiendo con la cabeza de vez en cuando mientras oprimía con fiereza la bocina contra la oreja, para asegurarse de que el senador no escuchase el incriminador tono de desconexión.

—Cuando usted disponga, presidente. Y gracias por la confianza —hizo otra pausa—. Sí, está con los niños, el domingo regresa de la playa, yo no pude acompañarlos en esta ocasión. Así lo haré, presidente. Mil gracias. Reciba un abrazo.

El protocolo no escrito estipulaba dirigirse al mandatario ceremoniosamente con un «señor presidente». Pero los miembros de su gabinete podían eliminar el «señor», aunque mantuvieran un respetuoso «usted» en el trato. Solo un par de secretarios, amigos personales del mandatario, se atrevían a hablarle de tú. No era el caso de Celorio.

El secretario de Relaciones Exteriores colgó la bocina del teléfono rojo como si colocara el anillo de seguridad de una granada. La mirada de los dos se mantuvo durante unos instantes sobre el aparato como esperando la venia presidencial para emprender la retirada. Cuando por fin levantaron el rostro, Celorio observó el éxito de su embuste; si el senador hubiese sido un sabueso lo estaría mirando con las orejas gachas, la frente inclinada y la cola baja. En un par de horas Montesinos habría divulgado el supuesto contenido de la conversación telefónica escuchada; un augurio definitivo de la candidatura del canciller mexicano a la presidencia.

Pero cuando se quedó solo, diez minutos más tarde, su pírrico éxito frente al legislador pasó a segundo plano tras el recuerdo de la breve y superficial conversación sostenida con el presidente. Si Montesinos hubiese escuchado lo que verdaderamente conversó con Prida, a estas horas todos los círculos políticos estarían enterados de sus bajos bonos en el aprecio del soberano.

Deprimido por sus pensamientos, el canciller se desplazó del escritorio al sofá frente al televisor, que con el volumen suprimido trasmitía un partido de tenis. Su mirada siguió mecánicamente la pelota amarilla durante algunos minutos, hasta que una jugada espectacular de Sergio Franco frente a la red atrajo su atención. Encendió el volumen y se dejó envolver durante algunos instantes por el tono conmocionado de los cronistas. Veinte minutos más tarde se le ocurrió el plan que cambiaría su vida y acortaría la de tantos otros.

Siempre le había irritado el abuso que se hacía de la palabra *epifanía*, pero supo que estaba experimentando una cuando se levantó del sofá frente a la televisión. Primero con incredulidad y luego con entusiasmo se dijo que tenía en sus manos un recurso para ganar la estima de Alonso Prida y gozar de su confianza en los siguientes meses, cuando el partido político definiría su candidato a la presidencia. Durante la siguiente media hora presenció la manera en que la estrella del tenis mexicano, Sergio Franco, destrozó al ruso Aleksei Kurshenko para pasar a la semifinal del torneo del US Open.

Franco tenía en su haber cuatro torneos de Grand Slam, suficientes para empatar el récord del argentino Guillermo Vilas y disputarle el título de mejor jugador latinoamericano en la historia de este deporte. Tras varios años de declinación y a punto de cumplir los treinta y cuatro, el mexicano había anunciado a principios de año que esta sería su última temporada. No obstante, en los siguientes meses sorprendió a propios y extraños con la recuperación de su mejor tenis. Hoy parecía encontrarse en vías de hacer historia y ganar el último torneo que jugaría en su vida.

Celorio no necesitaba ser un experto para saber que, en tal caso, los medios nacionales escalarían al paroxismo épico y con ellos la opinión pública. A falta de héroes, Franco se había convertido en ídolo de multitudes, aun cuando el tenis no fuese un deporte de masas en México. Llevaba dos años sin dar un campanazo importante, pero si ahora llegaba a la final del US Open, el país entero miraría el espectáculo del próximo domingo como si se tratase de la asunción de la mismísima virgen de Guadalupe. El canciller decidió que nadie estaba en mejores condiciones que él para beneficiarse del impacto político que generaría el retiro apoteósico de Franco.

Con el corazón dando tumbos consideró sus opciones durante algunos minutos. Luego caminó hasta su escritorio, inhaló profundamente y levantó la bocina del teléfono rojo. Instantes más tarde su chofer lo trasladaba los siete kilómetros que le separaban de la residencia oficial de Los Pinos.

Durante el camino afinó su estrategia. El día anterior contempló en el televisor la manera implacable en la que la estrella ascendente James Gest, con apenas diecisiete años, había logrado su pase a la otra semifinal y todo hacía suponer un encuentro final entre el curtido mexicano y la nueva promesa del tenis estadounidense. En tal caso, daba por descontado que los mandatarios de los dos países estarían en la primera fila del estadio Arthur Ashe en Flushing Meadows, Nueva York. Ambos líderes eran practicantes asiduos del tenis de fin de semana y ambos estaban urgidos de un golpe mediático, aunque fuese por la vía vicaria de un triunfo de la estrella deportiva de su país. Si Franco lograba obtener su quinto torneo de Grand Slam en el último partido de su carrera, proporcionaría a la prensa internacional un final de película en el que Prida no podía permitirse quedar ausente.

Y algo similar pasaba con Howard Brook, quien apenas ocho meses antes había recuperado la Casa Blanca para los republicanos pero padecía ya una profunda debacle en las encuestas de popularidad. Los estadounidenses llevaban trece años sin un campeón en el US Open y hacía más de quince que ningún connacional encabezaba el *ranking* mundial de un deporte que durante décadas Estados Unidos consideró de su propiedad. James Gest prometía convertirse en la síntesis de John McEnroe y Jimmy Connors, y el presidente Brook estaría dispuesto a hacer lo que fuese necesario para ser considerado su padrino.

Celorio sabía que ambos estarían presentes en la final, aunque él pretendía mucho más que eso.

—¿Un juego de tenis entre dos mandatarios? ¿Hay un antecedente? —respondió por fin el presidente tras escuchar la propuesta de su secretario de Relaciones Exteriores.

Se encontraban en el salón que Alonso Prida había tapizado con superficies de caoba oscura en un intento por devolver al despacho algo de pompa y solemnidad, tras doce deslucidos años de gobiernos de oposición. Pero Celorio encontraba un tanto asfixiante el resultado. Le hacía pensar en una oficina de notario público, no en la cabina de mando desde la cual se dirigía al país. Tampoco es que el físico del presidente ayudara mucho a construir esa imagen. Prida era un hombre de estatura baja y de rostro jovial y fotogénico, del tipo que luce mejor en afiches y espectaculares que de cuerpo presente. Proyectaba, sí, una agradable y vaga liviandad que favorecía la distensión de sus interlocutores, lo cual en sí mismo no era malo, salvo que era a costa de su imagen como jefe de Estado, lo cual era desastroso. Sus gestos y maneras afables hacían pensar en el director de relaciones públicas de una transnacional: fresco, amable, impecable. Con frecuencia Celorio se obligaba a recordar que ese figurín tenía poder sobre las vidas y haciendas de cuantos le rodeaban.

—Aparentemente no hay antecedentes. En todo caso no de manera oficial; lo estamos investigando. Lo que sí sabemos es que a Brook le encanta convocar el fin de semana a miembros de su gabinete y a algunos senadores a disputar partidos en la cancha de tenis de arcilla que remodelaron a unos pasos del Despacho Oval.

—¿Y eso cómo va a beneficiar las relaciones México-Estados Unidos?

—Esas ni mejoran ni empeoran, presidente, la agenda económica siempre termina imponiéndose a cualquier cosa que hagamos los políticos. Pero en cambio sí podría ser muy beneficioso para su imagen y la de Brook. Eso por no hablar de lo conveniente que resultaría hacerse amigo personal de quien será el mandamás en la Casa Blanca los próximos años.

—El que pierda quedará como un soberano pendejo. Ya veo los memes que circularán en la red en caso de que *thehollybook* me gane —dijo el mandatario, súbitamente indignado. Celorio reprimió una sonrisa al escuchar de boca presidencial el apodo que le habían puesto en la cancillería mexicana a Brook, por los discursos de campaña plagados de citas bíblicas.

—No perderá, presidente. Hace algunas semanas el embajador me comentó que usted era mejor tenista, y, como sabemos, él ya jugó en contra de los dos —en la jerga política el embajador a secas no podía ser otro que el representante de Washington en México.

Las palabras del secretario no convencieron a su jefe. «Prida ya no es el mismo que tomó posesión», se dijo Celorio. En los primeros meses de su mandato, cinco años antes, la presencia del líder electrizaba los ambientes, el saludo de mano era enérgico, sus movimientos categóricos. Un hombre impaciente por tomar decisiones, por oír su propia voz impartiendo órdenes inapelables. Ahora en cambio mostraba una indolencia preocupante, una actitud que rozaba el aburrimiento, pese a su sonrisa afable. «Demasiadas derrotas», pensó el canciller esperando que su rostro no trasluciera sus reflexiones.

El silencio presidencial se eternizaba; Celorio temió que la estrategia maquinada para promover su candidatura terminara sepultando sus menguadas posibilidades. Quizá había exagerado el tono entusiasta cuando aseguró por teléfono al presidente que tenía una propuesta que le alegraría la semana. Ahora este lo miraba con el ceño fruncido, como un niño enfurruñado tras abrir el regalo y encontrar un juguete inferior al esperado. El pelo con gomina y el rostro juvenil del mandatario, pese a sus cincuenta y dos años, acentuaban la evocación a infancia que Prida solía inspirar.

—No tiene que ser un juego entre ustedes, señor presidente —ahora que se encontraba en desventaja, Celorio introdujo un trato más ceremonioso—; podría ser un encuentro de dobles con Franco de un lado y Gest del otro —añadió solícito.

El secretario hizo la propuesta en tono exploratorio, atento a retirarla al menor amago de endurecimiento del ceño presidencial. Nadie se mantiene cinco años en la corte sin convertirse en un profundo intérprete de los más sutiles gestos del soberano.

—Eso podría funcionar —dijo el otro, también en tono dubitativo, aunque el doble parpadeo del mandatario reveló al secretario que había encontrado el filón que buscaba. Como fanático del tenis, Prida era un rendido admirador de Franco y la sola posibilidad de jugar al lado de su ídolo le hizo erguir los hombros. Cuando se frotó las manos durante un par de segundos, como si se las estuviera lavando, Celorio entendió que su propuesta había tenido éxito. Se dijo que si jugaba bien sus cartas, en los próximos meses pasaría muchas horas al lado del jefe máximo. No necesitaba más. Recordó la vieja consigna política: «No pido que me den, sino que me pongan donde hay». Hoy había conseguido ponerse donde había.

Celorio se incorporó a una señal del gobernante y, como tantas otras veces, hundió los hombros y encorvó ligeramente la espalda para disimular su estatura. Con su 1.88 le sacaba casi una cabeza a Prida, pese a los tacones disimulados de los zapatos presidenciales. No deseaba que unos centímetros de rencorosa vanidad frustraran sus aspiraciones políticas.

Desde el automóvil, camino a su oficina, hizo varias llamadas para reunirse con el embajador esa misma noche y preparar el viaje a Nueva York con escala previa en Washington. No sería sencillo pero podía hacerse. Por último pidió a su secretaria un enlace con el entrenador de tenis con el que de vez en vez peloteaba en la cancha privada que poseía en su residencia. En las próximas semanas el nivel de su juego tendría que experimentar una mejoría cuántica. De nuevo se dijo que no sería sencillo pero podía hacerse. En su juventud Celorio había sido un tenista *amateur* de primer nivel, y aunque un tanto oxidado, aún podía ser competitivo contra los mejores. Luego cerró los ojos y reclinó la cabeza en el asiento; se vio a sí mismo elevándose sobre la red para asestar un *smash* brutal contra los pies del presidente.

—Son masturbaciones mentales, mi rey —le dijo implacable Delia Parnasus treinta minutos más tarde, cuando Celorio presumió entusiasmado de su epifanía a su amante y asesora política—. Los hombres creen que el mundo gira alrededor de sus pelotas, sean grandes o chiquitas. ¿De veras crees que su majestad te va a ceder el trono solo porque seas una maravilla en el tenis?

Delia era así, dura, mordaz, sagaz. Una protagonista política de primer nivel: entre otras cosas había sido senadora y secretaria general del PRI, el partido en el poder, y ahora había abandonado todo objetivo personal que no fuera convertir en presidente a su actual pareja. Si bien Celorio seguía formalmente casado, de un tiempo para acá él y su esposa hacían vidas separadas.

Por lo general él agradecía sus intervenciones; un *sparring* eficaz que sometía a riguroso escrutinio sus proyectos y estrategias. No obstante, esta vez resintió que ella lo cuestionara. Era una perspicaz asesora política pero no podía entender las profundas complicidades que los hombres tejen en la barra de un bar o en una cancha convertida en ardiente campo de batalla.

—Es más complejo que una pelotita —dijo él con forzada paciencia—. Prida idolatra a Sergio Franco y este me debe algunos favores. Ahora que se retira de los torneos profesionales puedo arrancarle el compromiso de participar en las jornadas de tenis dominical en Los Pinos. Si consigo organizar sesiones de dobles cada fin de semana en los que yo sea el compañero de Prida durante octubre y noviembre, él me verá con otros ojos en diciembre, cuando llegue el momento de elegir candidato. Y eso es lo único que necesito: un espacio de confianza y camaradería para mostrarle al presidente los trapos sucios que tenemos guardados. ¿Ya lo olvidaste? En este momento ni siquiera tengo la posibilidad de mostrárselos sin que me considere un intrigoso. Hoy me colgó el teléfono a los cincuenta y ocho segundos —dijo, indignado.

Parnasus dirigió la mirada a la pintura detrás de la que se encontraba la caja fuerte y los expedientes conseguidos a precio de oro. Recordó las fotos repugnantes y los audios incriminadores. Sonrió. No obstante, no quiso ceder sin alguna resistencia.

—¿Y para eso se necesita que Sergio llegue a la final? ¿Y si no lo consigue qué? ¿Estamos jodidos?

—No, aunque lo hace más complicado. Si al menos llega a la semifinal podría convencer a Prida de ir a Nueva York a verlo jugar, con eso me basta para armar el tinglado.

—*Capisco* —dijo ella finalmente, siempre inclinada a usar latinajos y expresiones italianas al menor pretexto, convencida de que hacían justicia a su apellido, que en realidad era griego—. En eso tienes razón, si le entregas los expedientes en una oficina corremos el riesgo de que lo tome a mal, sentirá que lo estás manipulando. De tonto no tiene un pelo, tiene la astucia del superviviente nato y por lo mismo es muy desconfiado y suspicaz. Los cuatro años que trabajé para él no fueron en balde.

Celorio la miró con atención por primera vez en la tarde. La había conocido cuando ella trabajaba para el entonces gobernador Prida en la preparación de lo que luego sería la campaña presidencial del 2012. Se preguntó si alguna vez se habría acostado con el ahora presidente. Prida era un hombre de ojo alegre a quien difícilmente pasaría inadvertida la mujer alta de pechos espectaculares y vestidos llamativos, cuando no escandalosos. Y ella era ambiciosa y de convicciones flexibles. La idea no le disgustó del todo. Observó su cintura, disminuida por el contraste con las caderas anchas, y sintió crecer una excitación súbita y demandante.

—Menos mal que te saqué de allí, por la manera en que todavía te ve Prida a lo mejor hoy serías el ama de casa de Los Pinos —dijo él.

—Pues entonces salí ganando, tu tamaño es más presidencial —dijo ella llevando la mano al muslo del hombre—; además, es mucho mejor ser primera dama los seis años completos.

Él no necesitó más que eso. Le dio la media vuelta para abrazarla por detrás y la empujó con la pelvis obligándola a dar un par de pasos y a doblarse sobre el respaldo del amplio sofá de tres plazas de su despacho. Bajó el largo cierre de su falda y dejó que se deslizara hasta caer en círculo informe alrededor de sus altos tacones. Se desabrochó el cinturón, se humedeció el pene y, haciendo a un lado el breve listón de la tanga de Parnasus, la penetró tan profundo como pudo. La ausencia de lubricación o lo repentino del movimiento provocó que ella intentara incorporarse, pero él apoyó el cuerpo sobre su espalda y la obligó a doblarse de nuevo sobre el respaldo del asiento.

Celorio empujó con furia una docena de veces; se retiró ligeramente para contemplar las poderosas caderas y volvió otra vez a la carga, hasta que se desplomó satisfecho sobre la espalda de su amante.

«No, Delia Parnasus no puede ser primera dama. Simplemente no es una dama», pensó él, aunque le sería difícil encontrar la manera de decírselo y más difícil aún renunciar a los voraces asaltos a los que la sometía. Se incorporó con presteza, como si hubiese recordado algo súbito, se subió la cremallera y dio media vuelta mientras se decía que esos problemas no serían problemas hasta que conquistara la presidencia. Y para lograrlo él y Parnasus todavía tenían muchas tareas por delante.

## 3

**Sergio**
*78 días antes, 1.45 p.m.*

En estado de gracia. Sergio Franco estaba jugando en estado de gracia. Uno tras otro sus tiros encontraban la forma de tocar justo en la línea pese a la potencia creciente que imprimía a sus golpes; como si una pared imaginaria les impidiera salir de los confines de la cancha de su rival. Había llegado a la semifinal agradecido con los dioses por haber alcanzado esa instancia, pero muy consciente de sus limitaciones frente a un jugador de mayor rango en los tiempos que corrían.

Los últimos cinco enfrentamientos con Patrick Mayer habían terminado en derrota, las dos más recientes con marcador estrepitoso. El alemán era el jugador número tres en el mundo, en cambio él se clasificaba con trabajo entre los primeros veinte, pese a las glorias del pasado.

Y sin embargo después de perder el primer set 4-6, superó a Mayer 6-3 y 7-5 en los siguientes dos y ahora estaban empatados 4 a 4, en lo que podría ser el set definitivo. Pero aún tendría que ganarlo. El alemán había atacado desde el principio del encuentro confiado en su superioridad, hasta que se dio cuenta de que ese día el tenis de Franco era mejor que el suyo. A partir del cuarto set cambió su estrategia y se dedicó simplemente a defenderse, consciente de que era mucho más joven que el mexicano. Los peloteos largos invariablemente terminaban con un punto a favor del europeo, dejando a Franco doblado sobre sí mismo intentando recuperar el aire. Si Mayer lograba ganar el set empataría y forzaría un alargamiento de partido que terminaría por agotar al veterano.

A estas alturas la confrontación se había transformado más en una guerra psicológica que en una batalla deportiva. El verdadero contrincante de Sergio Franco era él mismo. Triunfaría si seguía creyendo en ese estado de gracia que convertía en factibles los golpes ambiciosos que cualquier otro día serían improbables, y, por el contrario, perdería si el pulso vacilaba y disminuía la fuerza de sus arremetidas, extendiendo la duración de los peloteos. Sabía que no le quedaban más de diez o quince minutos de energía para sostener el ritmo trepidante de las últimas horas. Si la duda comenzaba a introducirse en su organismo, sería derrotado. Pese a la enorme fatiga que lo drenaba, se obligaba a brincar sobre sus pies y a correr puntos que sabía perdidos solo para mostrarle a su cuerpo que no estaba dispuesto a aceptar su dimisión. Hacía tanto tiempo que no llegaba a las últimas instancias de un Grand Slam, el único tipo de torneo que se disputa a tres de cinco sets, que su organismo se había habituado a desafíos más breves. Su paso por los otros tres grandes torneos del año había sido mediocre, por decir lo menos: al Open de Australia no se presentó y en el Roland Garros y en Wimbledon no pasó de la tercera ronda.

Pero hoy estaba a punto de llegar a la final del US Open para sorpresa de apostadores y regocijo de comentaristas. Tan lejos y tan cerca. A cuatro o cinco golpes, si eran los correctos. O a su casa si su cuerpo se derrumbaba. Había estado jugando durante horas sin disminuir la concentración o la intensidad y su organismo empezaba a apagarse.

Sin embargo, sabía que a estas alturas de la contienda Mayer se encontraría en igual situación anímica, si no peor. El alemán llegó a la semifinal arropado por los favorables vaticinios y asumió que la confrontación con Franco era un trámite. Enojoso y dilatado, pero trámite al fin. Nada que pusiera en riesgo hacerse de una nueva oportunidad para llegar a la final y conquistar por fin su primer torneo de Grand Slam. Era el jugador de mayor rango sin haber ganado uno de los cuatro grandes y ahora estaba decidido a conseguirlo. Aunque primero tenía que obviar la aduana del mexicano, un tenista en el ocaso de su carrera que no debería darle problemas.

Tres horas más tarde estaba furioso a causa de que los restos del veterano lo tuvieran metido en un aprieto. En las pausas entre un punto y otro miraba el marcador como si quisiera asegurarse de que no existía un error. En ninguno de los escenarios que había anticipado consideró la posibilidad de ir perdiendo a estas alturas del partido.

Quizá eso estaba pensando cuando Franco aprovechó su servicio para enviar un potente tiro al cuerpo de su adversario y este tardó en quitarse. El punto le dio la ventaja 5-4 al mexicano y por primera vez en la tarde, Mayer pensó que verdaderamente podía perder el encuentro. Hasta entonces había considerado que ir atrás en el marcador era una anomalía que en cualquier momento habría de ser corregida.

Hicieron el descanso a cuatro metros de distancia, cada cual encerrado en la burbuja de sus propias resoluciones. Franco regresó a la cancha trotando, en un alarde de energía que las graderías festejaron; no sería fácil romper el servicio de su contrincante, pero era lo único que lo separaba de la final. Los neoyorquinos querían verlo ganar. El alemán se lo tomó a pecho. Eso y las ganas de poner por fin las cosas en su lugar precipitaron su error. En lugar de mantener su estrategia de peloteos largos y conservar el servicio para empatar a cinco y obligar el alargamiento a siete juegos, decidió arriesgar.

Mayer quiso abrumar a Franco con servicios descomunales de ciento treinta y cinco millas por hora. Deseaba castigar a su rival y ponerlo en su sitio, mostrarle que ya no era su época y que debía rendirse ante el poder de jugadores de pegada más fuerte y mejor condición atlética. Quería humillarlo y desquitarse con el público, que había tomado partido por su contrincante; lo único que consiguió fueron dos dobles faltas para colocarse en un desastroso 0-30. Lo que iba a ser una lección se convirtió en una pesadilla. Estaba a dos puntos de ser eliminado. Acosado por el pánico bajó la velocidad del siguiente servicio y lo dejó en la red. Temeroso de cometer una tercera doble falta hizo su segundo servicio a ochenta y cinco millas por hora; Franco no tuvo ninguna dificultad en acribillarlo con un revés cruzado. Ahora Mayer enfrentaba tres *match points* decisivos. Se dijo que de peores situaciones había salido y comenzaba a convencerse de poder lograr la proeza cuando escuchó el coro que llegaba desde las tribunas: «*Killer, Killer*». Recordó el apodo del mexicano y juzgó que todo estaba perdido. Franco podía no ser el mejor tenista del circuito, pero era famoso por su contundencia para finiquitar un partido.

Sergio asestó el *smash* ganador y alzó los brazos al cielo. Luego elevó la vista al palco para compartir el triunfo con los suyos. Solo entonces registró el hecho de que entre su técnico y sus asesores no se encontraba Rossana para acompañarlo, como lo había hecho durante los últimos dos años en los partidos importantes. Caminó hasta su silla y escondió la cabeza en una toalla como un boxeador antes de subir a las cuerdas. El recuerdo de su mujer provocó que la adrenalina del triunfo lo abandonara por completo y en su lugar se instalara una sensación de vacío ruinoso, como el panorama desolador de una casa cuando ha terminado la mudanza. Se preguntó cómo diablos haría para encontrar la energía que le permitiera levantar una raqueta y disputar la final cuarenta horas más tarde.

Tres mil cuatrocientos kilómetros al sur, Claudia Franco brincó de su asiento en el instante mismo en que su primo batía al alemán. Contagiado por su entusiasmo, Tomás Arizmendi se puso de pie y la abrazó. La ausencia de otros con quien celebrar provocó que el abrazo entre ambos se prolongara. Ella respiró agitada, exultante por la tensión liberada tras el repentino desenlace; él también, pero su respiración entrecortada nada tenía que ver con el partido de tenis y mucho con la turbadora tibieza que emanaba la mujer.

Los requiebros de Tomás y las ansias de Claudia llevaban meses rozándose como un río que corre sinuoso al lado del mar sin terminar de desembocar. Había días en que la tensión de las muchas horas compartidas se disparaba a niveles apenas soportables, cuando un escote pronunciado expandía el entrañable mapa de las pecas ahora tan conocidas por Tomás y le parecía que alargar el brazo para trazar rutas con el dedo entre esas motas palpitantes era un imperativo de la naturaleza, o cuando las manos pequeñas aunque de dedos inexplicablemente largos de él le parecían a ella la única opción posible para calmar la irritación de sus senos. Y, sin embargo, ambos se contenían. Cada cual por su lado hacía inventarios mentales de los muchos y significativos momentos en que un abrazo de despedida implicaba un roce de pelvis aparentemente involuntario o una falda apretada mostraba un contorno nunca antes apreciado. Ella podía identificar los pantalones de Tomás que mejor sugerían el bulto entre sus piernas, e intentaba rescatar del recuerdo alguna imagen del cuerpo desnudo de quien fuera su amante durante un intenso fin de semana transcurrido ocho años antes en lo que parecía otra vida. Pero eso fue antes de que ella se casara y se convirtiera en dueña del periódico y Tomás en su director.

También podían pasar semanas en que sin ponerse de acuerdo intentaban una especie de tregua. Como si repentinamente los dos tuvieran temor de arruinar la mancuerna profesional en la que se habían convertido hasta transformar *El Mundo*, de nuevo, en el diario de referencia de la vida nacional.

La voz del comentarista de televisión la convocó una vez más a la pantalla; Claudia rompió el contacto y escuchó conmovida los elogios que recibía su pariente mientras la cámara lo seguía de camino a los vestidores. Un acercamiento al rostro demacrado y a las espaldas encorvadas por el peso de las raquetas le indicó el grado de agotamiento de Sergio, del todo contrastante con el entusiasmo desmesurado de los locutores de la televisión. Consciente de sus deberes de promoción, el tenista giró el torso para estampar su firma en la lente de la cámara y luego, como si se dirigiese a un telespectador en particular, clavó la mirada y afirmó en silencio con la cabeza. Claudia se echó para adelante, sorprendida, como si hubiese sido la destinataria única de ese extraño saludo.

—Tenemos que acompañarlo, Tomás.

Este observó la imagen de la pantalla de televisión y al jugador de tenis y se preguntó adónde diablos tendrían que acompañarlo. Pero luego notó la expresión arrobada de Claudia, el rubor en el cuello y en las mejillas que había advertido en más de una ocasión en mujeres cuando experimentan un orgasmo. Confundido, se preguntó si su jefa estaría enamorada de su famoso primo.

Ella percibió su turbación y lo atribuyó a lo enigmático de su propuesta; prefirió explicarse:

—Este domingo, a la final. Se enfrenta a James Gest, la nueva estrella de los gringos, así que todo el estadio estará en su contra. Y encima ni siquiera Rossana va a estar allí para apoyarlo.

Tomás recordó a la guapa modelo y atleta andaluza que acompañó a Sergio a la celebración del aniversario del diario, un año antes, única ocasión en la que el periodista se había topado con el legendario deportista mexicano. Para entonces la mujer ya exhibía los efectos del cáncer que la llevaría a la tumba pocos meses más tarde. Tras su muerte, Franco se retiró de las canchas durante dos meses y se encerró en una villa de una minúscula isla griega, un aislamiento que ni siquiera su prima Claudia pudo romper. Estaba decidido a retirarse del tenis pero lo reconsideró después de una visita de Roger Federer y una larga charla. El suizo lo convenció del daño que se haría a sí mismo abandonando la escena por una puerta trasera; ni el propio Franco se lo perdonaría al paso de los años. Fue entonces cuando anunció su regreso a las canchas y su retiro definitivo al término de la temporada que apenas arrancaba. Y, sin embargo, al regresar al circuito con el simple propósito de despedirse, comenzó a jugar el mejor tenis de su vida. O por lo menos eso es lo que decían algunos comentaristas.

—Supongo que sí, que tendrías que estar allí —respondió Tomás. Alguna vez Claudia le había comentado, con un dejo de orgullo, que era su pariente más cercana, si no la única: Sergio carecía de hermanos y sus padres habían fallecido en un accidente cuando el joven tenía apenas catorce años—. Pero quizá yo tendría que quedarme. No creo que sea buena señal desaparecer los dos en este momento.

Hizo una pausa porque no pudo explicar a qué se refería con «este momento». En realidad a Tomás le producía desasosiego un viaje tan precipitado a Nueva York; asumía que la convivencia en el escenario en el que se conocieron ocho años antes removería sensaciones y terminaría por provocar desenlaces que podrían no estar listos para afrontar.

—Es un viaje de ida y vuelta, y en fin de semana —respondió ella—. Nos vamos este sábado y regresamos el lunes. Y quizá sirva para despabilarnos, supongo que en los próximos meses no tendremos oportunidad, con el cambio de presidente tan cerca. Yo creo que Nueva York nos sienta muy bien a ti y a mí —concluyó esbozando una sonrisa que intentó pasar por neutra aunque encendió el bajo vientre de Tomás.

Habían compartido lecho y piel como amantes furtivos durante el breve viaje a Manhattan que emprendió Rosendo Franco, el entonces dueño del periódico, casi una década antes. Ella acompañó a su padre en calidad de heredera, él como mero columnista e intérprete de la *troupe* que acudió con el empresario a su visita a la revista

*Time* y a *The New York Times.* La imagen de las aureolas rosadas de sus senos y las pecas de su espalda como estrellas caídas de su cabellera roja inundaron su mente.

—¿A qué hora sale el avión? —dijo él, con una carcajada gozosa alimentada por sus recuerdos.

Apenas a seiscientos metros de donde Tomás y Claudia se encontraban, desde el piso veintidós de la Torre de Relaciones Exteriores, Agustín Celorio miraba sin ver los cerros que envolvían el Valle de México. Detrás de él la televisión sin sonido repetía los mejores puntos del *match* recién terminado. El triunfo improbable de Sergio Franco en la semifinal mostraba que los astros o cualquier cosa que rigiera los azares de la política estaban a su favor. Lo que había sido una hipótesis de trabajo —la final del mexicano contra el estadounidense— se había convertido en realidad. Su plan para alcanzar la presidencia estaba en marcha.

# 4

## Los Azules

*78 días antes, 3.00 p.m.*

—¿De plano? ¿Uno de esos será presidente? —preguntó Mario a sus amigos haciendo un gesto en dirección a la portada de la revista que Tomás había dejado a un lado de la mesa.

Amelia, Tomás, Jaime y el propio Mario se encontraban en un pequeño salón del restaurante Pajares, donde solían reunirse a comer. Se conocían desde la infancia, cuando formaban parte de la cofradía inseparable denominada los Azules por el color de las pastas de las libretas francesas que regalaba a los cuatro chicos Carlos Lemus, el padre de Jaime.

—Agustín Celorio, secretario de Relaciones Exteriores; Cristóbal Santa, de Educación, y Noé Beltrán, gobernador de Chiapas —comentó Amelia—. Carajo, está como para mudarse de país. La oposición tiene pocas posibilidades, así que será uno de estos tres del PRI.

—A mí, Celorio me parece un político honesto —dijo Mario.

—Ajá, y yo soy un músico sordo —se burló ella.

—Lo que quiero decir es que dentro de lo que cabe, Celorio es un tipo leído, y no solo un saqueador como la mayoría de sus colegas —se defendió él. Quiso recordarles que Beethoven era sordo, pero consideró que su argumento les parecería propio de un *nerd*. Con frecuencia, Mario se sentía intimidado por la relevancia que había adquirido la trayectoria de los otros tres frente a su modesta carrera de profesor universitario. Tomás dirigía el diario más importante del país; Jaime era el propietario de una poderosa e influyente empresa especializada en seguridad y en el pasado había dirigido los servicios de inteligencia del gobierno; y Amelia había sido presidenta del PRD, principal partido político de izquierda, y apenas un año antes había fundado *Lapizarra*, la nueva sensación en materia de noticias digitales.

—La diferencia entre los políticos cultos y los políticos ignorantes es que los cultos tienen mejores argumentos a la hora de robar —intervino Jaime con una sonrisa y observó a Tomás en espera de su reacción. Desde hacía algún tiempo las discusiones entre los cuatro amigos parecían dividirse en dos bandos formados por los cínicos, Jaime y Amelia, y los condescendientes, Tomás y Mario. Sin embargo, el periodista permaneció callado y su amigo asumió que su mente estaba en otro lado. Tomás solía ser así, inteligente pero desconcentrado, siempre dispuesto a dejarse extraviar por una palabra escuchada, por un recuerdo inesperado, por el escalofrío provocado por una ráfaga de viento que solo él percibía.

En realidad la mente de Tomás no estaba a kilómetros de distancia como suponía Jaime, sino atrapada en los cuarenta centímetros que lo separaban de Amelia.

Tomás se había excusado de asistir a las últimas reuniones y por lo mismo no se había encontrado con Amelia desde hacía algunos meses; no obstante, podía adivinar el juego de ropa interior que hoy utilizaba debajo del vestido blanco de lino. Un atuendo que favorecía el tono aceitunado de su piel. Algo que ella sabía que él sabía, y eso lo hacía sentirse halagado y también nervioso. Durante dos años fueron pareja, pero lo habían dejado meses atrás por razones que ambos no entendían del todo, aunque a río pasado cada cual construyó un rosario de motivos. Simplemente dejaron de encontrar razones para verse un fin de semana tras otro.

Su ruptura no obedeció a un detonante telúrico ni a un agravio imperdonable; eso habría requerido una pasión que ninguno de los dos estuvo dispuesto a depositar en el otro, salvo en las primeras semanas de la relación, cuando el ardor les hacía arrebatarse la ropa. Fue más bien un asunto de cobardías compartidas: cuando las agendas de ambos dificultaron los encuentros de fin de semana ninguno de los dos se atrevió a mencionar la posibilidad de vivir juntos. El resto vino en consecuencia: un malentendido no reparado tuvo como respuesta un desaire incómodo, a su vez correspondido con un

silencio hostil. La desidia, las agendas saturadas de ambos, el apaci-
guamiento de la pasión sexual de los primeros meses dieron lugar a
encuentros cada vez más infrecuentes, hasta que Amelia decidió enviar una maleta con las pocas pertenencias que él tenía en su casa.
Había comenzado a sentirse como una especie de plan B para el fin
de semana, aquello a lo que Tomás recurría cuando no existía un
viaje, una reunión de amigos o una crisis noticiosa que lo obligara a
quedarse en el periódico. Por su parte, él se ofendió al recibir la maleta sin previo aviso, aunque en el fondo agradeció la oportunidad
de no ser él quien pusiera fin a una relación que desde hacía tiempo habitaba en el limbo y, mejor aún, sin necesidad de una conversación larga e incómoda.

Sin embargo, la inmediatez de Amelia lo transportaba a los años
de juventud en que la había deseado sin concebir mayor esperanza,
cuando la risa pronta, el ingenio agudo y el cuerpo felino de ella parecían dolorosamente destinados a cualquier otro que no fuera él.

—¿Y tú cómo ves a Celorio? —le preguntó Mario, deseoso de tener
un aliado ante los duros juicios de Amelia y Jaime sobre el canciller.

—No tiene ninguna posibilidad —respondió Tomás—. Todo indica que Cristóbal Santa ya tiene la candidatura en la bolsa. Y casi me
da gusto, por lo menos eso significa que no llegará Noé Beltrán: a ese
general metido a gobernador sí que hay que tenerle miedo.

—Sería la primera vez en décadas que llega un secretario de Educación a la presidencia. Espero que eso signifique algo —consideró
Mario—. Digo, algo bueno.

—Ese no está en Educación por los libros leídos —acotó Amelia
con desprecio. La exlíder del PRD recordó la ocasión en que Santa
quiso seducirla literalmente encima del escritorio que perteneciera a Vasconcelos, en el despacho histórico del edificio de la calle Argentina—. Estaba en Educación porque esa era la cartera que pidió
a Prida cuando ganaron la elección. Es la secretaría con mayor presupuesto en el gobierno, lleva las relaciones con el sindicato más
grande del país y con base en cheques ya se ganó el apoyo del sector
estudiantil.

—Aunque va a llegar a la presidencia por otras razones —dijo Jaime con una media sonrisa, y estiró la pausa tanto como pudo para
disfrutar el efecto de sus palabras en el rostro de sus amigos.

Tras retirarse del Cisen, la agencia mexicana de inteligencia, Jaime fundó Lemlock, la empresa de protección y seguridad más grande de América Latina. Su compañía era responsable de la instalación y supervisión de sistemas de vigilancia en más de diez países, incluyendo la red de cámaras viales en Buenos Aires, Bogotá, San José y Ciudad de México. Fungía como consultor de la mitad de los gobiernos estatales en materia de espionaje cibernético y contaba con un equipo humano y tecnológico puntero. Cuando compartía un secreto sabía de lo que hablaba.

—Está allí porque convirtió en un arte la vieja consigna política: «Crea un problema para el cual solo tú tengas la solución». Santa le generó conflictos universitarios a una decena de estados. Cuando el pleito se encontraba a punto de explotar en la cara de un gobernador, aparecía él y le salvaba el día. Hoy dos terceras partes de los gobernadores del PRI apoyan su candidatura, demasiados para ser ignorados por la cúpula. Además, es amigo íntimo de Prida, con lo cual cierra completamente el círculo.

—¿Lo consideras así de amarrado? —preguntó en tono dudoso Tomás, a quien solían irritar las inflexiones pontificadoras de Jaime—. Yo no veo al gobernador dispuesto a retirarse de la contienda. Ni a él ni a los empresarios fachos, y mucho menos a los generales que lo apoyan.

—Es cierto, la derecha más jodida está cerrando filas detrás del general Beltrán —intervino Amelia—. Bajo la tesis de que lo único que va a recomponer al país es una mano dura, muchos empresarios apoyan a este cabrón. Dinero no le va a faltar.

—El tema es más profundo que eso —dijo Tomás—. Los generales están emputadísimos con los políticos. Hace diez años Los Pinos decidió utilizarlos para su guerra en contra del narco, les pidió acabar con bandas de secuestradores y recuperar territorios perdidos; ahora las cortes internacionales los están enjuiciando por violaciones de derechos humanos y crímenes de lesa humanidad. Se sienten utilizados por los presidentes, les pidieron hacer el trabajo sucio y ahora los entregan como chivos expiatorios.

—La historia de siempre: sacar a los soldados de los cuarteles es fácil, volver a meterlos es lo difícil —dijo Mario.

—Ahora todos están atrapados —añadió Tomás—. El gobierno

ya no puede prescindir del ejército para enfrentar al narco, pero tampoco puede ignorar la presión internacional. Los soldados no son detectives, así que acaban cometiendo violaciones y pendejadas; y luego la presión internacional y los tratados firmados obligan a los políticos a llevar a los tribunales a militares que sienten que solo estaban cumpliendo su deber.

—Y todo ese resentimiento se estaría volcando a favor de la candidatura de Beltrán, ¿no? Si el general llega a Los Pinos, resuelven todos sus problemas —completó Mario, sin ocultar su decepción.

—Pero no llegará —descartó Jaime—. Los políticos nunca les entregarán el poder a los militares por las buenas; les llevó mucho tiempo y muchos muertos quitárselo. En el fondo, Prida le tiene miedo a Beltrán, es demasiado independiente, sus apoyos son distintos a los de la clase política tradicional: militares, empresarios conservadores, algunas transnacionales. En cambio, los gobernadores que están detrás de Santa deben su puesto al presidente, en el fondo son el mismo grupo. Prida va a dejar en la silla presidencial a quien crea que le cuidará mejor las espaldas.

—¿O sea que Celorio no tiene la menor oportunidad? —dijo Mario exagerando el tono desencantado, y los otros tres lo recompensaron con una carcajada. Mario nunca había podido rivalizar con la inteligencia, el atractivo físico o la personalidad de sus amigos, y sin embargo en más de un sentido era la argamasa que hacía posible al cuarteto, el auditorio que utilizaban los otros tres para competir entre sí, el único escudero en el que podían confiar los tres campeones.

No obstante, ninguno, ni siquiera Jaime, podía saber lo que Celorio estaba tramando para modificar de cuajo el juicio que acababan de hacer sobre sus menguadas posibilidades.

## 5

## Gamudio
*78 días antes, 6.45 p.m.*

Noé Beltrán no tenía la elegancia de Augusto Salazar ni su trato fino, pero poseía una enorme ventaja sobre él: estaba vivo. Y, más importante aún, sería presidente de México. Con todo, Wilfredo Gamudio con frecuencia extrañaba a su antiguo jefe. Cuatro años antes habría jurado que llegaría a Los Pinos de la mano del que fuera secretario de Gobernación, aunque eso había sido antes de que Salazar desparramara sus propios sesos sobre la carta que dejó en memoria de su amante, la actriz Pamela Dosantos.

—Esta es la tierra del emperador Moctezuma, de Hernán Cortés, de Benito Juárez —decía Beltrán a la media docena de personas que lo rodeaba en su cuarto de guerra, en la oficina que el gobernador de Chiapas tenía en la Ciudad de México—. Somos los herederos de los aztecas y de los mayas, la undécima economía del planeta. Y todo eso será nuestro a condición de que ninguno de los presentes se arrugue. Se trata de todo o nada. Conquistaremos la silla presidencial y a partir de ahí impulsaremos una dinastía política que convertirá a México en una potencia mundial, o moriremos en el intento.

Gamudio pensó que esta vez el gobernador se había dejado llevar demasiado lejos por su vena épica y comenzaba a sonar ridículo, pero al pasar la mirada por los rostros que le rodeaban percibió miradas conmovidas y mejillas arrobadas. Algunos de los presentes seguramente se veían a sí mismos como sucesores de esa dinastía o quizá simplemente se dejaban arrastrar por la vehemencia primitiva de su líder. El mismo Beltrán se mostraba más exaltado que otras veces; sin duda era el oyente más atento a sus propias palabras. Su voz de barítono, su corpulencia y las enormes manazas velludas con las que golpeaba la mesa impedían que su grandilocuencia derivara en cursilería. Había suficientes muertos en la trayectoria del general para que alguien pudiese tomar su arenga como una fanfarronada.

—Solo hay un obstáculo y ese es Prida o, mejor dicho, la decisión que vaya a tomar Prida. Nunca me considerará su amigo y a ustedes les consta que no he escatimado esfuerzos para granjeármelo. Peor para él. Tendremos que hacer lo que sea necesario para obligarlo a designarme su sucesor. Mejor aún, para que me lo pida de rodillas. Solo quedan tres meses para que el PRI elija a su candidato, así que olvídense de familia o amigos. Y no me estoy refiriendo a lo que harán con su tiempo libre, porque ese pertenece a la causa. Hablo de que en las próximas semanas algunos tendrán que traicionar y engañar, perder amistades entrañables para obtener alguna ventaja o neutralizar un peligro. Si alguno de ustedes no está dispuesto a sacrificar a un hermano por su país, prefiero que ahora mismo me lo diga y abandone este salón. ¿Alguien se quiere retirar? —Beltrán recorrió a los asistentes con la mirada.

La pregunta era retórica, asumió Gamudio. No solo porque todos asentían con el rostro transfigurado, sintiéndose protagonistas de un capítulo fundador de la historia nacional, también porque incluso si no estuvieran de acuerdo ninguno lo confesaría; lo más seguro es que una negativa terminara desencadenando una represalia feroz de parte de un hombre que juraba estar dispuesto a perdonar cualquier error menos la traición. Y en realidad mentía: Gamudio sabía que Beltrán no perdonaba nada.

Una vez más se preguntó qué diablos estaba haciendo allí, y una vez más se respondió lo mismo que pensó cuando se recostó aquel día aciago sobre el escritorio aún sangrante de Salazar. Los desenlaces de los juegos de poder son absurdos e inescrutables y con frecuencia destruyen a los participantes, pero constituyen una droga adictiva, la única sustancia que da sentido a la vida.

Dos años antes había estado a punto de retirarse de la política, consumido por la depresión, hasta que concluyó que solo eso —la política— lo haría levantarse de la cama. Como el alcohólico que decide entregarse a la bebida o el fumador que prefiere prescindir de cinco años de vida que de treinta cigarrillos al día. Así que resolvió que apuraría el cáliz de la política hasta el fondo. Una apuesta a todo o nada. Prefería a un líder exaltado como Beltrán, que si llegaba al poder dejaría una impronta en la historia, a pusilánimes como Prida o como Obama, señoritos de la prudencia, prisioneros de su propio capital político.

Al caer en la orfandad profesional, después de la muerte de Salazar, el joven Gamudio fue reclutado por Beltrán cuando este no era sino uno más de los treinta y dos gobernadores del país, el único con trayectoria militar. Justamente, el resentimiento de los generales con los políticos y su apoyo a la candidatura de Beltrán hicieron de él uno de los tres hombres con posibilidades de llegar a la presidencia. Y con lo que ahora sabía no tenía dudas de que así sería. Al lado de Beltrán el resto de los seres humanos parecían estar hechos de porcelana. O, como el gobernador decía, «el mar se me hace chico para echarme un buche».

—Lo que van a escuchar ahora es el plan final. Siguiendo mis instrucciones, Steve Godínez lo viene preparando desde hace semanas. Yo mismo he designado una tarea para cada uno de ustedes.

Steve Godínez, llamado Godnes por todos, salvo por Beltrán, se puso en pie, aunque eso no marcó mucha diferencia. Era un hombrecillo de brazos largos y corta estatura, el exceso de vello en la cara contribuía a darle un aire simiesco apenas atenuado por la moldura gruesa de sus lentes. No obstante, su mente no tenía nada de simiesca. Estadounidense de nacimiento y de padre mexicano, fue analista del Pentágono durante quince años y era un estratega de clase mundial. También era un psicópata, a juicio de Gamudio. Y al parecer no era el único que lo pensaba: los directivos que impuso Obama en el sector militar encontraron que algunos de sus informes y propuestas resultaban demasiado extremos y deshumanizados para los nuevos tiempos y decidieron desprenderse de él. Poco después Beltrán lo reclutó, y juntos habían hecho el mejor de los maridajes. Un lunático poderoso y un psicópata inteligente, se decía Gamudio, una mancuerna que lo tenía todo para arrasar en el mediocre entorno político, con la ventaja de que él estaría sentado en primera fila para contemplarlo.

A lo largo de los siguientes noventa minutos, Godnes hizo un meticuloso inventario de los obstáculos a los que se enfrentaba su jefe en su camino al poder y las estrategias necesarias para eliminarlos. Finalmente, Beltrán asignó tareas concretas a cada uno de sus capitanes. Al final retuvo a Gamudio y le comunicó a solas lo que esperaba de él.

Al llegar a casa esa noche y pensar en la misión que le había sido asignada, Gamudio se preguntó si no habría preferido retirarse ahora aunque eso significara desencadenar la ira de su jefe. Siempre había creído que llegar a Los Pinos justificaría cualquier sacrificio; nunca pensó que eso incluyera bañarse en sangre.

# 6

## Amelia
*77 días antes, 9.00 a.m.*

«Qué tiene Arianna Huffington que no tenga yo», se preguntaba Amelia frente al espejo mientras se pintaba la pestaña derecha. Era la única concesión en materia de maquillaje que había conservado de la rutina que siguió durante tres años, cuando sus responsabilidades como presidenta del PRD le obligaban a estar perennemente preparada para entrevistas de televisión y reuniones protocolarias. Hoy simplemente se ponía un poco de carmín en los labios y alguna mota de rímel para acentuar sus largas pestañas.

La tarde anterior había participado en la reunión que una docena de directivos de medios digitales sostuvieron con la legendaria fundadora y presidenta del *Huffington Post*, de visita en México. «Lo que tiene es mucho dinero, instinto empresarial y una habilidad descomunal para las relaciones públicas, algo que nunca llegaré a tener así volviera a nacer», concluyó Amelia. Volvió a preguntarse si había sido una buena idea quemar todas las naves para sumergirse de pies y cabeza en *Lapizarra.mx*, el diario digital del que todo México hablaba desde su nacimiento doce meses antes.

Los otros directores de páginas de internet asistieron a la reunión casi en calidad de acólitos de la celebridad mundial. No fue el caso de Amelia. No le impresionaron las cifras millonarias de visitantes diarios ni el valor de mercado estratosférico del portal estadounidense. Por el contrario, el salón del hotel Four Seasons donde se encontraban enmudeció cuando Amelia, un poco harta de la actitud reverencial de sus colegas, decidió intervenir.

—¿Y de qué sirve tanto tráfico si no genera una opinión pública más responsable y participativa? Cuesta trabajo encontrar en el

*Huffington* una pieza de periodismo sólido y trascendente, pero está todo sobre Paris Hilton y equivalentes —dijo Amelia, un poco arrepentida al final del tono casi hostil de sus palabras. En efecto, las relaciones públicas no eran su fuerte.

Los presentes dirigieron una mirada temerosa a la figura erguida de la estadounidense, esperando una respuesta de proporciones bíblicas por el sacrilegio cometido, un Moisés indignado por las blasfemias vertidas en contra de las tablas de la ley.

Sin embargo, a Arianna Huffington pareció divertirle el cuestionamiento, aburrida del monólogo en el que había transcurrido la reunión. Contestó con algo de humor e ingenio eludiendo la confrontación, tras lo cual inquirió a Amelia sobre la situación de los medios digitales en México. La siguiente media hora intercambiaron impresiones sobre el futuro del periodismo en internet y al terminar las dos mujeres se despidieron prometiendo buscarse a la primera oportunidad.

Un día después, en el trayecto a las instalaciones de la casona de la colonia Roma que albergaba su diario digital, Amelia seguía haciendo comparaciones con la poderosa Arianna. Al final concluyó que *La pizarra* no debería parecerse al *Huffington* aunque no le vendría mal algo de las habilidades empresariales de su fundadora. El diario tardaría mucho tiempo en ser rentable y mientras tanto dependería de su capacidad para mantener vivo el entusiasmo de la media docena de inversionistas que habían patrocinado el proyecto. La atención que recibiría la sucesión presidencial era la oportunidad ideal para lograrlo.

Justo lo primero que hizo al llegar a su oficina fue reunir a su equipo para revisar los materiales que publicarían sobre ese tema en los próximos días.

—Te sorprenderá lo que han hecho los diseñadores sobre los candidatos —dijo Mario.

Su compañero de la infancia había acudido al llamado de su amiga para coordinar la sección de opinión, aunque para ello redujera su carga como profesor universitario. El gráfico que revisaron mostraba las palabras más frecuentes pronunciadas por cada uno de ellos a lo largo de los años. Debajo de la foto de cada cual destacaba el término más utilizado. Agustín Celorio, democracia; Cristóbal Santa, crecimiento; Noé Beltrán, orden y estabilidad. El gráfico interactivo permitía al usuario introducir una palabra y conocer el número de veces que había sido pronunciada, las connotaciones positivas o negativas y su evolución a través del tiempo. En cierta manera desnudaba el pensamiento de los tres políticos.

Amelia sonrió satisfecha y se dijo que *El Mundo* era incapaz de publicar algo similar, y no porque careciera de los recursos para hacerlo sino por la falta de creatividad que en asuntos digitales caracterizaba a la prensa vieja. Pensó en la reacción que tendría Tomás cuando lo publicaran y se preguntó si al verlo seguiría pensando que no tenían los tamaños para ser rivales.

## 7

## Celorio

*76 días antes, 8.30 a.m.*

Charles Robertson parecía justamente lo que era, un zorro gris de rostro alargado y nariz afilada. El jefe de gabinete de la Casa Blanca no solo constituía el brazo derecho del presidente Brook, para muchos era también el hemisferio izquierdo y el derecho y cualquier sinapsis que existiera entre ellos. Celorio se había hecho íntimo del funcionario cuando el mexicano ocupó la embajada en Washington y el californiano era el jefe de asesores del entonces senador Brook. Su amistad creció entre los favores que ambos intercambiaron para provecho mutuo. Celorio allanó el camino para que distintas organizaciones latinas viesen con buenos ojos las campañas electorales al Senado y al gobierno de Texas del ahora presidente; por su parte, Robertson cabildeó en distintas ocasiones a favor de las peticiones del gobierno de México, algunas de ellas de carácter personal de Prida y su familia, gestionadas por el canciller.

—Tienes que conseguirme ese encuentro, Charly, no te voy a decir que de eso depende mi candidatura, pero tú sabes que abrir un caminito a la presidencia es así de caprichoso.

—Supongo que querrás un desayuno a la mexicana, ¿no? ¿Te acuerdas de Rosario? Aún la tengo conmigo. Espero que te gusten los chilaquiles, porque nos están esperando en la terraza —aunque el acento del español de Robertson resultaba deplorable, el léxico y la construcción gramatical eran impecables; había crecido en el seno de la última familia anglosajona de un barrio popular de Chicago colonizado por mexicanos. Cuando George Bush lo designó subsecretario de Estado a cargo de asuntos latinoamericanos se propuso, y lo consiguió, perfeccionar el idioma. Ahora agradecía toda oportunidad para practicarlo.

Celorio asintió con un gesto a medio camino entre la sorpresa y la alegría, aunque no sentía ninguna de las dos. Entendió que debía resignarse a seguir el ritmo que el Zorro eligiese para tratar su petición. Se encontraban en la residencia del estadounidense, a las afueras de Washington. Una agradable finca rodeada por un pequeño jardín. Con todo, el mexicano la encontraba demasiado modesta para lo que podría esperarse del hombre más poderoso del gobierno después del presidente. Robertson había adquirido la propiedad quince años antes cuando se mudó a la capital y todavía le quedaban cinco años de hipoteca. Celorio sabía que por las manos de su colega habían pasado cantidades de dinero ingentes, sobre todo durante las campañas electorales, por lo que suponía que la razón para mantener viva esa hipoteca obedecía a cuestiones de imagen. Pero no dejaba de incomodarle la hipocresía. Cualquier funcionario mexicano de jerarquía equivalente estaría ofreciendo el desayuno rodeado de una nube de sirvientes y a la vista de un extenso bosque.

—Se dice que Prida juega mejor que el presidente, ¿para qué lo voy a exponer a un mal rato? A Brook menos que a nadie le gusta perder —dijo Robertson veinte minutos después, cuando Celorio ya se había resignado a que su anfitrión ignorase el tema que lo trajo a Washington. El estadounidense hizo la observación sin ninguna inflexión en la voz, como si se estuviese preguntando por qué el yogur de hoy no sabía igual que el de su juventud. No rechazaba la petición de Celorio, simplemente tenía curiosidad por saber cuánto estaba dispuesto a pagar para obtener lo que había venido a buscar.

—No va a perder, no te preocupes. Ayer hablé con Sergio Franco y le expliqué que simplemente se trataba de un partido que no tiene otra finalidad que la convivencia y las buenas relaciones entre los dos países al más alto nivel.

—Creo que lo único que quería era que lo dejaras en paz para concentrarse en el partido de hoy; supongo que tendremos que confiar en eso. ¿Y de James, sabes algo?

—Su representante me aseguró que el joven estaría allí, que se sentiría halagado de jugar al lado de su presidente.

—Eres un cabrón —dijo Robertson riéndose—. No te voy a preguntar cuánto te costó. Espero que Sergio nunca se entere de la comisión que tuviste que pagar al maldito representante de James. Y, a propósito, ¿cuál sería el provecho para la Casa Blanca?

Celorio reflexionó algunos instantes. Aunque estuvo a punto de pedirle que él mismo fijara la cifra que requeriría su servicio, se contuvo a tiempo. Con cualquier otro interlocutor habría sido la respuesta correcta, pero no en el caso de Robertson. El tipo era un obsesivo del poder, no del dinero.

—Si las cosas me favorecen, desde Los Pinos puedo hacer mucho por Howard Brook. Un presidente estadounidense soñaría con tener los márgenes de maniobra que posee un presidente mexicano: situar fondos para operaciones que necesitarían la aprobación de tu Congreso, pero no del mío, canalizar recursos a una campaña electoral, autorizar incursiones secretas sin supervisión. Eso y un largo etcétera.

Robertson inclinó ligeramente la cabeza, aunque no pudo evitar otear el horizonte para asegurarse de que no había nadie a su alrededor. Celorio mismo revisó el entorno y se preguntó si la televisión encendida al lado de la mesa habría atenuado la crudeza de sus palabras. En la intentona de seducción que estaba haciendo, sus propuestas eran tan poco elegantes como desnudarse y colocar los genitales sobre la mesa en la primera cita romántica. Pero no estaba para sutilezas; los dos tenían que tomar un avión a Nueva York en los siguientes minutos, cada cual por su lado; si los presidentes iban a jugar un partido el martes tenía que negociarlo ahora o no sería nunca.

—Es muy sano que los líderes de la nación practiquen deportes, y un rato de convivencia entre ellos seguramente será muy útil para los dos países. Veré qué puedo hacer, aunque no prometo nada, salvo una paliza a Sergio hoy por la tarde —respondió Robertson al ponerse de pie para despedir a su huésped.

# 8

**Sergio**
*76 días antes, 5.40 p.m.*

Si hubiese sido una pelea de box no habría tenido la menor oportunidad a menos que su contrincante se resbalara y terminara desnucándose. Pero en el tenis los golpes que uno tira pueden ser tu peor enemigo. Durante dos horas y media, James Gest prácticamente había ganado y perdido contra sí mismo: cincuenta y seis tiros ganadores, cuarenta y ocho errores no forzados. Su juego era demasiado poderoso para que Sergio Franco pudiera tomar la iniciativa. La energía del joven y la fuerza de sus embates impedían al veterano cualquier otra cosa que no fuera intentar bloquear con su raqueta los misiles que afrontaba. Para su fortuna, el nerviosismo propio del debutante de una gran final desquiciaba a su oponente. James alternaba tiros de antología con fallos absurdos. Frente a ello, el mexicano optó por defenderse en espera de que el estadounidense terminara por ganar o perder cada punto.

No era una mala estrategia: se dividieron los cuatro primeros sets y en el quinto y definitivo los dos conservaron su servicio. Sergio se encontraba abajo, a 2-1 y confiaba ganar su saque para volver a empatarlo. No pudo hacerlo. Las muchas horas transcurridas en la cancha comenzaron a cobrar factura y asumió que la batalla estaba perdida. En los minutos siguientes la energía del estadounidense empezó a sosegarse y sus tiros se convirtieron en trallazos perfectos. Franco apenas pudo ganar dos de los siguientes diez puntos disputados. El público celebró cada uno de ellos como si fuera la cuenta regresiva de la ansiada coronación. Pero algo extraño sucedió cuando se encaminaron al descanso tras un categórico 4-1, en ese último set.

Al cruzarse frente a la red para ocupar sus sillas, Sergio esperó cortésmente y cedió el paso al otro, un automatismo más que una deferencia a su rival. El estadounidense aprovechó la circunstancia para decirle en voz baja: «*You are fucking damned, pussy*». El insulto fue tan frontal e inesperado que por un momento el mexicano creyó haber escuchado mal. Hacía años que se habían dejado atrás los insultos y las actitudes rijosas en el tenis profesional y ahora todo era intercambio de zalamerías y elogios mutuos de cara a las cámaras. Los cuantiosos recursos que los tenistas obtenían de las campañas publicitarias les obligaban a construir una imagen políticamente correcta. James Gest al parecer no estaba de acuerdo. Aún incrédulo, Sergio observó a su contrincante desde su asiento y la actitud del joven despejó cualquier duda. La mirada que le dirigía era la de un escolar pendenciero. Por lo visto James también quería emular a John McEnroe y a Jimmy Connors en el temperamento explosivo.

Sergio sabía que el insulto de su rival era una provocación destinada a humillarlo, un golpe final a sus zonas blandas. O quizá simplemente era la manera en que se daba confianza el joven gallo que tenía enfrente. Lo cierto es que consiguió justo lo contrario. Segundos antes, al dirigirse a su silla, él simplemente había deseado que todo terminase, abreviar el rito final de una inmolación destinada a dar gusto a todos los que le rodeaban. El público aplaudía de pie a su campeón y él pudo comprobar que, como mosca en la leche, solo el palco que albergaba a sus entrenadores y familiares se mantenía en silencio.

Claudia, Tomás y el cineasta Alfonso Cuarón, amigo cercano de Sergio, seguían el *match* en un silencio tenso, cada uno sumido en sus reflexiones. Durante los últimos minutos habían tenido muy poco que celebrar. Claudia experimentaba cada punto como si la vida le fuese en ello, a veces literalmente: en algunos peloteos largos y dramáticos se olvidaba de respirar, hasta el grado de que Tomás deseaba que concluyese el maldito punto para escucharla por fin inhalar el aire a bocanadas, como quien sale a la superficie tras una larga inmersión; en otros momentos del partido ella inclinaba el cuerpo para ayudar a su primo a alcanzar una pelota imposible y musitaba consejos y estrategias cada dos minutos.

Cuarón mantenía las mandíbulas apretadas cuando Franco perdía el peloteo y estallaba de júbilo en los puntos ganados.

Por su parte, Tomás dividía su atención en tres frentes. Era la primera vez que asistía en vivo a un juego de ese nivel y estaba fascinado por la increíble velocidad y precisión con que golpeaban la pelota, algo que pasaba inadvertido cuando se miraba por televisión. En un par de ocasiones estuvo a punto de aplaudir una acrobacia del joven maravilla pero se contuvo al darse cuenta de que era el rival del palco en el que se encontraba. Periódicamente lo distraían las reacciones de Claudia, quien atenazaba su muslo cuando un punto disputado alcanzaba su clímax. Se preguntó si las cámaras de televisión que ocasionalmente los enfocaban captarían el gesto. ¿Estaría Amelia viendo el partido?

El cuerpo de Claudia pegado al suyo no impedía que su atención fuese atraída una y otra vez al palco de los presidentes, a unos metros de distancia de donde ellos se encontraban. Observar las reacciones de uno y otro tras un punto decisivo le provocaba un morbo cercano al voyerismo.

Al inicio del partido ambos mandatarios mostraron una flema diplomática admirable; boyas imperturbables en medio de la marea de emociones que recorría el estadio como si en lugar de un partido dramático estuviesen presidiendo un desfile militar mil veces contemplado. Los vidrios blindados que los organismos de seguridad habían colocado a sus costados parecían aislarlos de las olas efusivas que descendían de la graderías. Muy ocasionalmente, cuando uno de los jugadores incurría en una proeza atlética, uno de los presidentes hacía un gesto de deferencia a su colega en un sutil reconocimiento al mérito del otro. Pero en las postrimerías del partido los dos habían renunciado a cualquier intento de simulación; en el cuarto set Alonso Prida celebró un punto espectacular de Sergio Franco propinando un gancho corto a un hígado imaginario a manera de victoria; Brook respondió dos minutos más tarde estirando los brazos y luego encogiendo los codos contra el vientre y con los puños cerrados, una expresión que en otro contexto, o quizá también en este, pasaría por obsceno. A mediados del quinto set los dos dirigentes preferían ignorarse y departían cada uno con su respectivo asistente: Brook con el temido líder del Senado, William Todd, usual compañero de dobles en la partidas semanales, y Prida con Celorio, su secretario del Exterior.

A finales del quinto set, Brook festejaba mucho y Prida poco a medida que se acercaba el momento en que el joven ganaría el set decisivo y se alzaría con su primer gran torneo. Eufórico, el público anticipaba la victoria y había transformado las graderías en cascadas de efluvios patrioteros. Cientos de banderas con las rayas y las estrellas hacían del estadio un set del 4 de julio. El árbitro había pretendido silenciar al auditorio cuando los jugadores se aprestaban a servir, pero ahora ni siquiera lo intentaba. El mismo James se había transformado en un agitador del público, un maestro de ceremonias de los gritos estentóreos procedentes de las tribunas.

A Sergio le costaba avenirse con la beligerancia que mostraba el público cuando él ganaba un punto; se convertía en el villano responsable de la infelicidad de todos cuantos asistían al evento. Toda cortesía había sido abandonada juegos atrás. Cualquier dilación de su parte era castigada con un abucheo estridente; veintidós mil personas transformadas en una masa hostil a su causa. Resultaba difícil encontrar reservas de energía y ánimos para triunfar en contra de la voluntad de tantos.

No obstante, tras el absurdo insulto de Gest, la indignación encendió algo que había creído apagado desde la muerte de Rossana. Un caldero en el pecho, un borbotón de lava subiendo hasta su cabeza. Ya no le importó nada. Ni el cheque de casi cuatro millones de dólares, ni la copa de plata, ni siquiera la proeza de culminar su carrera con un triunfo histórico. Lo único que deseaba era darle una lección al niño engreído. Jugó los siguientes minutos con raquetazos violentos, esfuerzos denodados para hacer de cada pelota un misil capaz de perforar a su contrincante y, contra toda posibilidad, comenzó a tener éxito. Frente a la incredulidad de la concurrencia, los golpes se convirtieron en trazos absolutamente cómplices, inalcanzables para su rival. Al regresar a la silla de descanso el marcador había pasado de un desesperanzado 4-1 a un inquietante 4-3. De nuevo, en un exagerado ademán de caballerosidad, Sergio le concedió el paso a su rival. Esta vez el joven no le miró. Regresaba a su asiento con la mirada desenfocada. Se había puesto en pie para no volver a sentarse, para conseguir los últimos dos juegos y dejarse bañar por el amor de su público. En lugar de eso regresaba a un descanso adicional con la ventaja disminuida pero, sobre todo, con la confianza extraviada.

Por su parte, Sergio se cubrió la cabeza con la toalla y se sustrajo de todo lo que no fuera la guerra psicológica que seguiría. Mentalmente eliminó las graderías y a sus ruidosos huéspedes y se concentró en su oponente, una red y dos raquetas. El chico era mercurio puro. Un buen golpe del chaval y los elogios delirantes del público lo convertirían otra vez en un mortero implacable. Sergio se convenció de que tenía que hacer algo para mantenerlo desbalanceado, fuera de sus casillas. Sabía cómo.

Por fortuna, la fatiga acumulada durante el torneo esta vez no sería un problema pese al calor húmedo y atosigante; la adrenalina del momento compensaba el desgaste sufrido. Desde hacía algunos minutos se sentía como el corredor de fondo, que tras la fatiga de los primeros kilómetros entra en un trance dentro del cual siente que puede correr indefinidamente. La aversión a dejarse vencer por un chico soberbio y malcriado y la sensación de ser víctima de una traición por parte de los que lo habían vitoreado dos días antes le impedían rendirse.

Decidió negarles el gusto a todos. Se levantó de la silla y sin delatar prisa en su paso ni derrochar energía innecesariamente dotó a sus movimientos de la parsimonia de un funcionario bancario a punto de abrir las puertas de su establecimiento. Retuvo su servicio sin dificultades y percibió la manera en que la sensación de perfecto equilibrio que lo había eludido toda la tarde penetraba por fin en su esqueleto. Tendones, órganos y hemisferios en armonía perfecta; una coreografía pulcra y elegante tuvo lugar dentro de su piel, una sensación de certidumbre oculta al público salvo por el sonido sólido que partía del centro de su raqueta. El ansiado aislamiento en el que se dejan de escuchar los ruidos externos y el universo se reduce al bombeo del corazón, a la sangre que activa los músculos en sincronía para estallar en un tiro preciso y convertir la pelota en una extensión de la mirada.

Tras conseguir el 4-4 sabía que vendría el momento decisivo. Si el contrincante ganaba su servicio estaría otra vez al borde del triunfo. Por el contrario, si lo perdía y se ponía en desventaja por primera vez en el partido, nunca más se recuperaría. Ahora mismo lo veía furioso tras haber perdido una delantera que había considerado irreversible. Nadie de diecisiete años tiene la templanza para regresar de ese autoflagelo.

Y, pese a todo, mostró que no era cualquier adolescente. En su primer servicio metió un balazo de 131 millas por hora, inalcanzable para el mexicano. La multitud estalló en un alarido liberador de la frustración contenida y los vítores se extendieron durante minutos pese a los llamados del juez de silla. Sergio observó la manera en que el muchacho volvía a erguir el pecho y su espalda parecía insuflarse. De nuevo tuvo la impresión de encontrarse ante un gallo de pelea. Un punto más a favor del estadounidense y la espuma en la que se subiría sería irremontable. El veterano entendió que ganaría aquel que estuviera en la cima cuando llegase el punto decisivo.

Una vez más, Sergio decidió que no dejaría al azar el desenlace. Si tenía que enfurecer al público para no terminar su carrera frente a un Justin Bieber con raqueta, lo haría. Con el siguiente servicio de su rival, dejado en la red, el mexicano fingió un ligero traspié y se acuclilló para tocarse un tobillo, mientras el estadounidense botaba la pelota impaciente para efectuar el segundo intento de servicio. Sergio hizo un gesto al juez mientras caminaba con paso inseguro, como poniendo a prueba la entereza de su pie izquierdo. No tenía que fingir mucho porque a un costado del empeine se había enconado una pequeña llaga desde mediados del torneo. Pero gran parte del público dudó de su lesión y se lo hizo saber con un estentóreo abucheo. Su contrincante colocó los brazos en jarra y contempló la escena con gestos de impaciencia dirigidos ahora al juez ahora al público. Sergio caminó hacia su silla renqueando sutilmente y pidió al árbitro un momento para ser revisado. El abucheo incrementó en indignados decibelios y en la misma proporción el enfado de su rival.

Los asistentes médicos del torneo entraron a la cancha para revisar el pie. Una cámara de televisión se coló entre las cabezas de los doctores como si quisiera verificar la autenticidad de la lesión. Para su alivio, la calceta blanca mostraba trazos de sangre y Sergio se sintió exonerado. Como una reina que muestra al mundo las sábanas manchadas al día siguiente de su boda. El pie fue vendado, y el jugador aprovechó la oportunidad para cambiar camiseta, y regresó lentamente a la cancha. Le bastó ver la cara de James para entender que su estratagema había dado resultado. El chico botaba la pelota con rabia, impaciente por iniciar los movimientos para servir. El mexicano decidió darle el golpe de gracia. Alzó un brazo y regresó trotando a su silla para limpiar el mango de su raqueta, ensuciado por el ungüento que acababan de aplicarle. O eso fue lo que le indicó al juez de silla. Solo entonces se dispuso a reanudar el partido.

Para entonces el joven ya estaba en otra galaxia, absolutamente fuera de sus casillas. El momento que disfrutó al inicio del quinto set parecía ahora encontrarse a años luz de distancia. Cometió una doble falta producto de su apresuramiento, tras lo cual botó un tiro milímetros afuera de la línea. Exigió al árbitro que descendiera de su silla para rectificar su decisión, pero este solicitó la verificación electrónica, el ojo de cuervo, que confirmó la falla del jugador. Exasperado, el joven tiró la raqueta: había entrado al inframundo en el que las oportunidades perdidas adquieren vida propia y los pequeños errores son producto de los aviones que pasan, del calor inclemente, de la estupidez del árbitro y de la contumacia del rival. Un lugar emocional del que no se regresa, no en el primer año como profesional, en todo caso. Cinco minutos más tarde, Sergio Franco alzaba los brazos para celebrar el quinto Grand Slam de su vida.

Y, no obstante, no era el hombre más feliz del estadio. Ni siquiera el segundo más feliz. Alonso Prida experimentaba un rapto jubiloso tal que parecían haberle comunicado el fin de la no reelección en México y su nombramiento vitalicio como presidente del país. A su lado, en el palco de honor, Brook no hacía ningún esfuerzo por ocultar su frustración, aumentada por la desmesurada celebración de su colega. No teniendo quién más le siguiera la fiesta, Prida se fundió en un largo abrazo con Celorio y le musitó un «Gracias, hermano, hicimos historia». Este no entendió bien a bien a qué historia se refería el presidente, pero el abrazo íntimo transmitido por televisión al mundo entero lo convirtió en el segundo hombre más feliz del estadio.

A tres palcos de distancia, Cuarón, Claudia, Tomás y el cuerpo técnico del mexicano también se abrazaban entre risas y bromas.

—Casi tan bueno como un Óscar, ¿no? —dijo Claudia exultante y con la respiración agitada, provocando al cineasta mexicano.

—Casi. Siguen en racha los mexicanos.

Los tres dirigieron la mirada al palco presidencial y contemplaron la nube de fotógrafos que desde la cancha inmortalizaban las reacciones de los dos mandatarios.

—Como no se le quite la cara de satisfacción a Prida, corre el riesgo de que lo linchen a la salida del estadio —dijo Cuarón.

—Ese está protegido. Me preocupa Sergio, anda cada loco suelto en este país —respondió Tomás—, habría que sugerirle que no camine por la calle durante los próximos días.

—Esto es Nueva York, no Texas —intervino Claudia.

—Díselo a John Lennon —respondió el periodista, aunque se arrepintió de inmediato al observar el gesto de preocupación que nubló el entrecejo de la mujer.

—Tranquilos —dijo el cineasta—. No subestimen a Sergio. Lo he escuchado en otras ceremonias de premiación.

Y, en efecto, minutos más tarde el jugador se metió al público en el bolsillo cuando agradeció a la vida la oportunidad de retirarse frente a quien se convertiría en el mejor atleta en la historia del tenis y ante el público sinodal más exigente y conocedor del mundo. «Federer tiene la culpa de que hoy me encuentre aquí; gracias a él, que me convenció de resistir un año más, pude formar parte de la leyenda que hoy comenzará a escribirse. Asistimos al nacimiento de un grande. No se construye un campeón sin derrotas. En los años por venir James no tendrá rival enfrente, salvo su propia templanza. Por lo mismo, hoy puede ser un día histórico, el muelle de partida de una ruta de navegación sin precedente. Me felicito, los felicito, por haber sido testigos de ello. Gracias.»

Gest se fundió en un abrazo con su rival, conmovido por el atronador aplauso y por el vaticinio de Sergio, que lo postulaba como el tenista más grande de todos los tiempos, o por lo menos eso es lo que creía que habían dicho de él. Con los ojos enrojecidos por el llanto —antes de frustración y de rabia, ahora de felicidad y orgullo— levantó agradecido el brazo de Sergio y este a su vez correspondió haciendo lo mismo. La foto sería la imagen principal de las noticias en el mundo entero, pese a los esfuerzos inauditos que hizo Celorio para difundir el saludo que tuvo lugar entre el tenista y el presidente mexicano minutos más tarde.

Howard Brook pretextó frente a su colega razones de seguridad y se retiró del estadio en cuanto se lo permitió el protocolo de la ceremonia de premiación. «Confirma el juego de dobles para el martes en la Casa Blanca, voy a quitarle la cara de payaso a ese fantoche de presidente, malditos latinos», dijo a su jefe de gabinete tan pronto trepó a su limusina.

## 9

**Claudia y Tomás**
*75 días antes, 10.50 a.m.*

—Pensé que los profesionales no se desvelaban —dijo Tomás a manera de saludo, cuando por fin apareció Claudia para desayunar a media mañana, con cara de haber pasado toda la noche en vela.

—¿Lo dices por Sergio? Desde ayer por la noche es oficialmente un jubilado, así que había que celebrarlo. Ya no va a disputar ningún otro torneo.

—Hace bien, *it does not get better than this* —dijo él sin mayor entusiasmo, y Claudia se preguntó si no estaría ofendido por haberlo abandonado la tarde anterior, cuando su primo la llamó a los vestidores para iniciar los festejos.

—Disculpa que no te invitara pero él quería armar la fiesta en su *suite* exclusivamente con el equipo que lo acompañó durante estos años, supongo que no tuvo más remedio que incluirme; soy la única pariente —dijo ella, encogiéndose de hombros—. Hasta se le tuvo que esconder a Prida, que anda celebrando como si él hubiera ganado. Si pudiera convertir a Sergio en banda presidencial se lo llevaba puesto.

—A quien se quiere llevar puesta es a ti. Ayer el abrazo que te dio al terminar el partido no tenía nada de protocolario, se aferró a ti como un bombero a su manguera.

—Es querendón pero inofensivo —respondió ella con una sonrisa.

—No estoy tan seguro de lo inofensivo. Acá de viaje se siente de cacería; ayer me preguntó dos veces si regresarías al palco después de que te fueras a saludar a Sergio a los vestidores. Incluso Celorio anduvo haciendo de celestino: por la noche me llamó a la habitación para decirme que el presidente quería invitarnos a tomar un trago. Cuando le dije que tú seguías con tu primo se hizo el distraído para retirarme la invitación.

—No me digas que estás celoso, Tomás —dijo ella en tono festivo.

—Mi deber es cuidar las espaldas de mi jefa —dijo él siguiéndole la corriente—. Bueno, las espaldas y todo lo demás —añadió y no pudo evitar un rápido recorrido por el cuerpo de Claudia. Ella misma siguió su mirada y observó sus propios muslos, como si quisiera cerciorarse de lo que él veía. Luego levantó el rostro para enfrentar a Tomás y ambos soltaron la carcajada.

—Yo diría que lo tienes algo descuidado —respondió ella, haciendo una reconvención cariñosa.

—Eso se resuelve con un *room service* —dijo él, con un gesto en dirección a las habitaciones de los pisos superiores. Él mismo se sorprendió al escuchar sus palabras y se preguntó de dónde le habían salido. Quizá fuera el entorno tan distinto al de las oficinas del periódico; o, tal vez, en efecto, el cuerpo tenía memoria y reconocía el escenario de sus fornicios a pesar de los años transcurridos.

Claudia sonrió, se levantó de la mesa y caminó en dirección a los ascensores. Tomás sacó un billete de cincuenta dólares, lo tiró sobre la mesa lamentándose no tener uno de veinte para pagar el café consumido y la siguió. Se dijo que por fin estaba sucediendo lo que había deseado —y temido— durante varios meses. Su corazón se distendió en palpitaciones aceleradas, él asumió que estaba experimentando un ataque de pánico. Pero antes de alcanzar a Claudia, observó el bamboleo de un trasero que hacía honor a los orígenes cubanos de la madre. Una oleada de excitación barrió cualquier otra sensación.

En lo que pareció un traslado interminable hasta el cuarto piso evitaron mirarse uno al otro, como si el panel del ascensor necesitase de una atenta supervisión de su parte. Los dos parecían ligeramente aturdidos por su atrevimiento. Él comprendió que ella quisiera arrepentirse después del arranque inicial; iba a mencionarlo pero ella se anticipó.

—No me voy a meter en esa habitación si antes no me das un beso —dijo Claudia en tono meloso; fue ella quien arrimó su cuerpo y colocó los labios sobre los suyos.

«Debe de ser un buen espectáculo para quien esté a cargo de los monitores de vigilancia del ascensor», pensó Tomás.

Caminaron por los mullidos y extensos pasillos alfombrados del hotel Plaza y al llegar a la habitación 412 volvieron a abrazarse antes de abrir la puerta. Ella parecía disfrutar el hecho de dejar constancia pública de lo que iban a acometer. Lo que siguió fue un largo *déjà vu*. Habían pasado ocho años desde que convivieron en calidad de amantes en ese mismo hotel a lo largo de varios días. Tomás recorrió el cuerpo de ella con la nostalgia acumulada, confirmando los músculos fibrosos escondidos bajo su piel lechosa. Una y otra vez sus recorridos fueron interrumpidos por los cambios de posición propiciados por ella, como si la mujer pusiera en práctica una escenografía mil veces imaginada en noches húmedas y solitarias.

Al penetrarla, Tomás quedó atrapado allí abajo, en la recámara íntima y secreta de reminiscencias prenatales, el lugar que hace a los hombres pronunciar con voz gutural frases inesperadas salidas de un ser que desconocían llevar adentro. Estuvo a punto de decirle al oído que nunca más volvería a salir de ella, que sería el hombre de su vida, que toda su existencia no había sido sino un peregrinaje para ganarse el lugar en el que ahora se encontraba. Pero alcanzó a contenerse. Supo que, sin importar la manera en que lo fraseara, lo que saldría de su boca sería inevitablemente un lugar común. Peor aún, cualquier cosa que dijese, él sabía que ya lo había dicho en más ocasiones de las que hubiera querido recordar. Así que simplemente calló y hundió la cabeza en su cuello.

Instantes más tarde recordó que no habían desayunado y ya pasaba del mediodía; los ruidos que procedían de su vientre reclamaban el abandono al que lo tenía sometido. Se preguntó cuántos minutos más tendría que dejar transcurrir antes de que resultase correcto separarse del abrazo e incorporarse para solicitar un servicio de alimento a la habitación. Las mujeres podían ser extremadamente sensibles a cualquier gesto que interpretasen como un desdén, particularmente en el primer encuentro sexual. Luego se preguntó si no estaba siendo un verdadero hijo de puta: cinco minutos antes quería susurrarle con el alma en la boca que ella podría ser la mujer de su vida, ahora simplemente le urgía el *omelet* que había estado a punto de pedir cuando Claudia apareció en el restaurante.

—Estoy encantada de tenerte adentro, corazón, pero ahora preferiría que levantaras ese teléfono y pidieras algo de comer. Muero de hambre —dijo ella con voz ronca.

Tomás rio por lo bajo y se incorporó para alcanzar el aparato. Se dijo que podría enamorarse de la sinceridad animal de esta mujer de apetitos prontos. Quizá Amelia habría sido la compañera de su vida, pero pensó que Claudia podría ser la persona que lo hiciera feliz. De pie, ante la mesita de noche, contempló la cama desordenada y la desinhibida maja desnuda que le prodigaba una sonrisa de complicidad y malicia. La sensación de gozo y agradecimiento que recorrió su cuerpo le hizo preguntarse si eso que sentía sería una forma de enamoramiento.

Ella se limitaba a observar el vientre de Tomás y la línea de vellos que desaparecía en su pubis. Consideró que no era un hombre hermoso, aunque poseía algo frágil y cálido que provocaba el deseo de complacerlo, de no defraudarlo. Quizá la manera acuosa que tenía de mirarla, con esos ojos tiernos y un poco socarrones.

Él interpretó su mirada como un brote de excitación y optó por tomar una ducha para reponerse del asalto anterior, aunque para ello tuviese que dar media vuelta y ofrecer la vista de su trasero, algo que le provocó una vaga incomodidad.

Claudia se desperezó sobre la cama. Se sentía colmada y no solo por lo que acababa de suceder.

Observó su propio cuerpo despatarrado y volvió a invadirla una grata y sensual languidez. Se había divorciado doce meses antes, después de un matrimonio con un ejecutivo millonario tan correcto como insípido, y desde entonces mantuvo relaciones esporádicas con un par de pretendientes; ninguno de ellos dejó mayor rastro que una resaca y un orgasmo culposo. Hombres demasiado impresionados con su estatus de baronesa de la prensa a los que nunca pudo respetar, mucho menos admirar. No era el caso de Tomás; el periodista la veía con todas sus fracturas. Estaba convencida de que él había aprendido a respetarla tras dos años de momentos difíciles, a veces con aciertos y en ocasiones con errores, pero siempre tomando decisiones valientes y honestas. O al menos eso pensaba ella. En suma, estaba contenta de tener a un amante, de que este fuera su cómplice en la responsabilidad que alguna vez amenazó con desbordarla, y de que este cómplice fuera Tomás.

El sonido del teléfono no interrumpió su sonrisa; asumió que se trataba de alguna consulta por parte del servicio de habitaciones. Lo que escuchó se la borró por completo.

—Claudia, lamento molestarte, pero no encuentro a Tomás —dijo Jaime Lemus, y sin pausa, añadió algo que le arruinó el día—. El periódico ha sido objeto de varios ataques cibernéticos desde la madrugada y me llamaron tus muchachos de sistemas porque no han podido montar una estrategia para defenderse. Mi gente ya está trabajando en ello, aunque ahora mismo es imposible tener acceso al portal de *El Mundo*.

Claudia estiró el brazo para alcanzar la punta de la sábana y cubrir su desnudez. La voz de Jaime ponía fin a la intimidad desinhibida que había reinado en la habitación. La mención del embate del que era víctima el diario la hizo sentirse frágil y vulnerable.

—¿Un ataque cibernético? ¿De quién? ¿Por qué?

—Es muy pronto para conocer el origen. Pero no es obra de algún aficionado; la embestida tumbó el servidor a pesar de los escudos que habíamos colocado.

Claudia recordó las partidas presupuestales que había aprobado, a petición de Lemlock, la empresa de Jaime, para reforzar la seguridad tanto física como digital de las operaciones del diario.

—Y, ¿tiene arreglo?

—En eso estamos. Muy pronto podremos restablecer el acceso, aunque será lento en las próximas horas. Sería conveniente quitar algunos videos de la página para aligerar la carga.

—Espera, Tomás está saliendo del baño. Coméntaselo ahora —dijo ella, sin imaginarse la enorme sonrisa que esta información dibujó en el rostro de su interlocutor. Claudia tapó la bocina y le explicó al periodista quién llamaba y lo que estaba sucediendo.

Tomás intentó hacerse de una imagen de lo que podría constituir un ataque cibernético, pero lo único que pudo invocar fue un hongo atómico en la pantalla de una computadora. Como si leyera su mente, Claudia se desplazó hasta el escritorio de la *suite* y abrió el Mac portátil para comprobar el bloqueo del portal de *El Mundo*.

Pese al impulso inmediato para levantar la bocina y enterarse de los pormenores del ataque, un extraño prurito impidió a Tomás tomar la llamada. Se sentía en falta al ser pillado en medio de la habitación de su jefa con el cuerpo mojado y una toalla precariamente enrollada en la cintura. Una información que, sabía, no sería inocua en manos de Jaime.

Advirtió de reojo que Claudia manipulaba el celular y el iPad para comprobar el bloqueo en otros dispositivos. Asumió que se estaba portando como un imbécil. Tendría que ser él y no la dueña del periódico quien estuviera monitoreando los alcances del perjuicio. Tomó el teléfono y encaró a Jaime.

—¿Estás seguro de que no es una falla técnica? Ya las hemos tenido en el pasado.

—Es un ataque, créeme. Y de los más sofisticados que yo haya visto.

—¿Puedes detenerlo?

—No te preocupes. Restauraremos el acceso en las próximas horas. ¿Cuándo regresan?

—Tenemos el boleto para el martes por la mañana, intentaré adelantarlo.

—No te apresures. En este momento no hay nada que puedan hacer tú o Claudia. Nos llevará días encontrar a los responsables. Hasta entonces hay que dejar el asunto en manos de los técnicos.

Tomás iba a protestar pero vio a Claudia a dos metros de distancia, apenas envuelta en la sábana con un pecho al desnudo cual odalisca romana, y decidió que no tenía ninguna prisa por volver. Le pidió a su amigo reforzar todos los mecanismos de seguridad del diario, y lo citó a una reunión en las oficinas del diario tan pronto llegaran a México. Claudia lo miraba expectante, él intentó tranquilizarla.

—Todo está bajo control. Lo más probable es que se trate de un chico listillo tratando de ganarse sus primeros galones como *hacker*. En unas horas todo quedará saneado.

Para darle certidumbre a sus palabras, el propio Tomás evocó la imagen de Luis, el joven que trabajaba con Amelia y único *hacker* que conocía. Pero el rostro del muchacho quedó sepultado por una imagen mucho más siniestra: la de Emanuel, otrora subdirector de opinión, yaciente en la morgue con dos tiros en el pecho, producto de la ocasión anterior en que *El Mundo* fue víctima de un ataque.

## 10

## Jaime
*75 días antes, 12.30 a.m.*

Nunca celebró una conquista amorosa para sí mismo con la alegría con la que confirmó la que Tomás había conseguido en el lecho de Claudia. Hacía tiempo que esperaba este momento. Ahora solo debía encontrar la manera de hacérselo saber a Amelia. Tenía la certeza de que ella tomaría como una traición el amorío de Tomás aun cuando ya no estuvieran juntos. La información que tenía Jaime mostraba que su amiga no había reanudado ninguno de los vínculos ocasionales de pareja que había sostenido antes de relacionarse con el periodista. Tras la ruptura, ella se mantuvo célibe, como si pensara que el tiempo haría regresar a Tomás o levantaría el veto que ella se había impuesto. Pero lo que ahora había comenzado en Nueva York cortaba de cuajo esa posibilidad.

Creía conocer el corazón de su amigo de la infancia porque estaba convencido de que en el fondo era igual al suyo, salvo que él poseía autocontrol y disciplina. En cambio, Tomás se entregaría a su pasión sin medir las consecuencias profesionales o el daño que sus actos ocasionara a los otros, Amelia en este caso. Y él sabía que ese efecto sería devastador. Más aún, confiaba en que eso fuera precisamente lo que sucediera, para ofrecerle su hombro y acompañarla como lo hiciera tantas veces en su juventud.

Con paciencia y meticulosidad, Jaime había conseguido todo en la vida, menos a Amelia. A los veintitrés años estuvo a punto de conquistarla, pero su propio padre se atravesó en el camino al convertirla en su amante. Y cuando las circunstancias volvieron a reunir a los cuatro amigos veinte años más tarde y renacieron sus esperanzas,

Tomás había frustrado la oportunidad. Confiaba en que esta vez fuera el propio periodista quien la empujara a sus brazos.

Ahora le urgía hacérselo saber a ella cuanto antes. Pensó en el juego de aretes egipcios destinado a Amelia que aguardaba el momento mil veces postergado desde hacía dos décadas y decidió que no esperaría un momento más. Levantó el teléfono y la llamó para invitarla a la sesión que ese mismo día sostendría con su equipo sobre la sucesión presidencial. El pretexto era impecable. En su calidad de expresidenta de un partido político, Amelia tenía una perspectiva de los entretelones de la escena pública que podría ser útil al equipo de Lemlock para construir un análisis más fino sobre el futuro de la presidencia.

O esa fue la excusa que Jaime utilizó al llamarla por teléfono. Después de un par de vacilaciones, su amiga accedió a pasar por la oficina al final de la tarde. Jaime sabía que no podría excusarse; además de la amistad, una larga lista de favores recibidos la obligaban a corresponder a una petición de Lemlock. Luego llamó a Vidal para transmitir sus instrucciones. El chico, hijo de su amigo Mario, se había transformado en su aprendiz y en lo más cercano que Jaime tenía de encontrar a un heredero para el imperio que había forjado.

Siete horas más tarde el grupo directivo de la enorme empresa de seguridad escuchaba embelesado la descripción que hacía Amelia de los tres candidatos y sus posibilidades. El propio Jaime estaba impresionado. Los presentes tenían información sobre Celorio, Santa y Beltrán que ni siquiera el PRI poseía, gracias al seguimiento que hacían desde meses atrás de los teléfonos, correos electrónicos y computadoras de los candidatos y su círculo inmediato. Y no obstante, Amelia hizo una valoración intuitiva de las fortalezas emocionales, de la visión del mundo o de las grietas de personalidad que no aparecían en los acuciosos informes que ellos tenían.

Vidal apuntó en su cuaderno lo que pudo resumir:

Cristóbal Santa es un frívolo. Arribará a la presidencia como un punto de llegada, no como un punto de partida. Con el ánimo de quien culmina una carrera política y le ha llegado el turno de cosechar, asumirá el poder para disfrutarlo y no para ejercerlo metiéndose en camisas de once varas. En cierta forma es el menos peligroso, aunque por la peor de las razones: es anodino. Intentará hacer algunas obras de relumbrón, pero dejará los temas de fondo intocados. Desde luego se hará asquerosamente millonario. O sea, más de lo mismo.

Los otros dos, Celorio y Beltrán, se parecen porque ambos quieren pasar a la historia, aunque por razones distintas y por diferentes vías. Celorio es un narciso con causa. Y su causa es él mismo, desde luego. Pero es un narciso inteligente y razonablemente culto. No es un demócrata, aunque querrá ser admirado como tal; no le conmueve la pobreza ni le quita el sueño la desigualdad, aunque hará lo imposible por pasar a la historia como el presidente que marcó la diferencia. Celorio desea ser amado, pero no por el vulgo sino por aquellos que él respeta o admira. Esa es su fortaleza y su debilidad.

Beltrán es otra cosa. Dicen que los políticos peligrosos no son aquellos que no han leído un libro sino aquellos que han leído uno solo. Ese es Beltrán. Un militante de sus ideas, salvo que sus ideas proceden de un solo libro y nunca se ha tomado la molestia de contrastarlas con otras y mucho menos con la realidad misma. Ese también quiere pasar a la historia como el hombre que nos salvó de nosotros mismos, o, peor aún, a pesar de nosotros mismos. Está convencido de que el país necesita un puño de hierro y una voluntad unificada. La suya, desde luego.

Jaime observó la atención con la que sus directivos bebían las palabras de Amelia y no pudo evitar un sentimiento de orgullo. Esa era la pareja que merecía, el trofeo que culminaría la obra de una vida, la guinda final que concretaría el triunfo sobre su padre, el gran Carlos Lemus. Jaime se congratulaba de que los políticos comían de su mano, empresarios y financieros le temían, poseía expedientes secretos de los amos de México que ni siquiera ellos imaginaban, y, sin embargo, todo eso seguiría estando incompleto mientras careciera de la pareja digna para compartirlo.

—Gracias, Amelia, muy interesante. Le pusiste alma y sentimiento a lo que hasta ahora eran meros esqueletos —Jaime lo dijo con el deseo de halagarla, y advirtió que de una u otra forma todos los presentes en la sala asintieron.

—Bueno, yo también me voy impresionada con algunos de los trucos que tienen por aquí —respondió ella haciendo un gesto en dirección a las pantallas que habían proyectado un carrusel de imágenes de los candidatos, muchas de ellas de carácter privado—. Lo pensaré dos veces antes de ponerme un bikini en una playa solitaria —agregó con una sonrisa.

La imagen que evocó Amelia transportó a Jaime a su adolescencia y a las soleadas sesiones sabatinas que los cuatro Azules solían pasar en la alberca de la casa de los Lemus. Así como otros jóvenes descubrieron lo que escondía su entrepierna a la vista de un póster de Sophia Loren o de Scarlett Johansson, dependiendo de la generación, Jaime se introdujo al mundo de los espasmos solitarios de la mano de la transformación de Amelia de una niña precoz a una adolescente sensual. Los cambios que experimentó el cuerpo de la joven, apenas contenidos en sus diminutos trajes de baño, fueron dolorosamente atestiguados por Jaime en veranos de días largos y noches solitarias. Desde entonces no la veía en traje de baño, pero podía apreciar que a sus cuarenta y seis años seguía siendo una mujer de un físico inquietante. Su piel canela conservaba el brillo original y permitía adivinar un cuerpo capaz de emitir percusiones insospechadas. El tipo de piel que hacía suponer la presencia de un tatuaje en algún sitio oculto y turbador. Los ojos grandes y almendrados, protegidos con largas pestañas acunadas por el violáceo de sus ojeras, le otorgaban un aire extraño y fascinante de diosa hindú.

Jaime regresó del viaje interior que las palabras de Amelia provocaron y recordó las razones por las que había convocado a su amiga.

—Antes de que se retiren, díganme si tenemos alguna novedad sobre el ataque que sufrió *El Mundo*—dijo Jaime al grupo en su conjunto—. Sigo preocupado —agregó en voz baja, dirigiéndose a Amelia en particular.

Mauricio Romo, encargado del área de inteligencia digital y responsable de la investigación de ese caso, estaba a punto de responder, pero Vidal se le adelantó, siguiendo las instrucciones previamente recibidas.

—Aún no tenemos ninguna pista clara. En la red es muy fácil esconder la mano que golpea, nuestros motores de búsqueda están trabajando al máximo, pronto tendremos un rastro. Por lo pronto manejamos varias hipótesis, ni siquiera descartamos que se trate de algún pretendiente de Claudia Franco, despechado por el romance que la dueña del diario mantiene con su director, Tomás Arizmendi. Sabemos que tenía enamorados de muy alto rango y poder, cualquiera de ellos podría estar vengándose —Vidal tendría que haber hecho una intervención en tono casual y relajado, pero el joven no pudo evitar que sus palabras adquirieran el tono de una lección aprendida.

—¿El romance? —se le escapó a Amelia en voz apenas perceptible.

Vidal iba a agregar algún detalle, pero las palabras se negaron a salir de su boca. La mirada de tristeza que cruzó el rostro de Amelia le provocó un ataque de vergüenza. Vidal y Jimena, la hija de Tomás, eran los únicos azulitos, como solían decir los cuatro amigos. Había crecido considerando a los tres compañeros de su padre como verdaderos tíos, y como tal adoraba a Amelia.

—*El Mundo* se ha ganado a pulso las razones para ser atacado por motivos menos frívolos que ese —dijo Amelia con severidad, dirigiéndose a Vidal. Y este entendió que estaba siendo reprendido. El joven pasaría el resto de la tarde atormentándose por la reacción de Amelia. La mirada que ella le dirigió había sido de dolor pero también de reproche.

—Lamento que te hayas enterado de esa manera —le dijo Jaime, tomándola del brazo en el ascensor que les llevaba al estacionamiento subterráneo, tan pronto terminó la sesión de trabajo—. Sé que ya no hay nada entre ustedes, aun así, los modos de Tomás siempre han sido irreflexivos, sin pensar en los demás.

—Tomás ya está grandecito y puede hacer lo que le venga en gana —respondió ella tratando de imprimir un tono neutro a sus palabras. Y dio la espalda a su amigo, con la clara intención de poner punto final a la conversación.

Con todo, cuando Jaime la despidió en la puerta de su coche no pudo reprimir un último comentario:

—Solo te pediré una cosa, Amelia, no importa qué suceda ahora, por favor, déjame estar cerca. Somos amigos desde siempre. No te comas esto tú sola.

Jaime mismo quedó sorprendido del tono conmovido que empleó y una vez más tomó ese exabrupto, desusado en él, como una confirmación de la pasión que la mujer le inspiraba.

—Y yo solo te pediré una cosa: no corrompas a Vidal. Eso nunca te lo perdonaría.

## 11

**Sergio y Celorio**
*74 días antes, 8.30 a.m.*

Perder intencionalmente era mucho más difícil de lo que parecía. Había prometido a Celorio que no incurriría en el mal gusto de infligir una derrota al anfitrión en el encuentro en la Casa Blanca, pero hacerlo sin que se diera cuenta Prida, su compañero de dobles, era demasiado complicado. Sobre todo porque el joven maravilla que tenía enfrente colaboraba muy poco. James Gest, quien jugaba displicente al lado del presidente Brook, seguía extraviado en algún punto de la final perdida cuarenta horas antes y golpeaba la pelota con mucha fuerza y poca puntería. En algún momento su propio compañero le reconvino con delicadeza cuando envió un misil al cuerpo de Prida. Se entendía que los dos profesionales pelotearían en dos revoluciones; intensamente entre ellos, con suavidad cuando involucraran a alguno de los presidentes. Pero Gest olvidaba, o pretendía olvidar, la consigna y de vez en vez ponía a temblar al mandatario mexicano.

Con todo, Prida se encontraba exultante. Había logrado colocar un *passing shot* en contra de James y eso compensaba cualquier derrota. Al final los estadounidenses salieron victoriosos dos sets a uno para satisfacción de los dos consejeros, Celorio y Robertson, quienes habían seguido el *match* en la orilla de la cancha con tanto o más nerviosismo que la final del domingo anterior.

Tras hacer los comentarios de rigor al terminar el partido, el grupo se separó de forma espontánea en tres parejas. Sergio y James se quedaron en la red, contemplados desde lejos por Celorio y Robertson, mientras los presidentes buscaban un refrigerio.

—¿De qué hablarán los profesionales cuando no se están dando de raquetazos? —se preguntó en voz alta el canciller mexicano.

—No creo que de muchas cosas, el chico es prácticamente analfabeto. Supongo que el tenis les come la vida —respondió Robertson, también en tono reflexivo, casi con ternura.

Celorio estaba a punto de comentar que ese no era el caso de Sergio Franco, quien invariablemente viajaba con una novela o una biografía bajo el brazo, pero se contuvo cuando James levantó la cabeza y clavó la vista en ellos como si hubiese percibido que hablaban de él. Probablemente cualquier otra persona se habría sentido en falta: no los dos políticos, ambos sonrieron y Robertson incluso levantó el pulgar en señal de victoria. James no devolvió el gesto pero regresó la vista a su colega.

—¿Y tú nunca te enredaste con alguna de las rusas o las serbias? —preguntó el joven a Sergio. Había estado interrogándolo sobre su experiencia en materia de relaciones amorosas con tenistas del circuito al que apenas se estaba incorporando. El estadounidense acababa de conocer a las Kirskova, las dos gemelas polacas vencedoras en la final de dobles, y había fantaseado con la posibilidad de enredarse entre las cuatro musculosas piernas de las atletas.

—En algún momento en el camino uno lo intenta, pero a la larga nunca funciona. Las agendas son muy pesadas. Lo más fácil es hacerse de una compañera que te siga, de otra manera es imposible tener una relación.

El tema le resultó incómodo a Sergio porque inevitablemente pensó en Rossana. No quería ser grosero con James, pero el chico lo tenía un poco harto, con su Narciso a flor de piel. Miró a su alrededor en busca de ayuda y observó a los dos presidentes junto a la mesa de refrigerios, apurando con avidez botellas de Gatorade, una marca que él anunciaba. Consideró la fortuna que habría estado dispuesta a pagar la compañía a cambio de la imagen de los dos mandatarios atragantándose con su producto.

Ahora que los miraba con atención advirtió lo mucho que tenían en común. Los dos presidentes apenas superaban los cincuenta años, eran blancos de piel y de pelo castaño, con cuerpos ligeramente atléticos aunque más bien de baja estatura, sin ser chaparros. O tal vez el parecido surgía de la muy particular manera que tenían de ocupar un espacio, como si el resto de las cosas y las personas estuvieran allí para ser activadas a su antojo. «Eso es lo que hace el poder presidencial», se dijo Franco. O quizá era algo propio de los políticos, una disposición para usar a los demás como si todo no fuera más que una coreografía concebida para servirles. Se preguntó si los oficios provocaban eso, una manera específica de estar en el mundo, e inevitablemente pensó en los tenistas. ¿Proyectaban él y James algo en común? La idea le irritó y decidió acortar el diálogo.

—¿De qué hablarán los presidentes entre sí cuando están fuera de la oficina? —se preguntó en voz alta, en español, aunque la respuesta que pudiera tener el joven no le intrigaba en lo más mínimo, incluso si hubiera entendido. Interesado en averiguarlo, caminó en dirección a la mesa de refrigerios. Cualquier cosa antes de seguir escuchando los planes de su colega para organizar un *ménage à trois* con las polacas. Los dos mandatarios seguían conversando.

—¿Cuándo regresas para jugar un *singles*? —preguntó Brook a Prida—. Yo creo que puedo darte pelea. Siempre y cuando no pongas como recompensa la recuperación de la California —agregó con una carcajada.

El triunfo lo había puesto de buen humor. Entendía que su colega mexicano poseía un nivel de tenis ligeramente superior al suyo, pero en cambio él gozaba de mejor condición física. En un partido de uno contra uno sabía que podría agotarlo. Brook estaba muy orgulloso de su capacidad para correr indefinidamente sin fatigarse.

—Tal y como estás jugando podrías quitarme Tamaulipas. Prefiero perder unos habanos —respondió Prida generoso.

También él estaba contento. Hasta antes del torneo había tenido una relación distante con el estadounidense. La administración de Brook no había hecho ningún esfuerzo para acercarse al gobierno mexicano, sabiendo que la gestión de Prida estaba a punto de terminar. Y, en efecto, era poco lo que este podía hacer en beneficio de la Casa Blanca en los pocos meses que le quedaban al sexenio, pero en cambio la relación era decisiva para el futuro del mexicano. No podía descartar que, tras dejar el poder, su sucesor orquestara en su contra alguna *vendetta* política. En la tradición política mexicana no era extraño que el nuevo líder lanzara una supuesta campaña contra la corrupción echando mano de las irregularidades reales o inventadas del régimen anterior. En tal caso ser amigo personal del presidente de Estados Unidos sería un blindaje para asegurar su tranquilidad. Eso y colocar en Los Pinos a un sucesor de absoluta confianza. Había decidido dedicar sus últimos meses a esos dos objetivos: convertirse en amigo íntimo de Brook e imponer a su delfín en la presidencia de México.

—Entiendo que visitas tu rancho de San Antonio algunos fines de semana. Avísame la próxima vez que vayas y allí te alcanzo. Está a medio camino entre Washington y México —dijo Prida, esperando que su interés pareciera exclusivamente deportivo y amistoso.

Brook se dio la vuelta para ver a Robertson, quien se mantenía a algunos metros de distancia y charlaba con Celorio.

—Estupendo. Consulto las agendas y te aviso —respondió sin dejar de mirar a su colaborador—. ¿No te da un poco de miedo lo que puedan estar conversando esos dos? Son los únicos que no traen raqueta ni están aquí para jugar al tenis.

—Mejor ni enterarnos —asintió Prida, con una sonrisa—, así ningún juez podrá incriminarnos de lo que esos anden negociando —agregó en tono de complicidad.

Brook iba a responder algo pero lo interrumpió la llegada de Sergio, seguido unos pasos atrás por James. No obstante, colocó un brazo sobre el hombro de su colega, un gesto que este atribuyó a la camaradería recién nacida; en realidad buscaba alertarlo de la presencia de oídos indiscretos.

Luego los cuatro se quedaron callados. Los dos presidentes un tanto intimidados por la presencia de sus ídolos; ellos, al cobrar conciencia, de nuevo, de la importancia de los hombres con los que acababan de jugar. Ahora que habían salido de la cancha observaban el peculiar entorno de la Casa Blanca, la enorme bandera, los guardias presidenciales a lo lejos embutidos en sus conspicuos trajes oscuros. Sin saber qué hacer, los cuatro siguieron la mirada de Prida y posaron los ojos en Celorio y Robertson.

—Supongo que ya nos vamos —comentó el canciller a Robertson cuando observó a los otros cuatro reunidos.

—Supongo. Pero no olvides el tema de la amapola. México se ha convertido en el nuevo Afganistán y mi presidente prometió en campaña bajar a solo un dígito el uso de drogas duras. Eso no podrá hacerlo si ustedes siguen inundando la frontera de heroína.

Celorio habría querido decirle que reducir el cultivo de la flor de opio resultaba imposible mientras los estadounidenses siguieran pagando fortunas por la pasta precursora de la droga; un agricultor obtenía diez veces más por una cosecha de amapola que por una de maíz. Pero no era el momento de escatimar promesas.

—Tú ayúdame a llegar a Los Pinos y yo convierto la amapola en una especie botánica en extinción.

—Fácil no va a ser. Tu colega Beltrán anda prometiendo algo parecido y mucho más. Ya se echó al bolsillo a los del Pentágono y a las corporaciones de la industria militar.

—Eso no son más que negocios entre generales y vendedores de armas. En México los militares no pesan tanto en la política como aquí.

—Nunca subestimes el resentimiento de un general. Los militares son una especie silvestre que nunca termina de ser domesticada del todo, por más que así lo crean los políticos.

A Robertson siempre le había parecido una anomalía irresponsable la manera en que los dirigentes trataban a los militares en México. Y si había un lugar en el que era necesario no quitarles la vista de encima era precisamente en México. Al estar obligados a sostener una guerra contra los cárteles de la droga durante tanto tiempo, los generales habían terminado por reunir información de todo tipo sobre cada palmo del territorio; conocían mejor que la clase política las redes de poder y el entramado social y económico de cada región. Y, peor aún, cuanto más aprendieron más comenzaron a despreciar a los políticos. Solo que estos no se daban cuenta. Lo que respondió Celorio se lo confirmó:

—No estoy preocupado.

—Pues deberías estarlo. Para esos la política no es un asunto de negociaciones sino de remover obstáculos. Y, lamento decirlo, para ellos tú eres un obstáculo.

Por la mente de Celorio pasaron en rápida sucesión imágenes del vestido ensangrentado de Jacqueline Kennedy, de los cabellos hirsutos de Colosio, de Salvador Allende con casco entrando por última vez al Palacio de la Moneda. Pero desechó los pensamientos y examinó a su interlocutor. «Este cabrón me está asustando para dejarme de rodillas en la negociación a cambio de su apoyo.»

—El Pentágono puede decir misa, la pregunta es si la Casa Blanca es consciente del riesgo que representa Beltrán.

—¿A qué te refieres?

—El tipo es un fanático nacionalista, y bien podría convertirse en el Hugo Chávez de esta década. No sería la primera vez que un aliado de la CIA termina por ser una pesadilla, y allí está el caso de Bin Laden, o Manuel Noriega en Panamá, el propio Chávez en Venezuela. Durante casi cien años hemos mantenido a los militares lejos del poder en México. Con Beltrán regresarían. Cuba o Venezuela serían cosa de niños comparado con lo que representa compartir tres mil kilómetros de frontera con un país radicalizado, ¿no crees?

—Beltrán es algo pintoresco —concedió Robertson—, aunque no lo veo encabezando una confrontación a favor de la lucha de clases sociales ni emulando al Che Guevara.

—Pero es un nacionalista militante. Y ojo, el nacionalismo en México pasa por un necesario antiyanquismo.

—Algo de lo que tú nos salvarías, ¿no? —dijo Robertson con ironía.

—Algo de lo que yo los salvaría.

—Sigamos conversando. Sospecho que este es el primero de varios fines de semana de raquetas y pelotitas —concluyó Robertson, mostrando que, en efecto, carecía de cualquier otra pasión que no fuera la política.

## 12

**Gamudio**
*74 días antes, 9.40 a.m.*

«¿Qué es lo peor que puede pasar si Beltrán llega a la presidencia?»,
se preguntaba Gamudio de vez en cuando. Lo hacía cuando su jefe,
el gobernador de Chiapas, profería alguna barbaridad tan incorrecta
como extravagante, algo que sucedía con preocupante frecuencia. El
candidato odiaba a los homosexuales y no ocultaba que toda la agenda a favor de los discapacitados le resultaba una chorrada frívola y
dispendiosa. En privado solía mandar a la mierda los derechos de las
minorías con el argumento de que un país que no podía satisfacer
las necesidades de sus mayorías no estaba para tales veleidades. «Primero los muchos, después los pocos», solía decir para atajar las peticiones que hacían sus asesores para que modificara el discurso con el
propósito de ampliar su cuota de mercado electoral.

Un pensamiento crudo y brutal para ser asimilado por alguien
que poseía un doctorado en política por la Universidad de Colum-
bia, como era su caso. Pero Gamudio ya venía de regreso de la sala de
máquinas del poder y entendía que la *Realpolitik* estaba muy lejos de las
teorías elaboradas y las maneras afectadas de las aulas. Ahora conocía el poderoso impacto que podían desencadenar las ideas sencillas
vociferadas en el momento oportuno por un hombre que tenía claro para qué servía el poder. Saberse de la confianza de alguien que
podía cambiar la historia resultaba embriagante.

Le molestaban, sí, las medidas drásticas a las que a veces recu-
rrían Beltrán y algunos de sus capitanes. Y no porque el derrama-
miento de sangre le removiera algún prejuicio moral, sino porque le
parecía que recurrir a la violencia entrañaba siempre un fracaso de
las vías políticas.

Tampoco era agradable ver el cuerpo semidesnudo y lacerado de Enrique Félix, un popular columnista de prensa y comentarista de radio, secuestrado horas antes, atado a una silla en el sótano de una casa de seguridad. No entendía por qué le había acompañado Godnes a la tarea de interrogar al detenido; el asesor estadounidense solía encontrar enojosa cualquier actividad que significara abandonar su despacho. Pero al observar el paso decidido y el semblante entusiasmado con que el tipo entró al lugar, entendió los motivos. Gamudio sabía que los políticos podían ser despiadados en sus decisiones, aun cuando en su vida privada tuvieran arranques de sensibilidad inesperados, les había visto condenar a la miseria o a la muerte a un poblado sin siquiera mirar atrás y experimentar accesos de ternura frente a un perro lastimado o un niño abandonado. Pero no era el caso de Godnes, su crueldad era absolutamente consistente en teoría y en práctica.

El cuerpo inerte de la víctima hizo suponer a Gamudio que el hombre estaba muerto y experimentó una sensación de alivio porque le permitiría sustraerse de una sesión para la cual no creía tener el estómago necesario. Pero Félix alzó la vista ante las sombras que se aproximaban y sus ojos tumefactos mostraron un brillo de esperanza al reconocer a Gamudio. Hasta entonces había sido torturado por absolutos desconocidos.

—Willy, explícales. No pueden hacerme esto, México no es una dictadura tropical, chingados. El mundo se les vendrá encima a estos hijos de puta.

Gamudio se sorprendió del volumen de la voz que salía de los restos sanguinolentos que tenía enfrente. Estuvo a punto de buscar algún trapo para limpiar el rostro del detenido, pero sintió la presencia de Godnes y se contuvo. Supuso que el asesor de Beltrán también se encontraba allí para evaluarlo.

—Enrique, te tocó perder. Punto —respondió tomando con delicadeza el mentón del periodista; levantó su rostro y le habló con voz calmada, como si le diera instrucciones—. Tu cuerpo aparecerá en una zanja con alguna leyenda propia de los narcos y será atribuida a alguno de los cárteles de la droga. Aquí los señores estuvieron esperando a que escribieras una columna crítica en contra de los capos para tener la cobertura necesaria. La que publicaste el viernes pasado fue tu condena. No, no se nos vendrá el mundo encima. Tu muerte ocupará dos días de cobertura en los medios y luego se desvanecerá como las de otras cien mil víctimas de la guerra en contra del narcotráfico.

—¿Y por qué yo?

—Estás en una lista de una docena de «obstáculos» de prensa —contestó Gamudio encogiendo dos dedos de la mano para entrecomillar la palabra—. A algunos se les está conminando a cooperar —y ahora su pulgar y su índice se encogieron haciendo el semicírculo de una moneda— y a otros se les está intimidando. En tu caso consideraron que eras irreductible y que serías una molestia durante la campaña y luego en la presidencia, así que prefirieron zanjar el asunto. Si te sirve de consuelo, considéralo un homenaje a tu honestidad.

—Supongo que se trata de tu jefe, ¿no?, hasta ahora ni eso me decían. Este hijo de puta ni siquiera habla español —dijo Félix señalando con la cabeza a la silueta fornida que los escuchaba impasible a dos metros de distancia.

Gamudio se giró para mirar al esbirro, uno de los hombres de Bobby Cansino, el excapitán de la DEA, reclutado por Godnes. Cansino era un agente de origen cubano que durante años había sido responsable de las operaciones encubiertas en México que llevaban a cabo distintos organismos de seguridad estadounidenses. Ahora se encargaba del trabajo sucio de la estrategia de campaña del gobernador de Chiapas. Gamudio supuso que, a pesar de la apariencia latina del torturador que tenía al lado, se trataba de un exmarine o equivalente traído por Cansino.

—¿Siempre periodista, eh? Da lo mismo quién está detrás de esto. Tú piensa que ya terminó todo para ti. ¿Por qué? Porque sí, *shit happens*, tienes cuarenta y nueve años y ya viviste más que Mozart, si lo quieres ver así. Pudo haber sido un accidente de automóvil o un cáncer terminal, pero tú te vas a ir entre alfombras rojas y fanfarrias, una víctima ilustre de la violencia indignante que padece México. Serás glorificado por tus colegas. Tampoco está mal —concluyó Gamudio, ahora enternecido mientras mesaba los cabellos del hombre, aunque retiró la mano al sentir algo húmedo y viscoso entre los dedos.

—¿Y por qué no estoy muerto? —susurró Félix.

—Porque necesito que me ayudes. Dejaste *El Mundo* apenas hace unos meses, conoces la empresa y a la familia, eras uno de los periodistas consentidos de Rosendo Franco y sabemos que tuviste diferencias con su hija. Supongo que por eso saliste del diario. Necesitamos información: algún punto oscuro, un arreglo vergonzante con un político, abusos contra un empleado, líos fiscales, cualquier cosa que nos permita hacerlos entrar en razón. No queremos que llegue a pasarles lo mismo que a ti. En cierta manera les estás haciendo un favor.

El periodista quiso negar con la cabeza pero un músculo roto en el cuello le impidió completar el movimiento. No obstante, Gamudio interpretó correctamente el gesto.

—No me entiendes. Tampoco es que tengas opción. Puedes decirme lo que necesito saber ahora mismo y luego te pondremos a dormir, para que descanses por fin. O puedes sufrir una larga agonía a manos de estos; serán psicópatas, pero saben muy bien lo que hacen. Cualquier dolor que hayas sentido en esta vida será una caricia comparado con lo que el *hijodeputaquenohablaespañol* va a sacar de ti. Tú dirás.

El hombre se sumió en un largo silencio mientras Gamudio esperaba. Pasado un rato, este se preguntó si el prisionero había perdido la conciencia o dormitaba vencido por la fatiga. Se dijo, aliviado, que quizá eso significaba que ya podían salir de allí.

Godnes se adelantó unos pasos y llevó la mano al pecho del periodista; sus dedos se encaminaron a la raja que dejaba a la vista las fibras de los pectorales. Hincó las uñas y extrajo algunos tendones como si se tratase de cables de un circuito de computadora. Félix gritó de dolor y miró con furia a su torturador. Luego clavó la barbilla en el pecho tratando de proteger la oquedad recién agredida. Respiraba pesadamente y con dificultad. Tras unos minutos hizo un leve gesto de asentimiento con la cabeza.

Godnes sonrió, se limpió la mano en los restos del pantalón de la víctima, le dio algunas palmadas en la rodilla, pidió una silla y sacó libreta y pluma.

# 13

**Claudia y Tomás**
*74 días antes, 10.05 a.m.*

Recostada contra la ventanilla del avión Claudia dormitaba los desvelos de la noche anterior. El sol de la mañana que se colaba por una rendija de la persiana semiabierta pintaba de oro los delicados vellos de su antebrazo. Sus labios carnosos murmuraban secretos al ritmo de una acompasada respiración. Tomás pensó en las innumerables ocasiones en la vida en las que contempló la belleza de una mujer sabiéndola imposible. Debería sentirse un hombre afortunado, exitoso. Dirigía el periódico de mayor influencia en el país y la mujer que tenía al lado poseía una belleza en plenitud, sin reservas en la entrega, con ganas de recorrer la vida con apetitos abiertos y disposición gozosa. Y, todo indicaba, lo había escogido a él como compañero de camino. O al menos es lo que hacía pensar la actitud que había mostrado los dos últimos días o, para el caso, los tres últimos años en los que habían conducido los destinos del diario hombro con hombro y, a veces, cadera con cadera.

Pero una sombra abrumaba el ánimo del periodista. En Nueva York la pareja había revivido la burbuja del primer encuentro y recorrido relajada y abstraídamente los rincones de Manhattan que cada uno deseaba mostrarle al otro. Entre bromas íntimas y caricias espontáneas ninguno habló del diario o de lo que harían con sus corazones y sus cuerpos una vez que estuvieran en México. Pero en los trámites de vuelo, mientras se quitaban y ponían zapatos y eran empujados y arrebañados por aduanas y pasillos con el resto de los pasajeros, una sutil tensión se instaló entre ellos. Tomás quiso atribuirlo a las molestias derivadas de las escasas horas de sueño o a la hostilidad de las rutinas del aeropuerto. O quizá era la zozobra que infundía en ambos la delicada zona en la que habían penetrado. Fiel a su historia de titubeos, se preguntó si habrían cometido un error y cómo podrían repararlo. ¿Fingirían que nada había sucedido y reanudarían la relación de camaradería y coqueteo inofensivo que les había caracterizado hasta entonces?

Con suerte, al llegar al aeropuerto se separarían como dos colegas de regreso de un viaje de trabajo y se despedirían recordándose uno al otro los asuntos pendientes más perentorios del día siguiente. El ataque cibernético que sufría *El Mundo* justificaría por sí mismo que su tiempo y sus preocupaciones se centraran en cualquier otra cosa que no fueran ellos. Con esa idea, Tomás se tranquilizó. Bajó la bandeja del asiento, depositó en ella un libro y se sumergió en su lectura. Dos páginas más tarde sintió una mano sobre la parte interna de su muslo y unas uñas laboriosas subiendo a su entrepierna, al amparo de la bandeja desplegada.

—Soñé que me hacías el amor en el *love seat* que tengo en mi oficina. Mañana llevaré un vestido corto al periódico —dijo ella en voz baja, inundando su oído de un aliento cálido y ligeramente putrefacto.

Una parte de Tomás se felicitó por la alegre liviandad de Claudia, incapaz de dejarse atribular por vacilaciones de cualquier índole. Había algo animal en las pasiones que experimentaba y en la manera inmediata y categórica de satisfacerlas. O quizá no era más que la expresión natural de los códigos genéticos que resultan de varias generaciones pertenecientes a la élite, acostumbradas a dar por hecho la satisfacción de sus necesidades. Otra parte de Tomás se sintió frustrada al ver negada la vieja noción tomada de Las Vegas, de que aquello que sucedía en Nueva York se quedaba en Nueva York. La parte de Tomás que se alegraba creció en volumen y presionó los vaqueros al influjo de la caricia de Claudia y las palabras susurradas. Se inclinó sobre ella y la besó en los labios.

## 14

**Carlos Lemus**
*73 días antes, 11.15 a.m.*

«Contra el éxito de los imbéciles no hay defensa», se dijo una vez más
Carlos Lemus, tras dos horas de reunión con Cristóbal Santa. El secretario se había pasado la mitad de la sesión distraído con la pantalla
de su teléfono, o mirando con disimulo el trasero de la guapa asistente
que de vez en vez entraba a abastecerlos de café y a pasarles tarjetas
con mensajes. Lemus estaba convencido de que el secretario había
escuchado a medias la mitad de las recomendaciones de campaña
electoral que se habían ventilado durante la reunión. Conocía a una
docena de políticos más capacitados y con más méritos para ser presidente del país que el secretario de Educación, pero nada impediría
que la figura atractiva de Santa enfundada en la banda presidencial
adornara las oficinas públicas del país durante el próximo sexenio. Y
él, Carlos Lemus, estaba allí para asegurarse de que así fuese.

Aceptó la oferta de fungir como coordinador de facto de la campaña presidencial de Santa porque lo consideró un nuevo reto en
su larga carrera. En la política había hecho casi de todo a lo largo
de cuarenta años de servicio profesional, salvo llevar a alguien a Los
Pinos. Pero lo que había considerado un desafío terminó siendo
un juego de niños. Santa era el delfín del presidente Prida y como
tal se convertiría en el candidato del partido en el poder, el PRI, al
que todo el mundo consideraba el favorito absoluto en las próximas
elecciones.

En cierta forma las limitaciones de Santa fueron la clave de su
éxito. Prida veía a su secretario de Educación como una versión inferior de sí mismo. Un sucesor sin la fuerza para representar una

amenaza una vez que llegara al poder; alguien, incluso, a quien el expresidente podría aconsejar y guiar.

—Quiten el párrafo sobre los indios, suena un poco forzado, además, esos no votan —dijo el secretario, a quien el resto de los asistentes creía distraído mientras repasaban el discurso que el funcionario llevaría en representación del presidente a la inauguración de la reunión bianual entre legisladores mexicanos y estadounidenses en Los Cabos.

—Aunque esos no votan, es un tema sensible para otros que sí votan, un par de frases cuando menciones a los indígenas  rezagados del país no dañan a nadie —sugirió Lemus.

—Pero en Los Cabos no hay indios, salvo alguno que otro jardinero, no le veo el caso —objetó Santa.

Lemus repasó los rostros de los asistentes para asegurarse de que todos eran de absoluta confianza. Una frase como esa en oídos indiscretos sería munición en manos de sus enemigos. A veces consideraba que su verdadero papel en esta campaña consistía en evitar que el candidato arruinase el paseo triunfal al darse un balazo en el propio pie.

—A partir de ahora debes tener claro que todo lo que digas no está destinado a los que tengas enfrente sino a la opinión pública de todo el país, no importa si es un evento en Londres o en la sierra Tarahumara —respondió Lemus, dejando asomar la irritación más de lo que hubiera querido.

—Buen consejo —respondió el otro sin darle mayor importancia.

Lemus se dijo que al menos era un tonto que se dejaba orientar y una vez más pensó en los motivos de Prida para elegirlo su sucesor. Quizá tonto no era el mejor término para designar a Cristóbal Santa; no habría llegado a estas instancias si lo fuera. En ciertos momentos, incluso, mostraba la astucia del perezoso. No, lo suyo era más bien una indolencia elegante, derivada quizá de una vida sin fracasos ni esfuerzos extraordinarios. Desde joven ligó su destino al de Prida y bajo su sombra se encumbró a las alturas. Poseía un carisma espontáneo y una intuición enorme para hacerse agradable a todo interlocutor. Un rostro afable y con cierto atractivo lo convertirían en un candidato fotogénico y atractivo para el electorado, a condición, claro, de que no cometiese algún error fatal en el camino.

—Pinches gringos, no sé para qué escogen algo tan lejos, y encima todas las reuniones serán en camisa de lino blanco o algo así. Luego uno parece un puto narcotraficante cubano.

Lemus rio prefiriendo asumir que se trataba de una frase ingeniosa, y los demás le imitaron. Aunque sabía que la irritación del secretario era genuina. Santa era un hombre que gastaba una gran cantidad de energía en todo lo que concerniese a una corbata. Poseía una enorme colección de estas prendas y le gustaba cambiarse hasta tres veces al día. Cuarenta y ocho horas sin poder usar ninguna de ellas era algo que podía sacarlo de quicio. Por lo demás, le incomodaba ser visto en público despojado de chaqueta o chamarra; aunque poseía una silueta normal, el secretario había cultivado unos incipientes michelines que consideraba inadmisibles en la imagen que tenía de sí mismo.

Sin embargo, un presidente como ese podía tener algunas ventajas, concluyó Lemus, particularmente cuando se desentendía de tantos temas de fondo de la política. Si él lograba mantenerse como el estratega del equipo, terminaría convirtiéndose en el hombre fuerte tras el trono durante la siguiente administración.

—Solo asegúrense de que las fotos que publiquen los medios no sean injustas conmigo.

«Eso sí va a ser más difícil, cabrón», pensó Lemus. Prácticamente todos los noticieros de radio y televisión eran cercanos al gobierno. En los últimos años la administración había dejado claro a los empresarios de medios audiovisuales que la concesión de la señal, prerrogativa del gobierno, estaba sujeta a una línea editorial favorable a la autoridad. Pero existían un par de revistas críticas y el diario *El Mundo* que, sin ser opositores, no aceptaban sugerencias respecto a sus contenidos. Con todo, lo peor eran los nuevos portales digitales, encabezados por *Lapizarra*. Un día tras otro encontraban los negros del arroz de políticos y funcionarios, y los exhibían de manera mordaz y exagerada. El sitio todavía no era lectura obligada entre la élite, y en ese sentido su impacto estaba acotado, pero su alcance seguía creciendo y podía tener un papel relevante cuando llegasen las jornadas electorales. Peor aún, su asistente le había comentado que ya era el sitio de referencia en las redes sociales y el líder entre los millones de jóvenes que votarían por vez primera en el 2018. Si Cristóbal Santa llegaba a resbalar, *Lapizarra* convertiría su error en un fenómeno viral de consecuencias incalculables.

Consideró la ironía que significaba ver a Tomás y a Amelia, los amigos de la infancia de su hijo, convertidos en rivales o, al menos, en potenciales amenazas. Recordó el cuerpo moreno y elástico de ella a sus veinte años y las muchas veladas transcurridas en su despacho, tendidos en la alfombra entre despojos de ropa y copas de vino blanco en las manos, hablando de un futuro que nunca llegaría.

Cortó de golpe el ataque de nostalgia y se preguntó cómo sería el siguiente capítulo de su larga y accidentada relación con los Azules. Al recordar a Jaime experimentó la presencia densa y casi física del odio obsesivo e implacable que le prodigaba su hijo. Pero como había hecho tantas veces en el pasado, desechó el recuerdo y se concentró en la política. Pasó la siguiente hora en solitario, diseñando una estrategia para neutralizar el riesgo que representaban *El Mundo* y *Lapizarra*.

## 15

**Jonathan**
*73 días antes, 11.50 a.m.*

Dos cifras sentenciaron la vida de Jonathan Jiménez, 168 y 157. La primera correspondía a su coeficiente intelectual, la segunda a su estatura en centímetros. Desde la pubertad había suplido con neuronas la ausencia de músculos o corpulencia. Ahora que se encontraba en un penal de alta seguridad, esas dos variables seguían siendo su manera de estar ante el mundo.

Creció en Matamoros en un orfanatorio para niños de la calle y pasó su adolescencia en un reformatorio. Más tarde, cuando el crimen organizado se hizo del control de la plaza, formó parte de las bandas de jóvenes reclutadas por los Zetas. Cuando fue llevado a la prisión, a los veintidós años, ya era el responsable logístico de las operaciones en la ciudad.

Cinco meses después de haber ingresado a una cárcel de Tamaulipas, Jonathan había conseguido dar fluidez y eficiencia al mercado negro de vituallas, celulares y todo aquello que hace menos intolerable la vida en la cárcel. Cuando las autoridades intervinieron y trasladaron a una veintena de Zetas a una penitenciaría de Mazatlán, sus compañeros cayeron en la desesperación, pues en la práctica equivalía a una condena de muerte. Él no. Las cárceles de la costa del Pacífico eran dominadas por el cártel de Sinaloa, enemigo acérrimo de los Zetas, y las autoridades lo sabían. Trasladaban a prisiones hostiles a los más peligrosos para que el propio sistema de rivalidades acabara con ellos o al menos los neutralizara.

La amenaza constituyó un nuevo reto para el joven. De inmediato reclutó a los nueve supervivientes del anterior lote de prisioneros pertenecientes a los Zetas y se convirtió en el líder de un grupo de una treintena de parias dentro de ese presidio en territorio enemigo. El penal albergaba a ochocientas personas, de las cuales más de quinientas pertenecían o tenían vínculos directos con el cártel de Sinaloa. Pero Jonathan aseguró a sus compañeros que un núcleo unido sería difícil de vencer, a condición de seguir un estricto código de supervivencia. Se trasladaron a dos celdas grandes contiguas y, aunque apiñados, nunca permitían ser separados. Hacían guardias veinticuatro por siete, y a fuerza de sobornos pudieron hacerse de un pequeño arsenal de puntas y navajas improvisadas. No eran suficientes para disputar el control de la prisión, pero sí bastantes para convertirse en una presa difícil para sus enemigos.

Y, no obstante, estos lo intentaron. Mario Fonseca, un nieto del legendario fundador del cártel de Sinaloa, consideraba una afrenta personal la presencia de un solo Zeta en una cárcel bajo su control. Primero intentó un ataque frontal en la madrugada pero se encontró a sus enemigos preparados; la batalla se saldó con ocho muertos por parte de los agresores y cuatro de los defensores.

Los siguientes días, Jonathan se devanó los sesos tratando de anticipar el próximo ataque. Exigió que un vecino de celda con deficiencia mental probase los alimentos que ingerían y blindó las celdas con los delgados colchones de sus literas a manera de barrera, aunque sus compañeros tuviesen que dormir sobre cartones y mantas. Justamente los colchones fueron la vía utilizada por los agresores en el siguiente asalto. Los aliados de Fonseca consiguieron un par de cubetas de gasolina y prendieron fuego a la improvisada muralla; confiaban en que el humo obligaría a los atrincherados a salir de su madriguera. Un obrero constructor de hornos de ladrillo aseguró a los del cártel de Sinaloa que la disposición del pasillo que conducía a las dos celdas haría las veces de tirabuzón y provocaría la asfixia de los Zetas. Varias docenas de asaltantes los esperarían en el corredor para liquidarlos a medida que fueran saliendo.

Jonathan había contemplado esa posibilidad. Además de acopio de agua para neutralizar un ataque con fuego, consiguió cuatro ventiladores eléctricos que fueron punteados a los cables de la luz. Originalmente había pensado utilizar el agua para apagar el fuego y los ventiladores para dispersar el humo. Pero luego consideró que podía mezclar los dos recursos defensivos y convertirlos en un arma más poderosa. Así que ordenó mantener encharcado el pasillo un día tras otro, destripó los aparatos eléctricos y cableó el piso del acceso.

El día en que los hombres de Fonseca finalmente atacaron, Jonathan esperó hasta el momento en que juzgó que el humo habría nublado la vista de los atacantes y ordenó conectar los cables a la corriente eléctrica; confiaba en que, como la mayoría de los días del año, el clima tórrido de la costa mazatleca obligara a los agresores a ir semidesnudos y descalzos o con sandalias precarias. No se equivocó. Solo cuatro murieron electrocutados, pero muchos otros no se repusieron a tiempo del latigazo eléctrico. Aunque algunos escaparon espantados y sorprendidos, doce más fueron arrastrados a las celdas y acuchillados. Jonathan ordenó que sus cuerpos fueran depositados en el otro extremo del pasillo para que los recogieran sus enemigos. Antes les abrieron el pecho: doce corazones fueron arrojados por la pequeña ventana que comunicaba con el patio principal. Al día siguiente, ochocientos presidiarios se dieron turno para contemplar desde primera hora de la mañana el macabro hallazgo.

Jonathan no era un hombre particularmente inclinado a la violencia gratuita, pero sabía que el terror podría compensar en algo la desventaja numérica en la que se encontraban. Asumió que al menos eso le permitiría ganar tiempo antes de que sus enemigos intentaran otro ataque. Era lo único que podía ganar por ahora.

# 16

**Sergio**
*72 días antes, 10.30 a.m.*

Siempre creyó que sabría qué hacer cuando llegara el momento de retirarse del tenis. Ahora que finalmente lo estaba haciendo descubrió que no tenía la menor idea de lo que le esperaba. Él y Rossana habían hablado de ello con frecuencia, aunque las conversaciones solían evocar un vago paraíso que incluía una playa de arenas blancas. El dinero no constituía un problema ni ahora ni para el resto de su vida, pero había visto a muchos colegas hundirse en distintas versiones de la melancolía una vez que salían de los reflectores; sabía lo que el ocio y la ausencia de propósitos podían provocar en una persona antes de cumplir cuarenta años. Los había visto deambular como cascarones vacíos tratando de colarse a los vestidores de Wimbledon o Roland Garros a respirar el acre olor de los sudores cargados de adrenalina que alguna vez sudaron. No era el dinero lo que había traído a John McEnroe como comentarista a un palco de prensa o a Boris Becker a entrenar a un colega.

Eso no significaba que la decisión fuera fácil. Lo único que Sergio sabía es que no podría irse a una isla. No sin Rossana. Pero tampoco tenía algo que pudiera llamar hogar. Había vivido entre multitudes, de hotel en hotel, permanentemente reconocido y siempre rodeado de media docena de personas que le acompañaban en calidad de entrenador, administrador, representante, masajista o médico. Ahora todos a quienes consideraba sus amigos quedarían atrás, en la vida que acababa de abandonar. Tenía propiedades inmobiliarias, ninguna de las cuales consideraba un lugar para vivir. Los últimos tres años había pasado las escasas vacaciones que otorga el calendario de la ATP en la finca sevillana de la familia de Rossana. El resto en una casita en Miami cercana a la clínica de tenis a la que todavía recurría de cuando en cuando para preparar los grandes torneos. Una casa que ella había odiado porque remitía a los tiempos de soltero, cuando la fama del tenista se parecía mucho a una modalidad de paraíso sexual.

Se preguntó si debería ceder a la petición de Celorio de jugar los fines de semana en Los Pinos. Su primera reacción había sido un rechazo categórico. Nunca se había involucrado en la política y no tenía ninguna gana de hacerlo ahora. En el pasado declinó contratos publicitarios jugosos vinculados a causas políticas. Pero de alguna forma sentía que tenía una deuda pendiente con el ahora secretario. Fue él quien lo introdujo a los seis años a la cancha de tenis que poseía la residencia de México en París, cuando su padre era el embajador en Francia y Celorio fungía como cónsul general. El entonces joven funcionario jugaba dos horas todos los días por la mañana, como lo había hecho una buena parte de su vida; en algún punto le llamó la atención que el hijo de su jefe acudiera a la cancha al escuchar los primeros golpes de la raqueta y siguiera con atención hipnótica la evolución de las brillantes pelotas amarillas. Fue él quien le regaló su primera raqueta y le enseñó algunas nociones para usarla con provecho. Probablemente lo hizo para congraciarse con el embajador o quizá llevado por su pasión por el tenis. Fuese lo que fuese, Sergio tenía claro que de no haber sido por Celorio su vida habría sido otra.

Tampoco es que tuviera algo mejor que hacer durante los tres meses que le había pedido su viejo amigo. Le resultaba bastante peregrina la idea de que un juego de dobles con el presidente todos los fines de semana pudiera favorecer a Celorio en sus pretensiones de llegar a Los Pinos, pero era consciente de que ignoraba todo sobre la política. Por lo demás, no era mala idea darle una oportunidad a la vida en México. Entre el oficio nómada del padre y los estudios en el extranjero, siempre vinculados al tenis, nunca echó raíces en el país. Quizá había llegado el momento de que por fin creciera en él algún tipo de arraigo, una sensación de pertenencia que disminuyera la distancia a todo aquello que los otros llamaban vida.

Y además estaba Claudia, lo más cercano que tenía a una familia. Se habían frecuentado poco, pero regularmente. Siendo de la misma edad, se convirtieron en cómplices en un universo de adultos en los escasos encuentros familiares durante su infancia. A lo largo de los últimos años habían compartido cenas apresuradas en algún punto del mundo cuando los viajes incurrían en el capricho de juntarlos. Durante la última semana de vida de Rossana fue la única cercanía constante que él admitió, aunque recordaba esos días como una bruma ingrávida de noches y mañanas indiferenciadas. Ahora tendría oportunidad de compartir algo más que una conversación para ponerse al día. No debió de haber sido fácil para Claudia asumir la responsabilidad del imperio mediático que le dejó su padre al morir y, no obstante, parecía estar haciéndolo bien. Aunque Sergio se sabía carente de cualquier habilidad que pudiera ser útil a su prima, se dijo que al menos podría aprovechar su estancia en México para ofrecerle un oído paciente y un hombro incondicional. Claudia parecía depender excesivamente de Tomás Arizmendi, y por lo que había observado el fin de semana pasado, no solo en términos profesionales. Todo indicaba que no era un mal tipo, pero juzgó que no estaba de más asegurarse.

Volvió a hacer un resumen de los pros y los contras y confirmó su decisión. Levantó el teléfono para comunicársela a Celorio, diciéndose que en el peor de los casos no tenía nada que perder. Salvo la vida, pero eso lo descubriría algunas semanas más tarde.

## 17

**Celorio**
*72 días antes, 1.35 p.m.*

Cuatro minutos doce segundos, confirmó el cronómetro que activaba cada vez que usaba el teléfono rojo. El tenis había logrado cuadruplicar el tiempo que invertía el presidente en las conversaciones con su secretario. De eso a conquistar la candidatura existía un gran trecho, pero no era un mal comienzo.

—Ya picó el anzuelo, está encantado con la posibilidad de jugar un dobles con Sergio este mismo sábado —comentó a Delia Parnasus. Pese a la escéptica actitud mostrada la semana anterior, ahora parecía estar genuinamente entusiasmada con las complicidades que su amante pudiera tejer con Prida en una cancha de tenis.

—La clave está en el cuarto jugador. Tenemos que encontrar la manera de que tú seas el compañero de Prida, en contra de Sergio y algún otro. Una mezcla que nivele la competencia.

—Ya le dije a Varela. Será perfecto. Un ministro de la Suprema Corte tímido y sensato, respetado por el presidente. Juega bien, pero es el más débil de los cuatro. Tendrá que acompañar a Sergio.

—Si Franco se lo propone, les ganaría él solo a ustedes dos; en una de esas Prida te echa la culpa de las derrotas y sales peor que como entraste.

—Ya lo conversé con Sergio. No le pedí expresamente que perdiera todos los domingos, simplemente que jugáramos con el ánimo de divertirnos. Espero que entienda la indirecta.

—Espero que entienda mucho más que eso. Sergio y el juez no solo deben perder de manera convincente, también deben eclipsarse para que puedas conversar con el presidente largo y tendido sobre los problemas nacionales y sobre tus rivales —dijo Delia con la vista puesta en la caja fuerte.

Celorio siguió su mirada y recordó la foto comprometedora de un Beltrán más joven con una adolescente desnuda, casi niña, sobre sus piernas, y una vena latió en su sien. Jugar rudo en contra del gobernador de Chiapas podía constituir una sentencia de muerte. Por menos que eso habían desaparecido rivales políticos en el pasado, o por lo menos eso decía la leyenda. Y el asesinato en Chiapas de cuatro periodistas en condiciones misteriosas en los últimos dos años no dejaba dudas del temperamento irascible del general.

—Los trapos sucios que tenemos documentados de Santa y de Beltrán deberían ser suficientes para tumbarlos de la contienda, pero tienes que mostrárselos en el momento oportuno. Ni demasiado pronto ni demasiado tarde —insistió ella.

Celorio asintió, pensativo. Tendría que encontrar una forma de que Prida se enterase del contenido de los expedientes sin que el mandatario revelara la fuente o recelase del mensajero. Confiaba en que el ambiente relajado de las largas sesiones de tenis del fin de semana provocasen oídos cómplices y una actitud comprensiva por parte del presidente. Sabía que una palabra mal interpretada podía ocasionar el fin de su carrera política o algo peor.

Lo que tenía contra Cristóbal Santa, su otro rival, era menos escabroso pero quizá más efectivo. El exlíder de la Confederación Patronal, Joaquín Ikram, había grabado al secretario de Educación sin que este lo advirtiera después de una larga sobremesa salpicada de vino. En el audio se escuchaba a Santa decir con voz carraspeada por el alcohol: «Prida es un pendejo, si no se ha desmoronado este país es gracias a que he solucionado una y otra vez las meteduras de pata del presidente». Ikram había acudido a Celorio y había exigido un rosario de prebendas a cambio de su explosivo secreto. El tipo era un pillo, pero la grabación justificaba cualquier costo.

—¿Qué convendría hacer primero? ¿Tumbar a Santa y luego, si lo de Beltrán toma fuerza, utilizar la foto contra el gobernador? ¿O eliminar a Beltrán antes y, cuando solamente quede Santa, mostrar el audio de Joaquín Ikram? —reflexionó Celorio.

—Usar dos veces el recurso de los trapos sucios para eliminar a tus rivales podría parecerle de mal gusto a Prida. Corremos el riesgo de que al final el presidente te atribuya una afición por las conspiraciones y opte por un candidato fresco sin relación con ustedes tres. En tal caso habrías trabajado para otro.

—Puede ser —respondió él, pensativo.

—Lo mejor sería no ofender su inteligencia. Cuando sientas que ya se ha establecido la suficiente camaradería luego de algunas sesiones de tenis y que comienza a escuchar con respeto tus opiniones sobre los problemas del país, pídele una cita, y anticipas que tienes algunos materiales preocupantes sobre la sucesión. Y entonces sí, ábrete por completo. Muestras las evidencias en contra de Santa y de Beltrán y le pides que te convierta en candidato. Asegúrale que solo tú puedes ser un sucesor leal con las políticas de su gobierno y, más importante, el único que garantizaría un trato respetuoso a su persona en los años por venir. Hazle ver que si Cristóbal Santa ya se expresa de manera tan despectiva con respecto a él, ahora que apenas es candidato, seguramente será un enorme riesgo una vez que se siente en la silla presidencial.

—¿De plano? ¿Abrirse así?

—Créeme, será mucho mejor. Además, vamos contrarreloj; a más tardar en un par de meses tendrá que tomar la decisión.

—Supongo que tienes razón —dijo él—. Tú lo conoces mejor.

Ella asintió con la cabeza y acompañó el movimiento con una expresión maliciosa. Agustín volvió a sopesar la posibilidad de que la mujer hubiese sido amante de Prida. Luego de unos instantes quedó convencido de que las manos del presidente se habían aferrado a esas tetas y sus dientes mordido los pezones largos y duros como borradores de lápices que tan bien conocía. Una vez más la idea lo excitó en lugar de provocarle celos. Como si haber compartido con Prida las cavidades íntimas de esa mujer lo convirtiera a él mismo en material presidenciable.

Delia no adivinó todo lo que cruzó por la mente del canciller, pero podía reconocer una mirada lasciva donde la hubiera. Mantuvo la sonrisa mientras se desprendía los botones de la blusa. Instantes más tarde Celorio pensó que estaba más cerca que nunca de Los Pinos.

# 18

**Amelia**
*71 días antes, 8.30 a.m.*

Así que había terminado. Durante toda la semana había hecho lo imposible para no afrontar las implicaciones de la información que Jaime compartió con ella. Se las había arreglado para dedicar catorce o quince horas diarias a los asuntos de *Lapizarra* y llegar cada noche a casa embotada por la fatiga. No obstante, en algunas reuniones de trabajo se vio acosada por las imágenes de unos sonrientes amantes: Tomás y Claudia chocando copas, brazos en alto y escasos de ropa, como si estuvieran celebrando una victoria secreta y cómplice en contra de ella.

La mañana de ese viernes la encontró en cama leyendo la versión digital de *El Mundo*, y no pudo impedir mirar la almohada desde la cual Tomás le estaría comentando algún chisme en torno a la noticia del día, antes de hacer planes para el fin de semana. Aunque él se había exiliado de esa casa meses antes, solo ahora que su destierro era definitivo la deserción adquiría una insoportable sensación de pérdida.

Trató de situarse cuatro años atrás, antes de que ella y Tomás se convirtieran en pareja, cuando solo se veían de vez en cuando como viejos amigos. Buscó una imagen de la Amelia autosuficiente de aquel entonces para colocársela como una capa protectora contra la bruma melancólica que la invadía. Nunca había necesitado de un hombre para sentirse completa, ¿por qué ahora la ausencia del otro adquiría la contundencia de un ominoso vacío? ¿Por qué tenía tan pocas ganas de levantarse de la cama?

Quiso refugiarse en las sensaciones del pasado, cuando le bastaba compartir una velada amable con algún amigo o un viaje breve de placer, en relaciones abiertas y ocasionales. Invariablemente regresaba a casa satisfecha y la cama solitaria constituía una bendición y no una especie de penitencia, como ahora.

¿Qué había fallado entre ellos? Habría sido fácil responsabilizar a Claudia con su risa fácil y su carnalidad a flor de piel. Pero no podía ignorar el deterioro de su relación con Tomás. Las conversaciones perdieron brillo y el sexo se hizo rutinario. O quizá ninguno estuvo a la altura de la migración del otro. Ella dejó la presidencia del PRD, a donde había llegado sin ser militante y casi sin proponérselo, y antes de emprender la fundación de *Lapizarra* se encerró en un viaje interior tratando de dejar atrás la exposición demencial de la vida pública a la que se vio sometida durante los tres años de su mandato. Mientras tanto, Tomás pasó de columnista marginal a dirigir a ochocientas personas en el medio de comunicación más importante del país. Probablemente ninguno de los dos entendió las necesidades del otro. Interpretaron como arranques caprichosos e infantiles los entusiasmos de él y como desdenes los silencios de ella. En algún momento ambos comenzaron a agradecer, sin confesárselo, los fines de semana en solitario cuando la agenda les impidió reunirse. ¿Por qué entonces la desaparición de Tomás en su vida le dejaba tal sensación de abandono?

Se tapó con las sábanas y pensó en su madre. Contuvo un acceso de llanto y desde el espejo, que a instancias de Tomás había instalado al otro lado de la habitación, se vio a sí misma y el bulto informe que hacía bajo las ropas de cama. La primera oleada de autocompasión la puso en movimiento. Rechazó la imagen encogida que había quedado impresa en sus párpados cerrados y saltó del lecho, directamente a la ducha. El agua fría desperezó su piel y sacudió sus pensamientos. Observó el agua jabonosa tomando turnos en círculos para desaparecer por el sumidero y se dijo que con la nata blanca se deshacía de Tomás, de la molicie, del aliento fétido y vetusto que la habían acompañado los últimos días.

Se puso ropa interior de encaje, un vestido ligero verde limón y unas sandalias de piel con largas agujetas. Se miró en el espejo y sonrió. Decidió irse a desayunar a la librería El Péndulo y regalarse libros y películas. Consideró la posibilidad de llamar a un par de amigas para charlar en el café, pero desechó la idea tras considerar que la conversación versaría, tarde o temprano, sobre Tomás.

Atravesó caminando el parque Río de Janeiro y observó en una banca a un hombre joven, guapo y elegantemente vestido, tecleando febrilmente en su teléfono algo que le hacía sonreír. Un niño de alrededor de cinco años jaloneaba su pantalón con una mano mientras sostenía una pequeña pelota en la otra. El padre se dio la vuelta indignado y Amelia se sorprendió de la modificación casi diabólica de su rostro. El hombre tomó la pelota, la tiró tras los arbustos y devolvió su atención al teclado. La sonrisa se instaló de nuevo en su semblante mientras el niño corría presuroso en busca de la pelota. Ella pensó en Carlos y Jaime Lemus.

Amelia se sentó en la terraza de la librería y pidió huevos divorciados. Luego extrajo su teléfono del bolso y marcó un número.

—Jaime, ¿tienes un rato?

## 19

## Jaime, Claudia y Tomás
*71 días antes, 11.50 a.m.*

—Mi gente me dice que el ataque que sufrieron es imposible de rastrear, procede de servidores nominalmente adscritos a países africanos pero pueden estar ubicados en cualquier sitio. El problema no es ese. Lo más preocupante es que el programa que utilizan es más avanzado que la tecnología de punta que poseen las mejores empresas de seguridad.

—¿Cómo que más avanzado que la tecnología de punta? Ni que fueran la NASA o, peor aún, la NSA —ironizó Tomás.

—¡Es que son la NSA! —respondió Jaime—, o algo que se le parece mucho.

—¿Y desde cuándo la NSA se mete en asuntos locales?

—Desde hace mucho, según Edward Snowden, el que denunció que incluso intervenían las comunicaciones personales de políticos de otros países, ¿recuerdan?

—Que intervengan a Merkel o a Prida puede tener sentido, ¿pero que interrumpan el tráfico digital de un diario durante unas horas en qué podría beneficiarles? Que perdamos unos cuantos usuarios parece un objetivo muy pendejo para tanta tecnología, ¿no? —dijo Claudia.

—Los usuarios se recuperan. La gente está acostumbrada a que no siempre existe conectividad y termina atribuyéndolo a la pobreza de la banda ancha. Me preocupa más el dinero perdido por la falta de tráfico. La mayor parte de las pautas de publicidad están asociadas al número de clics —se lamentó Tomás.

—Putos clics, con lo mal que nos viene perder ingresos en estos momentos —se quejó ella.

Tomás sonrió con los insultos de Claudia. Siempre parecían fuera de lugar en su boca de hija rica, egresada de los mejores colegios de México y Europa. Pero desde su divorcio la heredera única del imperio de comunicación de la familia Franco había decidido que debía ser percibida como un miembro más del ambiente periodístico y por alguna razón consideraba que insultar a mansalva era una señal de pertenencia.

—Bueno, es que aquí viene la mala noticia —intervino Jaime—. No buscaban interrumpirles el tráfico, querían instalar nodos de control en su sistema. A partir de ahora pueden acceder a todo lo que ustedes tengan almacenado en sus discos duros o en la nube, incluyendo nómina, cuentas bancarias y contenidos editoriales. Pero no solo eso. Pueden intervenir en cualquier momento y publicar en el portal de *El Mundo* el contenido que ellos deseen sin que el usuario lo note, o boicotear sus fondos, destruir el *software* que utilizan para operar el diario o dejar en blanco todos los registros, como si *El Mundo* nunca hubiera existido en la Red. En resumidas cuentas, pueden golpearlos de tal manera que lleve meses reparar el daño.

—Tiene razón Claudia. Tanta sofisticación tecnológica me resulta incomprensible. ¿Lo están haciendo en contra de otros? —preguntó Tomás angustiado.

—No parece. Lemlock es el consultor de seguridad digital de más de doscientas empresas en México de los giros más variados, y ninguna ha experimentado un ataque de esta naturaleza.

—¿Y otros medios de comunicación?

—Ninguno, hasta donde sabemos.

—¿Alguna hipótesis de por qué tanto interés en *El Mundo*?

—Su línea editorial, supongo: pisa muchos callos.

—Por fortuna. Si un diario deja contentos a todos es porque está haciendo algo mal —dijo Tomás.

—Oigan. ¿Hay posibilidades de que estén escuchando esta conversación? —dijo Claudia súbitamente alarmada.

—No es probable, pero tampoco imposible. Cada mes mis equipos revisan sus oficinas y hace tiempo les instalé un chip protector en sus celulares. Me gustaría que mi gente volviera a revisarlos. De cualquier forma sería prudente no tener reuniones en torno a una computadora encendida.

Jaime consideró que era una buena oportunidad para revisar el *software* que había instalado en los teléfonos de Claudia y Tomás, y asegurarse de que en efecto estuvieran blindados, pero también para confirmar que operase al cien por ciento la grabación de correos, mensajes y llamadas a los que les tenía sometido.

—¿Y cómo vamos a neutralizar el daño que nos hicieron con el ataque cibernético? —preguntó Tomás.

—Eso es mucho más complicado y nos puede llevar semanas si no meses. Habría que revisar cada línea de código de programación de todos sus sistemas y son cientos de miles.

—Tú haz eso —pidió el periodista—. Nosotros tendríamos que evaluar nuestra posición editorial con respecto a Beltrán y desarrollar una estrategia.

—Y si se confirma que se trata de un ataque con tan negras intenciones más vale que se vayan escondiendo los que lo hicieron, porque esos hijos de puta no se van a salir con la suya —dijo Claudia decidida.

Esta vez Tomás no celebró los insultos. Ya había tenido muestras de la ferocidad enconada con la que respondía Claudia cuando juzgaba que la integridad de *El Mundo* se encontraba amenazada. Un escalofrío recorrió al periodista al recordar el cuerpo de Bonso. Pensó que los signos ominosos comenzaban a acumularse y permitían otear la proximidad de tiempos de fuego y sangre.

# SEGUNDA PARTE

---

La importancia del revés cruzado

*29 de octubre a 22 de noviembre*

## 20

**Sergio**
*27 días antes, 10.15 a.m.*

¿Cómo habría jugado al tenis Mandela si hubiera jugado al tenis? Esta era una pregunta que Sergio Franco se hacía con frecuencia cuando observaba el comportamiento de Alonso Prida durante las largas sesiones dominicales en la cancha de Los Pinos. Y no es que esperara de su parte el desempeño de un jefe de Estado, pero al menos suponía que Mandela no robaría las líneas para marcarlas a su favor ni fingiría ataques de desmemoria cuando anunciaba un *score* maquillado en su beneficio. Tampoco es que hubiese tenido demasiada confianza en la integridad moral de un político, pero nunca habría esperado que el presidente del país se comportara como un mozalbete berrinchudo y tramposo a la hora de jugar tenis.

En otras circunstancias habría experimentado un asomo de ternura por la manera infantil en que festejaba un triunfo o comentaba exultante alguna jugada. Como si los otros jugadores no supieran los esfuerzos desmesurados que debían hacer él y Agustín Celorio para que el presidente resultara vencedor después de los tres sets jugados. Y, no obstante, Prida no resistía mencionar su intervención en el punto decisivo o alabar un golpe en su opinión extraordinariamente meritorio. No, no le inspiraba nada de ternura la necesidad de reconocimiento casi patológica que tenía el mandatario, sobre todo cuando Sergio consideraba que ese hombre era el jefe de los destinos de una nación.

—Creí que se me iba a salir el globo que te envié al final del set. Por fortuna alcanzó a agarrar línea —dijo Prida a Sergio, en un tono de falsa modestia.

«No, no agarró línea, cabrón, tú te la robaste», pensó Sergio, mientras asentía con la cabeza, de camino a la pequeña tribuna en donde les esperaban algunas bebidas. Después de cinco fines de semana ya había aprendido el ritual que seguía el presidente tras la sesión de peloteo; parecía disfrutar de la conversación posterior al juego casi tanto como del juego mismo. Tras diez minutos de auto elogios más o menos disfrazados, solía refugiarse en su papel de discípulo y solicitaba consejos del profesional para mejorar sus golpes o su estrategia de juego.

Sergio prefería este segundo momento, que podía extenderse durante más de media hora, pues no solo le permitía mostrarle errores y deficiencias, sino también reconvenirlo por la reincidencia de algunos de ellos. Un pequeño desquite por las humillaciones que ocasionaba durante el juego a los dos chicos encargados de recoger pelotas, hijos de uno de los guardias de Los Pinos. El propio Celorio le dijo, no sin preocupación, que era la única persona en el país capaz de regañar al presidente y salirse con la suya. También le pidió que no abusara. Pero Sergio no podía evitarlo. Una mirada severa cuando Prida le observaba a hurtadillas tras cometer un error durante el juego hacía que su estancia en México valiera la pena. Empezaba a disfrutar del rostro compungido del mandatario cuando él le señalaba la reiteración de una deficiencia anteriormente corregida.

Lo que ya no le gustaba tanto es que se hubiese extendido a otros ámbitos el tono reverencial con el que Prida escuchaba los consejos de su tutor. Había comenzado tres semanas antes, la mañana en que Cristóbal Santa, secretario de Educación, irrumpió en la cancha para hacer una consulta al parecer urgente. Justo en ese momento Franco hacía algunas recomendaciones a Prida para batirse en contra de un jugador zurdo (Brook lo era). A regañadientes el presidente aceptó alejarse unos metros de la tribuna en la que se encontraban a un costado de la cancha para dialogar con Santa.

Regresó con el ceño fruncido, al parecer contrariado por lo que había comentado su secretario de Educación.

—Algunos la quieren pelada y en la boca —comentó a Sergio al volver a tomar asiento a su lado y luego, como si hiciera alguna pregunta sobre su técnica para el golpe de revés, añadió—: ¿Cómo ves a Cristóbal Santa? ¿Qué opinión tienes de él?

—Demasiado finito para jugar tenis. Preferiría perder un *smash* que arruinar su peinado —dijo él, como si la pregunta aún fuese relativa al tenis.

Prida soltó una carcajada.

—Y si te platicara lo que vino a consultarme —dijo, aún riendo. Y luego, con un dejo de preocupación, añadió—: de plano, ¿lo ves muy frívolo?

Sergio iba a responder con alguna trivialidad cuando se percató de que la pregunta del presidente no tenía nada de trivial. Lo miraba con la misma concentración que solía mostrar cuando creía recibir la revelación de algún arcano tenístico.

—En realidad no lo conozco, cualquier cosa que dijese sería irresponsable de mi parte —dijo, endureciendo el tono de voz. Sabía que Cristóbal Santa era el principal precandidato a la presidencia, y en esa medida el rival de Agustín Celorio o de todos cuantos aspiraran a suceder a Prida. Pero no por eso iba a hacerle el trabajo sucio a su amigo. Una cosa era prestarse a jugar al tenis durante tres o cuatro meses y otra implicarse en los chismorreos cortesanos que había comenzado a conocer y a repudiar. Supuso que la respuesta categórica que ofreció desanimaría a su interlocutor, pero no fue así.

—Ojalá llegaras a tratarlo, me gustaría mucho conocer tu opinión —insistió Prida.

Dos semanas más tarde el presidente volvió a tocar el tema, por lo cual el tenista decidió poner a Celorio al tanto. Se sentía un poco en deuda con su amigo porque tenía la impresión de que las sesiones de juego no le estaban redituando lo que él había esperado. Si bien Celorio consiguió convertirse en el compañero de dobles de Prida, tan pronto terminaba el juego el mandatario tomaba del brazo a su ídolo y dejaba claro que prefería hablar a solas con él, a pocos metros de los otros dos jugadores. En respuesta, Celorio y Varela pretendían enfrascarse en alguna conversación interesante. Con todo, antes de despedirse, el presidente solía incorporar a los otros en una charla amigable durante algunos minutos. Con todo, Celorio y el mandatario habían generado una suerte de camaradería a fuerza de celebrar victorias. El buen tenis del canciller hacía que su pareja de dobles le felicitase una y otra vez a lo largo de la sesión por los golpes acertados. En algún momento el presidente también empezó a buscar con la mirada la aprobación de su compañero de juego cuando creía haber logrado un tiro afortunado.

—¿Dijo frívolo? —apuntilló Celorio con una sonrisa—, ¿algo más?

—Fue todo —respondió Sergio, aunque tras una breve pausa agregó en tono vacilante—: bueno, y se quejó de la consulta que le vino a hacer Santa. Parecía irritado. En fin, quiere saber la opinión que tengo del secretario, me pidió que lo conociera.

Se encontraban en el estacionamiento de Los Pinos, de pie al lado del automóvil de Sergio, un Volvo blanco que la propia Claudia le había prestado, un coche «para no llamar la atención».

—Excelente —dijo Celorio en tono triunfante—, solamente viniendo de ti se va a convencer de que Santa es un fantoche engreído.

El mohín de repulsa que cruzó el rostro de Franco le indicó que pisaba un terreno delicado. Lo que dijo el tenista a continuación lo confirmó.

—A ver, Agustín. Venir a jugar a Los Pinos todos los fines de semana es algo que puedo hacer. Tampoco te voy a negar que ha sido interesante este vistazo a las entrañas del poder. Ha sido un baño de realidad que necesitaba. Pero de eso a convertirme en una especie de informante, o peor aún de intrigante, hay mucha distancia. Ni sé hacerlo ni me interesa —dijo esto abriendo la puerta de su coche y colocándose detrás de esta, aún de pie, como si quisiera poner distancia entre él y su interlocutor.

—*Fair enough* —respondió el canciller e hizo una larga pausa.

Sergio entendió que la conversación había terminado y se alegró por haber zanjado el asunto de una vez por todas. Se sentó al volante y abrió la ventanilla para despedirse de su amigo.

—*Fair enough* —repitió este—. Pero tampoco es que estemos trajinando con chismes de colegiales. Se trata ni más ni menos del futuro del país; por lo bajo, los próximos seis años.

Sergio denegó con la cabeza, haciendo un gesto de impaciencia.

—Hagamos esto: concédeme una hora, no más —insistió Celorio—. Acompáñame a la oficina para que veas un expediente. Prida te pidió que conocieras a Cristóbal Santa, pues hazlo. Después de eso puedes proceder como gustes. Nunca te pediré que le digas una cosa u otra al presidente. Ni yo me atrevería, ni tú lo aceptarías. Pero ya que estás en esto, sería aconsejable que te enteraras de cómo es el tipo que va a heredar la cancha de tenis en la que estás jugando. ¿No crees?

Dos horas más tarde, al llegar a su casa, Sergio pensó que le habría gustado no haberse enterado de nada. El expediente que leyó sobre Cristóbal Santa era para preocuparse por el país; el de Noé Beltrán para espantarse. No quería ser un instrumento de Agustín Celorio, aunque tampoco podía quedarse cruzado de brazos frente a lo que acababa de ver. Se preguntó si en algún lugar también existiría un expediente vergonzante sobre el propio Celorio.

Decidió tocar el punto con Claudia. Ella era la única persona en la que podía confiar para llenar los huecos de información que le dejó su prolongada ausencia del país. Ella y su amigo Tomás, o lo que ahora fuera. En un par de ocasiones había conversado con el periodista y le dio la impresión de ser un tipo sensato y muy informado. En todo caso, estaba claro que Claudia confiaba en su criterio.

Vería a su prima el próximo martes en la comida semanal que ya habían convertido en rutina, pero no deseaba irse a la cama y encerrarse a solas con los demonios que Celorio sembró en su cerebro. Le urgía ventilarlo con alguien de confianza. Durante años había librado en solitario las batallas emocionales y psicológicas que tienen lugar en una cancha de tenis, pero siempre fueron precedidas de largas conversaciones con su entrenador. Un proceso que le ayudaba a acomodar dudas y preocupaciones. Claudia y Tomás, si este último estaba disponible, tendrían que ser ese interlocutor.

Resolvió poner a prueba la promesa de buscarla si requería algo, sin importar el día o las circunstancias. Supuso que eso incluiría un domingo a las seis de la tarde, y confió que las circunstancias no fueran embarazosas, aunque no estaba del todo seguro. Por la manera en que Claudia y el periodista se acariciaban con la mirada, aun en su presencia, había una alta posibilidad de que fuese a interrumpir algo. No obstante envió un mensaje por WhatsApp. En efecto, interrumpió algo.

## 21

## Claudia, Tomás y Sergio
*27 días antes, 6.30 p.m.*

—Sergio viene para acá —dijo Claudia.

—¿Alguna emergencia?

—No creo, espero que no. Solo me dijo que quería hacerme una consulta y prefería que fuese ahora mismo, aunque también dijo que podía esperar si estaba ocupada.

—Entonces los dejo, luego seguimos viendo la serie; total, tampoco es que estés muy interesada en el capítulo.

Se encontraban echados sobre un gran sofá en la acogedora sala de televisión del apartamento de Claudia. Un rayo de sol agónico superaba las copas de los árboles del bosque de Chapultepec y se colaba por la ventana inundando la habitación de una tibia atmósfera en color sepia. Sin embargo, Tomás se sentía incómodo. Quiso atribuirlo al efecto melancólico que suelen provocar los atardeceres de domingo, pero luego recordó que había experimentado la misma sensación la noche anterior mientras veían otros capítulos de la misma serie. En realidad le irritaba la manera en que ella seguía los programas, dividiendo su atención entre las dos pantallas, la de su teléfono y la del televisor. Le parecía que boicoteaba la posibilidad de compartir los diálogos, las incidencias de una historia o el desempeño de un actor. Entendía que aunque la distancia entre ellos era de doce años, en materia de edad digital estaban separados por eras geológicas. Y aunque lo supiera, no podía evitar desconcentrarse cada vez que se iluminaba el teléfono de Claudia en respuesta a algún mensaje recién enviado o a una nueva entrada en su página de Facebook.

—No te vayas. Sergio me preguntó si estaba contigo y se alegró cuando le dije que sí; supongo que prefiere hablar con los dos.

—¿Estás segura? De cualquier manera en un rato tengo que revisar la portada del periódico, lo puedo hacer en mi casa —dijo él. Solían pasar juntos la noche del sábado pero no la del domingo; ambos preferían despertar en sus respectivas casas los lunes por la mañana.

—Mejor quédate; además, ya me intrigó. ¿Y si está metido en un problema? —Claudia se recostó sobre el pecho de Tomás y se dejó envolver en sus brazos, como si quisiera protegerse del imaginario peligro que amenazaba a su primo.

Tomás acogió a Claudia con placer; tenía la cualidad de provocarle arrebatos de ternura o erotismo que borraban en instantes la irritación que sus maneras desenfadas solían provocar. Cuando Sergio llamó a la puerta las caricias habían conseguido aligerar las ropas y acelerar las respiraciones.

Celorio había hecho jurar a Sergio que no revelaría a nadie el contenido de los expedientes, particularmente a ningún periodista, y el jugador asumió que cuando se lo dijo, el secretario estaba pensando en su cercanía con *El Mundo*. Así que prefirió sincerarse con su prima y con el director del periódico de otra manera. Tras el interrogatorio de rigor al que Claudia lo sometió para asegurarse de que se encontraba bien y de que no le faltaba nada en su estancia en México, expuso su desazón sin tapujos.

—Prida me ha pedido que le dé mi opinión sobre Cristóbal Santa y no quise tomarlo a la ligera. Pero tampoco quiero meterme en terrenos que no conozco; preferí tocar base con ustedes.

—No le des más importancia, es el tema que el presidente trae en la cabeza, y supongo que esa pregunta la hace a diestra y siniestra en estos días en que está en juego la sucesión —dijo Claudia, aliviada de que fuera esa y no otra la razón de su intempestiva visita.

—Espera, creo que Sergio tiene razón —dijo Tomás dirigiéndose a ella—, Prida se guarda mucho de hacer esa pregunta directamente; revelaría por dónde van sus preferencias.

—Puede ser, pero y si le estamos dando más importancia de la debida a una conversación al calor del juego. No podemos darle estatuto de consulta a algo que se dice en *shorts* en una cancha de tenis,

¿no? —dijo Claudia con ironía. Le provocaba una vaga incomodidad que su primo se involucrara en las intrigas palaciegas.

—Consulta era —respondió Sergio—; aunque yo respondí con una vaguedad él no dejó que me saliera por la tangente. Me pidió que conociera a Santa y le diera mi opinión. Estaba en *shorts* cuando lo dijo, pero sonó muy presidencial.

—¿Qué tan cercanos se han vuelto ustedes dos? —inquirió Tomás, intrigado.

—Celorio dice que soy el nuevo mejor amigo de Prida. Exagera obviamente, aunque es cierto que cada vez se alargan más nuestras charlas al terminar el partido de los domingos.

—No me extraña. Al final, los presidentes terminan muy solitarios; supongo que en este momento eres el único interlocutor al que no le atribuye una intención malsana. Porque no tienes ningún interés, ¿cierto? —preguntó Tomás y escrutó su rostro.

Sergio estuvo a punto de comentar las aspiraciones de Celorio y las ilusiones que había depositado en el acercamiento tenístico de los domingos pero calló. No solo porque a ellos les sonarían infantiles y peregrinas las esperanzas del canciller, también porque le parecía una traición a su amigo. Por lo demás, seguramente Claudia y Tomás conocían las aspiraciones del secretario; en realidad todo el país las conocía.

—Ninguno. La petición de Agustín me dio un pretexto para estar en México un par de meses antes de tomar alguna decisión sobre el futuro. Por lo demás, ha sido interesante ver desde cerca a los políticos. Digamos que es muy aleccionador.

—Oye, no me vayas a decir que te está haciendo ojitos una pinche diputación o algo así, ¿eh? —se ofendió Claudia.

—Ni en mis peores pesadillas —rio Sergio.

Tomás pensó que la idea de Claudia no era del todo descabellada, al menos no desde la perspectiva de los partidos políticos. Cualquiera de ellos estaría dispuesto a ofrecerle un escaño en el Senado. Con su triunfo legendario en el US Open, Sergio era probablemente el mexicano más querido en este momento. Lo confirmaban los innumerables *spots* de televisión y espectaculares en los que aparecía su imagen. Pero desechó la idea. El joven no parecía disfrutar de las candilejas, aunque tampoco las sufría, actuaba como si fuesen un mal necesario al que se había acostumbrado tiempo atrás. Era, sí, algo reservado y taciturno, aunque quizá eso obedeciera al fallecimiento todavía reciente de su pareja; salvo eso, parecía tener bien puestos los pies en la tierra como para ser tentado por esos cantos de sirena.

—¿Y ustedes? ¿Qué opinión tienen de Santa? ¿Sería un buen presidente?

—Parece el minimí de Prida —dijo Claudia.

—Y eso lo dice todo —rio Tomás, asintiendo.

Pero a Sergio no le hizo gracia la comparación. Si lo que Celorio le mostró sobre Santa era cierto y el tipo era en efecto una copia de Prida, no quería imaginar las infamias que habría cometido el hombre con el que jugaba al tenis los fines de semana.

—Se dice que Santa es un corrupto de mierda —insistió él.

—Corruptos son todos, en mayor o menor grado. En política la honestidad es una enfermedad que se cura con el tiempo, así que cualquiera de tus nuevos amigos es millonario. Y eso incluye a Celorio —dijo el periodista.

Sergio acusó el golpe. Nunca lo había visto desde esa perspectiva, pero había estado en la mansión del canciller, una construcción diseñada por un arquitecto de prestigio. En algún lugar leyó que el salario de los secretarios no podía superar al del presidente, y este ganaba alrededor de doce mil dólares mensuales. Demasiado poco para vivir en una casa como la que habitaba Celorio.

Tomás observó el rostro del atleta y se arrepintió de la dureza de sus palabras.

—Los arreglos políticos terminan lastrando la moral de todos. Acaban creyendo que el que no roba no es porque sea honesto, sino porque es un cobarde. El problema no es que sean corruptos sino la escala en que lo sean y, más importante aún, si son aptos o ineptos para la tarea. Ese es el tema de fondo. Que un expresidente se lleve ochenta millones de dólares es absolutamente irrelevante para las finanzas de un país como México. La bronca es que para conseguirlo acepta obras públicas innecesarias o una carretera mal hecha a sabiendas.

—¿Y Cristóbal Santa, qué tipo de corrupto es? —intervino Claudia un poco en ayuda de su primo.

—¿Cristóbal Santa? Ese es de los que intentará irse no con ochenta sino con ochocientos millones, sin importar qué putada le haga al país —dijo Tomás con desprecio—. Desde Educación ya enseñó el cobre: hay un par de editoriales extranjeras que lo adoran porque ordenó una docena de libros para cada maestro. Un millón de profesores, tres dólares de comisión por libro, hagan las cuentas.

—Treinta y seis millones de dólares —dijo Sergio.

—La canallada no fue el dinero robado. Total, habría sido una comisión aceptable si con eso se consigue ilustrar a todos los maestros del país. El problema fue que los libros eran una basura según expertos y pedagogos.

—Una cosa así en cualquier país sería un escándalo, tendría que provocar dimisiones…

—Son corruptos pero no pendejos. Hubo un consejo editorial que seleccionó los libros —respondió Tomás, entrecomillando con los dedos—. O sea que los treinta y seis millones no solo fueron para el secretario, una parte se destinó a aceitar a todos los involucrados para que el proceso fuera legítimo —y de nuevo encogió los dedos de la mano derecha.

—Si hizo eso como secretario no quiero ni imaginar lo que hará como presidente —dijo Sergio desanimado.

—No sé —respondió Tomás dubitativo—. En el fondo no es distinto de lo que han hecho los presidentes anteriores y, mira, el país sigue de pie.

—Mi papá decía que la política es un arte del carajo en el que todo estriba en darle las nalgas al de arriba y darle por el culo a los de abajo —dijo Claudia y los tres festejaron la ocurrencia.

—Suena entonces como si diera lo mismo quién se siente en la silla presidencial; según tú, es indiferente que sea Santa, Beltrán o Celorio —insistió Sergio.

—No chinguen. No creo que Beltrán sea lo mismo que los otros dos. Ese cabrón intentaría cerrarnos *El Mundo* a la primera oportunidad —intervino ella enojada, recordando el ataque cibernético del que había sido víctima el diario.

—Tiene razón Claudia, no da lo mismo —dijo Tomás—: un imbécil con poder puede ser peligroso y, sin duda, Beltrán lo es. Es cierto que los márgenes de autoridad de un presidente se sobreestiman: los otros grupos de poder no están cruzados de brazos. Pero incluso dentro de estos límites lo que haga Los Pinos puede ayudar o perjudicar al país.

—Entonces se lo pregunto de otra manera: ¿Santa es de los que perjudicarían al país más de lo necesario?

Tomás miró al joven con respeto. Pese al panorama de sutilezas políticas que había puesto sobre la mesa, muchas de ellas seguramente nuevas para el tenista, este no perdió el propósito de su visita.

—Santa no sería un buen presidente; es superficial y más corrupto que la mayoría, aunque es débil. Pero tiene un punto a su favor: detrás de él está Carlos Lemus, y ese sí es un garbanzo de libra entre la clase política mexicana. Si se convierte en el estratega y el cerebro de Santa, durante el próximo sexenio podrían suceder cosas interesantes. Lemus no solo tiene la capacidad para concebir algunos cambios de fondo sino también la manera de operarlos en medio del terreno minado que ahora es la política —Tomás terminó un poco sorprendido del tono que había utilizado, poco menos que un párrafo completo para alguna de sus columnas.

—Creí que tú y Jaime estaban distanciados de su padre —se sorprendió Claudia.

—Jaime tiene sus motivos, y esos tienen que ver más bien con el diván. Hace más de veinte años que no se hablan. Yo seguí tratando al padre de vez en cuando, pero no siempre es fácil. Llegado el caso puede ser un cabrón, aunque eso no le quita lo inteligente.

—Mi papá lo respetaba —dijo Claudia pensativa, y mirando a Sergio amplió los datos sobre Carlos Lemus—. Hace veinte años fue procurador general, luego puso un despacho de abogados y se convirtió en el bufete más influyente y poderoso del país.

Sergio ya no los escuchaba. Estaba un poco harto de hablar de política y de sus interminables zonas grises. Nada parecía ser lo que era, salvo el apetito de poder que todos exhibían. En el tenis se empleaban fintas y simulaciones para engañar a un rival, pero al final se ganaba o se perdía por los méritos o los errores acumulados. Un competidor mediocre como Santa nunca habría tenido posibilidades de ascender en el *ranking* de la ATP, no podía entender cómo se había encumbrado en la política al nivel de estar a punto de conquistar la presidencia.

Abrumado y algo enfadado, se preguntó qué diablos estaba haciendo ahí, tan lejos de su mundo; un mundo que podía tener su propio drama pero poseía reglas claras con las que se sentía perfectamente cómodo. Volvió a pensar en cuánto echaba de menos a Rossana; se había jurado hacer lo necesario para cerrar de una vez por todas la herida abierta de su ausencia, no obstante, el roce con Claudia y Tomás y la inevitable exhibición de su amor apenas inaugurado era un recordatorio doloroso de lo que había perdido.

Se despidió de manera abrupta y salió a la calle, deseoso de tomar un poco de aire fresco. Agradeció no haber venido en coche y caminó las cinco manzanas que lo separaban de su casa; un paseo solo transitado por jardineros y camareras en una colonia de mansiones enormes y edificios de apartamentos fuertemente custodiados. Durante el trayecto tomó dos resoluciones: mudarse a un barrio con mayor vida urbana y tomarse menos en serio su papel de tutor del presidente. No había razón para echarse ninguna responsabilidad a sus espaldas. En el fondo se sabía una persona con una extraordinaria habilidad física para golpear una pelota, pero solo eso.

Bartolomé Farías no estaba de acuerdo con esa conclusión. Había seguido durante dos días a Sergio Franco y estaba fascinado con lo que consideraba el encargo más impactante de su vida. Bartolomé era un buen detective; había sido soldado, judicial, guardaespaldas, sicario y todo lo que dejara algún dinero a cambio de músculo y ausencia de convicciones. Era un buen detective, sí, pero también era un fanático de los deportes en la televisión. Aunque nunca pisó una cancha de tenis lo sabía todo sobre Sergio Franco. Había seguido durante años su trayectoria y sentía como propios sus éxitos y sus fracasos. Apenas unas semanas atrás se emocionó como un crío durante la entrega de premios del US Open. Vigilar a su ídolo lo colmaba de felicidad; había cumplido cabalmente con su tarea haciendo los informes correspondientes, pero a ratos había jugado con la idea de que en realidad era su guardaespaldas. Justamente el día anterior, cuando un trío de jóvenes lo importunó a la entrada de un restaurante, debió contenerse para no irrumpir en defensa del deportista.

También él disfrutó de la caminata por las calles solitarias. Dos paseantes en perfecta sintonía apenas a treinta metros de distancia uno del otro. Recordó el apodo con el que los cronistas hicieron famoso al jugador y Bartolomé se sintió hermanado: *The Killer* les sentaba a ambos a la perfección aunque fuese por distintas razones.

## 22

**Gamudio y Beltrán**
*26 días antes, 1.00 p.m.*

El semblante desencajado de todos los presentes era fiel reflejo de la magnitud de la derrota. Susana Senderos, la única mujer del grupo, lloraba en silencio sin hacer esfuerzo alguno para enjugarse las lágrimas. Todos los informes coincidían: Prida había optado por Cristóbal Santa para sucederlo en la presidencia del país aun cuando la decisión no sería comunicada hasta diciembre. Lo que seguiría no era más que un ritual muchas veces recorrido: la cúpula del PRI anunciaría el resultado de los sondeos que proclamaban al secretario de Educación como el favorito de las bases del partido y la maquinaria del Estado se pondría en movimiento para asegurar su triunfo en las elecciones del siguiente verano.

—No hay ninguna duda, nuestros amigos del Pentágono nos informaron ayer de que el presidente Brook llamó a su procurador para coordinar la investigación sobre Cristóbal Santa por parte de la DEA y el Tesoro. Quieren asegurarse de que no hay cadáveres en el clóset que lo relacionen con el crimen organizado. Todo indica que el propio Prida le informó a Brook de su decisión a favor de Santa el fin de semana pasado —reveló Godnes.

—Coincide con el reporte que tengo de la mejor amiga de la esposa de Santa, quien no se aguantó las ganas de comentarle que sería la nueva primera dama —dijo Susana.

Algunos de los hombres asintieron, aunque la mayoría miraba el trazo de rímel que descendía un par de centímetros por abajo del ojo izquierdo de la mujer. Una imagen que reflejaba cabalmente el ambiente desolado que primaba en la habitación.

—Podría ser un farol de la mujer para impresionar a su amiga —objetó Gamudio. Se resistía a creer que todo el trabajo realizado para entronizar a Beltrán hubiese sido en vano.

—No lo creo —contestó ella—, su marido la autorizó a negociar la contratación del diseñador portugués José Gámez, la nueva sensación en Nueva York. Aunque le cueste una fortuna, quiere darle a Los Pinos el toque etrusco que se ha puesto de moda en Park Avenue.

—Siempre ha estado media loca la vieja de Santa —sentenció Beltrán, con una sonrisa.

Gamudio cayó en la cuenta de que Beltrán y su estratega Steve Godnes eran los únicos cuyos rostros se habían mantenido impasibles pese al trágico desenlace que entrañaba la información ventilada. Todo hacía suponer que esa sería la última sesión del grupo allí reunido, pues ninguno de los presentes tenía cabida en las tareas regulares de la administración del gobierno de Chiapas y carecía de sentido un cuarto de guerra de campaña una vez cancelada la posibilidad de la candidatura presidencial. Y, no obstante, su jefe no parecía abatido. Siempre había pensado que las ideas simples y categóricas de Beltrán constituían su fuerza, pero ahora la obstinación adquiría visos de una tenacidad ciega que rayaba en el fanatismo.

—¿Cómo va el recuento de gobernadores? —inquirió Beltrán, y Gamudio no advirtió que la pregunta iba dirigida a él. Salió de su ensimismamiento al notar que el resto de los presentes le observaba. En efecto, él era el responsable del cabildeo con los mandatarios estatales.

—La batalla es terrible. Diecisiete están con Santa, ocho con nosotros y hay otros siete indecisos o son de la oposición. Desde septiembre le hemos quitado tres —dijo Gamudio, aunque sin ninguna gana de celebrar su hazaña.

—No importa el número, sino los huevos que le echen. Los ocho nuestros son más importantes que los diecisiete de ellos si logramos que cada uno hable de manera decidida y solidaria con el presidente —dijo Beltrán—. Prida no lo va a someter a votación, pero tampoco puede quedar indiferente si una media docena de gobernadores se la juegan categóricamente por mí. Así que ya no te concentres en el número de cabrones que nos favorecen, sino en la manera en que vayan a demostrármelo.

Gamudio asintió sumiso, aunque en realidad se sentía descolocado, confuso. Minutos antes pensaba que más que en un cuarto de guerra se encontraba en una ceremonia de firma de rendición, pero ahora el jefe los mandaba de regreso al campo de batalla. Inevitablemente pensó en el llamado encendido y suicida de Hitler a los niños y adolescentes para enfrentar al invasor cuando este se encontraba a las puertas de Berlín.

Beltrán repartió tareas a todos los presentes, tras lo cual la reunión concluyó y comenzaron a dispersarse. Gamudio y Godnes fueron retenidos por un gesto del líder.

—Está muy buena la Susanita —dijo el gobernador mientras miraba a la única mujer abandonar la habitación—. ¿Saben si le gusta el agua achicalada?

—Andaba hasta hace poco con uno de seguridad, ahora creo que ha comenzado a salir con uno de sistemas, no estoy seguro —dijo Gamudio siguiendo su mirada, aun cuando nunca había escuchado esa expresión. En ocasiones el léxico del general exhibía más de la cuenta su paso por barracas sórdidas atestadas de libidos reprimidos.

—Ahorita que salgas me la mandas —dijo Beltrán de buen humor—; digo, no es defecto ser carbón cuando la mujer es fruta —agregó risueño.

Godnes frunció el ceño. Podía perdonar a su jefe cualquier incorrección política pero encontraba del todo improcedentes sus comentarios obscenos. Y no porque tuviera algo contra la misoginia o el acoso a las mujeres, sino porque le parecía una distracción frívola cuando luchaban por conquistar ni más ni menos que la silla presidencial.

—¿Ustedes creen que el pendejo de Prida va a detenerme solo porque el griego es un lame huevos? —dijo el gobernador cuando se quedaron solos.

La pregunta era retórica, pero Beltrán no continuó hasta que los otros dos negaron con la cabeza.

—Sería una irresponsabilidad de mi parte que por cobarde no tome las decisiones que impidan a Prida colocar a un presidente tan débil. Él cree que así podrá mangonear a su antojo otros seis años, de lo que no se da cuenta es de que un gobierno pusilánime sería aprovechado por el crimen organizado y los tiburones financieros internacionales para terminar adueñándose de todo.

Ahora los dos colaboradores asintieron en silencio. Tenían claro que Beltrán iba a algún lado y ninguno tenía las ganas o los arrestos para interrumpirlo.

—Necesitamos demostrarle al mundo que México está en un precipicio y hay que hacerlo antes de que esto se vaya al carajo. ¿Cierto?

—Cierto —dijo por fin Godnes—, después de las elecciones sería demasiado tarde… —y tras una pausa, como si lo pensara mejor—, tiene que ser antes de que se anuncie la candidatura.

—¡Exacto! —respondió Beltrán dando un puñetazo en la mesa.

La efusiva respuesta del gobernador hizo que Gamudio se preguntara si estaba presenciando una puesta en escena entre los otros dos.

—En los últimos días he estado pensando en la tragedia de las Torres de Nueva York. No digo que fuera provocado por el gobierno de Bush, pero qué bien les vino para emprender una guerra antiterrorista en el mundo.

—Y para poner un hasta aquí al libertinaje en el que el gobierno había caído —agregó Godnes.

—O el operativo de los insurgentes chechenos en el teatro de Moscú; esa sí fue una obra maestra de Putin —insistió Beltrán—. Aquella en la que un comando rebelde tomó como rehén a la crema de la sociedad moscovita, ¿recuerdan? Todas las protestas que había en contra de la guerra en Chechenia se acabaron, hasta los gringos y los europeos tuvieron que aceptar que los rusos tenían derecho a defenderse. Desde entonces el liderazgo de Putin ha sido imbatible entre los suyos.

—Con todo respeto, pienso que es una lástima que en México no haya ocurrido algo así —secundó el asesor mexicoestadounidense—; digo, es terrible, pero ayudaría a demostrar de una vez por todas que el país necesita un mando firme y no un gobierno blandengue.

Y, ahora sí, Gamudio tuvo la certeza de que se trataba de una conversación previamente ensayada entre los otros dos. El espasmo que sintió en el vientre le reveló que aún no había llegado lo peor.

—En ocasiones una purga radical en el sistema es lo único que lleva a adoptar medidas radicales y definitivas, en cambio un desangrado continuo solo debilita al organismo y conduce a soluciones tibias que se quedan cortas.

—Tres mil personas en el World Trade Center, casi doscientas en Moscú… —recordó Gamudio, como si hablase consigo mismo, aunque se arrepintió al instante. No tenía ningún deseo de que los otros dos interpretaran su comentario como una objeción.

—Ni siquiera se necesitarían tantos —dijo Godnes, en tono cauto.

—Incidentes que hayan conmocionado a la opinión pública nacional y extranjera ya ha habido varios —respondió Gamudio—. La matanza de los cuarenta y tres estudiantes en Iguala, el atentado en el aeropuerto…

—Meros sangrados —interrumpió Beltrán, despectivo—. Por no hablar de los miles de muertos que ha provocado la guerra contra el crimen organizado. Y no ha servido de nada.

—Ni siquiera se necesitarían tantos —insistió Godnes—, solo tienen que ser importantes, muy cercanos, y de ser posible que el asunto desemboque en un escándalo internacional.

Gamudio iba a cuestionar el razonamiento pero se percató de que en realidad ya había sido convencido por Beltrán y Godnes. Ahora estaba más bien intrigado por conocer el plan concebido por los otros dos. Se creía obligado a presentar una mínima resistencia para que quedara registro de que él debió ceder a la maquinación de los otros. Sentía que eso le otorgaba una superioridad moral que lo colocaba por encima de ellos.

—¿Y qué se te ocurre? —preguntó Gamudio directamente a Godnes; intuitivamente asumió que era preferible evitar que el propio Beltrán revelara lo que ahora iba a escuchar.

—Un concierto o un evento deportivo podría causar muchas víctimas, aunque en estas cosas la clave no es la cantidad sino la calidad. El México que importa, el que toma decisiones, solo reacciona cuando son afectados algunos de los suyos.

—¿Empresarios? ¿Políticos?

—Exacto, pero además tendría que involucrar a personajes extranjeros.

Gamudio pensó en convenciones bancarias, cumbres de jefes de Estado, reuniones del G8.

—Este cabrón está pensando en la FIL de Guadalajara —dijo Beltrán, impaciente, señalando a Godnes—. ¿Cómo lo ves? —fue menos una pregunta que una manifestación de orgullo.

Él recordó la última vez que había visitado la inmensa feria y a su mente acudieron imágenes de ríos de personas, mayormente jóvenes, en los interminables pasillos entre pabellones con libros.

—Número habría, la calidad no estoy seguro —respondió, y ahora la imagen que ocupó su mente fue la de un mercado árabe luego de una explosión: un oso de peluche ensangrentado, un brazo solitario tirado en la acera, mujeres dobladas sobre el cadáver de un hijo.

—La ceremonia de inauguración —dijo Godnes, con entusiasmo y algo de exasperación, como si a su interlocutor se le estuviera escapando algo obvio —. El país invitado es Estados Unidos, así que habrá de todo: políticos, embajadores, intelectuales, Premios Nobel, periodistas; *you name it.*

—Y, lo más importante —añadió Beltrán, ahora sí con una sonrisa de oreja a oreja—, estará Cristóbal Santa. Como secretario de Educación ha sido el representante del presidente en la inauguración durante los últimos cuatro años. Y con suerte Celorio se acerca por allí y también le toca.

—Perfecto, ¿no? —concluyó Godnes ufano, con la cara de orgullo y satisfacción que tendría un científico al revelar a sus colegas la cura definitiva contra el cáncer—. Solo tenemos que informar, desde ahora, que el gobernador de Chiapas renuncia a participar en la contienda electoral, algo categórico y definitivo un mes antes de la FIL. No deseamos que cuando eso suceda el público lo vea como el beneficiario inmediato de la desaparición de sus rivales; lo convertiría en sospechoso.

Los tres guardaron silencio algunos instantes, cada uno de ellos imaginándose las complejas repercusiones que tendría una operación como esa.

—Sí, eso lo haría —dijo Gamudio, por fin, tras hacer un rápido inventario de las celebridades que cabría esperar en la ceremonia de inauguración de la FIL—. Solo hay un problema: ¿cómo organizar un operativo de esa magnitud sin que se descubra la mano que meció la cuna?

—Ah, compadre. Es que allí es donde entras tú —concluyó Beltrán.

## 23

**Jonathan**
*26 días antes, 1.45 p.m.*

Sonia Burgos estaba a punto de renunciar a su trabajo en el centro penitenciario de Mazatlán cuando conoció a Jonathan. Dieciocho meses antes, recién salida de un posgrado en psicología criminal y readaptación social cursado en Chicago, había aceptado la invitación del director del penal, Otilio Gómez, esposo de una prima, para hacerse cargo del llamado Modelo Integral de Reinserción del enorme presidio. Pero le bastaron apenas unos meses para darse por vencida. La burocracia, la sobrepoblación, el bajo presupuesto y sobre todo la altísima tasa de reincidencia de los delincuentes hacían inútiles todos sus esfuerzos. El crimen organizado tenía más incentivos para reclutar a los internos que obtenían su libertad. Lejos de convertirse en un lugar para dotar a los presidiarios de un futuro diferente, la prisión era una escuela para profesionalizar criminales.

Pero entonces se topó con Jonathan. Al principio creyó que había un error en el resultado de uno de los exámenes psicométricos que se aplicaban entre la población penitenciaria. El coeficiente intelectual del interno número 726 excedía todos los parámetros con los que hasta entonces se había topado. Convencida de que se trataba de alguna anomalía, decidió entrevistar al joven tamaulipeco. Jonathan la sorprendió. Mostraba la coraza brutal y acerada que había visto en individuos de larga trayectoria criminal, pero exhibía una curiosidad innata que apenas podía esconder. Durante la entrevista ofreció respuestas cautas, fruto de la desconfianza, aunque invariablemente él mismo terminaba haciendo alguna pregunta: por qué había aceptado ese trabajo, si creía en lo que hacía, cómo se aseguraba de no ser engañada o manipulada, cómo hacía para conciliar una vida externa normal con el inframundo en el que se sumergía de lunes a viernes. A ella le extrañó la naturaleza de sus preguntas, pero con el propósito de establecer una relación de confianza mutua decidió responder a ellas, aun cuando lo hiciera apelando a frases hechas. Él detectó contradicciones en sus respuestas y así se lo hizo saber. Nerviosa, prefirió concluir su primera entrevista.

Los siguientes días la psicóloga revisó su expediente y concluyó que la brutal y miserable existencia que había llevado el joven segó prácticamente desde la infancia cualquier otro destino. Volvió a reunirse con él pero ahora siguió un método que escuchó a uno de sus maestros de Chicago: se puso a describir las películas y los programas de televisión que le gustaban. De nuevo Jonathan la acribilló con preguntas sobre la trama y los personajes y, para su extrañeza, sobre las sensaciones que ella había tenido durante algunos pasajes de las historias que le contaba.

A su vez, él habló de las películas que había visto e incluso de una docena de libros leídos en la cárcel. Sus descripciones eran impecables y su vocabulario un poco más amplio del que podía esperarse de alguien que no había terminado la secundaria. Ella misma se sorprendió de la manera en que quedó atrapada en sus narraciones, a pesar de que conocía la trama de las películas y novelas a las que él hacía referencia. Jonathan solía hablarle en tono grave y volumen bajo, inclinado hacia delante, como si la hiciera partícipe de un secreto.

Sonia se aficionó a verlo dos veces por semana; mayormente discutían el contenido de los libros que le había entregado la sesión anterior. El joven leía dos o tres volúmenes por semana y sus juicios podían ser extravagantes, pero no pocas veces la psicóloga los encontró brillantes y sensibles. Tras las primeras sesiones quedó convencida de encontrarse frente a la oportunidad que había estado buscando, la razón por la cual había estudiado esa especialidad y aceptado el trabajo en la prisión. Se dijo que Jonathan Jiménez tenía el potencial para triunfar prácticamente en cualquier terreno que se propusiera y ella estaría ahí para asegurarse.

Tres semanas después, a fines de octubre, él le pidió que le hiciera llegar los ejemplares que alguna vez adquirió con sus ahorros y había dejado en resguardo en la casa de un amigo. Se trataba de una colección de libros de literatura universal, de pasta dura, por la que él sentía un particular aprecio. Ella le aseguró que así lo haría. Tres días más tarde comenzaron a llegar al domicilio de la psicóloga pequeños lotes de tres o cuatro títulos por semana, que ella misma introducía en la prisión.

Los chips o tarjetas SIM disimuladas en las pastas duras de esos libros cambiaron la vida de Jonathan y sus compañeros, o por lo menos la alargaron. En los últimos años las prisiones se habían convertido en la base de operaciones de las llamadas telefónicas destinadas a la extorsión y al fraude. El fenómeno había adquirido tal dimensión, que las autoridades federales montaron en los presidios de alta seguridad un dispositivo digital capaz de inhabilitar los números telefónicos introducidos en el sistema. Los responsables de las operaciones de extorsión se veían obligados a reponer continuamente los números detectados por las autoridades y por consiguiente, se pagaban a precio de oro las tarjetas SIM.

La extorsión telefónica desde la prisión era una actividad tan rentable que el propio cártel de Sinaloa le pidió a Mario Fonseca, su cabecilla dentro del penal, que no interrumpiera el contrabando que Jonathan garantizaba, mientras lo siguiera haciendo. Fonseca se sintió traicionado por la instrucción de sus jefes, porque había conseguido la ayuda de varios guardias para asestar esa misma semana un golpe mortal al grupo de Zetas que aún sobrevivían en la cárcel. Decidió acatar a medias la instrucción; continuó asesinando a todo miembro de la banda rival que por una u otra razón se separaba momentáneamente del grupo, pero suspendió el asalto final. Sonia Burgos nunca se enteró cómo ni cuándo salvó la vida de su protegido.

## 24

**Jaime y Amelia**
*25 días antes, 3.30 p.m.*

—Confirmado, Tracy Chapman arranca los conciertos en la FIL de Guadalajara, ¿qué dices, nos lanzamos? —propuso Jaime, luego de ordenar una botella de vino italiano a un diligente *sommelier*.

Mientras lo observaba, Amelia pensó que había heredado de su padre el tono y los gestos de mando que sin ser autoritarios tenían el efecto de movilizar a los que les rodean. En este caso, meseros y personal del restaurante Lampuga.

—Ella me encanta pero no sé si voy a poder, ando bastante ocupada con los cambios en *Lapizarra*.

—Cae en sábado. Al mediodía es la inauguración y por la noche el concierto. Y al día siguiente hay una charla de Paul Auster, ¿también te gusta, no?

—Antes lo leía mucho. Aunque ahora no me pierdo ningún libro de su mujer. ¿No sabes si ella viene?

—Voy a revisar el programa. Estados Unidos es el país invitado y tiraron la casa por la ventana: traen una veintena de escritores y artistas de buen nivel. Anda, vamos ese fin de semana, es el último de noviembre —insistió Jaime.

—El día de la inauguración es una lata porque es cuando aparecen todos los políticos; cabrones, como si se preocuparan por la cultura el resto del año.

—No tenemos que ir a la apertura, caemos al concierto y vamos a lo de Auster al día siguiente, vemos libros y nos regresamos el domingo por la noche. ¿Qué dices?

—A ver si no nos cruzamos con Cristóbal Santa y su comitiva —dijo ella y se arrepintió al instante cuando observó el entrecejo fruncido de Jaime. Para él, la comitiva no podía ser otra que Carlos Lemus.

Jaime enmudeció al calor del fuego que súbitamente calcinó sus tripas. Durante meses alentó la esperanza de que algún obstáculo impidiera a Cristóbal Santa constituirse en el próximo presidente y, por ende, a Carlos Lemus transformarse en el hombre fuerte de la política durante los siguientes seis años. Jaime sentía que por vez primera estaba en camino de superar a su formidable y odiado padre. Ese había sido el combustible que alimentó su ascenso desde veinte años atrás cuando, a punto de pedir la mano de Amelia, descubrió que su propio padre la había hecho su amante. Y ahora, cuando la estrella de Jaime por fin empezaba a superar a la del famoso abogado, el golpe de suerte de Santa estaba a punto de arruinar la obra de su vida.

—Ese imbécil no puede ser presidente —masculló él, todavía con la úlcera trepando por su garganta.

—No veo cómo podemos evitarlo. Todo mundo da por sentado que Prida ya tomó partido por él.

Jaime agradeció el fraseo de Amelia, que los convertía en equipo, aun sin estar presentes Tomás y Mario. En los últimos dos meses, con el pretexto de ayudarla a blindar su sitio de internet de potenciales ataques cibernéticos, había logrado transformar en una suerte de rutina las reuniones privadas que sostenían. El fin de semana anterior acudieron juntos al concierto de Wynton Marsalis en el teatro de Bellas Artes y luego fueron a cenar a un restaurante de moda en el centro histórico. Una velada que Jaime juzgó como el inicio de una nueva etapa en su relación. Cierto que ayudó la pasión de Amelia por el jazz y que él tuviera las dos únicas entradas disponibles, pero la conversación al calor de los vinos terminó siendo íntima y cálida.

Sí, definitivamente estaba en camino de convertir a Amelia en su mujer. Con paciencia y tino seguro que lo conseguiría. Solo entonces podría pasear frente a su padre del brazo de ella y mirarlo con desprecio por encima del hombro. No obstante, esa imagen no se avenía con el hecho de que Carlos Lemus se convirtiera en el poder tras el trono en los próximos años.

—Pues algo debe hacerse —insistió él, mientras repasaba las muchas opciones que en las últimas semanas había sopesado para evitar el ascenso de Cristóbal Santa; ninguna con éxito.

—Yo publiqué todo lo que me pasaste sobre sus mierdas en la Secretaría de Educación —dijo Amelia, encogiéndose de hombros—, al menos aquellas que podían sustentarse con documentos. Pero tampoco sirvió de mucho. Parece que la deshonestidad en este país ya no escandaliza a nadie.

Jaime recordó el enorme despliegue que Amelia y su equipo otorgaron a la serie titulada «Expedientes de un Santa impío», en buena medida gracias a la información que Lemlock suministró. La valentía de *Lapizarra* fue castigada con la retirada de toda publicidad proveniente del sector público. El propio Carlos Lemus había buscado a Amelia para intentar detener la publicación por entregas, pero ella se negó a contestarle la llamada. Un pequeño triunfo para el propio Jaime, aunque efímero y a la postre inútil para evitar el inminente ascenso del político.

La mención de las publicaciones le hizo recordar la razón por la cual le había pedido que se reunieran cuanto antes. Amelia no solo publicó materiales comprometedores sobre Santa, también lo hizo respecto a Noé Beltrán, y esa era harina de otro costal. El equipo de Cristóbal Santa se había conformado con llamadas telefónicas intimidantes y la retirada de la publicidad oficial; pero el gobernador de Chiapas era mucho más peligroso. Aun cuando Lemlock no había logrado penetrar el cuarto de guerra de Beltrán, Jaime sabía por otras fuentes que *Lapizarra* estaba en la mira de Godnes. Decidió sincerarse con su amiga.

—A propósito, lo que publicaste sobre Beltrán como principal suministrador del ejército fue muy bueno, pero creo que ya no vale la pena desgastarse, sus posibilidades son nulas en este momento. El anuncio de que él no está para candidaturas, que toda su atención está puesta en Chiapas, revela que también él da por descontado el triunfo de Santa.

—Aunque no vaya a ser candidato sigue siendo gobernador de Chiapas, ¿no? Eso hace que valga la pena.

—Demasiado peligroso para correr el riesgo, te lo aseguro.

—Entiendo, pero *Lapizarra* no es una página marginal; tenemos ya suficiente visibilidad, incluso entre los corresponsales extranjeros. No creo que se atreva a tocarnos, el escándalo sería mayúsculo, la factura a pagar demasiado alta, al final son políticos, ¿no crees?

—Lo que dices es cierto para la mayoría de ellos, no para Beltrán. Para él, la política es un campo de batalla en el que sangrar y recibir heridas resulta inevitable; le basta con saber que las suyas serán menores que las de su rival. Se guía con la lógica del que golpea antes de ser golpeado y está dispuesto a perder un dedo si con eso te corta la mano. Contra eso no hay defensa.

—Pues mal haríamos en seguir el juego a ese cavernícola. Si nos autocensuramos simplemente por miedo, el muy hijo de puta habrá ganado.

—Es un matón con poder —dijo Jaime, desanimado.

—Razón de más para exhibirlo —respondió ella, categórica.

Jaime advirtió que esa línea de argumentación no iba a prosperar con Amelia. Desde niña su temeridad era legendaria; fueron muchas las ocasiones en que metió a los Azules en problemas por su proclividad a enfrentarse con los bravucones de la escuela en defensa de los compañeros más débiles. Con exhortos a la precaución no iba a llegar muy lejos.

—Solo digo que habría que espaciar los misiles. Si ellos entienden que estás metida en una cruzada personal en su contra, se sentirán obligados a hacer algo, son los códigos que manejan. Y, por lo demás, no solamente se trata de nosotros, tu gente es la más expuesta.

—Quizá tengas razón —concedió ella—, pero no es bajándole de huevos, sino mostrándole que no es personal. Necesitamos publicar más infamias de otros gobernadores. ¿Tienes algún material que nos pueda ayudar? Digo, casos no faltan, todos son unos virreyes enriquecidos.

—No tienes remedio —rio él—, en lugar de cuidarte vas a aumentar los frentes abiertos. ¿Esa es tu manera de ser precavida?

—Bueno, al menos ese cabrón entenderá que no merece más atención que los demás, ¿no? —dijo ella, también riendo.

Los dos se sumieron en un largo silencio mientras bebían y daban cuenta de la ensalada y el pulpo a la brasa que pidieron para compartir. Él, devanándose el cerebro para encontrar formas de proteger a Amelia, a pesar de sí misma. Ella, pensando que cada vez se sentía más cómoda en su compañía. Había recuperado al amigo de su juventud, siempre confiable y sólido, dotado de ese realismo cínico y bien documentado que tanto le ayudaba a compensar las cruzadas utópicas y bienintencionadas en las que ella se embarcaba. Quiso pensar que el apoyo era recíproco; ella también contribuía a darle un propósito constructivo a todo ese imperio de investigación y espionaje que Jaime había montado. No hacían un mal equipo, después de todo.

Por fortuna, no le había vuelto a hablar de amores, ni sus gestos parecían contener la retención penosa de una caricia. Ella odiaba el lenguaje corporal de los seductores y su manera meticulosa de ir colonizando el cuerpo de su presa: un abrazo de despedida cada vez más prolongado, un contacto progresivo que emigra del codo al antebrazo y luego a la cintura con el pretexto de ayudarla a cruzar una puerta o subir un escalón. Pero no era el caso de Jaime. Quizá valdría la pena ir a Guadalajara y sumergirse algunas horas en la fiesta de los libros y la música. Asumió que él reservaría dos habitaciones separadas, aunque dio por descontado que aparecer juntos en la FIL se prestaría a conjeturas, por lo menos a los ojos de algunos amigos o conocidos de Tomás. Eso la hizo decidirse.

—Vamos a Guadalajara —concedió por fin, y sus palabras y la sonrisa que cruzó su rostro provocaron en Jaime un sobresalto de alegría que a ella misma tomó por sorpresa.

## 25

**Sergio**
*24 días antes, 5.40 p.m.*

A Bartolomé le habría gustado sentarse a su lado y conversar sin prisas al paso de las estupendas jóvenes que circulaban por la acera en el elegante barrio Las Lomas. Hablarían de algunos de los momentos más dramáticos de su carrera tenística —estaba seguro de conocerlos todos— y mojarían los silencios cargados de complicidad en ocasionales sorbos de café. Pero tenía que conformarse con imaginar esos diálogos entrañables y recordar que no había otra relación entre ellos que aquella que existe entre un cazador y su presa. Y como cazador vigilaba desde la mesa opuesta de la terraza del Café O a Sergio Franco, quien bebía sin entusiasmo un tequila y un jugo de naranja.

En ocasiones algunos de los paseantes creían reconocer al ídolo deportivo tras los grandes lentes de sol y la gorra, sentado en una mesa solitaria, pero tras algún titubeo preferían seguir su marcha. Al detective le habría gustado alcanzarlos para decirles que sí, que era su día de suerte y que podían comunicarlo con orgullo en sus redes sociales: habían visto de cerca a Sergio Franco. Sin embargo, lo único que Bartolomé podía hacer era confirmar la soledad del jugador, atestiguar sus paseos sin rumbo aparente, la manera en que dejaba transcurrir el día sin otra ocupación que leer las páginas de un pequeño libro que extraía de la chamarra de vez en vez, nunca por mucho tiempo. Lo vio entrar en museos solo para salir veinte minutos más tarde o perderse en alguna tienda en la que no compraba nada. Creía advertir ojeras y podía suponer noches interminables entre sábanas revueltas por el insomnio.

Observó a Sergio ponerse de pie y caminar hacia el fondo del restaurante en dirección al baño, en el trayecto se detuvo a saludar a un hombre que se incorporó con dificultad de su asiento para devolver el saludo. Intercambiaron algunas palabras y el sujeto le presentó a una rubia con pinta de modelo o actriz. Luego el tenista siguió su camino hacia los sanitarios. El acompañante de la mujer ya no volvió a sentarse, se despidió de ella y salió del restaurante. Una vez a solas, ella concentró su atención en una libreta negra, de pasta dura.

De regreso a su silla, Sergio se detuvo en la mesa de la rubia y al parecer preguntó por su amigo, porque ella hizo una señal en dirección a la calle. Bartolomé solo escuchó el nombre de Claudia.

Contra su propio protocolo, el esbirro se levantó intempestivamente, se apresuró a ocupar la silla más próxima a la pareja y fingió concentrarse en el menú como si lo hubiera esperado en vano en la mesa abandonada.

—¿Y cómo me reconociste? Creí que iba perfectamente disfrazado —escuchó que decía Sergio, burlándose de sí mismo.

—Claudia tiene en su oficina una foto de ustedes dos tomada en alguna cantina; cuando le pregunté quién eras me habló de su famoso primo, aunque por alguna razón se apresuró a decirme que tú no bebes, que tan pronto como das un sorbo al tequila te empinas medio vaso de jugo de naranja. Eso te delató —dijo ella, señalando con la vista la mesa en la que, en efecto, se observaba una copa casi llena de licor y un vaso con los restos de jugo—. Bueno, eso y que Mario me dijo quién eras —añadió ella, con una sonrisa culpable.

—Serías una buena detective —dijo él, divertido.

Bartolomé se estremeció al escuchar la frase, como si su propia identidad hubiese quedado revelada. Se sentía en falta por el movimiento tan brusco al cambiar de mesa, a la vista de algún desconocido su extraño comportamiento podría haber llamado la atención. Algo que constituía un pecado en su profesión. Sin embargo, había valido la pena; la mujer era absolutamente singular. Aunque sus ropas no eran caras ni particularmente elegantes, podría pasar por una actriz o una bailarina de altos vuelos. Poseía la soltura de movimientos que solo había visto en las profesionales acostumbradas a trabajar con su cuerpo. O quizá fuera el aplomo que puede otorgar saberse dotada de tal belleza física. El mismo Franco, hasta unos minutos antes taciturno y aburrido, parecía haberse magnetizado. Mientras ella mencionaba vagamente las circunstancias en las que conoció a Claudia, él mantenía una sonrisa probablemente involuntaria, en tanto que sus ojos pasaban de los labios de la mujer a su pelo o al intenso azul que enmarcaba sus pupilas, como si no pudiese reposar la mirada en alguno de los rasgos de su rostro por temor a desairar a los otros.

—¿De dónde eres? Tu español es bueno, pero no tanto —dijo él, cuando notó que ella llevaba unos instantes callada.

—No nací aquí, aunque ya me siento mexicana. Al menos yo bebo el tequila derecho —respondió ella, mientras se ponía de pie y tomaba el bolso que colgaba de una silla.

«Tómala», pensó Bartolomé, quien seguía el diálogo como si estuviese en el cine. No era el único: varios parroquianos observaban con curiosidad a la impactante pareja, aunque no pudiesen escuchar la conversación. Constituían sin duda un espectáculo llamativo e inusual no solo por su belleza física sino también por el tamaño. Sergio medía 1.87 según la ficha física que consultó el detective y ella apenas tres dedos menos, ayudada por unos pequeños tacones.

—Sin mariconadas como yo, quieres decir —dijo él riéndose, mientras observaba de manera culpable el vaso de jugo de naranja vacío.

A la mujer pareció gustarle la respuesta porque ahora fue ella quien recorrió con mirada cálida la barba mal rasurada de él, la piel bronceada, los dientes blancos y recios. Siguieron observándose en silencio unos segundos; él habría querido decir algo más, algo ingenioso, algo que la hiciera sentarse a su mesa y acompañarlo. Pero había perdido la habilidad para cortejar a una mujer, o tal vez nunca la tuvo. Finalmente, ella dobló el cuello hacia un lado como un gato desperezándose.

—Bueno, ya me iba. Dale mis saludos a Claudia, dile que la busco pronto —dijo y extendió la mano para despedirse. Él le devolvió el saludo de manera automática, sorprendido por la abrupta partida.

—Espera —dijo Sergio cuando ella ya le había dado la espalda—. ¿Cómo te llamas? —y tras un titubeo agregó, justificándose—: para decirle a Claudia.

—Alka —respondió ella, casi en un susurro, recorriendo el recinto con ojos aprehensivos.

Sergio la vio hasta que ella se perdió en la siguiente esquina. Volvió a tomar asiento y acarició con la yema de los dedos el borde de la copa de tequila, como si fuese el único vínculo al cual echar mano para prolongar la presencia de la mujer. Luego apuró un largo trago.

## 26

**Carlos y Santa**

*23 días antes, 1.20 p.m.*

Carlos Lemus habría querido contárselo a alguien, correr enloquecido y abrazarse a sus compañeros de equipo en un rapto de euforia como hace un goleador al marcar el tanto que vale un campeonato. Cristóbal Santa llegaba de Los Pinos, donde acababa de recibir la noticia que habían esperado durante meses: el secretario sería el próximo candidato a presidente de México y él, Carlos Lemus, su jefe de gabinete. Sintió el golpe de adrenalina en su bajo vientre y pensó que a su edad solo el poder ofrece el tipo de exaltación que antes proporcionaba el sexo.

—¿Te lo dijo tal cual, que tú serás el candidato? —tan pronto como terminó de decirlo, Lemus se preguntó si tendría que comenzar a hablarle de usted. No le sería fácil, conoció a Santa cuando el tipo era el responsable de cargar el portafolio del diputado Prida, veintidós años antes, en momentos en que él mismo ya era procurador de la República.

—Bueno, no exactamente. Pero sí me dijo que te pidiera que vayas armando una lista de candidatos para integrar el gabinete. Agradeció por anticipado la posibilidad de incluir un par de nombres, si yo no tenía inconveniente, personas con las que se siente obligado.

—¿Dijo cuáles?

—No —respondió pensativo Santa—, aunque ganaríamos un buen punto si logramos averiguar en quiénes está pensando y los incluimos en la lista. Cuando él los vea confirmará que somos del mismo equipo y que soy la garantía del continuismo.

Una vez más, Lemus reprimió el impulso de corregirlo. *Continuismo* no era una buena palabra en el argot político, en todo caso no para presumir en un debate televisivo. Aunque quizá tenía razón, la palabra sería música a los oídos de Prida y en ese momento era lo único que importaba. Cristóbal Santa podría carecer de muchos talentos, pero sin duda poseía un don natural para extraer al máximo la utilidad de una lisonja.

—Voy a casa, tengo que confirmarle a mi mujer que será la primera dama de México. No quise decírselo por teléfono.

—Por supuesto. Es el momento de celebrar —respondió Carlos, y no pudo evitar imaginar la cara de la terrible mujer, de clavículas protuberantes y mejillas hundidas, estampada en la portada de la revista *Hola* o equivalente.

—No creas que va a sorprenderse. Ella como que ya lo sabía, cosa de mujeres, supongo. ¿Sabes? Desde hace algunos días en la cama me susurraba «mi presidente» —añadió Santa, también él en voz baja.

La imagen del *Hola* en la mente de Lemus fue sustituida por un cuadro más lamentable: el cuerpo anoréxico de la esposa montado a horcajadas sobre su marido recitando conjuros a su oído. Cristóbal Santa y su consorte hacían una pareja que él nunca había entendido del todo. El secretario era un sujeto festivo y superficial, enamorado de la buena vida, aunque en una versión más bien vulgar a ojos de Lemus. Era capaz de flotar sobre el problema más acuciante que trajera el día, por el simple hecho de sentir que la corbata y la camisa que llevaba hacían un maridaje perfecto. O acudir sin reparos a una gira complicada a Mérida, entusiasmado con la visita al mejor restaurante de comida yucateca. Ella, en cambio, esgrimía a diestra y siniestra un temperamento hosco e irascible, alimentado por una insondable propensión a sentirse incomodada por las cosas grandes y pequeñas de la vida. Y, sin embargo, él parecía necesitar de ella, de sus continuas puyas y reclamos, como si su verdadera misión no fuese otra que intentar llenar la insaciable insatisfacción que devoraba a su mujer.

Con todo, cuando lo vio marcharse experimentó una extraña forma de envidia. Su esposa podía ser una bruja, pero al menos Santa tenía a alguien con quien compartir la noticia más importante de su vida. No era su caso. Llevaba quince años sin acostarse con su esposa y dos años sin verla. Agobiados cada cual por sus agendas sociales y sus amantes, en algún momento dejaron de quererse y más tarde de tolerarse. Él aún mantenía relaciones ocasionales con alguna amiga, pero cada vez más infrecuentes. Y hacía meses que había alejado a Teresa, la única mujer merecedora de la confianza necesaria para compartir un secreto de esa magnitud. Prefirió dejar de frecuentarla tras dos intentos fallidos por conseguir una erección.

Pensó con nostalgia en las amantes que habían pasado por su vida que podrían haber justificado tal confesión. Alguien a quien también él, como Santa, hubiera acudido gozoso a compartir la extraordinaria noticia. Solo pudo evocar a Pamela Dosantos y a Amelia Navarro, pero hacía años que habían desaparecido de su vida amorosa.

El recuerdo de esta última le hizo pensar en una de sus tareas pendientes: neutralizar de una vez por todas *Lapizarra* y sus duros e irreverentes reportajes. No corría prisa, pero tendría que hacerlo antes para que no se convirtiera en un dolor de cabeza a lo largo del próximo sexenio. No obstante, poseía el antídoto perfecto para conseguirlo, aun cuando eso significara que su examante llegase a odiarlo. Amelia y su equipo tenían el cuarenta por ciento de las acciones del portal de noticias, el otro sesenta por ciento estaba colocado entre los seis mecenas que creyeron en ella. Uno de estos era un viejo amigo de Lemus y ya había accedido a traicionarla. Otros cinco habían recibido ofertas absurdamente generosas a cambio de su diez por ciento de parte de fuentes que nadie podría relacionar con él. En pocos meses controlaría la mayor parte de las acciones y, por esa vía, desmontaría la línea crítica del sitio.

Volvió a pensar en el efecto que eso provocaría en Amelia. Ella era fuerte pero podía suponer que sufrir el despojo fulminante y sorpresivo de su criatura tendría un impacto devastador. Sin embargo, también experimentó el gozo anticipado que solía proporcionarle una jugada política maestra como la que había puesto en marcha para hacerse con el control de *Lapizarra*. Y eso lo compensaba todo. Era una lástima que Amelia fuese una advenediza en las maquinaciones de la política: aún era incapaz de entender por qué los hombres hacen lo que hacen en aras del poder.

Satisfecho, tomó papel y pluma y se puso a repasar nombres y secretarías. Media hora después estaba de un humor espléndido. Repartir destinos era lo más cercano a sentirse dios en la política, ese olimpo que había escogido para vivir. Al concluir tenía claro que en ese momento no se cambiaría por nadie.

## 27

**Sergio y Claudia**
*23 días antes, 3.00 p.m.*

—¿Quién es Alka? —preguntó Sergio, en voz baja, mientras acariciaba con delicadeza el borde de su copa de tequila.

—¿Qué? —respondió Claudia, atragantándose con el sorbo de vino que bajaba por su garganta.

—Alka, una chica rubia como de treinta años que me encontré la otra tarde con Mario, el amigo de Tomás. Me lo presentaste el otro día, en el aniversario del periódico. Lo volví a ver en la terraza del Café O. Ella estaba con él. Dice que te conoce.

Claudia examinó a su primo en busca de alguna pista que le permitiera detectar el motivo de su interés. Algo en la voz apretada, en la cautela untuosa con que preguntaba, sugería más que una simple curiosidad. También ella cuidó en extremo su respuesta.

—Sí, nos frecuentamos hace algún tiempo, aunque hace mucho que no la veo.

—¿Quién es? ¿Qué hace?

El timbre ansioso de la pregunta terminó por crisparla. Estaba claro que no se trataba de una charla festiva y banal destinada a consumir el tiempo, como tantas otras sostenidas en sus almuerzos semanales. De hecho, se habían reunido apenas dos días antes y a Claudia le extrañó la insistencia de Sergio para verla tan intempestivamente. Había creído que las dudas sobre el oscuro y tenebroso mundo de Los Pinos le habían acosado de nuevo, pero para su sorpresa esta mañana la mente de Sergio parecía muy lejos de cualquier preocupación política.

—Alka es una mujer marcada por un pasado atroz —respondió Claudia con ganas de zanjar el interés de Sergio y poder hablar de otra cosa.

—¿Atroz? ¿Qué, pasó por la cárcel? ¿Asesinó a alguien? —dijo él, entre incrédulo e irónico.

—Algo así —dijo ella—. Hermosa como es, Alka es material tóxico, contaminado.

—Explícate, no me dejes así.

Claudia lo miró angustiada. Lo último que habría imaginado era la posibilidad de que Milena volviera una vez más a irrumpir en su vida. Que su idolatrado primo pudiese involucrarse de alguna forma con la examante de su padre le resultaba abominable, vagamente incestuoso, sucio y peligroso. Sintió que un ataque de náusea subía por su esternón. Lo que había vivido la croata era una tragedia y el precio que tuvo que pagar fue terrible. En más de un sentido la joven le inspiraba lástima, había sido víctima de atrocidades que nadie se merecía, pero era el tipo de lástima que despierta un limosnero leproso al que preferiríamos no tener que invitar a casa.

—Milena fue amante de mi padre —dijo Claudia como si las palabras fuesen piedras calientes.

—¿Milena o Alka? —preguntó él, confundido.

—Milena es su nombre profesional, y eso lo dice todo.

—Pero, vamos, ¿eso fue hace qué?... ¿Cuatro o cinco años? —objetó Sergio, como si hablara de la prehistoria.

—A ver, cómo te explico… —respondió ella exasperada—. Hace tres años mi padre murió literalmente en sus brazos, en su cama, y no fue el único hombre que lo hizo. Es una mujer perseguida por la violencia, pertenece a las cosas oscuras donde uno no debe meterse… —y luego de una breve pausa—: ¡Donde tú no debes meterte!

—Tranquila —rio él—, no me estoy metiendo en ningún sitio, simplemente te pregunté quién era. Es probable que nunca vuelva a verla.

Sergio esperó a que Claudia dijera algo, pero esta permaneció callada. Él recordó lo poco que había pasado con la misteriosa rubia y trató de amoldar la imagen a la información recibida. De algún modo tenía sentido. Había percibido en ella algo extraño y a la vez terriblemente familiar. La misma sensación que en su momento le provocaron André Agassi y otros tenistas veteranos como él mismo. Almas envejecidas prematuramente y no obstante carentes de las experiencias vitales que son comunes a la mayoría de las personas. Jugadores con mucho mundo recorrido, madurados por el éxito y la sofisticación, pero atrapados en una burbuja artificial que tenía muy poco que ver con la vida misma.

En Alka había observado algo similar, la dosis de cinismo de quien ha pasado por experiencias límite y, no obstante, por alguna razón, aún posee territorios inéditos, inocencias intocadas. Seres humanos que parecen ya venir de regreso aunque nunca transitaron por pasajes del camino trillado por el resto de los mortales. Sin embargo, Claudia podía tener razón, la trayectoria de la europea en nada se parecería a la de Agassi.

—Cuéntame de ella, ¿cuál es su historia?

—No me chingues, Sergio —dijo ella riendo, para disipar la nube en la que se había encerrado—. Mejor me hubieras dicho que querías ser diputado —concluyó burlándose.

—Prefiero vender seguros —respondió él, consciente de que no iba a sacar una palabra más de su prima. Y, en efecto, esta cambió el tema de conversación.

—Bueno, ¿y qué dice Prida?, ¿ya mejoró su revés cruzado?

—Qué va, aunque debo reconocer que el cabrón le echa muchas ganas —Sergio mismo se sorprendió de su expresión. Había crecido bajo la premisa de que la gente educada no utilizaba palabras altisonantes, pero en las últimas semanas había sido testigo justamente de lo contrario. En privado al secretario Agustín Celorio, a Claudia y al propio presidente Prida les gustaba proferir insultos. Supuso que era una moda entre las élites y ahora se daba cuenta de que él mismo comenzaba a adoptarla.

—¿Te sigue consultando temas de política?

—Más que consultarme me utiliza para desahogarse. Me queda claro que le encanta el poder pero está harto de las responsabilidades.

—Pues ya no le queda mucho tiempo. Por todos lados se dice que ya se decidió a colocar a Santa en la candidatura.

—Parece que sí, pobre Celorio. Tendrá que ir haciéndose a la idea.

—Santa no me entusiasma en absoluto, pero al menos bloquea el camino a Beltrán. Por eso es que *El Mundo* ha sido más o menos benigno con él.

—Pobre país, alentar al mediocre para que no tome el poder el psicópata —se lamentó él, mientras trataba de bloquear la imágenes de una niña desnuda y de los cadáveres ensangrentados que había visto en un expediente.

—¡Oye! No serías mal editorialista —dijo ella, festiva, aunque a Sergio le incomodó el comentario.

Le costaba bromear sobre la gravedad de los temas que discutían. El tenis era un juego, pero pertenecer a la élite del deporte implicaba una vida de dedicación, disciplina y sacrificio: golpear miles de pelotas para perfeccionar un tiro o subsanar una carencia. Llevar su cuerpo al límite, esforzarse por exprimir una gota más de energía cuando las reservas parecían haberse colapsado. Por desgracia no parecía ser el caso en la política. No era tan ingenuo como para haber asumido que los gobernantes de un país serían hombres y mujeres sabios, pero había creído que los sucesivos filtros del ascenso al poder encumbrarían a personas maduras y responsables, profundamente conocedoras de los asuntos públicos.

En los siguientes días no dejó de pensar en el asunto. Tampoco dejó de ir a la terraza del Café O un par de horas todas las tardes, diciéndose a sí mismo que allí servían el mejor jugo de naranja de todo el barrio. Alka no volvió a aparecer hasta ocho días después.

## 28

## Celorio
*21 días antes, 9.30 a.m.*

—No hay límites para lo que podemos hacer juntos —insistió Celorio.

—Quizá, pero todo indica que no lo harás desde Los Pinos —respondió con crudeza Robertson—. Hace una semana tu jefe le preguntó al mío su opinión sobre Cristóbal Santa, quería anticipar la reacción de la Casa Blanca a su probable candidatura. Lamento decirte que no preguntó por ningún otro.

Celorio miró con rencor a Prida, que jugaba con Brook en la cancha sombreada del rancho que el político estadounidense tenía a las afueras de San Antonio. Era la tercera vez que los mandatarios se reunían a jugar, aunque la primera que se enfrentaban uno contra el otro en un partido de *singles*.

—¿Y qué respondió tu presidente? —dijo, sin poder evitar que un hilo de esperanza se colara en la pregunta. Sabía que un veto de Estados Unidos podía hacer reconsiderar la inclinación de Prida por su secretario de Educación.

—Nada. Ni siquiera sabía quién era Cristóbal Santa, pero me pidió que le hiciera un expediente.

—Charly, hermano, esa es mi oportunidad. Seguro que el Tesoro le encontrará evidencias de corrupción y de evasión de impuestos al fisco mexicano. El cabrón tiene cuentas bancarias y una media docena de propiedades en Estados Unidos. Simplemente los dos apartamentos en The Towers, Nueva York, valen diez veces el salario acumulado de todos sus años en la política —dijo él, entusiasmado.

—Bajo ese criterio ningún político mexicano podría ocupar la presidencia —respondió el otro con una carcajada.

Celorio se preguntó si Robertson sabría de su casa en Fort Lauderdale y de la cuenta millonaria a nombre de su hija en un banco de Wall Street. Decidió que eso era *peccata minuta* comparado con lo que poseían otros colegas.

—De acuerdo, eso no es lo crucial. El verdadero tema de fondo es saber si a Washington le conviene tener a un líder inepto en Los Pinos.

—Si te sirve de consuelo, el expediente que le entregué a Brook exhibía la mediocridad de tu paisano. Pero al presidente simplemente le interesaba saber si Santa estaba involucrado de alguna manera con los cárteles de la droga.

—¿Y?

—No hay ninguna evidencia.

Celorio vaciló. Él se vinculó a Prida al final de la gestión de este como gobernador de Querétaro, pero sabía que el ahora mandatario hizo alguna negociación con el cártel Nueva Generación Jalisco para entregarles la plaza y evitar que su territorio se convirtiera en campo de batalla entre dos organizaciones rivales. Había sido una negociación política estratégica que en efecto pacificó a Querétaro, aunque era muy posible que Prida se llevase un beneficio económico en el arreglo. Santa había sido su secretario de gobierno y pieza clave en esa negociación. Seguramente aún mantenía algún nexo con los operadores de los cárteles. No obstante, exhibirlo ante Robertson implicaría enlodar a su propio jefe y por extensión a sí mismo. Por lo demás, meterse a denostar a su propio mandatario sería un pecado imperdonable a ojos del estadounidense.

Volvió a mirar el juego de los dos presidentes. Había un entusiasmo adolescente en la manera en la que ambos se afanaban en perseguir cada pelota. La camiseta de Prida mostraba una mancha de arcilla, producto de una caída, y Brook emitía un quejido fiero y estridente con cada golpe como si la vida le fuese en ello. En otras circunstancias Celorio se habría reído: el hombre más poderoso del planeta gruñía como leñador al pegar con su raqueta, pero despedía globitos delicados. Decidió que le resultaba más patético que cómico. Ahora que su estrategia para promover su candidatura se desvanecía, el tenis comenzaba a impacientarlo. Observó con desprecio el juego mediocre de los dos políticos.

Sintió que los ojos de Robertson escudriñaban su rostro con una actitud que Celorio no pudo descifrar de inmediato. ¿Lo veía como se observa a un gusano agonizante? ¿O simplemente como un comerciante que examina las reacciones de su cliente? Quizá el pesimismo de Robertson no era sino la forma de negociar mayores ventajas a cambio de un apoyo a su candidatura. Decidió jugar la última de sus cartas.

—Estados Unidos no tiene amigos, tiene intereses —dijo Celorio sin animosidad—. Entonces hablemos de intereses. Te tengo una propuesta que no podrás resistir.

—*Now you are talking*—respondió el otro con una sonrisa.

—Si llego a ser presidente, sello la frontera con Guatemala —dijo Celorio en tono solemne.

—¿A ver?… —inquirió el otro, ahora sí otorgándole su completa atención.

—Para Estados Unidos, México ha dejado de ser un problema en términos migratorios, llevamos dos años en los que el saldo es insignificante, pero en cambio Centroamérica padece una verdadera diáspora. La frontera sur de México es un coladero: miles de hondureños, salvadoreños y guatemaltecos la cruzan todos los días y atraviesan nuestro territorio para llegar hasta California y Texas. Desde hace tres años esos países superan a México en materia de ilegales. Yo podría cerrar el grifo.

—¿Y por qué no blindar la de México con Estados Unidos?

—*Good luck with it*, ya lo han intentado otros presidentes antes de Brook. Es imposible. No solo porque son más de tres mil kilómetros de vecindad, sino porque hay grandes ciudades que dependen una de la otra a ambos lados de la línea. Es casi un tercer país el que existe en la frontera, un país con su propia economía, su propia cultura. La frontera sur es otra cosa; está mucho más despoblada y son solo mil doscientos kilómetros, muchos de ellos de selva tropical.

—¿Y tú crees que México podrá blindar algo? Lo único que harías es generar una franja de tránsitos clandestinos y un caldo de cultivo para la corrupción.

«Hijo de puta, como si yo no supiera de la corrupción de *marshalls* y *sheriffs* para dejar pasar el tráfico de drogas y personas que llegan a Chicago o a Detroit desde la frontera», pensó Celorio, aunque no fue eso lo que dijo.

—Es que no sería una frontera con México, sino con Norteamérica —respondió con el tono triunfante de quien se ha sacado un as de la manga.

—¿Cómo? —volvió a preguntar Robertson.

—Limpiamos una franja de doscientos o trescientos metros de ancho a todo lo largo de la línea y le damos un estatuto jurídico especial. Y los tres países, Estados Unidos, Canadá y México, nos encargamos del control y la vigilancia, de manera conjunta. Una especie de frontera entre Centroamérica y Norteamérica.

—¿Y tú crees que tu Congreso te permitiría hacerlo?

—Eso déjamelo a mí. Tú haces tu parte, yo la mía.

—A los canadienses podría interesarles —respondió el otro tratando de disimular su entusiasmo.

La derecha estadounidense todavía no se recuperaba de la pérdida del control del Canal de Panamá; establecer un dique de mil kilómetros tan lejos de la frontera real podría ser un primer perímetro de seguridad. Una muralla contra cualquier riesgo procedente del sur. Con la ventaja de que la intervención estaría legitimada por una aparente fuerza trinacional. En el fondo, Robertson asumía que el control de dicha fuerza lo tendría Washington.

Ambos se despidieron con la sensación de que en ese saludo podrían estar haciendo historia. Robertson consiguiendo para su país un tesoro geopolítico de incalculable valor, Celorio sabiéndose de nuevo un contendiente a la presidencia de su país.

Media hora más tarde el canciller estaba mucho menos eufórico. Nunca creyó que su propuesta fuese a ser tan exitosa, ahora estaba aturdido por las consecuencias. Literalmente se había metido en la boca del lobo. Cumplir su promesa sería difícil y complicado incluso desde Los Pinos; no cumplirla y engañar a los gringos —en particular a estos gringos— sería muy poco recomendable para su salud. Desechó el pensamiento y se dijo que era demasiado pronto para preocuparse por ese tema. Robertson no le había garantizado nada entre otras cosas porque no podía hacerlo. Estados Unidos no tenía posibilidades de imponerle un presidente a México, o al menos eso creía. En todo caso, la opinión de Washington sería tomada en cuenta. Aún faltaba mucho por hacer. Con todo, sintió que había dado un gran paso.

## 29

## Gamudio y Jonathan
*20 días antes, 1.00 a.m.*

Tres millones de dólares había costado comprar el alma de Otilio Gómez. El funcionario nunca se caracterizó por la pureza de su aura, si es que tuviera alguna, pero tampoco era un asesino. No obstante, como director de la prisión de Mazatlán, tuvo que acceder a la ejecución de dos vigilantes para hacer creíble la fuga de diecinueve prisioneros. A estos, en cambio, no hubo que convencerlos de que se fugaran. Eran miembros de los Zetas, enemigos acérrimos del cártel de Sinaloa que dominaba todas las cárceles del Pacífico. Pese a su ferocidad, los Zetas vivían aterrorizados dentro de la prisión, en absoluta minoría, esperando ser asesinados en cualquier momento. El ofrecimiento de ser liberados les resultó indeclinable, cualquiera que fueran las condiciones. Y más aún cuando se enteraron de que habían sido reclutados para un trabajo por el cual recibirían doscientos mil dólares cada uno.

El principal obstáculo para la fuga fue Jonathan Jiménez, el líder del pequeño grupo de presidiarios. La vida le había dado demasiadas evidencias de la ruindad y la traición que solían esconder las propuestas aparentemente generosas. Un desconocido con un puñal en la mano era algo con lo que él sabía lidiar, alguien que extendía una mano abierta era, en cambio, un enigma incómodo, y con frecuencia más peligroso. Rechazó los dos primeros intentos que le hiciera el propio director de la prisión, Otilio Gómez.

Con todo, la situación era desesperada. De la treintena original sobrevivían veintiún Zetas, y dos de ellos se encontraban en el hospital. Su enemigo, Mario Fonseca, había optado por una ofensiva por goteo, consistente en atacar de manera individual cada vez que alguno de ellos por una u otra razón se alejaba unos pasos del resto del grupo. Jonathan suponía que el ataque final no tardaría mucho más: tan pronto como sus enemigos juzgaran que el grupo había sido suficientemente diezmado.

Posteriormente se enteraría de que en la noche de su evasión murieron dos vigilantes supuestamente a manos de los fugados. En realidad los prisioneros huyeron recorriendo patios con un subordinado de Otilio como guía, sin ningún tipo de obstáculo o contratiempo. Al final del recorrido escaparon de la prisión a través de un boquete recién abierto en uno de los muros.

La noche misma en que se evadieron fueron trasladados en un camión cisterna adaptado por los narcos para el trasiego clandestino de personas y mercancías. A las siete de la mañana, entumidos y esperanzados, fueron internados en un enorme almacén ubicado en las afueras de Guadalajara. Allí permanecerían las siguientes semanas, recibiendo instrucciones sobre el operativo en el que participarían días más tarde, ensayando las responsabilidades asignadas a cada cual. A ninguno se le permitió tener comunicación con el exterior o poner sus manos sobre un celular. Para todos los efectos, los reos fugados desaparecieron de la faz de la tierra. Se les indicó que solo quince participarían en la operación final, pero los diecinueve recibieron el entrenamiento correspondiente.

Otilio Gómez fue ejecutado al día siguiente de la fuga, dos horas después de salir de la funeraria, tras dar el pésame a las viudas de los vigilantes asesinados. No llegó a cobrar los tres millones prometidos.

Wilfredo Gamudio había asumido que su intervención en la fuga se reduciría a conducir la negociación con Otilio, a quien conoció años atrás cuando ambos estaban al servicio del difunto Salgado, secretario de Gobernación al inicio del sexenio de Prida. Por lo mismo, le tomó por sorpresa la orden de presentarse en Guadalajara al día siguiente de la fuga de los prisioneros.

Al llegar al sitio, tras un vuelo comercial desde México, se enteró por las redes sociales del asesinato de Otilio Gómez. Justamente fue eso lo primero que reclamó a Bob Cansino en cuanto ingresó en la destartalada y semioscura oficina de la bodega donde lo esperaba el exfuncionario de la DEA.

—Cabrón, nadie me dijo que Otilio iba a ser ejecutado. Yo negocié de buena fe con él. Eso no se hace. Le di mi palabra de que nosotros cumpliríamos lo acordado, me siento traicionado —dijo Gamudio furioso.

—Tranquilo, no te esponjes; en realidad lo hicimos para protegerte. Cuando suceda lo que va a suceder y se descubra de dónde salió el comando, Otilio Gómez habría sido el único eslabón que podría relacionarlo contigo y por extensión con tu jefe. Así que preferimos cortar la cadena en ese punto.

Gamudio iba a protestar pero se contuvo al advertir la mirada inquisitiva de Cansino al concluir la última frase. Súbitamente tomó conciencia de que por encima de Otilio, él era el siguiente eslabón en la cadena que conducía hasta Beltrán. Entendió que el comentario era una amenaza velada.

—Al menos me podrían haber dicho lo que iba a suceder con el pobre tipo, yo lo habría entendido —dijo en tono conciliador.

—Eso equivalía a apostar demasiado por tus dotes histriónicas. La sinceridad es mucho más convincente cuando es sincera, ¿no crees?

—Lo que no entiendo es qué estoy haciendo aquí. Es un riesgo aparecer por Guadalajara estos días, todo el mundo me sabe cercano a Beltrán, todos nosotros deberíamos estar a cientos de kilómetros de este lugar.

—Tienes razón, pero es un riesgo necesario. Necesitamos otro Otilio Gómez, ahora en las instalaciones de la FIL. Aunque eso te lo podrá explicar mejor el comandante —y al decirlo, Cansino se hizo a un lado y emergió del fondo de la habitación un hombre bajo y fornido, de fuertes rasgos indígenas, que en otro contexto podría ser el repartidor de periódicos o el limpiabotas, sujetos que en el mundo de Gamudio y de Cansino resultaban invisibles, intercambiables.

Gamudio había asumido que se encontraban solos y quedó sorprendido por la súbita aparición de un tercero. Recordó la comprometedora conversación que acababan de sostener Cansino y él, y se preguntó por qué diablos el estadounidense habría cometido esa imprudencia. Aunque se hallaba a cincuenta metros de la construcción que albergaba a los expresidiarios, había tomado precauciones para que ellos no vieran su cara. Mostrársela ahora a un desconocido resultaba absurdo. Pero cuando el individuo se acercó a la luz mortecina y pudo identificarlo, no necesitó de explicaciones. Se trataba del Comandante Z14, quizá el último de los jefes originales de esa agrupación: un hombre legendario, temido igual por adversarios que por aliados.

Los Zetas habían sido un cuerpo de élite del ejército formado en los años noventa con el objeto de llevar a cabo operaciones clandestinas, muchas veces ilegales. En algún momento las autoridades comenzaron a utilizarlos para arbitrar y sancionar las violaciones de los acuerdos entre los capos de la droga. Uno de estos, Osiel Cárdenas, líder del cártel del Golfo, terminó reclutándolos a precio de oro y los convirtió en el brazo armado de la organización. Gracias a su adiestramiento militar, su disciplina y su crueldad, los Zetas hicieron estragos en el mundo del narcotráfico y convirtieron al cártel del Golfo en dueño y señor de la costa Atlántica de México, desde Matamoros hasta Cancún. Tras la detención de Osiel Cárdenas, los Zetas se separaron del cártel del Golfo y se convirtieron en una organización independiente.

El Comandante Z14 era el único superviviente de los militares originales y debía su longevidad a una afortunada decisión. Quince años antes, al ser detenido Osiel Cárdenas, él optó por retirarse del negocio de la droga y operar la división dedicada al robo y a la venta de combustibles. Mientras sus colegas se desgastaron en luchas fratricidas o fueron detenidos y asesinados por las autoridades, él construyó un pequeño imperio gracias a la sangría masiva de ductos de Pemex. Con la complicidad de funcionarios y trabajadores del sindicato petrolero, y sin la presión de la opinión pública nacional e internacional que exigió radicalizar el combate a las drogas, el Comandante Z14 había prosperado manteniéndose fuera de los reflectores. Gestionaba con mano férrea y disciplina militar a un puñado de sicarios y operadores en las tomas clandestinas de combustóleos. Varios cientos de vendedores colocaban la mercancía en el mercado negro, entre gasolineras e industrias, a empresarios agradecidos por un insumo a precios rebajados.

—Un placer, mi estimado, alguna vez conocí a don Augusto Salazar, un caballero —dijo a guisa de saludo.

Gamudio le estrechó la mano y balbuceó alguna respuesta. Prefirió pensar que Salazar y el Z14 se habían conocido en un lejano pasado, cuando este último aún era oficial del ejército, antes de convertirse en narcotraficante. Al estrechar la mano del exmilitar le sorprendieron las rasposas callosidades, como si él mismo fuese el responsable de perforar los ductos con los que se había hecho rico.

Se preguntó qué habría hecho Beltrán o su gente para convencer al capo de dirigir un operativo poco menos que suicida, se trataba de un hombre para quien el dinero había dejado de ser un incentivo. Supuso que un político con futuro y un delincuente con tanto pasado tenían un enorme margen de negociación: de entrada, la posibilidad de un blindaje definitivo ante tribunales nacionales e internacionales. Tuvo que reconocer que la elección del Z14 era perfecta. Ninguno de los Zetas fugados de la prisión superaba los treinta años, demasiado jóvenes para haber pertenecido al grupo original procedente de los cuarteles. Constituían la tercera o cuarta generación dentro de un gremio que se caracterizaba por una intensa tasa de reposición. Pero la fama del Z14 era legendaria entre los miembros de la organización. Ninguno se abstendría de participar en una operación liderada por el mito viviente, más allá de la recompensa ofrecida.

—Necesitamos que nos ilustre con un poco de política, estamos algo cortos de tiempo —dijo el Z14 y le tiró del brazo hacia un mapa extendido sobre una mesa apoyada contra una de las paredes de la habitación. Gamudio observó un croquis enorme del Centro de Convenciones de Guadalajara donde tendría lugar la FIL. Auditorios y pabellones de editoriales aparecían marcados en el plano con alegres colores.

—Para meter las armas y la gente requerimos ayuda de alguien de adentro, quizá usted pueda ayudarnos —continuó el militar.

Gamudio se encogió de hombros, para indicar que el tema le resultaba absolutamente ajeno. Un tanto impaciente, Cansino intervino.

—Las armas tienen que entrar setenta y dos horas antes de la inauguración del sábado 25 de noviembre. Tres días antes, el miércoles, arranca el protocolo de seguridad con revisiones rigurosas, para entonces resultará imposible introducir quince metralletas automáticas. Y la ceremonia tampoco puede ser reventada con un asalto desde afuera; antes de llegar a donde verdaderamente puede hacer daño, el sitio será un hervidero de guardaespaldas. Está confirmado que asistirá un subsecretario de Estado gringo, además del embajador, así que seguro que el FBI andará por allí. Conozco bien los protocolos porque yo vengo de ahí —dijo el exagente de la DEA y de la embajada, no sin cierto orgullo.

—Eso significa que los miembros del comando deben estar días antes haciéndose pasar por empleados del lugar —interrumpió el Z14—. Después de darle muchas vueltas nos queda claro que se necesitará que alguien adentro de la estructura de la organización los meta en las instalaciones. La clave será la empresa del equipo de sonido. Si pudiéramos infiltrar al comando entre su personal, ya la hicimos. Por suerte todos nuestros soldados son muy jóvenes, no llamarán la atención.

—Todo suena lógico —concedió Gamudio, aunque estaba muy lejos de haber asimilado el plan—. Pero sigo sin ver en qué puedo ser útil.

—La organización de la FIL se apoya en la estructura de la Universidad de Guadalajara. Y en ella hay cotos de poder. Resulta que el líder histórico del sindicato de profesores es el encargado de contratar a la empresa del equipo de sonido y a la cocina que suministra el *catering* para los eventos. Es nuestro hombre.

Gamudio tenía un recuerdo bastante preciso del sujeto del que hablaban. Había sido diputado federal y alcalde de alguno de los municipios del área metropolitana de Guadalajara. Un tipo astuto y avezado para bregar en las aguas de la política universitaria. Seguramente recibía estas tareas durante la FIL como una especie de concesión política que le permitía darle un mordisco al presupuesto destinado a la organización del evento.

—Y quieren que hable con él, supongo.

—Convencerlo por las buenas es mejor que por las malas —asintió Cansino—. Queríamos saber si tú tienes amigos comunes para acercarte, e incluso si no los tienes, será más fácil que reciba la propuesta si viene de ti. Seguramente te conoce y sabe quién eres.

—¿Seguirá el camino de Otilio Gómez?

Los otros dos callaron, pero el Z14 hizo un gesto de desagrado como si en realidad le pesase.

—Algo más, ¿qué va a suceder cuando las policías o el FBI interroguen a los miembros del comando que sobrevivan?

—Es que no van a sobrevivir —respondió Cansino. El Z14 volvió a hacer una mueca de pesar.

La explicación, que en teoría debía ser tranquilizante para Gamudio, lo sumió en la zozobra durante horas. En suma, serían eliminados todos aquellos que hubiesen participado en el atentado. Eso dejaría a solo cinco personas en conocimiento del asunto: Beltrán y Godnes desde las alturas, el Z14 y Cansino en la operación, y a él mismo en medio de un preocupante limbo. La imagen de su cuerpo en una zanja cruzó fugazmente por su cabeza, pero desechó la idea.

## 30

**Tomás y Claudia**
*18 días antes, 11.00 a.m.*

No era tímida en la cama ni mucho menos, pero fuera de ella su libido se expandía y asumía versiones inesperadas; al parecer Claudia disfrutaba del sexo con mayor intensidad cuando incluía un componente transgresor. Tomás siempre se había considerado imaginativo y nada pudoroso ante todo aquello que ofreciera placer en los intercambios entre una mujer y un hombre, sin embargo, comenzaban a resultarle inquietantes algunas de las extravagancias de su amante.

Por ejemplo ahora, que se encontraban en la oficina de la dueña de *El Mundo*. Tres minutos antes, al anunciarse la llegada del coche de Carlos Lemus, habían suspendido una larga sesión de trabajo en la que revisaron las nuevas maquetas de página con el jefe de diseño del diario. Tan pronto como salieron del despacho sus colaboradores, Claudia se acercó a Tomás para decirle que le sentaba muy bien la camisa azul añil que llevaba, aunque su mano no se dirigió a la camisa. Acarició la entrepierna del periodista con absoluta concentración, fascinada por su infalible eficacia para despertar su bajo vientre. Aunque él disfrutó el gesto, su mirada se desvió a la puerta que en cualquier momento se abriría para dar paso al enviado de Cristóbal Santa. Una vez más se sintió atrapado por la situación; nunca se atrevería a rechazar la caricia de Claudia, pero no le hacía ninguna gracia ser sorprendidos por el político en una escena que necesariamente resultaría vulgar y comprometedora. Al parecer Claudia no compartía su opinión, porque en un movimiento rápido y diligente bajó la cremallera de su pantalón, extrajo el pene que acariciaba y como si fuese un lápiz labial se lo pasó por la boca dos o tres ocasiones. Lo devolvió a su sitio justo cuando, tras dos breves toques, la puerta se abrió para mostrar la cabeza de la secretaria y, detrás de ella, al célebre abogado.

Claudia caminó hacia Carlos Lemus con paso decidido, le estrechó la mano y lo atrajo para estampar sus labios, o más bien restregarlos, en la mejilla del visitante. Luego miró a Tomás, divertida, como si esperara que él también hiciera lo propio.

Halagado por el cálido e inesperado recibimiento de la hermosa propietaria de *El Mundo*, Lemus asumió que la cita podría transcurrir venturosamente. Su propuesta era ambiciosa y podía ser mal interpretada, pero juzgó que la mirada brillante de los ojos de Claudia y —ahora observaba— las puntas enhiestas de sus pezones constituían los mejores augurios para llevar a buen puerto la negociación que tenía en mente.

—Muchas cosas han cambiado desde la última vez que nos vimos, supongo que para bien —dijo Lemus a Tomás en tono apreciativo, haciendo con la vista un recorrido por la enorme oficina, aunque sus ojos volvieron a depositarse en el rostro de Claudia.

Tomás no supo si se refería al hecho de que la última vez que se vieron él era aún un simple columnista del diario o si de alguna manera el abogado había intuido lo que estaba sucediendo segundos antes. Se dijo que era imposible que lo adivinara, aunque, sintiéndose incriminado por la erección que lo traicionaba, dio media vuelta para pedirle a su visitante que los acompañara a los sofás dispuestos en un rincón de la amplia oficina.

—Supongo que para bien —coincidió él—, aunque entonces aún éramos jóvenes —al terminar de decirlo pensó que su frase había sido imprudente, un desquite por la irritación que le provocaba sentirse en falta. Carlos Lemus llevaba con galantería sus sesenta y nueve años, pero para alguien con su orgullo la alusión a los efectos del tiempo debía de resultar incómoda.

El abogado elogió la gestión que Claudia y Tomás habían realizado para hacer de *El Mundo* un diario más vivo y ágil, sin perder su respetabilidad. El periodista no pudo evitar sentir un ramalazo de orgullo, aun sabiendo que no eran más que meras fórmulas de cortesía. Carlos Lemus continuaba siendo el adulto que los cuatro Azules habían admirado durante la infancia y la adolescencia.

Incontables jornadas de fin de semana en la piscina de la casa de Jaime, en las que Amelia y el propio Tomás intentaron ganarse el aprecio del dueño de la casa. Con frecuencia este se acercaba a los amigos de su hijo e iniciaba conversaciones sobre libros o el estado de cosas del país.

—… y lo que vengo a plantearles no hará sino profundizar el papel estratégico de *El Mundo* en los próximos años —agregó el visitante. Claudia y Tomás escuchaban concentrados—. Cristóbal Santa es probablemente uno de los más fieles y fervientes lectores que posee el diario —dijo ufano Lemus—, y desde luego, en su versión impresa. No saben las proezas logísticas que realizamos para hacerle llegar ejemplares durante las giras —añadió, como si revelase un secreto de Estado a su pesar.

Sus anfitriones guardaron silencio, inexpresivos. Tomás porque esperaba la propuesta que seguiría, consciente de que no se trataba más que de elogios preparatorios. Claudia porque asumía que la admiración que sentía Santa por el diario no era más que la confirmación de un hecho universal.

—En caso de que Santa llegue a Los Pinos —continuó Lemus, aunque ahora con una sonrisa irónica, dando el hecho por sentado— queremos que *El Mundo* sea para el próximo régimen lo que fue *The New York Times* para los Kennedy, *Le Monde* para De Gaulle y *El País* para Felipe González. Nunca un cómplice, pero sí un acompañante inteligente y comprensivo, aunque siempre con la distancia crítica indispensable.

—Es algo que ya está en nuestro código ético, en nuestros objetivos editoriales —respondió Tomás.

—Sí, pero los tiempos que corren obligan a reinventarse. *Le Monde, El País* o *The New York Times* pudieron hacer en su comunidad una contribución histórica gracias al papel central que tenían los diarios en ese momento. Ya no es el caso, como todos sabemos. *El Mundo* necesitará de tecnología e infraestructura de punta para convertirse en un espacio multiplataforma atractivo a las nuevas audiencias.

—¿Y quién le dice que no estamos ya construyendo esa opción? —dijo Claudia, desafiante.

—Yo hablo de una cadena de televisión que sea propiedad de *El Mundo,* el acceso en exclusiva a un satélite, hablo de todo lo necesario para que se transformen en el grupo mediático más importante del país.

—¿Y eso a cambio de qué? —intervino Tomás.

—A cambio de nada, por supuesto.

—Don Carlos, por favor, no nacimos ayer. Con todo respeto, el día en que un político ofrezca poder a cambio de nada es porque Mandela se reencarnó en un diputado mexicano.

—Yo lo vería de otra manera. En política todo vacío de poder es ocupado tarde o temprano. Y en materia de información y comunicación sucede lo mismo. Si no son ustedes serán otros, salvo que los otros traen agendas muy oscuras y mezquinas. No queremos un canal Fox mexicano o, menos aún, uno extranjero con obsesiones ideológicas disparatadas, o un grupo empresarial que use su influencia para forzar ventajas económicas en beneficio de sus negocios.

—Qué horror —dijo Claudia, y Lemus entendió que la empresaria ya estaba ganada.

—A diferencia de sus competidores, *El Mundo* no tiene negocios paralelos que quiera proteger con su línea editorial. Su único interés es crecer en audiencias a través del prestigio y la credibilidad, y con eso nosotros no estamos peleados. Por el contrario —continuó Lemus.

Tomás admiró la habilidad del político. Con su mezcla de verdades y exageraciones había montado una explicación más que convincente para justificar su ayuda al diario, al menos a los ojos de Claudia.

—*El Mundo* participará encantado en las licitaciones que lleguen a abrirse para una nueva cadena de televisión. El plan de expansión del diario ya está en marcha, te sorprendería la cantidad de inversionistas que se nos han acercado —Tomás notó que por vez primera en la vida había hablado de tú con el padre de su amigo. Una reacción involuntaria quizá para sacudirse lo que comenzaba a ver como una elegante invitación a la sumisión por parte del próximo gobierno.

—Sin duda, y nos encantará fortalecer esos planes. Por supuesto, de manera respetuosa y con la distancia profesional que ustedes juzguen conveniente —respondió Lemus satisfecho.

Por el momento había dicho lo necesario. Una vez sembrada, la semilla de la codicia sedimenta por sí misma y él sabía que la tierra que pisaba no podía ser más fértil. *El Mundo*, como tantos otros periódicos, se encontraba en medio de una crisis económica. Los inversionistas de los que hablaba Tomás no se acercaban para participar en el futuro del diario, sino para hacerse de los terrenos de valor comercial incalculable en los que se asentaban sus instalaciones.

—*El Mundo* cumplirá un siglo dentro de algunos meses, forma parte de la vida nacional, no importa a cuántos presidentes haya visto encumbrarse y desplomarse —dijo el periodista, tratando de retomar la iniciativa y de quitarle al otro el tono mesiánico que había adoptado—. Siempre hemos estado y seguiremos estando; antes, durante y después de Cristóbal Santa, dicho con todo respeto, por supuesto.

A Tomás le gustó su propia frase, más aún cuando advirtió la mirada húmeda con que lo envolvió Claudia después de sus palabras. Ahora fue él quien sintió el impulso de reanudar lo más pronto posible la escena que Lemus había interrumpido.

Pero el político tampoco había nacido ayer, no pareció en absoluto cortado por la respuesta del periodista.

—Exacto, Tomás, *El Mundo* forma parte de la vida nacional. Por lo mismo me ha pedido Santa que sean ustedes los primeros que conozcan, de su propia boca, algunos de los cambios que tenemos pensados para los próximos años. Nos interesa mucho conocer su opinión e incluirla en nuestros planes.

«Cabrón —pensó Tomás—, si no te compran con recursos, te compran con halagos y ofrecimientos de amistad.» Estaba a punto de responder, pero Claudia se adelantó:

—*El Mundo* nunca ha sido consejero de presidentes. Nuestros puntos de vista los damos a conocer en nuestras páginas —dijo ella con orgullo aunque sin animosidad.

Ahora fue Tomás quien la miró arrobado. Claudia nunca dejaría de sorprenderlo. Cinco minutos antes parecía la niña rica que había recibido un imperio sin más merecimiento que ser la beneficiaria de una herencia; alguien susceptible de convertirse en víctima propicia de un político engatusador tan avezado como Lemus. Pero la frase lapidaria con la que cortó en seco las lisonjas del enviado de Los Pinos era digna de un verdadero *publisher*.

El propio Lemus la miró con curiosidad. Había dado por descontado que habría resistencia de parte de Tomás para hacer de *El Mundo* un aliado del nuevo gobierno; recordaba al amigo de su hijo como un niño deseoso de cariño y aceptación, aunque nunca se abriera del todo, siempre con alguna zona de reserva infranqueable. Pero también sabía que podía ser negligente y que sus propósitos solían ser mejores que su disciplina para cumplirlos. El deslinde tajante de Claudia, en cambio, nunca se lo habría esperado. Todo indicaba que *El Mundo* sería un rival de cuidado y, para su sorpresa, se sintió más intrigado que contrariado por el desafío que habría de llegar.

—Una respuesta digna de don Rosendo Franco —dijo Lemus con una inclinación de cabeza, haciendo alusión al padre de Claudia, al tiempo que se incorporaba para retirarse. Esta vez ella solo estrechó la mano del político.

Tan pronto se quedaron solos, Tomás se desplazó a la larga mesa de trabajo que hacía las veces de escritorio de Claudia y por teléfono transmitió instrucciones a la secretaria para no ser interrumpidos. Tomó a la joven de la cintura, la sentó sobre la mesa y desabrochó uno a uno los botones de su blusa hasta liberar los pezones que Lemus había admirado. Observó el color dorado que adquirió el lunar en medio de sus senos debido al sol que se colaba por la ventana y alargó el brazo para cerrar la cortina abierta que los dejaba a la vista del edificio de enfrente. Claudia detuvo el movimiento y lo desafió con una sonrisa burlona.

## 31

**Sergio**
*15 días antes, 10.40 a.m.*

Tirar al arco comenzó como un acto de amor. Conoció a Rossana cinco años antes, al concluir los juegos olímpicos de Londres, durante un coctel que ofreció en la embajada española el entonces príncipe de Asturias, Felipe de Borbón, en honor a todos los medallistas de los países hispanoamericanos. Rossana había obtenido el oro en tiro de arco y Sergio la plata en tenis; al separarse tres días después de conocerse, ambos estaban convencidos de que deseaban alguna forma de aleación entre los dos metales. Ella empezó a acompañarlo a los torneos, él a las prácticas de tiro, hasta convertirse en un competidor de nivel respetable. Encontró que la acerada concentración que requiere el tiro al blanco, la anticipación mental del trayecto que recorrerá la flecha y el perfecto equilibrio que exige de la posición del cuerpo favorecían su propio juego de tenis, en particular la precisión y la potencia de su primer servicio. Pero, sobre todo, ayudó a construir una relación más sana con su pareja. El hecho de que él se afanara en una actividad en la que Rossana era infinitamente superior permitió equilibrar, en parte al menos, el hecho de que ella se aviniera a acercarse al mundo tenístico en el que él era un ídolo mundial.

Sergio añoraba el ejercicio físico y ciertamente estaba muy lejos de serlo la sesión semanal pastoreando los raquetazos de Prida. Durante más de veinte años había sometido a su cuerpo a una exigencia brutal y ahora este se la reclamaba. Intentó acudir a un gimnasio pero la experiencia le resultó frustrante; le pareció un masturbatorio colectivo de aspirantes a adonis. Tampoco ayudaba la mirada constante y morbosa de la que era objeto en cuanto lo reconocían. Así que decidió hacerse de una elíptica que le obligase a sudar un par de horas diarias sin salir de casa. No obstante, su naturaleza competitiva se aburría del ejercicio gratuito. Al final optó por acudir en las mañanas a una sesión de tiro en la que se empeñaba en romper sus propias marcas.

Las horas dedicadas a tirar flechas terminaron por convertirse en una especie de reivindicación y homenaje a la memoria de Rossana. Cada vez que impactaba en el blanco se sentía inclinado a girarse a su derecha, donde ella solía situarse para celebrar un acierto; cada vez que erraba de manera lastimosa, se quedaba esperando el consejo correctivo que la atleta solía ofrecerle. Tras una semana de acudir sin éxito a la cafetería en espera de la llegada de la misteriosa rubia, había experimentado la incómoda sensación de estar siendo desleal a su antiguo amor.

Decidió que se había estado portando como un mocoso. La primera ocasión pasó dos horas vigilando de reojo la mesa que había ocupado Alka, preguntándose si habría llegado demasiado tarde, los siguientes días llegó más temprano y se retiró más tarde, torturado por la idea de que la mujer llegase tan pronto como él se hubiera marchado. Pero tras la sesión de tiro de ese viernes decidió que pondría el alto a un comportamiento tan inmaduro.

Recordó la legión de políticos y secretarios que lo había buscado en las últimas semanas, tras correrse el rumor del trato privilegiado que le concedía el presidente. Buscaban toparse con él en los restaurantes que solía frecuentar y más de uno aprovechó la ocasión para pedirle que intercediera en su favor en el ánimo del soberano. Claudia le llegó a decir, divertida, que el gobernador de Jalisco, padre de la actriz Cristina Sifuentes, le había pedido una oportunidad para presentar a su hija al famoso tenista. Sergio entendía que el acoso del que era objeto nada tenía que ver con él y todo con la cultura cortesana y frívola que rodeaba al poder presidencial, pero de alguna forma constituía una suerte de compensación al desdén que había recibido de parte de la rubia. Si ella hubiera querido verlo, habría acudido alguna tarde al lugar donde se habían conocido.

Comió en casa una tortilla española que preparó él mismo, único platillo de su repertorio capaz de tener un final feliz —gracias a las enseñanzas de Rossana—, y tomó un vino verde portugués, el favorito de ella. Pasó un par de horas respondiendo correos electrónicos de asuntos más o menos urgentes: de su representante, que lo ponía al tanto de invitaciones para torneos de exhibición y patrocinios publicitarios, de su contador y financiero, que le informaba de saldos y beneficios de las distintas inversiones en las que tenían fragmentado su patrimonio, de un par de amigos del mundo del tenis que lo ponían al corriente de los chismes, antes tan inmediatos y vitales, ahora tan distantes.

A media tarde decidió dar un paseo por el barrio para estirar las piernas. Deliberadamente no se llevó consigo el libro con cuya lectura se había apertrechado en el café para conciliar las largas horas de espera en las tardes anteriores. Hoy no iba a sentarse en ningún lugar a esperar a nadie. Caminó por la zona de comercios en busca de una tienda de deportes; necesitaba una codera para dar soporte al antebrazo irritado tras las largas y desacostumbradas sesiones de tiro al arco. Quería repetir la experiencia los siguientes días, pero sin pagar las consecuencias. Pensó que sería una ironía desarrollar el doloroso codo de tenista por una vía tan inesperada.

Descubrió de la peor manera que visitar una tienda de deportes no había sido una buena idea. Pese a la gorra y los lentes oscuros en los que se había enfundado, el enorme póster con su rostro que lo recibió en el aparador del comercio no dejaba dudas. Tardó casi una hora en salir después de que un niño corriera la voz de la presencia del atleta. En algún momento pudo escapar, gracias a que las playeras con su nombre se agotaron, para frustración del gerente del local.

Decidió regresar a casa de inmediato pese a que el recorrido lo llevaba a pasar por enfrente del Café O. Se dijo a sí mismo que era una trayectoria inevitable e inofensiva que no traicionaba su determinación, pero pasó junto a la terraza del desencuentro con la mirada puesta en la mesa once. Descubrió a Alka en la misma silla escribiendo ensimismada en las páginas de su libreta negra.

Bartolomé se percató mucho antes del feliz desenlace de esa caminata. Lo había deseado todas las tardes que Sergio hizo su infructuosa guardia en espera de la mujer. El detective la había seguido tras aquel primer encuentro y averiguado dónde vivía y quién era ella. También supo que había salido del país durante una semana.

Los siguientes días habría dado cualquier cosa por acercarse a su ídolo e informarle de que su espera estaba condenada al fracaso, que ella se encontraba a miles de kilómetros de distancia. Le afectaba contemplar a Sergio taciturno durante horas, con la mirada expectante siguiendo a cada figura que se aproximaba al local. Sabía que Alka había regresado de Barcelona la noche anterior, y durante horas había sido consumido por la tensión y la curiosidad de saber si ella acudiría esa tarde a la cita no programada. Se había sentido frustrado y confundido cuando el joven modificó su rutina y acudió a la tienda de deportes en lugar de sentarse en el Café O, pero recobró el entusiasmo al adivinar la trayectoria que él seguiría de regreso a casa. Se adelantó treinta metros por la acera de enfrente y al ver a la chica sentada en la terraza experimentó una corriente de placer y agradecimiento. Bartolomé había asesinado a seis hombres en el pasado, dos de ellos a sangre fría, y no obstante veía las películas románticas con ojos húmedos. Hoy no fue la excepción.

—No te vi las otras tardes —dijo Sergio al tomar asiento en la mesa contigua, a menos de dos metros de donde ella se encontraba. Se escuchó decirlo y volvió a sentirse torpe en presencia de ella. Intentó recordar las frases que había imaginado durante las largas horas de espera, pero ninguna acudió a su boca.

—*A girl has to live, you know* —respondió ella, aunque sus labios amagaron una sonrisa.

Él la miró y guardó silencio, buscó al mesero, aunque este ya se aproximaba con un tequila y un vaso de jugo de naranja.

—¿Y tú? ¿Vienes todas las tardes? —dijo ella, mirando en dirección al mesero y su bandeja con las bebidas.

—No todas. Hoy no iba a hacerlo, pero te vi en la terraza y pasé a saludarte —y tras el silencio de ella, agregó—. Le dije a Claudia que me había topado contigo.

—¿Y qué te dijo?

—Que eres material tóxico.

—Lo soy.

—Bueno, yo siempre he creído en el reciclaje.

—Un hombre optimista.

—Sí —y tras una pausa—. No. Un hombre que ha aprendido a confiar en sus instintos.

—¿Y qué te dicen tus instintos?

—Que tenía que seguir viniendo a esta terraza.

Alka observó el rostro de Sergio en busca de cualquier asomo de frivolidad. Había escuchado a cientos de hombres pronunciar galanterías de ese tipo sin más propósito que meterse entre sus piernas, pero tras unos instantes de escrutinio, concluyó que sus palabras obedecían más a la ingenuidad que a la seducción. Había una mezcla de torpeza y timidez en Sergio que encontraba desarmante, por inesperada.

—Parece que todos los demás coinciden en ese punto —dijo ella divertida, paseando la vista por la terraza.

Sergio advirtió que eran objeto de todas las miradas: al tomar asiento en la mesa se había despojado de los lentes y la gorra para hablar con ella. Se cubrió de nuevo el rostro, como si hubiese sido sorprendido en falta.

—Demasiado tarde —afirmó ella, divertida por el gesto infantil de él.

—¿Qué escribes? —preguntó Sergio.

—Nada en particular, notas... ¿Te dijo Claudia quién soy, a qué me dedico, cómo nos conocimos?

—Dijo muy poco. Que habías estado con mi tío, que vienes de un pasado violento, que me mantuviera alejado.

Ella bajó la vista unos instantes, cerró su libreta negra y la guardó en el bolso. Soltó el aire de los pulmones en lo que parecía un gesto de resignación y se puso de pie.

—Claudia tiene razón.

—¿En qué, de todo lo que dijo?

—En todo eso —respondió ella con un gesto vago—, en que te mantengas alejado de mí.

—Sigo confiando en mis instintos. Siento que te conozco, que en algo nos parecemos.

—Las personas terminarían en la cárcel si siguieran sus instintos— dijo ella colocándose el abrigo corto que reposaba en el respaldo de la silla vecina.

—No te vayas, todavía no.

Ella no respondió, pero giró el cuerpo con el propósito de emprender la retirada. Él la retuvo del brazo, ella cubrió la mano con la suya para liberarse, aunque acercó su rostro y le dio un beso rápido en la mejilla. Dio media vuelta y se retiró con paso firme. Sergio la observó alejarse y luego cobró conciencia de que seguía de pie y era centro de las miradas de todas las mesas, las más próximas seguramente habían escuchado la última parte de la conversación. Recorrió la vista por la terraza y once pares de ojos le devolvieron la mirada con simpatía; un hombre de cuarenta años de rostro vagamente familiar tenía las pestañas anegadas en lágrimas.

Alka en cambio no lloraba nunca, pero ahora, en el trayecto a su casa, le habría gustado desahogarse aunque fuera de esa manera. Se sentía atrapada por una historia enquistada pese a los esfuerzos invertidos en extirparla. Se había prometido erradicar a todas las personas, objetos y situaciones que evocaran el inframundo del que había salido. Intentaba conocer a hombres y mujeres que le ayudaran a refundar a la Alka que había sido hasta los diecisiete años, cuando fue secuestrada y convertida en Milena por los traficantes de sexo. Pero sus intentos fracasaban una y otra vez; las pocas personas con las que se relacionaba en el gimnasio, en los comercios que frecuentaba en torno a su casa o el personal de la editorial con la que colaboraba parecían intuir algo oscuro o morboso, como si percibieran en su piel el rastro de sábanas revueltas y sudores infectos. Se examinaba en el espejo temiendo que algún gesto ácido y desesperanzado se hubiera instalado en su rostro, como había visto en otras mujeres abusadas, pero solo observaba un cutis lozano y juvenil, dominado por el azul irreal de sus grandes ojos.

Quizá era ella quien boicoteaba cualquier conversación que pudiera derivar en una amistad. Desconfiaba de la curiosidad de las mujeres y de los gestos seductores de los hombres. Solamente Mario había logrado cruzar el campo minado de sus recelos y eso después de muchos meses de perseverancia.

Al principio, Mario se acercó a Milena por curiosidad, con la intención de conocer a la mujer que había sacudido la vida de sus amigos mientras él se encontraba impartiendo un curso en Puerto Rico. Y lo que halló fue a una joven extraviada, indiferente a todo lo que no fueran las novelas clásicas que leía de manera obsesiva y a la concentración casi enfermiza que mostraba mientras llenaba páginas de una libreta negra.

Alka rechazó el primer acercamiento de Mario, como siempre hacía, hasta que percibió que el profesor universitario tenía un verdadero interés en el contenido de sus apuntes y en la posibilidad de publicarlos. Estaba convencido, al igual que ella, de que los verdaderos responsables de su tragedia no eran los proxenetas que la habían esclavizado, sino los clientes que, con el pago de un servicio, ponían en movimiento a la industria del sexo sin importar las cuotas de sufrimiento que imponía a sus víctimas. Exhibir las razones que ellos se contaban a sí mismos para justificar lo injustificable le parecía a él una causa impostergable.

Pero lo que había nacido como una cruzada común derivó en una amistad genuina, cargada de complicidades. Fue él quien consiguió que un antiguo colega de la universidad y fundador de la pequeña pero valiente editorial Quinto Patio accediera a publicar las controvertidas memorias y a mantener en el anonimato a la autora bajo el seudónimo de Natasha. Un secreto que solo ellos conocían, además de los clientes aludidos y exhibidos dentro del texto, ninguno de los cuales quiso abrir la boca. El resto de los Azules —Tomás, Amelia, Jaime e incluso la misma Claudia— adivinaban quién se encontraba detrás de esas memorias, pero prefirieron no involucrarse más en una historia que a todos ellos había dejado recuerdos incómodos.

*Ellos, historias del cromosoma XY*, una feroz denuncia contra algunos de los clientes más célebres y poderosos de los años en que fue obligada a prostituirse, se convirtió en un éxito de ventas. Políticos y empresarios, personalidades como el exdirector técnico de la selección o un destacado general aparecían en sus páginas con nombre y apellidos cometiendo infamias y abusos que desataron la indignación de la opinión pública. Pese a la atención febril de la prensa, Alka logró mantener su identidad al abrigo gracias al seudónimo utilizado y a los buenos oficios de Mario, quien se encargó de conseguirle un lugar discreto para alojarla durante casi un año en San Juan, Puerto Rico, cuando el frenesí del escándalo que generó la publicación amenazó con violar el anonimato en el que prefería vivir la autora. Alka había regresado a México apenas seis meses antes para preparar con Mario la edición de las memorias que venderían a una editorial española; en el texto se recogían pasajes escabrosos de su vínculo con los clientes más célebres con los que había interactuado en Marbella: altos ejecutivos, políticos, algún obispo. Ella confiaba que ese paso sería el último para saldar su pasado y buscar una nueva vida como escritora con su propio nombre.

Por lo mismo, camino a casa se sentía enfadada y confundida por las sensaciones que le había despertado Sergio Franco, un hombre que tenía las manos de Rosendo y algo de la mirada pícara e inquisitiva de Claudia. Es decir, un hombre que, inexorablemente, evocaba el pasado del que deseaba exiliarse.

## 32

**Gamudio**
*12 días antes, 1.40 p.m.*

«Raúl Sentíes no es ningún pendejo», se dijo Gamudio tras pasar con él tres horas en una cafetería miserable de un barrio popular de la Ciudad de México. Trataba de convencerlo de infiltrar a un grupo de confianza entre el equipo responsable de instalar y operar el sonido en el Centro de Convenciones de Guadalajara. De haber accedido, la misión habría sido muy sencilla. Los últimos cinco años Sentíes había contratado a la misma empresa, Ecoson S.A. de C.V., y con ella compartía el rentable arreglo de sobrefacturar los servicios prestados a la FIL.

Gamudio aprovechó la visita que Sentíes hizo a México para ver a su amante, una bailarina cubana que desde hacía tres meses atormentaba de celos al político tapatío. Casado y con seis hijos de cuatro mujeres distintas, Sentíes era conocido por sus pasiones intensas y apremiantes y una cartera rápida para financiarlas. Pero en negociaciones políticas era un hombre duro de roer. No se tragó el pretexto al que Gamudio recurrió: utilizar a los infiltrados para organizar un mitin de protesta durante la ceremonia de inauguración. Tantos años de política sindical le habían afinado la intuición lo suficiente para entender que Beltrán, verdadero jefe del sujeto que tenía enfrente, no era un hombre que gustase de sutilezas. Quince tipos no eran suficientes para hacer un mitin significativo, aunque sí demasiados para hacer algo mucho peor. Algo con lo cual él no quería estar relacionado. Gamudio ofreció, presionó, halagó, pero el otro se mantuvo firme en su negativa. Eso sí, tuvo la precaución de mantener su curiosidad a raya y conformarse con la explicación que le ofrecieron, a pesar de encontrarla inverosímil.

«Definitivamente, un superviviente con todas las alarmas activadas», se dijo Gamudio, sabiendo que en esa ocasión ninguna de ellas le permitiría mantenerse con vida: estaba condenado desde el instante en que Beltrán eligió la FIL para su golpe de mano. Dos minutos después de haberse despedido sin conseguir arreglo alguno, tan pronto como Sentíes puso un pie en la acera, dos hombres lo introdujeron por la fuerza en una camioneta de puerta corrediza.

Gamudio se retiró de la cafetería, caminó un par de manzanas y tomó un taxi para trasladarse a un restaurante de avenida Insurgentes, donde lo recogería su chofer un poco más tarde. Tenía que matar un par de horas mientras Cansino y sus gentes ablandaban al sujeto. No obstante, se bebió una cerveza y decidió anticipar su llegada; se dijo que prefería estar presente durante el tormento para asegurarse de que los esbirros no cometieran algún exceso que arruinara la misión.

Cuando llegó a la casa de seguridad encontró a Cansino y a otro hombre en la cocina, discutiendo en inglés las posibilidades de que los Patriotas de Nueva Inglaterra llegaran al Super Bowl en la temporada que corría. Observó que era el mismo militar que interrogó a Félix, el periodista ejecutado semanas atrás. Apoyados contra la pared, hablaban relajados, como dos plomeros al final de una jornada de trabajo. El sujeto tenía los brazos húmedos, recién lavados, fumaba cigarrillos sin filtro y utilizaba una lata de cerveza a manera de cenicero: Cansino, su jefe, era un maniático del orden.

Por un momento temió que el prisionero hubiera muerto o escapado, pero cuando Cansino advirtió su presencia simplemente hizo un gesto en dirección a la puerta y lo invitó a proceder; «Todo tuyo», le dijo. Y al captar la confusión del recién llegado, agregó: «Los políticos profesionales siempre son los más fáciles de doblar. Tres minutos después de haber arrancado, fingió que estaba aterrorizado; nos tomó apenas otros diez asegurarnos de que fuera cierto».

Intrigado, Gamudio entró en la habitación. El prisionero estaba en la misma silla en la que había visto morir al periodista. Pensó que al menos aquel tuvo la suerte de ser asfixiado inmediatamente después de su interrogatorio; a Sentíes, en cambio, le esperaba algo bastante peor.

En la habitación flotaba una atmósfera densa, turbia. Resultaba evidente que el exmilitar tenía un problema con el tabaco; el olor a humo y piel quemada no dejaba dudas del recurso que utilizaba para apagar sus cigarrillos. El lugar olía a sudor, a mierda, a sangre, pero sobre todo a miedo. Un vistazo a Sentíes permitía confirmar que él era el emisor de todos los matices de la fetidez que abrumaban la nariz de Gamudio.

Al igual que el periodista torturado unos días antes, Sentíes hizo un gesto de alivio al reconocerlo. Una mirada que provocó en él una breve corriente de simpatía. Consideró que lo único peor a ser atormentado era ser atormentado sin razón ni propósito. Su torturador no le había hecho pregunta alguna, simplemente le provocó el mayor dolor concebible en el menor tiempo posible.

—Sí, sí, acepto. Haré lo que me pides —gritó desesperado—. Se lo dije desde hace rato pero no paraban…, no paraban —añadió con la voz quebrada. Gamudio advirtió que a pesar de ser una masa sanguinolenta, el soldado no había tocado algo que pudiese interferir en su voz.

—Gracias —respondió Gamudio—, eso será lo más conveniente para todos.

—Dime qué tengo que hacer y lo haré encantado —dijo Sentíes solícito, la esperanza colándose a raudales por el cuerpo abatido.

—Un hombre de los nuestros vigila a tu amigo, el dueño de Ecoson. Le llamarás ahora mismo y le dirás que estás obligado a hacerle un favor especial al sobrino de un político pesado. Necesita trabajo y se le ha metido en la cabeza encargarse de una de las cuadrillas de los equipos de sonido; el joven fue el encargado de consolas en un estudio de grabación. Ya tiene los catorce amigos que lo van acompañar.

—Va a protestar Macario, el de Ecoson. Para la FIL contrata cuarenta personas extras, yo creo que ya las tiene reclutadas —objetó Sentíes, aunque al notar el ingreso de Cansino y el militar, añadió—, pero yo encontraré la manera de convencerle, no te preocupes. El cabrón se lleva una millonada con estos contratos.

—Dile que el sobrino se llama Carlos Matosas y que lo buscará mañana.

—Carlos Matosas, mañana —afirmó el otro, como un escolar grabándose la lección.

—Y algo más. Si dices cualquier cosa indebida, o él llega a sospechar que lo estás diciendo por miedo, tu amigo es ejecutado allí mismo. Y a ti te dejo en manos de estos señores.

—¿Y si me pregunta cuándo regreso? Habíamos quedado en vernos pasado mañana para repasar el calendario, la gente y los equipos, ya vamos un poco tarde. Este año la FIL amplió el número de auditorios, son veintidós y en todos hay que instalar bocinas, micrófonos y consola. Algunos necesitan equipo de traducción —dijo con un asomo de entusiasmo, como si la enumeración de las tareas pendientes lo fuera a recolocar allá donde debía estar ahora, en el mundo de los vivos.

—No te hagas pendejo. Sabemos que lo único que tú haces es contratarlo, él hace todo con su equipo base y en los últimos días recluta gente para hacer frente a la FIL. Así que tú simplemente excúsate. Dile que acabas de ligarte acá en México a una veracruzana espectacular y que le prometiste pasar una semana de perdición en el Puerto. Te va a creer.

—Claro, no te preocupes, me va a creer. ¿Y cuando termine de hablar me dejarán libre?

—Tranquilo, tú haz la llamada, lo demás es pan comido —dijo Gamudio y puso en la mano que el prisionero tenía libre el celular que habían encontrado en su bolsillo.

Sentíes tomó el aparato con desconfianza. Observó el rostro de su bebé en la pantalla y se llenó de optimismo. Apretó el celular contra su pecho como si tratara de fundirse con todas las imágenes, contactos, redes sociales y aplicaciones que lo vinculaban con el mundo real, tan ajeno y distante a la pesadilla en la que se encontraba.

Ignoraba qué era lo que pretendían Beltrán y sus hombres en la FIL, pero los violentos métodos que ahora seguían no dejaban muchas dudas de que sería algo gordo. Entendió que la siguiente llamada sería de vida o muerte para él mismo.

—Piensa bien lo que vas a hacer —le dijo Gamudio, como si adivinase la indecisión de su prisionero—. Por ahora solo eres tú.

Sentíes lo miró confuso, el otro se puso a enunciar los nombres de sus hijos, de las madres de sus hijos y de las amantes más frecuentadas.

Aterrorizado, el hombre tomó el teléfono e hizo la llamada. El propio Gamudio quedó sorprendido de la transformación de Sentíes. Cualquiera que lo hubiera escuchado habría asegurado que estaba a punto de meterse al *jacuzzi* con la veracruzana. Aunque Macario se declaró contrariado porque tendría que despedir a algunos de los jóvenes ya contratados para hacer sitio a Matosas y su gente, aceptó la indicación de su socio. Al final le declaró su envidia por la juerga en la que se había embarcado. «Lo que no daría por cambiarme por ti», le dijo antes de despedirse desde Guadalajara.

—Listo. Ahora puedes dejarme ir. De todo esto no te preocupes —aseguró pasando los ojos por su cuerpo desangrado—, gajes del oficio. Eso me pasa por imbécil, por no haber entendido que se trataba de un asunto prioritario.

Gamudio asintió comprensivo, aunque terminó negando con la cabeza.

—Ahora te curarán y limpiarán, y no volverán a tocarte, pero prefiero que te quedes por acá hasta que Matosas hable con tu amigo y la negociación quede amarrada.

—No te preocupes —insistió Sentíes—, nunca se sabrá nada.

—Eso espero. Necesito que hagas otro par de llamadas para que nadie en Guadalajara extrañe tu ausencia por unos días.

—¿Unos días?

—Mientras te recompones, ¿cómo crees que vamos a dejar que te vean así de lastimado? No estaría bien. Aquí te cuidamos y en una semana regresas. Total, los arañazos que te queden se los cargamos a la veracruzana de fuego.

—Gracias, Willy, pero yo puedo recuperarme solo.

—No te confundas, no hay opción. Así estaremos todos más tranquilos.

Gamudio le explicó a qué personas llamaría de su oficina y de su casa y qué diría en cada caso. Luego marcó un número en el celular y se lo pasó al líder sindical. Veinte minutos más tarde habían terminado.

—Bueno, te veo en un par de días, a ver cómo sigues. En una de estas te recuperas antes y te vas el viernes —dijo Gamudio, sin ningún esfuerzo para que sus palabras resultaran verosímiles.

Los dos sabían cuál sería el desenlace; el tono y la actitud del otro hacían evidente a Sentíes que después de las llamadas él ya no tenía ningún valor para sus captores. Quizá, en efecto, lo mantuvieran con vida los siguientes días por si alguien en Guadalajara encontraba extraña su larga ausencia. En tal caso le obligarían a hacer otra llamada para tranquilizar al inquieto. Faltaban aún doce días para el inicio de la FIL. Por desgracia, él sabía que nadie habría de buscarle. Les parecería reprobable que hubiese desaparecido varias semanas, pero no se sorprenderían, pues no habría sido la primera vez.

«Toda experiencia atroz con el tiempo termina siendo una anécdota divertida», se dijo Sentíes, apelando a la última brizna de esperanza, aunque inmediatamente desechó la idea. Podía ser un superviviente pero no era ingenuo. Entendió que a efectos prácticos ya era un cadáver. Y, sin embargo, decidió despedirse con lo que consideró un toque de clase:

—Aquí te espero, abogado. Oye, y para aligerar la carga de la espera, ¿no podrías enviarme a la veracruzana?

## 33

**Celorio y Parnasus**
*12 días antes, 1.45 p.m.*

—¿Cómo te fue con Robertson? —preguntó Parnasus tratando de desprenderse de los brazos de Celorio, demasiado efusivo en su saludo.

—¿No sientes mi entusiasmo? —respondió él con una sonrisa, agarrándola del trasero para estrecharla de nuevo. Se encontraban en el despacho del canciller y él apenas se había despojado del abrigo que traía puesto en el viaje de regreso de Washington.

—Quince centímetros de entusiasmo —dijo ella, tras sopesar brevemente los genitales del secretario—, la cosa promete. —En realidad el pene de Celorio era más pequeño que eso, pero ella había aprendido que en asuntos de tamaño los hombres eran genios para el autoengaño.

—Promete, sí —dijo él, satisfecho, retirándose para tomar asiento en su escritorio.

Expandió el pecho y entrelazó las manos tras la nuca. Ella pensó que ahora exhibiría su otra erección, la del poder.

—Robertson me dijo que a Brook le entusiasmó mi propuesta sobre Guatemala —continuó él—, incluso le pidió un reporte técnico de las implicaciones logísticas para blindar la frontera sur.

—¿Y? ¿Hablará con Prida? ¿Cómo hará para proponerte?

—Bueno, en ese punto el bueno de Robertson se está ganando una mansión en Los Cabos. Redobló la investigación sobre Cristóbal Santa con el ánimo de encontrarle cadáveres en el clóset. Brook todavía no ha respondido a Prida la consulta que este le hizo sobre la opinión que le merece su delfín. La idea es que la próxima vez que se vean le haga ver los pecados de Santa y deslice alguna palabra favorable para mí.

—¿Y cuándo se verán? —preguntó ella con impaciencia.

—El último fin de semana de noviembre, se juntan de nuevo en el rancho de San Antonio. La coyuntura es perfecta.

—Espero que no sea demasiado tarde —dijo ella, preocupada.

—No tenemos opción.

—¿Lo vas a acompañar, no?

—Sería mejor que yo no estuviera si van a hablar de mí. Cuanto más lejos me encuentre en ese momento, más ayudo a mi causa. No vaya a ser que Prida se dé cuenta de lo que he estado haciendo con Robertson durante esas visitas. Además, coincide con la inauguración de la FIL de Guadalajara y los gringos son el país invitado. Viene Pizzolatto, el subsecretario de Estado y en teoría me toca hacerle de anfitrión.

—Oye, ¿no es el secretario de Educación quien lleva la representación del Presidente en la ceremonia de apertura? Se va a ver muy mal que asistas en un papel secundario. Estará toda la prensa.

—Sí, pero tampoco hay manera de quitar el cuerpo. La Cancillería es la anfitriona cuando vienen funcionarios del departamento de Estado. Lo que podemos hacer es llegar con una corte de vips. De esos que harán que fotógrafos y reporteros abandonen a Santa de inmediato para concentrarse en nosotros. Aunque no estemos en el estrado, seremos el verdadero centro de atención.

—¡Genial! —dijo ella, con admiración legítima—. ¿En quiénes has pensado?

—Desde luego, en Sergio Franco —respondió él categórico—. No sé, Guillermo del Toro es de Guadalajara, nos conocemos bien. A Salma Hayek la he apoyado más de una vez desde la Cancillería, y cuando filmó *Frida* me tocó desatorar nudos gordianos con la burocracia. Además, a todos se les antoja asomarse alguna vez a la FIL: no tendrá la importancia de la de Frankfurt, pero es la principal en español y la más cachonda, con la cantidad de eventos, músicos y artistas que vienen.

—Yo podría ayudarte con un par de celebridades nacionales —dijo ella emocionada—. Ya me contagiaste el entusiasmo —agregó, llevándose la mano a la cremallera de su falda. Los siguientes minutos Celorio pudo, por fin, dejar de pensar en la sucesión.

**Amelia y Luis**
*10 días antes, 10.15 a.m.*

—Alguien está tratando de jodernos, necesito que averigües quién y por qué —dijo Amelia a Luis, tan pronto este entró en la oficina de la directora de *Lapizarra*.

—¿Otro intento de bloquear el sitio? Mis alertas no registran ataques en las últimas semanas —contestó el talentoso joven, responsable de programación y diseño del diario digital.

—No, es otra cosa: hace un par de días me tomé un café con Roberto Cartens, uno de mis inversionistas. Me dijo que un empresario de Monterrey a quien apenas conoce le ofreció comprar su paquete accionario en *Lapizarra*. Con cada negativa la oferta subió de manera desproporcionada hasta llegar a niveles absurdos. De hecho quería hablar conmigo para saber si había algo que hubiera reposicionado el valor de la compañía.

—Podría deberse simplemente a las perspectivas del mercado —contestó Luis con cautela—, somos cada vez más influyentes. Hay millonarios que apuestan por cuatro o cinco de estas aventuras de manera simultánea sabiendo que si una sola les sale bien cubren todos los costes y se hacen de una fortuna.

—Lo mismo pensé. Me acordé de los datos del *Huffington Post*: invirtieron treinta millones de dólares y lo vendieron en trescientos millones apenas cinco años después de haber sido fundado; hoy vale mil millones.

—No veo por qué no puede suceder lo mismo con *Lapizarra*, aunque sea en una escala de pesos.

—Ojalá fuera así, pero esta mañana me encontré el correo electrónico de otro de los accionistas. Dice que la semana pasada se acercó un empresario para hacerle una oferta de compra. Lo acosó de tal manera que se puso a averiguar de quién se trataba: resulta ser un constructor de carreteras públicas, de los que viven de las concesiones del Estado; llevo dos horas tratando de hablar por teléfono con todos. Resulta que tres han recibido oferta de compra en los últimos días, uno me confesó que había aceptado la propuesta y ya estaba en trámites legales para el traspaso de las acciones. Y me temo que el otro, al que no puedo localizar, se me está escondiendo porque vendió o porque anda en esas. Eso significaría que ya tendrían el control de un veinte por ciento de la propiedad y estarían en proceso de apropiarse del resto.

—La puta que los parió —dijo Luis sorprendido.

Amelia asintió distraída dejando pasar la expresión de parte de Luis que en cualquier otro momento habría corregido; solía maldecir como español por su larga estancia en Barcelona. La experiencia de Amelia como defensora de mujeres abusadas la hacía poco tolerante a expresiones misóginas, fueran locales o foráneas.

—Necesitamos saber quién está detrás de estos cabrones.

—Dame los nombres y los correos electrónicos que tengas, en veinticuatro horas les habré armado una telaraña de seguimiento.

—Había pensado que podría ayudarnos Jaime, tiene recursos para eso —dijo ella, con cautela. Sabía de la aversión mutua que se profesaban Luis y Jaime desde que se conocieran cuatro años antes, cuando un empleado de este último intentó reclutar al joven y acabó baleándolo.

—Preferiría que no lo hicieras, Amelia. Nunca he entendido los miramientos que tienes con él. Sé que fueron amigos desde la escuela, pero hay algo muy oscuro en ese cabrón.

—Entiendo tu punto de vista, pero *Lapizarra* tiene enemigos poderosos. Ahora mismo somos una pluma de vomitar para Los Pinos. Y vete a saber de dónde viene este golpe bajo para intentar controlarnos. Tampoco estamos para rechazar ayudas. ¿No crees?

—El tema es si realmente se trata de ayudas —dijo él, decepcionado. Luego se removió en el asiento para cambiar la pierna que tenía cruzada.

Amelia cayó en la cuenta de que se trataba de un gesto que Luis repetía una y otra vez durante las reuniones, hasta haberlo convertido en una especie de tic. La bala recibida cuatro años antes impactó en el fémur, dejándole una pierna permanentemente entumida y un ligero renqueo al caminar. Juzgó que el incidente había cambiado la vida de Luis en más de un sentido. Y si recibir una bala no era una razón de peso para odiar a alguien, ¿cuál entonces? Se preguntó si el cariño que le tenía a Jaime estaría nublando su juicio y si en verdad su amigo podía ser peligroso para aquellos que se ponían en sus manos.

—Quizá tengas razón, y mientras no sepamos de dónde viene el golpe convendría dejar la investigación en casa.

—Déjamelo a mí, en dos días tendré una idea bastante clara de quiénes están detrás de esto —dijo él con determinación.

—Por lo pronto, tengo que asegurarme de que ningún otro de los socios vaya a vender sus acciones.

—Sobre eso —vaciló Luis—, nosotros podríamos entrar al quite. Rina me ha dicho una y otra vez que ella está puestísima para cualquier ampliación de capital. No tienes idea de la fortuna que le dejó su papá. Su despacho fiscal era el más importante del país, el hombre desarrolló un fondo de inversiones para sus clientes, pero siempre fue el socio principal.

—Gracias, voy a hablar con ella. Si uno o dos de los inversionistas se ponen demasiado nerviosos, podríamos comprarles nosotros mismos.

—Hazlo, ella estará encantada.

El teléfono interrumpió lo que Amelia estaba a punto de decir. Su secretaria le informó de que Jaime estaba llegando. Ahora fue ella la que se removió en el asiento mientras veía de reojo el rostro de Luis, pero el joven no se había percatado, ensimismado como estaba en la pantalla de su celular desde el instante en que ella tomó la bocina del aparato.

—Dile que lo veo en la calle, quisiera ir a comer algo.

Quince minutos más tarde estaban instalados en el restaurante Condesa Azul brindando con mezcal, aunque a Amelia le parecía que esa bebida no era más que una variante del tequila con sabor a neumático. Por alguna razón el sabor no le resultaba del todo desagradable.

Jaime decía algo sobre los candidatos presidenciales, pero ella no lo escuchaba. Se distrajo con el profuso vello negro que cubría la piel tostada de los brazos de su acompañante y no pudo evitar pensar de nueva cuenta en un lobo. Sin duda sería un buen candidato a un *casting* de una serie de televisión de licántropos. Abandonó la idea cuando concluyó que Jaime sería un pésimo actor. Tenía otras virtudes, no esa. Ahora mismo pretendía hacer pasar su interés en el tema de los precandidatos por una preocupación genuina por el futuro del país, cuando ella sabía que en realidad estaba obsesionado con la idea de impedir que su padre se convirtiese en el mandarín del próximo presidente.

—Tenemos que tomar partido, Amelia. No podemos quedarnos cruzados de brazos mientras se instala un inepto como Cristóbal Santa en la cabina de mando.

—Si al decir «tenemos» te refieres a *Lapizarra*, no podría estar más en desacuerdo. Los periodistas no debemos ni podemos tomar partido. Y en todo caso no lo haríamos por un candidato del partido en el poder. Porque supongo que en tu léxico oponerse a Santa significaría apoyar a uno de sus rivales, ¿no?

—Se trata de una medida de orden práctico. La única manera de derrotar a Santa es impulsar a otro en su lugar —se defendió Jaime—. Además, la prioridad de un medio de comunicación tendría que ser el beneficio de la sociedad y pocas cosas la afectan tanto como la definición del próximo presidente.

—La responsabilidad de un medio de comunicación como el nuestro es informar, no pastorear.

La palabra pastorear le hizo recordar el sueño de Luis. Repentinamente tomó conciencia de que ella y Jaime se encontraban en los polos opuestos de la información. Lemlock se dedicaba al negocio de la vigilancia, a la minería de datos, a la intervención de comunicaciones privadas; *Lapizarra*, por su parte, escudriñaba la vida pública, analizaba bancos de datos, entrevistaba, indagaba. Mientras ellos lo hacían para compartir con la sociedad la información encontrada, Jaime lo hacía para monopolizar esa información y usarla en su provecho.

Él percibió la irritación en la respuesta de Amelia y, como tantas veces en el pasado, decidió no contrariarla. Utilizaría otros métodos para mostrarle la necesidad de actuar ahora sobre la sucesión presidencial para no lamentarse después. Optó por cambiar de tema y estuvo a punto de comentarle que ya tenía boletos de avión y reservaciones de hotel para su visita a la FIL de Guadalajara, pero prefirió no abordar el asunto: el enfado que ahora mostraba podía llevarla a suspender el viaje y eso es algo que él no podía permitirse. Tenía la sensación de que la visita a Guadalajara cambiaría por fin sus vidas.

Decidió abordar algo que resultara inofensivo y recompusiera sus complicidades: los chismes políticos eran infalibles.

—¿Te acuerdas de Robert Cansino, mi contacto en la embajada? Resulta que ahora es el músculo de Noé Beltrán.

—No jodas, y con el Barrilito serían dos gringos a su alrededor; el gobernador parece una franquicia de McDonalds.

—¿Barrilito?

—Steve Godnes, ¿a poco no? Gordo y chaparrito con los pantalones fajados casi hasta las chichis.

Jaime rio con ganas y le concedió la razón a Amelia. En efecto, temible como era, el siniestro exasesor de la NSA resultaba material de caricatura, al menos por la apariencia, o mejor dicho, solo por la apariencia. Tendría que recordar la próxima vez que lo viese que detrás de esa fachada ridícula se encontraba un hombre sumamente peligroso, un enemigo al que nunca debería subestimar.

El resto de la comida transcurrió con un intercambio de apreciaciones sobre la extensa fauna política. Al final, los dos reían con los inapelables apodos que Amelia les había endosado a casi todos ellos. Al despedirse, Jaime sopesó la posibilidad de cancelar la reservación de una de las dos habitaciones para el hotel Hilton de Guadalajara.

# 35

**Sergio y Prida**
*7 días antes, 8.50 a.m.*

Mientras se encuentran en la ducha algunas personas suelen pensar las cosas que no se les ocurrirían durante el resto del día. Algo parecido a lo que le sucedía a Sergio a lo largo de las interminables sesiones de entrenamiento, destinadas a automatizar los golpes o durante juegos tan poco demandantes como el partido de dobles en el que se encontraba en la cancha de Los Pinos. Como era costumbre, él jugaba con el ministro Varela en contra de Celorio y Prida.

Enviaba golpes blandos y cómodos al *drive* del presidente, hasta que este terminaba por fallar. Cuando el marcador se inclinaba a su favor lanzaba la pelota a Celorio para que este castigara a su compañero, el ministro Varela, y poder así perder el punto.

Contra su costumbre de jugar los domingos, Prida le había pedido a Franco que en esta ocasión lo hicieran un día antes, por motivos de agenda, y que la sesión fuera más intensa que las anteriores; el siguiente fin de semana iría a San Antonio a jugar con Brook y deseaba enfrentarse a él con su mejor tenis. Sergio había pensado aprovechar su ausencia para pasar unos días en alguna playa del Caribe mexicano. Uno de sus mejores amigos, el italiano Bobbio Fernache, se había retirado a Playa del Carmen y hacía tiempo que no lo veía.

Pero aún no estaba del todo decidido. No quería dejar de asistir al Café O. Por alguna razón estaba convencido de que la acumulación de esas tardes en espera valían para algo, como si Alka, quien había desaparecido otra vez, llevara la cuenta y, una vez cubierta determinada cuota, ella fuera a reaparecer a manera de recompensa.

La mera posibilidad de que ella acudiera y él no estuviera presente le abría una oquedad en el pecho.

Había fantaseado con la posibilidad de encontrársela en los próximos días y compartir las siguientes tardes en charlas interminables; en ellas se contarían uno al otro las vidas que habían llevado antes de que sus caminos se cruzaran. Luego emprenderían juntos el viaje a la Riviera Maya. Se imaginó el rostro de aprobación y un poco de envidia que pondría su amigo Fernache, un célebre mujeriego, cuando contemplara la belleza cinematográfica de la croata. O incluso podría ir con ella a la FIL de Guadalajara, el siguiente fin de semana, y dejarse llevar por la insistencia de Celorio para que lo acompañase. En el pasado, el tenis había impedido satisfacer la curiosidad de asistir a la afamada feria, recorrer las hectáreas de pabellones abarrotados de libros, perderse en alguno de los muchos eventos culturales que tenían lugar simultáneamente. Dio por sentado que la afición de Alka por la escritura escondía una inclinación similar por la lectura. Se imaginó a la pareja que harían juntos recorriendo los pasillos, reclamando uno al otro la atención hacia un libro peculiar, interrumpiendo como simples *groupies* el trayecto de algún escritor idolatrado, que a su vez se declararía fan del jugador de tenis.

Más allá de la nacionalidad, era poca la información que había obtenido sobre la misteriosa mujer. En realidad ni siquiera lo había intentado tras el frustrado interrogatorio a Claudia. Si su pasado era tan terrible como su prima anticipaba, prefería enterarse de los detalles por la propia Alka. Lo único que él sabía es que no podía existir nada vil o atroz en el alma de un ser humano capaz de mirarlo de la forma en que ella lo hacía.

La exclamación eufórica del presidente para celebrar el error de Varela que ponía fin al partido rompió el hilo de sus reflexiones. Acudió con poco entusiasmo al centro de la red para el ritual saludo de mano y se dejó llevar por Prida a la mesa de vituallas mientras los otros mantenían una respetuosa distancia. Una escena que se había hecho habitual al término de los encuentros.

Mientras apuraban las bebidas refrescantes hizo las recomendaciones de rigor que solía impartir al presidente para mejorar su juego. Sergio ilustraba con movimientos de su cuerpo la técnica de golpeo correcta. Prida, sentado y con las manos en las rodillas, escuchaba con avidez reverencial las instrucciones de su ídolo. Tras ello el mandatario hizo algo inusual: se sumió en un largo silencio, la vista clavada en algún grumo de la arcilla cobriza.

—¿Qué te preocupa, Alonso?

Sergio era la única persona que solía llamarlo por su nombre fuera del ámbito familiar. Fue una exigencia del propio Prida desde el primer día que jugaron. Para su sorpresa, no le costó ningún esfuerzo tutear al mandatario. Hizo la pregunta sin darle mayor importancia, casi como una extensión de las instrucciones que acababa de impartir, como un tutor que desea esclarecer la confusión del alumno. Luego se dio cuenta de que el rostro abrumado que tenía enfrente era el de alguien que rumiaba algo mucho más trascendente que su técnica de golpeo.

—¿Qué sientes al jugar ante una docena de guardias y meseros después de haber sido admirado por miles de espectadores, millones, en la televisión?

—Alivio —respondió de forma automática, aunque la pregunta le tomó por sorpresa.

—¿Cómo puedes encontrar alivio en el hecho de dejar de ser el centro del universo y convertirte en una pieza del decorado?

Sergio estuvo a punto de responder que nunca se sintió el centro del universo sino una pieza del engranaje de la industria del entretenimiento.

Prefirió callar porque asumió que la de Prida era una pregunta retórica. Asumió que estaba hablando de sí mismo. Lo que dijo a continuación lo confirmó.

—El día que designe a mi sucesor es el día que pierdo el poder.

—Pero también comienzas a liberarte de la carga de responsabilidades que traes a cuestas —dijo Sergio, y ahora pensó en sí mismo.

El miedo a perder en la primera ronda de los torneos se convirtió en una losa insoportable en los últimos años. Traicionar las expectativas puestas en él por anunciantes y seguidores, quedar tan por debajo de la imagen que se había creado en torno a sus éxitos, derivó en una presión terrible al final de su carrera. A pesar de que llevaba casi dos meses retirado, todavía seguía experimentando el alivio de arrancar cada semana sin la pesadilla de verse obligado a la durísima tarea de ganar a un desconocido quince años más joven para evitar caer en el primer partido de un torneo. Intentó explicar al presidente los motivos de su alivio tras haber dejado de ser «el centro de su universo». Este lo observó, conmovido por la generosidad del atleta al compartir una intimidad profesional como esa. Nunca se habría imaginado que el gran Sergio Franco entrara presionado a un partido en el que se enfrentaba a un jugador colocado cincuenta lugares más abajo en el *ranking* mundial.

—El poder político es totalmente distinto —dijo tras una larga pausa—, nadie lo deja por gusto. No hay presidente gringo que no intente reelegirse para un segundo mandato, si es que tiene oportunidad. Álvaro Uribe en Colombia o Daniel Ortega en Nicaragua no han tenido empacho en forzar la legislación para estirar su gobierno; Putin o los Bush, cada uno con sus propias armas, buscan perpetuarse en el poder. Da lo mismo que sean de izquierda o de derecha. El sexo tampoco importa; Angela Merkel y Michelle Bachelet también quisieron extender su mandato.

—¿No se te antoja tirarte en una playa a leer un libro, jugar al tenis todas las mañanas si así lo prefieres, tomarte un café con amigos que no estén esperando algo de ti? En esta misma banca te has quejado por la manera en que una caricatura injusta te amarga la mañana, hace una semana comentaste que la mitad de las críticas eran de mala leche y la otra mitad estaban desinformadas. ¿No querrías descansar de todo eso?

—El poder sobre otros no cansa nunca —dijo Prida, y él mismo encontró poco edificante su comentario, por lo cual agregó—: lo peor es la sensación de que estás dejando algo inconcluso. Todo líder que se precie asume que en el siguiente período estará en condiciones de completar la tarea o, por lo menos avanzarla. Quedarme maniatado a estas alturas del sexenio es como si me sacaran a la calle a medio vestir, quieres gritar que por lo menos te dejen ponerte los pantalones. Seré juzgado por los críticos, por la historia, a partir de cosas que quedaron a la mitad, peor aún, muchas de ellas serán suspendidas por el siguiente gobierno antes de que tengan posibilidad de arrojar los beneficios planeados. Si solo me dejaran otro rato.

—Supongo que eso es lo que se dicen a sí mismos los dictadores que se aferran a su trono —objetó Sergio—. Además, tú sabías cuánto duraba tu período. Si te dan quince minutos para vestirte no puedes quejarte de que al cumplirse el plazo no te hayas puesto los pantalones —ahora fue Sergio el que pensó que su comentario había sido más descarnado de lo que hubiera querido.

—Justamente, es que durante esos quince minutos ni siquiera dejaron que te vistieras. Se espera mucho de los presidentes pero se les deja hacer muy poco. Das dos pasos adelante y tienes que desandar uno porque la opinión pública se te vino encima, porque la oposición te paraliza, porque las Cámaras se toman tres veces el tiempo para deliberar un presupuesto o una ley, a pesar de que sea impecable. Cuando va a concluir tu mandato te das cuenta de que apenas te has puesto la camisa y que la historia te juzgará por tus calzones.

—Aún queda un año, ¿no? Supongo que eso te da la posibilidad de acomodar muchas cosas.

—Es un año en el que uno tiene que nadar de muertito y hacerse pendejo. Cualquier cosa que intente la boicoteará la oposición porque no querrá otorgarle una carta de triunfo a mi partido en las próximas elecciones; todos los candidatos harán su campaña a partir de los errores reales o inventados que me atribuyan. Es el año en que el presidente se convierte en la piñata que todos apalean. Está de la chingada.

—Todo el mundo dice que el PRI es el favorito para las próximas elecciones. Eso significa que gobernarán los tuyos, los que tú escojas. ¿No? —Sergio advirtió que de alguna forma ahora intentaba consolar al apesadumbrado mandatario, y anticipó la burla de Claudia cuando se lo contara (porque seguramente terminaría contándoselo), pero no podía dejar de ver a Prida como un simple colega abatido por su inminente jubilación.

—¿Los míos? En política no hay lealtades. En el momento en que designe a mi sucesor yo me convierto en un estorbo. Cuando él sienta que su campaña ya es irreversible y no me necesite, comenzará a deslindarse de mí. Si resulta agradecido simplemente tomará distancia, si resulta un cabrón terminará pisoteándome. Y lo peor es que todos los aduladores que comían de mi mano se volverán en contra mía pensando que así ganarán los favores del próximo presidente.

—Muerto el rey…

—Exactamente. Muerto el rey, pero en vida —dijo el otro, con ánimo fúnebre.

Ahora los dos guardaron silencio. Sergio observó la figura abatida, de nuevo concentrada en algún punto de la arcilla. Prida le despertaba sentimientos encontrados; una mezcla de compasión y de desprecio difícil de definir. Luego recordó las razones por las cuales se encontraba allí. Entendía la importancia de la confidencia que había recibido y el momento particularmente receptivo en el que se encontraba el presidente.

—Me pediste una opinión sobre Cristóbal Santa. Yo no sé mucho de política, pero sé tasar a las personas. No enfrentas con éxito a tantos adversarios sin leerlos emocional y psicológicamente aunque sea de manera intuitiva. Y Santa no me parece de fiar. Si mi futuro dependiera de ese sucesor yo estaría nervioso —por fin lo había dicho. Estaba interviniendo en política, quizá de manera trascendente, y no se sentía mal.

—Tal vez —respondió Prida reflexivo—, el problema es que los otros me ponen aún más nervioso. Noé Beltrán es un matón, tu amigo Celorio es demasiado inteligente, aunque no tanto como él cree, y esos son los más peligrosos. A veces me da la sensación de que me mira con desdén, como si él fuera mejor que yo —Sergio no pudo resistir desviar la mirada en dirección al canciller, quien hacía ejercicios de estiramiento a algunos metros de distancia mientras conversaba con el ministro Varela.

Sergio sintió un reclamo en las palabras del presidente, como si le echara en cara el intento de manipularlo a favor de Celorio aprovechando la confidencia que acababa de hacer. Pero luego se percató de que no había ninguna animosidad en la expresión de Prida. Solo un tono de fatalidad. Su actitud era la de un hombre derrotado, alguien convencido de que ha sopesado detenidamente todas sus opciones, ha elegido la menos mala, y es consciente de que, aun esa, es terrible.

## 36

**Gamudio**
*3 días antes, 11.30 a.m.*

—Todas las soluciones terminales nos favorecen —dijo Beltrán a su breve auditorio.

Steve Godnes, Robert Cansino y Wilfredo Gamudio asintieron. Este último lo hizo de manera mecánica, mientras su mente se entretenía en declinaciones de la noción «soluciones terminales» e imágenes de campos de exterminio flagelaban su conciencia.

—Lo de la FIL es la cereza del pastel, pero no tiene que ser la única. Cuantos más incidentes violentos existan en los próximos días, más claro será para el país que el desmadre ya no se puede tolerar. Tenemos que asegurarnos de que la petición de una mano dura venga de todos los estamentos dentro y fuera de México. Así que no sean timoratos. Suelten ideas.

Los tres guardaron silencio mientras cada cual se sumergía en sus pensamientos y pasaba revista a los recovecos más oscuros de sus bajas pasiones. «Qué difícil es hablar cuando no se tiene nada que decir», pensó Gamudio.

—Podemos pedirle ayuda al Z14 —reaccionó finalmente Cansino—. Es experto en el saqueo de oleoductos y pozos petroleros. Se podría incendiar alguno, son fuegos que duran semanas y desencadenan la indignación de la comunidad ecológica internacional. Tendría que quedar claro que no se trata de un accidente sino de una explosión atribuible al crimen organizado.

—No seas bruto —respondió Beltrán—, tampoco se trata de dilapidar la riqueza nacional. Yo estoy hablando de derramar sangre, no petróleo. Los seres humanos son recursos renovables y por lo mismo son prescindibles, los yacimientos no.

—O quizá podrían sublevarse dos o tres prisiones simultáneamente —dijo Cansino sin desanimarse, como el vendedor de autos que ofrece entusiasmado otro modelo a un cliente quisquilloso—. No costaría ningún trabajo y en este asunto el Z14 podría también ser útil, las cárceles están saturadas, prendidas con alfileres. Varios motines salvajes podrían poner de rodillas a todo el sistema penitenciario.

—No está mal —dijo Beltrán, reflexivo—, aunque no quisiera destapar un nido de alacranes, no sabemos cuántos lograrían escaparse. Tampoco se trata de desestabilizar el barco que luego vamos a conducir. Además, que se maten entre sí algunos cientos de facinerosos o docenas de custodios no es algo que vaya a sacudir la conciencia nacional.

Esta vez Cansino no tuvo respuesta, asintió sin ganas a la observación de su jefe y se puso a garabatear en una de las hojas en blanco depositadas sobre la mesa. Gamudio temió que hubiera llegado su turno porque carecía de cualquier sugerencia. Llevaba algunos minutos acariciando la posibilidad de una matanza de estudiantes similar a la que tres años antes indignó a la opinión pública, cuando desaparecieron cuarenta y tres normalistas de Iguala, pero temía ser reprendido por su falta de originalidad. Por fortuna, Godnes entró al quite.

—Se me ocurre algo mejor —dijo el asesor estadounidense y, a pesar de su irritante tono pontificador de profesor universitario, Gamudio agradeció por esta ocasión escuchar su voz—. Cuando vimos la influencia que tiene Sergio Franco sobre el presidente decidimos someterlo a vigilancia; un hombre de Cansino lo ha seguido desde hace algunos días. Sus desplazamientos son intrascendentes, pero sus conversaciones han resultado muy reveladoras. No sabe que, incluso inactivo, su teléfono permite grabar lo que sucede a su alrededor.

—¿Incluso las conversaciones con Prida? —interrumpió Beltrán.

—Sí. Por alguna razón los guardias presidenciales han sido laxos en su caso, quizá porque nunca ha entrado en la residencia de Los Pinos, solo a las canchas.

—Bueno, ¿y qué dice Prida? —insistió Beltrán, comenzando a impacientarse. También a él podía irritarle el tono doctoral de Godnes.

—Lo que ya sabíamos, que ha optado por Santa. Lo interesante es el jueguito que se trae el tenista, está abogando por Celorio.

—Eso ya lo sabíamos, para eso lo puso allí Agustín, de cualquier manera es irrelevante, el truco no le ha funcionado —dijo Beltrán.

—Hasta ahora. Pero después de la FIL, cuando Santa haya desaparecido, no convendrá que el profesor de tenis esté susurrando al oído del presidente un nombre que no sea el nuestro. Algún efecto podría tener, las grabaciones no dejan duda de la admiración que despierta en Prida.

—¿Y qué sugieres?

—Otra vez, matar dos pájaros de un tiro. Eliminar a Franco en lo que parezca un intento de robo, de esa manera suprimimos una influencia que nos desfavorece y provocamos un escándalo monumental. Según nuestras encuestas es por mucho el personaje más querido por la opinión pública nacional. Una muerte violenta e inesperada, apenas a dos meses de su triunfo en el US Open, le daría la vuelta al mundo.

—Me gusta —dijo Beltrán, y pensó en Rosendo Franco, el fallecido dueño del periódico, tío de Sergio, a quien nunca había tragado del todo.

—Sugiero hacerlo en vísperas de la FIL. Será una especie de uno-dos que conmocionará a todo el planeta —dijo Godnes entusiasmado, mientras sus diminutos brazos disparaban un doble *jab* al rostro de un enemigo imaginario—. Dos primeras planas sucesivas en diarios y noticieros de todo el planeta, el impacto pondrá contra la pared al presidente.

—Por no hablar de la muerte de su tutor de tenis el viernes y la de su pupilo político y delfín el sábado: eso lo sacudirá personalmente y lo dejará descolocado. Será obvio, incluso para él, que la situación exige de un hombre fuerte —comentó Gamudio.

—¿Puede hacerse? —preguntó Beltrán a Cansino, quien desde hacía tiempo se había convertido en el brazo armado de ese cuarto de guerra.

—Sin problema —respondió este, contento de ser útil—. Los informes de Bartolomé Farías, el vigilante que le asigné, muestran que Franco se desplaza sin protección, vive solo y no recibe visitas. Sería muy fácil organizar un asalto a su casa y montar una escena de resistencia de su parte.

—¿Cuándo?

—El viernes en la madrugada, supongo —respondió Cansino buscando con la mirada la aprobación de Godnes—, para que al día siguiente lo de la FIL sea la puntilla que desencadene la conmoción.

— Morirá por una buena causa —concluyó Beltrán absolutamente convencido.

## 37

**Sergio**
*Día 0, 2.15 a.m.*

Roger Federer había sido mejor tenista que él y estuvo muy lejos de
poseer la fortaleza física de Rafael Nadal, pero se sabía el mejor de la
élite del tenis mundial a la hora de resolver un *match point*. El apodo
*The Killer* que le impusieron los comentaristas de televisión obedecía
a su capacidad para liquidar a un oponente en la primera oportunidad. Se preguntó si hoy, que se jugaría la vida, desplegaría la misma
sangre fría.

   «Asesinar a un ser humano no requiere habilidad especial alguna
—se dijo Sergio Franco—, basta concentrarse en la mecánica de movimientos y olvidarse de las consecuencias.» Sabía que contaba con
la destreza técnica y atlética para conseguirlo. El arco era una extensión perfecta de sus largos brazos y la punta de la flecha se mantenía
inmóvil como si estuviera clavada en el aire en una pared imaginaria. Una y otra vez su mente reprodujo el zumbido del proyectil al salir despedido y el golpe sordo que produciría al atravesar la garganta
del sujeto que penetraría en la casa. La luz del farol de la calle dibu-
jaría con nitidez la silueta en el dintel de la puerta. Un blanco fácil
desde el clóset del pasillo en el que se había embozado con la puerta apenas entreabierta. Solo necesitaba enfocar la visión túnel que lo
hizo famoso y olvidarse por un momento de las extrañas circunstancias que habían provocado que dentro de algunos minutos se viera
obligado a enfrentar un duelo a muerte con el enviado de un enemigo cuya identidad desconocía.

   A lo largo de los años había liquidado cientos de partidos de tenis
gracias a su celebrada capacidad para mantener el pulso firme y de-

positar una pelota a centímetros de la línea de salida, sin importar la multitud que le rodeara o lo que estuviera en juego. Se dijo que impactar al cuello del rival sería más sencillo que un revés cruzado, solo requería rebobinar en su cerebro una y otra vez la trayectoria de la flecha hasta disipar cualquier otra consideración. No debía de ser muy distinto a las sesiones de tiro que había practicado toda la semana; la luz dejaría mucho que desear pero estaría compensado por una distancia más corta. En la imagen que reproducía su cerebro, en algunas ocasiones la silueta caía sobre las rodillas tras lo cual depositaba la frente suavemente en el tapete de la casa, como un musulmán entregado a sus rezos. En otras, la víctima se llevaba las manos al proyectil, como quien se acomoda una bufanda al cuello, y luego reposaba el hombro en el marco de la puerta hasta deslizarse al suelo.

Diez minutos antes, el teléfono lo había sacado de un profundo sueño. Una voz anónima le informó que un sicario estaba a punto de penetrar en su domicilio con el propósito de asesinarlo. Sergio lo atribuyó a una mala broma y estuvo a punto de colgar, pero algo en la intensidad del tono de voz que escuchó al otro lado de la línea telefónica lo retuvo. El sujeto le aseguró que lo había sometido a una rigurosa vigilancia durante las últimas horas y para comprobarlo le enumeró minuto a minuto las actividades que había realizado a lo largo del día. El atleta se convenció cuando la voz le reprodujo diálogos completos de la conversación que sostuvo esa misma tarde con Alka.

Cuando colgó el teléfono optó por llamar a la policía, pero antes de que pudiera encender la luz lo distrajo un ruido de la calle. Asumió que alguien intentaba forzar la puerta y decidió que apenas tendría tiempo para defenderse. Tomó el arco y descendió sigilosamente las escaleras, convencido de que su única oportunidad era aprovechar el aviso de su informante anónimo y sorprender a su atacante; la voz le había asegurado que se trataba de un asesino solitario. Todas las ventanas estaban protegidas con rejas metálicas, lo cual significaba que el agresor se vería obligado a forzar la puerta de entrada. Se atrincheró como pudo en el pasillo desde el que dominaba el acceso y tensó el arco. Tras unos instantes cayó en la cuenta de que los ruidos que había escuchado no tenían relación con el ataque, pero juzgó que ya era demasiado tarde para abandonar su posición; lamentó no haber tomado el celular de la mesilla de noche, podría haber llamado a Celorio o a Claudia desde donde se encontraba, ellos habrían enviado alguna protección de inmediato. No le quedaba más remedio que confiar en sus propias fuerzas para vencer a su oponente.

Especuló sobre el posible origen de la amenaza. Hasta donde sabía no tenía enemigos personales y evidentemente no se trataba de un desequilibrado mental, tratando de inmolarse a cambio de convertirse en una macabra celebridad. Según el pitazo recibido se trataba de un sicario, de alguien enviado para matarle. Concluyó que la agresión debía de estar relacionada con los juegos de la política, pero no pudo descifrar la secuencia de eventos que podría haberlo transformado en una víctima. Luego pensó que el ataque podía estar relacionado con Alka; su prima le había advertido sobre el pasado oscuro de la rubia, vinculado a los inframundos criminales. Eso le llevó a recordar la extraña tarde que habían compartido en la terraza del café.

La mujer había aparecido al despuntar las seis y caminó directamente hasta la mesa en la que Sergio se encontraba.

—De acuerdo, invítame un café. Solo te pido que nunca me preguntes sobre Rosendo Franco. Todo lo demás te lo diré —dijo al sentarse, y acto seguido arrancó el relato más extraordinario y singular que Sergio hubiese conocido.

Escuchó en silencio durante las siguientes dos horas, mientras la mujer narraba con una cadencia regular, casi monótona, pasajes sangrientos y oscuros, asesinatos y violaciones, amores y desamores. Cuando terminó, la noche había caído por completo y los bebedores de café habían sido reemplazados por los clientes que solicitaban algo para merendar. Sergio siguió callado, tratando de conciliar la siniestra historia de Milena con las sensaciones de cercanía e intimidad que le inspiraba Alka. Ella misma había evocado el relato como si perteneciera a otra, como algo sucedido un siglo atrás. La mujer vapuleada por el destino que ella acababa de describir no parecía tener nada en común con el aplomo que emanaba del ser humano que tenía enfrente.

Quiso decirle algo, pero nada en su trayectoria como deportista profesional le había preparado para contestarle. Cualquier cosa que dijera parecería trivial o frívola. «Pero estás aquí y eso es lo que importa», acabó murmurando él, mientras cubría con su mano la de ella. «Estoy aquí», respondió Alka. Luego ella retiró su mano y se sumió en el silencio. Instantes más tarde, el frío los separó sin decir palabra. Sergio lamentó que al día siguiente él partiera a Guadalajara, aunque entendió que existía entre ellos un acuerdo tácito para encontrarse el siguiente lunes en la misma terraza. O al menos eso es lo que había asumido antes de recibir la llamada telefónica de esa noche. Ahora mismo no sabía si volvería a ver la luz del sol.

La proximidad de un sonido procedente de la calle lo trajo súbitamente al presente. Cuando la cerradura giró tras algunos instantes de forcejeo, el agresor hizo un compás de espera para asegurarse de que nadie hubiera escuchado sus movimientos. Finalmente, la silueta se recortó contra la luz exterior y todo sucedió de acuerdo con la escena practicada en su cerebro decenas de veces. El zumbido de la flecha al salir despedida fue idéntico al que había imaginado y el impacto justo en el sitio previsto. No obstante, el cuerpo del sujeto no evolucionó de acuerdo con los guiones prescritos. El hombre se quedó estático algunos instantes y luego accionó tres veces en rápida sucesión la pistola provista de silenciador que portaba en la mano derecha. Se llevó la otra mano a la parte de atrás de la cabeza para tocar en la nuca la punta del proyectil que le había atravesado, como alguien que desea confirmar la sangre que le ha producido la picadura de un insecto. El movimiento le hizo retroceder varios pasos hasta perder el equilibrio y caer de espaldas sobre el césped que flanqueaba el camino de entrada a la casa. Quedó prendido como una mariposa sobre un fieltro verde.

Una corriente de satisfacción recorrió el cuerpo de Sergio tras el tiro perfectamente ejecutado. Pero al salir de la burbuja de concentración y alzar la vista cobró conciencia de que no se encontraba rodeado de una multitud que aclamaba al vencedor del torneo, sino que estaba sumido en la oscuridad de su casa y con la presencia ominosa de un cadáver en el jardín de su residencia.

Que el sicario enviado a ejecutarlo se desangrase a borbotones era una buena noticia, desconocer quién lo había enviado era una muy mala: significaba que solo había ganado una batalla, no la guerra. Luego se percató de que había una noticia peor: la tibia humedad que inundaba la camiseta que llevaba para dormir confirmó que la punzada que sintió en el vientre al incorporarse no había sido un calambre impuesto por la posición. Su segundo paso fue el último; se derrumbó sobre el piso y se recostó contra la pared. Aun bajo la tenue luz que penetraba por la puerta entreabierta percibió el color carmesí que comenzó a extenderse sobre el pasillo, como una serpiente roja que deseaba alcanzar a quien la había derramado.

Bartolomé observó la escena desde el auto que supuestamente serviría para la fuga del exmarine responsable de la misión. Se aproximó al jardín y constató la inamovilidad del sicario; había muerto en cuestión de segundos, con la mirada puesta en algún lugar de la constelación de Orión. Una vez más le llenó de orgullo la capacidad de su ídolo. Lo había admirado esa misma tarde cuando contempló la romántica escena que tuvo lugar entre él y la croata. De no haber aparecido Alka, él no habría intervenido esta noche, pero conmovido por el encuentro se dijo que no podía ser el último. El destino había querido convertirlo en el instrumento decisivo de la felicidad de esa extraordinaria pareja.

Recogió el cadáver y lo depositó en la cajuela del coche, luego repasó la versión que contaría a Robert Cansino. Asumió que no tendría problemas para convencerlo, ya que anteriormente había pasado informes de las sesiones de práctica con el arco y la flecha por parte de Franco, lo demás tendría que atribuirse a sus reflejos de atleta de alto rendimiento. Concluirían que había sido un error enviar a un asesino solitario. No pudo evitar una sonrisa al imaginar que algún día podría relatar a Sergio, con actitud modesta y desinteresada, la manera en que le había salvado la vida.

Se aseguró de que ningún vecino se hubiera percatado de los hechos, encendió el motor y se alejó. Nunca advirtió que el atleta se desangraba mortalmente con un balazo en el estómago.

# TERCERA PARTE

Doble falta

*25 y 26 de noviembre*

## 38

**Sergio**
*Día 0, 2.30 a.m.*

Tras recorrer un kilómetro, Bartolomé Farías detuvo el coche en un punto poco iluminado de las cañadas del barrio residencial de Las Lomas. En medio de la euforia que le provocó el triunfo de Sergio sobre el exmarine enviado a asesinarlo, había dejado de lado un dato que, al paso de los minutos, se tornó insoportable. Recordó que antes de depositar el cadáver en la cajuela recogió del jardín la pistola del sicario y la guardó en el bolsillo de su abrigo; pese a los guantes de lana en los que se enfundó para no dejar huellas, había percibido el calor que despedía el arma, señal inequívoca de que había sido utilizada. Se aseguró de que el paraje en el que se detuvo se encontrara desierto y extrajo del abrigo la pistola y su largo silenciador. Examinó la cámara y observó que habían sido utilizadas tres balas. Luego recordó la ausencia absoluta de ruidos procedentes del interior de la casa tras el disparo de la flecha y se dijo que algo no encajaba del todo. Lo normal era que Sergio Franco se hubiese asomado al jardín para asegurarse del resultado de su puntería y conocer la identidad del agresor.

Bartolomé temió por su ídolo. Estuvo a punto de regresar a la casa del tenista, pero sabía que eso lo incriminaría. Robert Cansino preparaba sus operativos de manera obsesiva y meticulosa, y ahora mismo estaba esperando su llamada para conocer el resultado de la misión. Dio por descontado que sus jefes seguían sus desplazamientos a través del GPS de su teléfono, lo cual descartaba la posibilidad de volver al domicilio del que había partido seis minutos antes.

Habían acordado que en caso de que algo saliese mal no regresarían a la casa de seguridad de la que habían salido. El plan de emergencia le obligaba a desplazarse a un teléfono público, previamente elegido en la avenida Las Palmas, a tres kilómetros de la residencia del tenista. Desde allí llamaría a una línea segura de Cansino para pedir instrucciones. Además de informar a sus superiores, tendría que deshacerse de un cuerpo en las próximas horas.

Por su mente pasaron distintos escenarios de lo que habría podido suceder con Sergio Franco. Se lo imaginó en la sala de su casa, apurando un tequila, ahora sí, sin jugo de naranja, conmocionado aún por lo que acababa de suceder. O al teléfono, pidiendo ayuda por temor a sufrir un segundo ataque. Pero también podía encontrarse herido, o peor aún, muerto. La preocupación le impulsó a llamar a Sergio desde la cabina del teléfono público; la ausencia de respuesta lo dejó consternado. Pensó en solicitar una ambulancia de emergencias, aunque desechó la idea; por lo general solía ser pesimista respecto a la eficiencia de los servicios públicos.

Luego recordó a Milena. Era una solución extrema, pero no se le ocurría otra. En realidad los dos jóvenes eran prácticamente vecinos aunque ninguno lo supiera. Ella vivía a dos manzanas de distancia en un edificio de apartamentos a cincuenta metros del Café O. Si Sergio requería ayuda médica ella pondría en movimiento los servicios de emergencia y, en caso contrario, si el tenista se encontraba ileso, ella podría acompañarlo en la terrible experiencia que acababa de sufrir. Cualquiera fuera el escenario, concluyó que eso les uniría. Se felicitó por su buena idea y actuó en consecuencia.

Se aseguró de que su celular estuviese en el coche y marcó desde la cabina el número de casa de Milena. Al parecer la mujer tenía el sueño ligero o sufría de insomnio, porque contestó de inmediato. De nuevo tuvo que reproducir una parte de la conversación que ella y Sergio habían sostenido esa misma tarde, para convencerla de que no se trataba de una broma pesada. Le informó del domicilio del tenista y la conminó a salir de inmediato; le dijo que alguien había intentado robarle y él había repelido el ataque, pero podía estar malherido. Ella argumentó que apenas conocía a Sergio y pidió al que hablaba que se dirigiera a *El Mundo* o a las autoridades. Él insistió que ella era la persona más próxima a la casa de la víctima y que cualquier otra opción podría resultar mortalmente tardía. Sin esperar respuesta, Bartolomé colgó. Luego llamó a Cansino.

La primera reacción de Milena fue desestimar el inesperado aviso. Tras colgar el teléfono se mantuvo a oscuras e inmóvil con la vista fija en la pequeña y tenue franja de luz procedente de la calle que se filtraba entre las cortinas. Luego decidió llamar al 911 de emergencias y dejar el asunto en otras manos. Intentó estimar el tiempo que les llevaría acercarse a la casa de Sergio, si es que efectivamente lo hacían. Vaciló algunos instantes y comenzó a vestirse mientras se decía a sí misma que cometía una imprudencia. Se prometió que solo echaría un vistazo a la fachada de la casa del tenista; después de todo, se encontraba apenas a unos pasos de donde ella vivía.

Descendió por el ascensor al estacionamiento del edificio y abordó su poderosa motocicleta. Conocía perfectamente la calle de Sergio, pues sus amplios jardines exteriores la convertían en una de las trayectorias preferidas durante sus caminatas. Un par de minutos más tarde examinaba la fachada oscura del número 135, que le había proporcionado la voz anónima. En efecto, la puerta estaba abierta aunque la casa se mantenía silenciosa y sombría.

Nunca había sido diestra con las pistolas, pero habría deseado tener una en el bolsillo de su chaqueta de piel. Caminó por el sendero de cemento que conducía a la entrada; desde el dintel llamó a Sergio y luego tocó con los nudillos la madera de la puerta. Algo se movió en el interior y creyó escuchar un ligero roce en el parqué del pasillo de entrada; estuvo a punto de dar media vuelta y salir corriendo en dirección a su motocicleta, pero se dominó. Contuvo la respiración y aguzó el oído, luego escuchó un gemido. Eso la decidió, abrió la puerta por completo y observó la serpentina roja apenas iluminada por el candil de la calle. Siguió con la mirada el trazo de sangre y percibió un bulto oscuro adosado a la pared del pasillo. Tras dar un par de manotazos desesperados contra el muro, encontró el interruptor de luz. Advirtió una enorme mancha más oscura que roja sobre el vientre de Sergio; eso y el cuerpo ahora inmóvil le hicieron pensar que estaba muerto o agonizando. Al acercarse escuchó el esperanzador silbido que hacía al respirar.

Milena se acuclilló a su lado y tomó con sus largas manos el rostro del caído, tratando de despertarlo.

—Sergio, ¡mírame! Ahora llamo a una ambulancia, no te rindas.

Él murmuró algo ininteligible una y otra vez. Ella debió acercar el oído a sus labios para poder entenderlo.

—Llama a Celorio, llama a Celorio —insistió él.

—¿Celorio?

—En mi cama…, el teléfono, llama a Celorio, no a la ambulancia.

Milena revisó el entorno por primera vez, vaciló algunos instantes y luego se precipitó escaleras arriba hasta localizar el dormitorio principal. Sobre la mesita de noche advirtió el celular del tenista y lo activó, aunque supuso que el aparato le exigiría un código de acceso. Para su sorpresa, Sergio lo tenía inhabilitado. Buscó en las llamadas recientes y en efecto observó un remitente con el nombre de Celorio. Oprimió la tecla y mientras daba tono regresó a la planta baja.

Sergio había despertado por completo y su semblante parecía un poco más lejos de la tumba que dos minutos antes. El jugador asumió que al menos no moriría desangrado, a oscuras y en solitario, ahora que Alka había aparecido.

Cuando ella escuchó una voz del otro lado de la línea, explicó que Sergio había sido atacado, estaba herido y tenía muy mal aspecto. Iba a decir algo más, pero el tenista levantó una mano para pedir el celular.

—Fue un sicario, temo por Claudia —le dijo a Celorio en un hilo de voz.

—Yo temo por ti; podrían volver a intentarlo si saben que estás vivo. Déjamelo a mí, tú concéntrate en mantener las fuerzas —respondió el canciller.

Sergio ya no escuchó la última frase, el teléfono se deslizó de su mano y cayó a un lado. Milena lo recogió y preguntó a Celorio qué debería hacer. No tenía idea de quién era su interlocutor pero estaba claro que Sergio confiaba en él.

—Hay una ambulancia de guardia permanentemente en el Hospital Militar para atender cualquier emergencia de Los Pinos, lo recogerán en unos minutos. No te separes de él y no des su nombre. Y hasta que no sepamos de dónde vino el ataque sería mejor no avisar a persona alguna —luego Celorio quiso saber cómo se llamaba ella y colgó. Horas después ella se preguntaría por qué dijo llamarse Milena y no Alka y lo atribuyó a un viejo automatismo: la vista de la sangre, quizá.

Celorio se dijo que la mujer podía ser una vecina o tal vez una amante que pasaba la noche con su amigo, pero era la única persona en la que podía apoyarse en ese momento. Al terminar la conversación, despertó al coronel Rubén Gutiérrez, responsable del Estado Mayor Presidencial en ausencia del general Vicente Abarca, quien acompañaba a Prida en su viaje a Texas. No necesitó explicar mucho; el coronel estaba al tanto del trato deferente que el mandatario dispensaba al tenista profesional, un visitante habitual de Los Pinos. Se comprometió a resguardar a Franco en el Hospital Militar bajo absoluta discreción y la mejor atención médica.

Finalmente, Celorio despertó a Delia Parnasus. Él se encontraba en una *suite* del hotel Hilton de Guadalajara, a unos pasos del Centro de Convenciones donde tendría lugar la inauguración de la FIL al día siguiente. Esa misma noche había encabezado una cena para dar la bienvenida a la delegación oficial de los Estados Unidos, subsecretario de Estado incluido. El canciller no podría regresar a la Ciudad de México hasta las tres o cuatro de la tarde del día siguiente; Delia tendría que ser sus oídos y sus ojos en lo que respecta a Sergio, al menos durante las siguientes horas. Supuso que debería informar al presidente, pero antes juzgó que debía enterarse con precisión de qué demonios había sucedido.

Cuando su amante y asesora respondió al teléfono eran las 4.20 de la madrugada. Le informó de lo poco que sabía y le pidió acudir lo más pronto posible al Hospital Militar para estar al tanto del estado de salud de Franco y evaluar hasta qué grado podían confiar en la discreción de la tal Milena. Por lo demás, resultaba clave que Parnasus fuese la primera persona con la que Sergio hablase tan pronto como estuviera en condiciones de hacerlo; tenían que averiguar el origen del ataque.

Luego agradeció la costumbre de las cadenas hoteleras estadounidenses de mantener una cafetera de filtro dentro de la habitación; sabía que ya no podría dormir lo que quedaba de esa noche. Se preparó una taza con movimientos rutinarios mientas su mente repasaba febrilmente las implicaciones de lo que acababa de suceder. Franco habló de un sicario, no de un asaltante, lo cual significaba que alguien había mandado asesinarlo. Pero el tenista apenas estaba relacionado con la vida en México, en consecuencia el ataque muy probablemente iba dirigido en contra suya. Se preguntó si él mismo estaría en peligro en ese momento. Repasó la lista de sus enemigos y no encontró alguno con los tamaños o los enconos necesarios para atentar en contra de su vida o, para el caso, la de Sergio, tan cercano al presidente. Lo pensó de nuevo y concluyó que solo podría haber uno: Cristóbal Santa.

Tuvo que reconocer que si el secretario de Educación había descubierto su estrategia para que Brook entorpeciera su candidatura, tendría razones de sobra para intentar alguna represalia. La conversación entre los presidentes tendría lugar ese mismo sábado, después del partido de tenis en el rancho de San Antonio; tal vez Santa intentó enviar un mensaje con el asesinato de Sergio Franco. Parecía una medida desesperada, pero era lo único que podría tener sentido.

A las once de la mañana estaba prevista la ceremonia de inauguración y Cristóbal Santa estaría allí. Muy pronto lo miraría a los ojos y sabría a qué atenerse, mientras tanto tendría que asumir el peor de los escenarios. Decidió apertrecharse en la habitación para no correr riesgos innecesarios y se puso a acariciar planes de venganza.

## 39

**Jonathan**
*Día 0, 7.15 a.m.*

A Jonathan le costaba reconocerse en la imagen que los espejos y ventanales le devolvían de sí mismo. Macario Ledezma, el propietario de la empresa de sonido que se había visto obligado a reclutar al comando sin saberlo, había insistido en que ese día, el de la inauguración, todo su personal portase un traje oscuro y una camisa blanca. El Z14 celebró la decisión del dueño, porque ese atuendo ocultaría los brazos cubiertos de tatuajes que exhibían la mayoría de los exprisioneros.

No obstante, los jóvenes habían puesto nervioso a Macario desde cuatro días antes, cuando se fusionaron a su propio equipo para cablear e instalar bocinas en los veintidós salones de conferencias que requirió la FIL. El empresario encontraba inquietante la presencia de esos muchachos de apariencia dura y salvaje, la manera en que todos ellos cuchicheaban entre sí y giraban en torno a Carlos Matosas, el diminuto joven que los lideraba. Sin embargo, no tenía razón para quejarse. El chico los dirigía con autoridad y eficiencia y, para su sorpresa, conformaron la cuadrilla más trabajadora entre todo su personal. Llegaban minutos antes de que el Centro de Convenciones abriera sus puertas para permitir el ingreso de los trabajadores que preparaban la instalación de pabellones de libros y salones de conferencias y eran los últimos en irse. Resultaba evidente el deseo de todos ellos de mantenerse juntos y no mezclarse con el resto del personal de la empresa.

Por lo demás, Matosas lo impresionó. Había esperado encontrar a un joven mimado y caprichoso, hijo de algún político influyente, a quien por alguna razón se le había metido en la cabeza la idea de tener talento para todo lo relacionado con equipos de sonido. Pero se encontró con un muchacho de ojos brillantes y cuerpo enclenque que absorbía como esponja la información sobre voltajes y tipos de *buffers*, y cumplía las instrucciones de manera impecable. El joven dominaba algunos temas y exhibía inexplicables lagunas en otros aspectos del oficio. Macario quedó intrigado a tal punto que buscó a Sentíes para que le revelara la verdadera identidad de Matosas; resultaba evidente que no era el hijo malcriado de algún hombre de poder. Sospechó que se trataba, más bien, del sobrino o del hermano de alguna amante con quien Sentíes hacía méritos y que este no se había atrevido a confesárselo. Pero su amigo seguía sin responder al teléfono y decidió postergar el asunto para hablarlo después de la FIL.

Jonathan también se sentía confundido por su transformación en Carlos Matosas. Durante las semanas previas a la inauguración de la feria del libro, leyó todo lo que le proporcionaron sobre electrónica básica y componentes audiovisuales. Uno de los exmarines del equipo de Robert Cansino, especialista en comunicaciones, pasó varias horas instruyéndolo en su precario español respecto a los circuitos que incluye un ecualizador y sus respectivos altoparlantes y lo que significaban los cables de colores rojo, amarillo y blanco. En realidad Jonathan entendía el inglés, habiendo crecido en la fronteriza Matamoros, pero prefería ocultarlo para enterarse de los retazos de conversaciones que los marines intercambiaban entre sí.

El Z14 eligió a Jonathan para ser el coordinador del grupo y el contacto con el dueño de Ecoson. Tras dos semanas de adiestramiento, el joven había absorbido lo suficiente para pasar por un técnico en proceso de formación a los ojos de Macario. La misión exigía que el dueño de la empresa tuviese la confianza suficiente en Matosas para dejar que su brigada se encargase de la instalación del sonido en algunos de los salones.

Jonathan quedó fascinado con su nuevo oficio. A ratos trataba de olvidar que no era más que una estrategia para introducir las armas y, eventualmente, desencadenar una carnicería. Tomó tan a pecho las exigencias de don Macario, que hacía pruebas de sonido una y otra vez hasta quedar plenamente satisfecho, para exasperación de sus propios hombres.

El Z14 eligió para el operativo una pistola metralleta estadounidense AB-10 modificada; un arma automática pequeña, fácil de esconder y susceptible de utilizar balas indetectables por los sensores de pólvora. Se calentaba rápido y carecía de precisión, pero el capo asumió que el tiroteo duraría apenas algunos minutos, quizá segundos, y los fallos de puntería se compensarían plenamente con la cantidad de tiradores y la distancia a quemarropa que les separaría de sus víctimas.

Introdujeron las armas entre las varias toneladas de equipo que la empresa llevó al Centro de Convenciones el martes 22, cuatro días antes de la inauguración. Ese mismo día las escondieron provisionalmente dentro de una de las enormes cajas de los altavoces que serían utilizados en la explanada de conciertos. Paulatinamente, en los siguientes días, fueron colocando tres o cuatro armas por salón dentro de los *buffers* y los altavoces más grandes. Se concentraron en particular en los auditorios vecinos al gran recinto donde tendría lugar la ceremonia de apertura. Los favoreció el hecho de que el resto de los trabajadores de Ecoson alargaba la hora de la comida y solía partir primero al caer la noche. Eran los momentos en que Jonathan y sus hombres aprovechaban para desmontar las cajas de algún altavoz y fijar con cinta adhesiva las metralletas en su interior. Para su fortuna el equipo de sonido de Macario era bueno pero algo antiguo y, por lo mismo, voluminoso.

El viernes por la mañana, todas las armas y los audífonos que emplearían durante la operación se encontraban convenientemente escondidos en un radio no mayor de cincuenta metros del estrado desde el que se haría la inauguración del evento. Las revisiones que hicieron los policías y los peritos de seguridad, acompañados por el personal de la embajada estadounidense, no detectaron irregularidad alguna.

A las siete de la mañana del sábado entraron en las instalaciones de la FIL, y durante tres horas don Macario hizo pruebas de sonido, salón por salón, para asegurarse de que todo estaba a punto. Jonathan disfrutó el elogio que el empresario hizo de su trabajo. Eso, y ver su figura enfundada en un traje negro por vez primera, le hicieron preguntarse si tal vida era concebible. Nunca se había planteado la posibilidad de hacer otra cosa que sobrevivir al día a día, asestando una cuchillada antes de recibirla. Pero ahora entendía que podía ser Carlos Matosas o quien él quisiera. O, mejor dicho, habría podido serlo de no estar a punto de participar en un atentado del que difícilmente saldría con vida.

En los primeros días, tras la fuga de la prisión, el Z14 les había dicho que su misión consistiría en provocar un tiroteo en un lugar público. Fueron adiestrados en el uso de la pistola automática y a él lo instruyeron en el oficio de técnico de audio. Solo la semana anterior a la fecha fatídica comenzaron a estudiar los planos del Centro de Convenciones, la manera en que se dividirían para entrar al salón principal y las posibles vías de escape. Apenas tres días antes les dijeron que tendrían que asesinar a alguien, o mejor dicho, a muchos. El Z14 colocó sobre la pared de la bodega la imagen de veinte personas que presumiblemente estarían sentadas en el estrado, y sobre el croquis del recinto pintó cruces en los lugares en los que cada uno de los miembros del comando debía ubicarse para abatir a los ocupantes de las tres primeras filas. En total, ocho de los hombres recibieron la tarea de eliminar a los policías y a los guardaespaldas que se encontraran dentro del salón, otros dos cerrarían las puertas de entrada para evitar que los guardias recibieran refuerzos desde afuera y los cinco restantes dispararían hasta agotar su carga sobre los asistentes. Jonathan sería uno de estos últimos. El Z14 lo instruyó para que no desenfundara su arma hasta tener a la vista a dos ocupantes del estrado cuyos rostros le pidió que memorizara. Le ofreció doscientos mil dólares adicionales si se aseguraba de su muerte. Uno de ellos le pareció vagamente familiar.

Cuando el miércoles por la noche tuvieron por fin el panorama completo de lo que entrañaba su misión, los miembros del comando aceptaron en silencio las instrucciones del Z14. Pero una vez que se quedaron solos protestaron con vehemencia. Algunos hablaron de que se trataba de una operación suicida. Jonathan tuvo que hacerles ver que a estas alturas no tenían muchas opciones, y que el plan que les proponían podía ser menos peligroso que intentar traicionar al Z14. En tal caso les esperaba una muerte tan segura como dolorosa. Y, por otra parte, tenían que reconocer que de haberse quedado en la prisión se habrían convertido en fiambres más temprano que tarde.

En suma, su única oportunidad era enfrentar lo que tenían por delante y tratar de ampliar las probabilidades de salir con vida. El Z14 había diseñado una vía de escape a través de la puerta que se encontraba detrás del escenario; por ella entrarían al auditorio los integrantes del presídium. Ochenta metros de pasillo conducían directamente al estacionamiento reservado a los visitantes distinguidos. Les aseguraron que los marines, o lo que fueran, controlarían a los guardias del estacionamiento y les estarían esperando con una van para dieciocho personas; evadirían la persecución gracias a una docena de retenes en las calles que se instalarían quince minutos antes del operativo. Eso les permitiría llegar a un punto intermedio en el cual cambiarían de vehículo y eventualmente regresarían a la bodega de la que habían partido, para ocultarse durante algunos días. Tras ello, los miembros del comando desaparecerían uno a uno, cargado cada cual con sus doscientos mil dólares.

Para dar credibilidad a sus palabras, el Z14 les había mostrado sobre el mapa urbano de la ciudad los puntos diseñados para ahogar la circulación. No era una idea descabellada. El crimen organizado ya había paralizado Guadalajara en otras ocasiones mediante bloqueos simultáneos, bastaba secuestrar e incendiar algunos autobuses y retener durante algunos minutos cada posición para provocar un monumental atasco, salvo en el corredor vial diseñado como ruta de escape de la camioneta que los alejaría del lugar.

Jonathan no se hacía muchas ilusiones. No podía determinar exactamente la identidad de las víctimas, pero estaba convencido de que el rostro del tipo que le pidieron memorizar pertenecía a un político famoso. Y con toda seguridad varios de los que estarían arriba del tinglado eran personalidades importantes. Eso significaba que el verdadero peligro sobrevendría después de la fuga. Al Z14 y a sus jefes no les convendría dejarlos varados dentro del Centro de Convenciones donde podrían ser capturados. Le quedaba claro que ellos serían los más interesados en el éxito de la huida; seguramente tampoco les gustaría que se convirtieran en hilos sueltos en los siguientes días. Sus propias dotes para la planeación logística le conducían a la única conclusión posible: el Z14 y sus jefes rematarían a los heridos durante el asalto y asesinarían a los supervivientes una vez que se encontraran en la bodega. El escondrijo que había sido su refugio en los últimos días también sería su tumba.

Revisó punto por punto el operativo, buscando una fisura por la cual colar una esperanza. Podían tomar antes de la inauguración las armas que ya habían sido sembradas y abrirse camino a punta de balazos, pero la policía federal ya había tomado el control del edificio; por lo demás, media docena de los matones que trabajaban con el Z14 solían esperarlos a cien metros de la salida para llevarlos cada día de regreso a la bodega. Romper su acuerdo e intentar fugarse antes de cumplir su misión simplemente los enfrentaría a dos fuerzas simultáneas: los federales y los marines. Y eso sin considerar la venganza del Z14 por la traición cometida. Incluso si lograban romper el cerco, serían víctimas de una cacería humana por parte de los Zetas.

Asumió que estaban obligados a cumplir su objetivo, después de eso nadie les culparía por intentar conservar la vida. Solo tenía que asegurarse de no ser conducidos como rebaño al matadero hasta la maldita bodega. Al final, concluyó que solo había una oportunidad para evadir el destino que les tenía preparado el Z14. Tendrían que escapar uno a uno en el momento en que llegasen al estacionamiento tras forzar su salida por los pasillos posteriores al estrado. Una vez que se hallaran fuera del recinto, se desembarazarían del arma y se despojarían de la chaqueta del traje para intentar confundirse con la multitud que estaría corriendo en desbandada tras el tiroteo. Repasó una vez más la probable secuencia de eventos, y se dijo que esa sería la menos mala de las alternativas.

Convencido de su decisión, concluyó que esperaría hasta unos minutos antes de la inauguración para comunicar el plan de fuga a sus compañeros; si compartía con ellos sus temores de manera prematura, corría el riesgo de que cualquiera de ellos cometiera alguna locura irreparable.

## 40

**Sergio**
*Día 0, 7.15 a.m.*

No le costó trabajo distinguir a la acompañante de Sergio entre la docena de personas que dormitaba en la sala de espera del Hospital Militar. Carecía de toda descripción física, pero la tal Milena —y tenía que ser ella— destacaría fuese en un coctel en Buckingham o en un vagón de tren camino a Auschwitz. «Si el guapo de Sergio Franco tiene una amante, debe ser como esa», se dijo Delia Parnasus. Se alegró de haber traído su traje de pieles favorito y el juego de aretes y collar granate que combinaba tan bien con sus ojos verdes. Lo había hecho con la idea en mente de impresionar al personal médico y a los militares con los que pudiera toparse en el hospital; el contraste de clase social y la belleza inalcanzable solían ser el mejor argumento cuando se desea exigir un trato diferencial por parte de los empleados de cualquier institución. Pero a la vista de la impresionante amiga de Sergio, juzgó que le venían muy bien estos atuendos. Dijeran lo que dijeran, para cualquier mujer, una belleza como la de esa rubia constituía una amenaza.

—Tú debes de ser Milena, yo soy Delia y vengo de parte de Celorio —dijo a guisa de presentación.

Milena estaba de pie, observando con atención al resto de los asistentes del lugar. La croata se dijo que las salas de espera de urgencias, como los cementerios, son sitios que ponen las cosas en perspectiva, un recordatorio de la fragilidad de los seres humanos. Intentaba llenar los huecos de las historias que se desarrollaban frente a sus ojos. La pareja joven tomada de las manos, seguramente en espera del desenlace del accidente sufrido por el hijo; la mujer de cuerpo resignado y rostro cruzado por todos los signos de la rendición, que aguarda al marido tras su enésimo colapso etílico; los cuatro amigos aún enfiestados que entre bromas y sorbos a una botella se han olvidado del compinche dormido en una silla pese a la fea herida que exhibe su cabeza. Pero la mujer que ahora la saludaba no parecía tener cabida en esa sala o en esas historias. Se preguntó qué relación podría tener con Sergio, aunque también cuestionó, una vez más, qué diablos estaba haciendo ella misma en ese lugar.

—¿Cómo está Sergio? ¿Dónde está? —inquirió la recién llegada, antes de que ella pudiera decir algo.

—Hace una hora un doctor dijo que lo llevaban a la mesa de operaciones, pero desde entonces no he sabido nada.

Delia asintió en silencio y una vez más se distrajo con la belleza de la mujer. De cerca y sin ningún maquillaje resultaba aún más impactante; sintió que un punzón le horadaba el vientre. A ella se le iba el día cuidando su físico, arreglándose el pelo, invirtiendo ingentes cantidades de tiempo y dinero para mantener un guardarropa favorecedor. Su apariencia era el resultado de una producción a la que había dedicado una buena parte de su vida; era su instrumento de trabajo, su manera de estar en el mundo. Constituía una ofensa que la rubia que tenía enfrente tuviese el pelo desarreglado, comiese una dona azucarada, vistiera vaqueros y chamarra de piel de manera desenfadada, y aun así encarnase la imagen de la seducción.

—¿Tienes alguna idea de cómo sucedió?

Ahora fue Milena quien examinó a la otra, preguntándose si podía confiar en ella. El perfume exótico que emanaba la precedía varios metros de distancia y su apariencia era la de alguien que departía en una fiesta de palacio, y no en una sala de urgencias.

—Primero dime, ¿quién es Celorio y qué relación tiene con Sergio?

—¿No sabes quién es Celorio? ¿En qué país vives? Agustín Celorio es el secretario de Relaciones Exteriores, y amigo de Sergio desde la infancia. Él es quien lo introdujo en el tenis, ¿sabes?

—¿Y tú? ¿Quién eres?

—Delia Parnasus, ya te dije. Brazo derecho de Celorio y amiga entre las amigas —dijo, y tras una breve pausa añadió con una sonrisa coqueta—: por el momento.

Milena volvió a examinar a la señora; le inspiraba menos confianza que un misionero con pulsera de diamantes. «Pero es lo que es», se dijo. Si Sergio había decidido que el tal Celorio fuera el único involucrado, por encima incluso de Claudia, ella no era quién para contradecirlo. A su pesar, le informó lo que había sucedido.

—Un hombre me despertó para decirme que Sergio había sido asaltado; en realidad apenas lo conozco a pesar de que vivo a dos cuadras de distancia. Fui a su casa, me lo encontré malherido y apenas consciente; me pidió que usara su teléfono para llamar a Celorio.

—Te has tomado muchas molestias para ser una vecina distante, ¿no?

—Distante, pero no indiferente —respondió Milena, súbitamente envarada por el tono inquisitivo de la otra. Esta notó el recelo de su interlocutora y decidió cambiar el tono. Por esa vía no se iba a ganar su confianza.

—Pues, en cualquier caso, muchas gracias. No sabes lo mucho que Celorio quiere a Sergio, y viceversa. Probablemente le salvaste la vida.

—Ojalá —respondió ella, mirando furtivamente la puerta que comunicaba con los quirófanos.

Como si su mirada lo hubiese invocado, un doctor apareció tras la puerta batiente y una veintena de ojos se clavaron con avidez en su rostro. Sin embargo, el médico se dirigió a los padres jóvenes que salieron a su encuentro. Hablaron entre cuchicheos, pero todos los presentes interpretaron la noticia cuando la mujer profirió un grito y el marido debió sostenerla en vilo.

—¿Hay un lugar donde se pueda tomar café? —preguntó Parnasus, desviando la vista.

Milena la acompañó a la máquina, al final del pasillo, y Delia observó el menú de opciones. Por lo general lo tomaba con crema. Miró el vientre plano de la rubia y optó por un café americano, sin azúcar.

Las siguientes dos horas intentó sonsacarle información sobre su pasado, su relación con Sergio, su presencia en México. Pero una y otra vez se estrelló con un silencio disfrazado de monosílabos. Calculó que la mujer apenas superaría los treinta años, aunque poseía una seguridad en sí misma que Parnasus atribuyó al desinterés que le provocaba cualquier otra cosa que no fuera la puerta por donde aparecería el doctor. Se sintió fea, ignorada y crecientemente nerviosa; en consecuencia comenzó a hablar sin parar. La apatía que su conversación inspiraba en la rubia la llevó a redoblar esfuerzos y terminó contando su vida, en la versión más escandalosa de la que pudo echar mano, en su afán por despertar el interés de su interlocutora. A Milena le quedó claro que Delia Parnasus se había abierto el camino a la cumbre de la política gracias a su relación con los hombres, y no precisamente en horarios de oficina.

Cuando fracasó en su intento de despertar confianza en la extranjera a fuerza de compartir intimidades, Parnasus decidió encararla con preguntas puntuales.

—¿De dónde eres?

—De Europa —contestó Milena, mientras roía con la uña una pequeña mancha en una manga de la chamarra.

—¿De qué país de Europa?

—De aquí y de allá, pasé por varios.

—Sí, pero ¿dónde naciste?

Milena la miró a los ojos, volvió la vista y se desentendió de Parnasus como quien constata por la ventana que aún sigue lloviendo y luego deja de prestar atención. La indignación de la otra dio paso a la humillación, aun cuando entendía que el silencio de Milena no era una forma de agresión sino de ensimismamiento. Se mantuvieron calladas otro rato, hasta que la puerta de acceso a los quirófanos dio un bandazo y apareció un doctor que caminó directamente hacia ellas. Era un hombre de pelo entrecano, brazos nervudos y mirada severa. Todo él enfundado en la ropa azul del quirófano, una mascarilla abatida sobre el cuello.

—¿Ustedes vienen con el joven del balazo?

Ambas asintieron con la cabeza y lo miraron expectantes. Delia se dijo que el cirujano seguramente habría reconocido a Sergio, aunque de acuerdo con lo solicitado nadie, ni siquiera el reporte médico, iba a revelar su nombre. Por lo menos no hasta que llegasen instrucciones superiores.

—Tuvo mucha suerte. El disparo no interesó a ningún órgano, pero estuvo cerca de morir desangrado. Lo trajeron apenas a tiempo, las transfusiones lo salvaron. Ya extrajimos la bala y limpiamos la herida, se repondrá en unos días, ahora duerme profundo. Lo mantendremos anestesiado por el momento; dudo que despierte en las próximas horas. ¿Alguna pregunta?

—¿Él ha dicho algo? ¿Cualquier cosa sobre el ataque? —preguntó Parnasus.

—Nada, musitó el nombre de Rossana y poco más —dijo el doctor mirando a Milena, asumiendo que se trataba de ella.

—¿Seguro que está fuera de peligro? —preguntó la rubia.

—Absolutamente seguro. Podría darlo de alta en unos días; como dije, corrió con mucha suerte. Bueno, voy a terminar mi informe —dijo el doctor y comenzó a alejarse y luego, como si recordase algo, se aproximó a ellas para murmurar—: por cierto, cuando regresen pregunten por Raúl Ramírez, así se llama el paciente —añadió con una sonrisa traviesa que nadie le habría adivinado.

Solo Delia entendió la ironía del médico. Raúl Ramírez fue el otro gran ídolo del tenis mexicano, treinta años antes de que Sergio Franco apareciera en el horizonte.

Al retirarse el doctor, Parnasus se disculpó un momento para enviar varios mensajes por WhatsApp a Celorio, que había estado preguntando insistentemente sobre el estado del tenista. El secretario utilizaba Telegram, una *app* que borraba los mensajes tan pronto eran recibidos, pero a ella le resultaba un incordio, por más que le hubieran dicho que era un programa más seguro. Dos minutos más tarde alzó la vista y advirtió que Milena había desaparecido.

La europea sabía de Rossana y el papel que esta jugó en la vida de Sergio, todo eso aparecía en cualquier consulta en internet, pero el hecho de que aun inconsciente el tenista apelara al nombre de la mujer fallecida un año antes, como si se tratase de un mantra, la llevó a pensar en la densidad del pasado, en la manera en que los muertos siguen habitando en los vivos y no terminan de irse.

Pensó en sus estériles esfuerzos por librarse de sus propios muertos y concluyó que nunca tendría una segunda oportunidad. Había recurrido a sus peores demonios para liquidar a las bestias que la lastimaron y el precio a pagar aún era terrible. Moraban en ella con la misma fuerza con que se aferraba el recuerdo de Rossana al alma de Sergio. Se dijo que no tenía nada que hacer allí, y se alejó. Volvió a pensar, como lo hacía con frecuencia, en la posibilidad de rendirse de una vez por todas. Los falsos brotes de esperanza no hacían sino lastimarla. Ahora solo quería sumergirse en la bañera tibia adormecida por las sustancias que tenía en casa, y dejarse apagar para siempre.

A poco más de quinientos kilómetros de allí, sentado en la primera fila del recinto principal del Centro de Convenciones, Agustín Celorio escuchaba las primeras frases de la ceremonia de apertura de la FIL de Guadalajara, cuando recibió el mensaje de Delia Parnasus sobre la salud de Sergio Franco. Estaba molesto porque sus invitados fueron desplazados a las filas traseras del gran recinto, seguramente por petición de Cristóbal Santa, para evitar que la prensa relacionara al canciller con Salma Hayek, Guillermo del Toro y Robert Redford, amigos personales todos ellos. Ya era suficientemente grave que no hubiera podido presumir de su amistad con Sergio Franco debido al ataque del que había sido víctima.

El recuerdo del tenista lo llevó a consultar por enésima vez su teléfono. Aún desconocía la gravedad de sus lesiones. Justamente en ese momento entraron los mensajes de Delia Parnasus. Celorio decidió que era el momento de avisar al presidente, quien ya habría terminado su partido en San Antonio. Al menos ahora, la mala noticia estaría compensada por el hecho de saber a su amigo fuera de peligro. Esperó unos minutos a que terminara su breve discurso el subsecretario de Estado estadounidense y se puso de pie para buscar la salida justo cuando Cristóbal Santa tomó la palabra. Eso le salvó la vida.

Al caminar por el pasillo en dirección a la puerta principal, se colocó el teléfono en la oreja para que todos aquellos que advirtieran su partida pensaran que una llamada urgente e importante lo obligaba a retirarse momentáneamente de su asiento. Su codo alzado golpeó la cabeza de un joven de chaqueta negra que caminaba en sentido opuesto, en dirección al estrado. Le sorprendió la ferocidad con que lo miró el sujeto de rostro sudoroso y descompuesto, Celorio creyó que sería agredido, y probablemente lo habría sido si no lo hubiera sujetado del brazo otro joven vestido con la misma chaqueta, pero más delgado y pequeño. Celorio inclinó la cabeza a manera de disculpa y esbozó al segundo muchacho una media sonrisa. Luego siguió su camino en dirección a la puerta de salida.

Jonathan lo observó durante algunos instantes y creyó reconocerlo. Esa misma mañana, antes de salir de la bodega, el Z14 le había mostrado su foto y ofrecido una recompensa adicional por asegurarse de liquidarlo junto a los otros dos que, ahora veía, se encontraban en el centro del escenario. Hacia allá encaminó sus pasos.

## 41

**La fiesta de los libros**
*Día 0, 11.20 a.m.*

«Unos se oían como matracas, tacatacataca, y otros como truenos, pum pum pum. Al principio solo hubo matracas, luego de los dos, y al final solo se oían truenos cada vez más espaciados. Creo que los truenos eran de ustedes, los policías. Las matracas eran de los que se disfrazaron de nosotros.» *Tomás Valverde, responsable de sonido del salón principal de la FIL.*

«No me di cuenta de que habían comenzado los balazos porque tenía los audífonos puestos y me encontraba en la cabina. Yo siempre concentro la vista en la persona en la que estoy trabajando porque los movimientos del cuerpo y los gestos de las manos me ayudan a dar el énfasis correcto a la traducción. Cristóbal Santa ofrecía el discurso de bienvenida cuando empezó a sacudirse como si fuera un negro bailando un ritmo exótico, dicho con todo respeto. Durante unos segundos no entendí de qué se trataba, pero luego vi que la camisa blanca, inmaculada, se llenaba de sangre. En ese punto me tiré al suelo dentro de la cabina de traducción, y ya no vi nada hasta que terminó todo y un policía me ordenó que me pusiera de pie.» *Francisco Márquez, traductor.*

«Yo creo que fui la primera que advirtió lo que estaba a punto de suceder. Me encontraba sentada cinco lugares a la derecha del secretario de Educación, quien acababa de tomar el micrófono, cuando vi que se alejaba por el pasillo Agustín Celorio, el de Relaciones Exteriores. Pensé que cometía una descortesía imperdonable para con el enviado del presidente. Eso no se hace aun cuando sean rivales en la sucesión. Así que lo seguí con la vista y capté que, antes de alcanzar la puerta de salida, chocó en el pasillo con dos jóvenes; uno de ellos pareció molestarse y el otro lo tranquilizó. Celorio desapareció de mi vista así que por inercia miré a los dos chicos que continuaron acercándose a nosotros mientras se giraban nerviosos hacia atrás y hacia los lados. Seguí la dirección de sus miradas y vi que otros muchachos vestidos también con chaquetas negras se aproximaban por los otros pasillos. Al principio los tomé por meseros que acudían en tropel a servir bebidas y canapés como si la ceremonia estuviese a punto de finalizar, salvo que no traían bandejas en las manos. No sé quién daría la señal, pero casi al mismo tiempo todos ellos llevaron el brazo a la parte trasera de la cintura y sacaron lo que creí era alguna herramienta, como una llave Stillson de esas para desenroscar el tubo del fregadero. Inmediatamente después sonaron los primeros disparos. De manera instintiva me lancé sobre el Premio Nobel, sentado a mi lado, lo tumbé en el suelo y lo protegí con mi cuerpo. Fue menos un acto de valentía deliberado que una reacción automática, porque Santa me había pedido que me encargara personalmente de atenderlo. Así que no se me ocurrió otra cosa que protegerlo de los disparos. Hace algunas horas, cuando me recuperé de la anestesia de la operación, me informaron de su fallecimiento; las balas que no pudieron conmigo a él fulminaron. No entiendo. Pobre Santa, ni siquiera pude cumplir con su encargo.» *Ofelia Bojórquez, secretaria de Cultura.*

«Comenzaron a disparar sobre nuestra unidad, formada por mi pareja, Celestino Torres, y yo, antes de que supiéramos de qué se trataba. Cuando el suscrito se percató de que se había desencadenado un 3-23 mi compañero ya estaba en el suelo todo ametrallado. A mí una bala me destrozó la mano derecha y me quedé tendido. A Dios gracias dejaron de verme y casi me pisan cuando siguieron de frente por el pasillo. Nosotros dos estábamos encargados de vigilar el flanco izquierdo de la fila 14 a la fila 10, pero siguieron de largo. Tardé más de un minuto en sacar mi pistola con la mano izquierda, porque soy derechísimo, y cuando lo pude hacer vacié el cargador sobre la espalda del que nos había tumbado. No fue tan difícil porque el criminal estaba a dos metros de distancia y concentrado en ametrallar a los ocupantes de las primeras filas. Luego traté de incorporarme para seguir en la refriega pero me di cuenta de que me habían perforado el abdomen así que me quedé tendido. Unos minutos después se dejaron de oír disparos y yo pensé que todo había terminado, pero sucedió algo muy raro. El sicario al que yo le di estaba tirado de cúbito dorsal, o sea boca arriba, y de repente vi que se sacudió todo, como si hubiera recibido una descarga eléctrica. Uno de los policías gringos también lo notó y cuando le dio la vuelta pudimos ver un boquete humeante en la parte baja de la espalda, como si le hubiera estallado algo en el cuerpo. Al principio creí que era una granada, aunque de baja intensidad. Después otro compañero me dijo que todos ellos murieron de la misma manera. Bueno, los que se habían salvado, porque casi todos cayeron en el tiroteo gracias a la reacción de los distintos elementos de las fuerzas de seguridad al repeler el ataque artero y criminal.» *Mario Pineda, agente especial de la PFP.*

«Yo creía que estaba alucinando porque desde la mañana desperté viendo motitas de polvo, como de esas que se ven cuando el sol atraviesa el aire suspendido en una habitación. Es que esta semana hice la cura del hígado; ¿no lo han hecho nunca? Cuatro días a puro jugo de manzana, un litro diario. Luego dos días de ayuno que rematan con varios vasos de aceite de oliva y la última noche una limpieza de intestino con laxante. Es buenísimo para desintoxicarte de muchas cosas; expulsas un montón de piedritas verdes. Pero sí, estaba un poco débil hoy por la mañana. Lo peor es que tenía que mantenerme de pie a un costado de la mesa principal, por si alguno de los que la presidían quería más agua o cualquier otra cosa. Estaba distraída viendo a Salma Hayek y Robert Redford, pensando que era un insulto que los hubieran sentado hasta atrás del salón, cuando vi que los muchachos del sonido se acercaban. Creí que algo fallaba en los micrófonos, pero luego me llamó la atención el aura que traían el flaquito y el otro, el de cuello grueso. Negrísimas, sobre todo la del gordo. Luego sacaron sus armas y yo me hice rosca contra la pared cuando escuché los primeros disparos. El gordo acribilló a los de la mesa, pero vi que el flaco puso su pistola atrás de una silla, se tumbó al piso, se quitó los audífonos y algo de la cintura, como un casete de película de los de antes y también lo tiró. Luego se deshizo del saco y la camisa, y se quedó con la camiseta que traía abajo, una como de enfermero, azul celeste. Después de eso dejé de verlo, miré hacia la mesa y vi que algunas de las personalidades salían a gatas por la puerta de atrás y las seguí. Me dio miedo que el gordo disparara en contra mía y lo miré de reojo, pero en ese momento lo alcanzaron las balas y cayó al suelo. Yo creo que se murió al instante porque se le esfumó el aura. O quizá ya no podía verla, porque cuando las malas vibras inundan un lugar cerrado una pierde toda la sensibilidad espiritual. Además, cómo va una a conservar el don si tiene que gatear entre celebridades tiradas en el piso, unas agonizando y otras ya muertas. Dicen que todo duró menos de cuatro minutos, a mí me pareció una eternidad.» *Florinda Gutiérrez, edecán.*

«Después de casi cuarenta segundos de una toma cerrada sobre el secretario de Educación, decidí abrir el ángulo para captar con la lente al resto del presídium, o al menos a la mayoría, porque desde la fila ocho del pasillo central, donde había colocado el trípode, solo alcanzaba a enfocar a quince de las personalidades. Escuché los balazos apagados por los audífonos con los que me comunico con los otros compañeros del equipo de grabación, pero me di cuenta de que algo sucedía porque los que estaban sentados comenzaron a caer como si fueran figuritas de latón de un puesto de tiro al blanco en las ferias de antes. Espantado, separé la cara de la cámara y vi que varios hombres disparaban contra las primeras filas del salón. Me tiré al suelo y me refugié entre las patas del trípode como si fuera un escudo. Ya sé que fue una tontería pero quizá eso me salvó porque no tengo ningún rasguño.» *Raúl Pensamiento, camarógrafo de la Universidad de Guadalajara, en entrevista para Radiocentro.*

«El operativo de seguridad fue un desastre desde el principio. Las autoridades mexicanas con quienes coordinamos el despliegue de protección para el subsecretario Frank Pizolatto obstaculizaron los protocolos que el FBI despliega en estos casos. Permitieron el ingreso de nuestros peritos apenas cuatro horas antes del evento para la revisión de rutina y limitaron el tipo de aparatos que utilizamos para la detección de explosivos. Normalmente la verificación de un lugar se realiza veinticuatro horas antes y a partir de ese momento la vigilancia es absolutamente rigurosa. En la escala de 1 a 5 con que se califica el nivel de seguridad de un local revisado, el salón obtuvo apenas un *score* de 2. Y para empeorar las cosas, el coronel Calero, del Estado Mayor Presidencial, que desde hace una semana protege a Cristóbal Santa, solo permitió el ingreso de seis agentes del FBI en la sala principal durante la ceremonia de inauguración. Nosotros infiltramos otros cuatro adicionales disfrazados de ayudantes del subsecretario y el embajador.» *Extracto del informe de Arthur Fuentes, jefe de la unidad del FBI en México.*

«Eso lo salvó pero también eso lo incriminó. Agustín Celorio se retiró del recinto segundos antes de que se desatara la masacre. Seguramente aducirá razones de "absoluta prioridad", aunque no podemos dejar de lado lo afortunado de su circunstancial salida. Tan afortunada que tendría que llevarnos a examinar sus implicaciones. Los detectives suelen decir que el principal sospechoso de un crimen es aquel que obtiene el mayor beneficio. ¿Quién es el que más se beneficia con la muerte del candidato a la presidencia del país? Obviamente aquel que se siente con posibilidades de sustituirlo. Es decir, Agustín Celorio. Saque usted sus conclusiones. ¿Quién abandonó la escena del crimen segundos antes de que la violencia se cebara en contra de todos los que rodeaban su silla vacía? Agustín Celorio.» *R. R. Vargas, en su columna del diario* El Porvenir, *titulada «¿Quién mandó matar a Cristóbal Santa?».*

«Víctimas: Frank Pizolatto, subsecretario del Departamento de Estado; Brad Douglas, embajador de Estados Unidos en México; John Wilkinson, secretario de la embajada; Cristian Wolfe, Premio Nobel;

Francis Gómez, vicepresidente de Univisión; Peter Dell, corresponsal de *The New York Times*; Raúl Girón, *managing editor* de *La Opinión;* David Kief, director de la editorial McMillan. Se encuentran hospitalizados la esposa del embajador, la segunda asistente del subsecretario. El FBI informa de cinco agentes caídos y tres más hospitalizados. El resto de las víctimas son mexicanas.» *Extracto del informe preliminar de la embajada estadounidense a Washington.*

«No hubo manera de impedir el asalto. Duró apenas 3.40 minutos pero se dispararon casi un millar de balas en un recinto atiborrado. El comando, formado por una docena de elementos, portaba pistolas metralletas AB-10 estadounidenses, modificadas para aceptar cargadores de cuarenta balas, una arma automática pequeña, difícil de detectar y fácil de recargar. La mitad de nuestros efectivos fueron eliminados antes de que pudieran desenfundar, lo cual revela que los agresores habían detectado la posición de nuestros hombres antes de iniciar el ataque. La forma en que los terroristas se desplegaron en el recinto revela que poseían nociones de táctica militar y probable conocimiento de nuestros protocolos de seguridad. Los agentes de apariencia anglosajona fueron los primeros en caer; en particular los guardaespaldas del equipo permanente de Pizolatto. Los que están a mi cargo corrieron con mayor suerte porque yo había elegido hombres de apariencia latina. Con todo, apenas cinco de ellos estuvieron en condiciones de responder al ataque. Los policías mexicanos de las distintas corporaciones que se encontraban dentro del salón, alrededor de veinte efectivos, corrieron una suerte similar; la mayoría murió acribillada antes de que pudiera echar mano de sus armas.» *John Carbonelo, jefe operativo de seguridad del FBI en las actividades de la FIL.*

«Uno de los cadáveres ostenta en el pecho un tatuaje que inequívocamente corresponde al Sapo, un miembro del cártel de los Zetas que escapó hace tres semanas de la prisión de Mazatlán. Se presume que el resto de los integrantes del comando agresor son parte de ese grupo (se fugaron diecinueve reos, aunque solo hay catorce cuerpos en el recinto). En este momento se desconoce a ciencia cierta si alguno de los integrantes logró huir, aunque existe la sospecha de que al menos uno de ellos podría haberse escabullido disfrazado de enfermero, según la versión preliminar de una edecán (un testimonio que habría que tomar con cierta reserva, porque la mujer se encuentra en estado de *shock* y habla de auras negras y dones espirituales). Los atacantes se hicieron pasar por empleados de la empresa Ecoson S. A. y su dueño, Macario Ledezma, está siendo interrogado. Ello permitirá saber cuántos participaron en el operativo, o por lo menos cuántos lo hicieron bajo ese disfraz. Hasta el momento se desconoce cualquier pista sobre los autores intelectuales del atentado. Ninguna organización se ha atribuido la autoría de la masacre.» *Extracto del Informe Confidencial Número 2, confeccionado por Miguel Ángel Peralta para el procurador general de la República.*

«Quien lo haya hecho no dejó rastro. Fuentes policiales confirmaron a este diario que la totalidad de los atacantes portaba un dispositivo que estalló minutos después de terminado el operativo. Los peritos revisan si se trató de un mecanismo con cronómetro o si fue activado de manera inalámbrica. Tampoco está claro si los miembros del comando eran conscientes de su inmolación o fueron sacrificados. Pero el hecho de que un audífono estuviese conectado a las pequeñas cajas explosivas podría haber hecho pensar a los pistoleros que se trataba de un mero dispositivo de audio. Una versión no confirmada asegura que los atacantes pertenecen a un cártel; de ser el caso, tendría que desecharse la hipótesis de una motivación ideológica o religiosa, o de un acto de inmolación. Hasta ahora nunca se ha visto que un narco esté dispuesto a morir por sus convicciones políticas.» *Nota subida a las 4.30 p.m. en el portal del diario* Público *por el reportero de asuntos policiacos Salvador Ríos.*

—Jaime, me acaba de hablar un reportero de *Lapizarra* que cubre la ceremonia de inauguración, dice que ha habido un tiroteo y muchos muertos, pero apenas había empezado a describirme lo que pasó cuando unos soldados le quitaron el teléfono de las manos. ¿Tú sabes algo? Desde la ventana del cuarto solo se ven patrullas y comienzan a llegar ambulancias.

—Estoy investigando, sucedió hace poco más de diez minutos. Parece que le dieron a Cristóbal Santa y no sé si también a Agustín Celorio. Bueno, le dieron a muchos, se habla de varias docenas de muertos. Cristina Kirchner está herida y parece que Lula da Silva resultó ileso. Yo estoy en la FIL, pero en el área de pabellones de libros, las autoridades acordonaron el salón de la inauguración y no dejan entrar o salir a nadie. Aquí es un desmadre porque hay miles de personas en los pasillos. Déjame averiguar algo más y te hablo. Oye, no salgas del cuarto, yo también voy a regresar al mío para contactar con mi oficina. Tú entérate de todo lo que puedas en la web. Te llamo. *Conversación telefónica entre Jaime Lemus y Amelia Navarro, 11.52 a.m.*

«Pensé que sería la experiencia literaria de mi vida y casi se convierte en mi tumba. Conseguí una invitación para la ceremonia de apertura con mucha dificultad y solo porque me ayudó mi maestro que también es el director de la Facultad de Filosofía y Letras de la universidad. Fui el primero en la fila que se formó ante las puertas del salón y tan pronto como las abrieron corrí a ocupar el lugar más cercano a donde se sentaría Cristian Wolfe, el Premio Nobel de literatura. Es mi ídolo y lo sé todo sobre él; llevo dos años preparando mi tesis sobre su obra. Por fortuna ya estaban colocados los rótulos con los nombres de los que ocuparían el estrado y me senté justo enfrente de su posición. Las edecanes solo me permitieron acercarme hasta la cuarta fila, porque las demás estaban reservadas. Yo creí que podría abordar al maestro en algún momento al terminar la ceremonia y que bastaría un breve intercambio para que él percibiera que nadie conoce su obra mejor que yo. Cuando por fin entraron los miembros del presídium yo clavé la vista en él; en algún momento me pareció que sus ojos se detenían en los míos y le sonreí. Luego el mundo se vino abajo. Los pistoleros desencadenaron una lluvia de balas en contra de las primeras filas y todos se tiraron al suelo pero yo me mantuve sentado y erguido para ver qué sucedía con Wolfe. Vi que este se refugiaba detrás de la gorda secretaria de Cultura, a pesar de las patadas que esta le propinaba para zafarse. Solo entonces me zambullí entre las sillas. En el momento en que redacto estas notas no sé lo que sucedió con el escritor, porque a todos los muertos y heridos los sacaron en camillas por la puerta que está detrás del estrado. Conté hasta cincuenta y cinco cuerpos antes de que los policías me sacaran del lugar. A todos los que estamos ilesos nos llevaron a otro salón de la FIL y nos quitaron el celular, aunque a mí me dejaron la pequeña libreta de notas tras asegurarse de que no tenía algún tipo de arma. No nos permiten hablar entre nosotros, nos mantienen separados y nos van sacando uno a uno, supongo que para ser interrogados. Somos como trescientos, así es que esto va a tomar un rato. Espero que el maestro haya sobrevivido.» *Notas publicadas en el blog de Joaquín de la Cruz, pasante de licenciatura.*

«Entre las víctimas se encuentra la propietaria de la empresa que publica *El Mundo*, Claudia Franco, quien ocupaba una silla en la primera fila del recinto, acompañada de Tomás Arizmendi, director de esta misma publicación, que resultó ileso. La empresaria fue retirada en camilla y en estado inconsciente minutos después de que terminara el tiroteo. Las fuentes médicas consultadas han sido herméticas con respecto a la gravedad de sus lesiones, pero ha trascendido que se teme un desenlace fatal en las próximas horas. Su madre, Edith Padura de Franco, y su primo, el tenista Sergio Franco, han sido convocados para trasladarse a Guadalajara con la mayor urgencia.» *Párrafo omitido en la nota publicada en el portal de noticias de* El Mundo, *del reportero Rubén Niño, enviado de ese diario a la FIL de Guadalajara.*

«A las 11.26 de la mañana de este sábado un comando integrado por quince individuos dotados con armas automáticas atacó a los asistentes a la ceremonia de inauguración de la Feria Internacional del Libro de Guadalajara. Antes de ser abatidos, los criminales asesinaron a 132 personas e hirieron a otro centenar, algunas de ellas de suma gravedad. Entre los caídos se encuentran figuras destacadas del gobierno mexicano y del estadounidense, entre ellos Cristóbal Santa, secretario de Educación; Indalecio Sarmiento, alcalde de Guadalajara; Frank Pizolatto, subsecretario del Departamento de Estado a cargo de Asuntos Hemisféricos y Brad Douglas, embajador de los Estados Unidos; además de otros destacados miembros de la vida cultural, política y empresarial de ambos países. La expresidenta Cristina Kirchner fue herida pero se encuentra fuera de peligro. Mi gobierno lamenta profundamente estos acontecimientos y la irreparable pérdida de las vidas salvajemente sacrificadas. Extiendo, en nombre de los mexicanos, mi más sentido pésame a los familiares de las víctimas y al pueblo y al gobierno de Estados Unidos por sus caídos. He dado instrucciones para que todos los recursos del Estado mexicano se avoquen a investigar y aprehender a los responsables de este acto infame y cobarde. No descansaremos hasta llevarlos ante la justicia y asegurarnos de que paguen por sus crímenes. A partir de las diecisiete horas de este sábado, mi gobierno declara un luto nacional durante las próximas setenta y dos horas.» *Alonso Prida, en el boletín de la Presidencia de México.*

*«They are a bunch of fucking savages». Donna Winters, asistente del embajador de Estados Unidos.*

## 42

**Jonathan**
*Día 0, 11.45 a.m.*

Aunque apenas se había alejado unos cuantos metros del lugar donde dejó la metralleta y los audífonos, advirtió la explosión contenida que levantó una silla cercana; casi simultáneamente el cuerpo del Sapo, caído a unos pasos de distancia, se contorsionó de manera absurda. Jonathan comprendió los motivos por los que el Z14 había insistido en que no se despojaran del audífono y la caja de transmisión que les colocaron en la cintura; constituía el instrumento de ejecución diseñado para eliminarlos y borrar todo rastro que pudiera conducir hasta los autores intelectuales del operativo. Nunca había existido un plan de fuga ni una recompensa económica; ningún exmarine, o lo que fueran, los esperaba tras la puerta de emergencia; todo había sido planeado para que ningún miembro del comando saliera vivo de ese salón.

Jonathan se felicitó por haber convencido a uno de los empleados de Ecoson S. A. para que le consiguiera una camiseta de camillero y una mascarilla de hospital a cambio de cien dólares. El hombre le había dado las prendas esa misma mañana con muchas reticencias porque no había traído el dinero pactado. El expresidiario prometió que se lo daría en cuanto recibiera su pago de parte de Macario. Se colocó la prenda por debajo de la camisa en uno de los servicios del baño de hombres una hora antes del inicio de la ceremonia de inauguración. La noche anterior había compartido con sus compañeros los temores que abrigaba y su plan para fugarse entre la multitud tan pronto pusieran un pie en el estacionamiento. Ellos optaron por llevarse una camiseta debajo de la camisa blanca, para mejorar las posibilidades de perderse entre los asistentes de la feria.

Al principio concibió el atuendo de enfermero simplemente como un refuerzo del plan original. Las ropas de camillero podrían ser útiles una vez que llegaran al estacionamiento. Nunca pensó en abandonar a sus compañeros deponiendo la metralleta antes de que la balacera se desatara, pero, mientras examinaba la posición de los guardias durante los primeros discursos, juzgó que ninguno de ellos tendría posibilidad de salir de allí a punta de balazos. El jefe de los marines, a quien sabía que llamaban Bob aunque nunca lo hubiera visto personalmente, previó puntualmente el despliegue de los guardias gringos dentro del recinto. No obstante, Jonathan percibió casi una veintena de policías judiciales y guardaespaldas adicionales desperdigados entre los pasillos y las hileras de sillas. Podía reconocerlos así se disfrazaran de curas o piñatas. Eran demasiados para que ellos pudieran salir con vida de esa ratonera. Fue en ese momento cuando decidió despojarse del arma y del receptor de audio, aun cuando todavía ignorara que esa pequeña caja era el instrumento diseñado para ejecutarlo.

Ahora que el tiroteo había cesado y los guardias revisaban los pasillos en busca de supervivientes del comando, Jonathan supo que los siguientes minutos serían decisivos. Docenas de heridos proferían gritos de dolor y los que habían resultado ilesos pedían desesperadamente ayuda para las víctimas; supuso que los servicios médicos estarían por llegar. A unos metros de donde se encontraba, un hombre sostenía en el regazo a una joven de cabellera roja a quien las balas parecían haber destrozado un costado de la cabeza; el sujeto alternaba su atención entre la mujer y las llamadas de auxilio. Cuando sus miradas se toparon percibió la súplica. Se acercó a ellos, se colocó la mascarilla y por unos minutos se convirtió en camillero, o por lo menos en lo que creyó que haría un camillero.

Jonathan le preguntó su nombre y el de la víctima y con voz calma le pidió que la mantuviera recostada y con el mínimo de movimientos. Le tomó el pulso y le aseguró que en cualquier momento llegarían sus compañeros para trasladarla a un hospital. Tomás temió que el enfermero se desplazara a otro herido y le rogó que no los abandonara. Jonathan advirtió que la herida en la cabeza de la mujer parecía más dramática de lo que era, aunque le hubiese volado la oreja izquierda y una parte del cuero cabelludo, y así se lo dijo a su acompañante. Pero al revisarla notó que una o varias balas le habían perforado el tórax. Le pidió a Tomás que le ayudara a sentarla para evitar que se ahogara en su propia sangre.

Fue entonces cuando llegaron los primeros servicios médicos. Un par de doctores, probablemente de guardia en la propia FIL, se aproximaron a otros dos heridos. Segundos más tarde llegaron los primeros camilleros. Jonathan llamó a uno de ellos y le ordenó llevar a Claudia a una ambulancia. Sabía que en momentos de crisis una instrucción categórica se vuelve inapelable. Él mismo tomó a la mujer por los tobillos mientras el otro enfermero sujetaba sus axilas. La camilla comenzó a rodar en busca de la puerta de entrada cuando un policía les hizo el alto; hasta entonces nadie había salido del recinto que las autoridades acababan de sellar. «Nadie entra, nadie sale», dijo un mastodonte de corbata brillante y corte de pelo militar. «Es la dueña de *El Mundo*, imbécil, y no va a morirse por tu culpa, hazte a un lado», dijo Tomás fuera de sí. El guardia miró a su jefe y este observó la escena dantesca. Concluyó que los heridos eran demasiado importantes para asumir la responsabilidad; hizo un gesto afirmativo y Claudia y su pequeña comitiva abandonaron el salón.

Cuando llegaron al estacionamiento se percataron de que una docena de ambulancias convergían al lugar, expulsando enfermeros y médicos que se internaban por las bocas de acceso al Centro de Convenciones arrastrando camillas entre gritos frenéticos. El enfermero que les acompañaba indicó un vehículo con franjas de color amarillo que Jonathan no identificó con alguna institución oficial; temía subirse a una unidad perteneciente a una corporación policiaca. Pero asumió que no tenía alternativa; todos los enfermeros que llegaban llevaban tarjetas de identificación en el pecho menos él. En cualquier momento podía ser detenido e interrogado por alguno de los muchos policías y soldados que habían comenzado a colocar vallas en el perímetro.

Subió al vehículo en compañía de Tomás y Claudia y emprendieron la marcha de inmediato, la sirena se unió al aullido colectivo de todas las patrullas y ambulancias que convergían al Centro de Convenciones y se alejaron del lugar. Tomás recordó haber escuchado que el hospital San Javier era el lugar al que acudían los políticos y empresarios jaliscienses y allí pidió que se trasladaran. El enfermero denegó con la cabeza y le informó que estaban adscritos a una unidad de la Secretaría de Salud; el periodista se quitó la chaqueta, extrajo su cartera, tomó un billete de quinientos pesos y se lo mostró al camillero. Este tomó el dinero y por la ventanilla interior comunicó al conductor el nuevo destino.

Jonathan observó el rostro desencajado de Tomás y supuso que sería el marido de la mujer agonizante. Le suplicaba que no se fuera, que no lo dejara, mientras estrujaba su brazo, pero ella parecía estar más allá de cualquier tipo de invocación. El enfermero, el verdadero, buscaba un lugar en el brazo de la paciente para clavar un catéter y suministrar algún suero. Jonathan se dijo que tenía que salir de allí; si de verdad era la dueña del periódico *El Mundo*, aparecerían periodistas tarde o temprano.

Repasó su situación. Macario probablemente ya estaba siendo interrogado sobre la identidad de sus supuestos empleados y, tras revisar los cadáveres, a los judiciales les llevaría solo unos minutos advertir que él había escapado. Eso significaba que se desataría una cacería en su contra. Dentro de poco tiempo su rostro sería tan conocido como una lata de Coca-Cola. No podría recurrir a ningún conocido o algún familiar, mucho menos a alguien vinculado a los Zetas; serían los primeros en ejecutarlo por instrucciones del Z14. Tendría que cambiar de apariencia, convertirse en otro.

Cuando juzgó que se encontraban a un par de kilómetros de distancia del punto de partida, dijo en voz alta que tenía que regresar al Centro de Convenciones, que allí lo necesitaban. Lo afirmó como si fuese un asunto de conciencia, una urgencia íntima y personal. Los otros dos, inclinados sobre el cuerpo de Claudia, apenas lo escucharon. Jonathan aprovechó su distracción para revisar la chaqueta de lino abandonada por Tomás, luego golpeó el panel que lo separaba del conductor e hizo señas para que se detuviera. El chofer lo ignoró, sin embargo el vehículo hizo el alto doscientos metros más adelante, al llegar a un cruce de calles congestionado por el paso de una carrera de ciclismo.

Jonathan salió de la ambulancia y recibió el sol en pleno rostro. Lo inundó una sensación extraña. Era la primera ocasión en que caminaba por la calle después de tantos meses en prisión. Y a pesar de saberse perseguido, se sintió libre. Estaba solo contra el mundo, pero eso no era ninguna novedad. Nunca había conocido otra vida.

# 43

**Celorio**
*Día 0, 11.47 a.m.*

Esta vez no le importó no tener a mano el cronómetro para medir la duración de su llamada al presidente; por lo general, buscaba cualquier pretexto para sostener una conversación personal con Prida, pero ahora se trataba de una charla que habría preferido no tener. Se alejó unos cuantos metros de la puerta del salón principal, marcó el número del general Vicente Abarca y le indicó que se trataba de algo urgente. El presidente tomó el aparato y saludó festivo.

—Hola, canciller, me parece que tú eres el de la mala suerte. Ahora que no viniste jugué como los dioses. Le gané a Brook dos sets a uno: en el último lo dejé ganar algunos puntos para que no quedara en ceros —se ufanó Prida.

—Discúlpeme, presidente, tengo una mala noticia —Celorio lamentó interrumpirlo, pero juzgó que cualquier respuesta alusiva al tenis pecaría de frívola frente a lo que tenía que decirle—. Sergio Franco fue atacado esta madrugada en su casa y recibió un disparo en el estómago. Lo acaban de operar, ya se encuentra fuera de peligro, la bala pasó en sedal.

—¿Qué? ¿Quién fue?

—Aún no lo sabemos; él no ha despertado de la operación. Está en el Hospital Militar, bien resguardado.

—Asegúrate de… —comenzó a decir Prida, pero Celorio dejó de escucharlo, se había retirado la bocina de la oreja con el propósito de captar mejor los sonidos provenientes del salón que acababa de dejar: estridentes gritos de angustia y un intenso tiroteo. Volvió a interrumpir al presidente.

—Discúlpeme, señor, algo raro está ocurriendo en la ceremonia de inauguración. Estoy en la FIL. Si me permite unos segundos voy a acercarme para ver qué sucede.

Celorio caminó hacia la puerta de entrada, aunque no pudo avanzar más de dos pasos. Una docena de guardias convergía sobre ella con las armas desenfundadas. Pero al parecer algo o alguien la había bloqueado desde adentro. Los agentes forcejearon con la cerradura sin éxito, luego empujaron entre todos pero se hicieron hacia atrás cuando una ráfaga de balas procedente del interior atravesó la puerta. El tiroteo se había generalizado y los gritos se escuchaban más cercanos, como si la gente estuviese escapando de algo y se hubiese agolpado dentro del acceso. Cuando finalmente la puerta se abrió, solo se escuchaban tiros aislados provenientes del interior y un alud de personas se precipitó buscando una salida. Los guardias lucharon en contra del flujo para entrar al recinto y Celorio estaba a punto de seguirlos cuando un brazo musculoso retuvo el suyo. Era su jefe de guardaespaldas, quien había esperado afuera del salón y no le había quitado la vista al secretario desde que este salió a hacer la llamada. El agente denegó con la cabeza y lo empujó con firmeza para alejarlo del lugar.

El canciller cayó en cuenta que aún tenía el teléfono en la mano y que el presidente esperaba.

—No sé si alcanzó a escuchar algo, señor, ha habido un tiroteo en el salón —Celorio siguió con la vista a los guardias y se percató de que estos habían cerrado las puertas—. No me dejan entrar, aunque parece que ya ha pasado.

—Hijos de su puta madre —se lamentó Prida en lo que pudo ser un quejido o el inicio de un llanto. Y luego, como si recordara algo importante, preguntó—: ¿Cristóbal Santa? ¿Está bien?

—No lo sé —respondió él, aunque no pudo evitar sentirse incómodo al percatarse de que el estado de Santa había sido la primera preocupación del presidente.

Prida no dijo más, solo colgó, «seguramente para llamar al Estado Mayor o al propio Santa», pensó Celorio. Se quedó mirando la pantalla; la llamada había durado cinco minutos y doce segundos. Experimentó algo parecido a la orfandad.

—Hijos de puta —dijo también él entre dientes; en realidad no supo a quién se refería mientras mantenía la vista clavada en la pantalla del teléfono, ahora oscurecida.

# 44

**Tomás y Claudia**
*Día 0, 11.58 a.m.*

Mientras el mundo de Tomás se desmoronaba, el enfermero que los acompañaba chateaba intensamente concentrado en la pantalla de su celular. Un par de veces le vio sonreír al leer los textos que recibía en respuesta al tecleo telegráfico de sus dedos nerviosos. El periodista asumió que el sujeto simplemente planeaba con su pareja lo que harían el resto del sábado al terminar su jornada de trabajo, pero le parecía inadmisible la posibilidad de que Claudia falleciera sin más cortejo que la frivolidad de un camillero.

—¿No puedes hacer algo? ¿Detener la hemorragia? ¿Llamar al hospital para que preparen el quirófano o avisen al especialista? —le recriminó Tomás. No tenía idea del tipo de intervención que se necesitaría para revivir a Claudia al llegar a urgencias, pero suponía que las siguientes horas serían decisivas. Ni siquiera estaba seguro de que aún respirara, pero se dijo que mientras no la revisara un médico que declarara lo contrario, para él, ella seguía estando viva.

—Más que nada lo que hacemos es seguir el procedimiento —respondió el enfermero, bañando la última palabra de respeto religioso. Luego volvió a concentrarse en su pantalla.

—Al menos podrías llamar al hospital para explicar las condiciones en las que llega el paciente, el tipo de lesiones, ¿no? —reclamó, desesperado por la indiferencia del sujeto.

—Por lo mismo de su problema de la señora, el procedimiento aplicado es el correcto.

«Imbécil», pensó Tomás, pero ya no lo dijo. Si por lo menos se hubiera quedado el otro enfermero, el de cara avispada, y no este retrasado mental. Estuvo a punto de arrebatarle el celular de las manos y obligarle a atender a Claudia, cuando sintió que el suyo vibraba en el bolsillo. Era Jaime.

Tomás le explicó en dónde se encontraba, adónde se dirigían y el estado de Claudia. De inmediato percibió la sensación de alivio que se extendió por debajo de sus costillas, como si el mero contacto con su amigo o la enunciación del problema ayudase a resolverlo. Jaime le dijo que él y Amelia se encontraban en Guadalajara aunque habían decidido no asistir a la ceremonia de apertura y prometió que acudirían al hospital más tarde para acompañarlo. Mientras tanto, le dijo, trataría de enterarse de los alcances de lo sucedido.

Cuando llegaron al hospital, Tomás volvió a acordarse del chico que decidió bajar de la ambulancia para regresar al sitio de la tragedia. Gracias a él, eran los primeros en llegar a ese centro médico. «Un héroe anónimo como los que suelen surgir en estas ocasiones», pensó. Dentro de una hora ese hospital, el mejor de la región, no daría abasto para atender a todos los heridos que llegarían y el lugar se convertiría en un hormiguero de policías y periodistas. Fue un golpe de suerte haberse topado con el joven enfermero apenas unos segundos después del fin del tiroteo. Una inquietud recorrió a Tomás al recordar al chico agachado, como él, entre las sillas y los cuerpos convulsionados, pero no pudo concretar el motivo de su incomodidad.

Al parecer los doctores y las enfermeras ya habían sido alertados del atentado y estaban ansiosos por arrancar lo que sería una jornada larga y probablemente legendaria. Una decena de ellos se precipitó sobre la camilla en la que yacía Claudia y la llevó directamente a la zona de quirófanos. Ella no había recuperado el conocimiento, o por lo menos eso es lo que se dijo Tomás al ver alejarse el cuerpo inerte y pálido de su pareja. Le pidieron que esperara en un saloncito adyacente y lo dejaron solo.

Tomás sabía que tenía que precipitarse a su teléfono y en calidad de director de *El Mundo* comenzar a dar instrucciones a diestra y siniestra. Se trataba de la noticia más importante en muchas décadas, y él mismo había sido testigo directo de los acontecimientos. Por primera vez se preguntó qué es lo que había sucedido realmente; hasta ahora la inmediatez de Claudia había alejado cualquier otra cosa que no fuera el monitoreo de su respiración menguante. Revivió el

ruido ensordecedor de las armas automáticas y el cuerpo de Cristóbal Santa sacudido por las balas antes de desplomarse sobre la mesa.
Después de eso solo recordaba haberse tirado al suelo, hacerse ovillo
junto al cuerpo de Claudia y casi inmediatamente después escuchar
el lamento de la mujer.

Minutos antes, Tomás había seguido con atención el discurso del
secretario de Educación tratando de encontrar claves que anticipa-
ran alguna idea sobre el programa de gobierno que propondría, al
menos en materia de política cultural. El periodista quería detectar
alguna frase digna de transformarse en titular del diario del día siguiente y la había encontrado: poco antes de escupir sangre, Santa
hizo alusión al «poder de los libros sobre las balas». Dos minutos más
tarde la frase se convirtió en una macabra ironía que los medios no
dejarían de destacar.

Decidió llamar a Rubén Niño, enviado de *El Mundo* a la ceremonia de inauguración; quería asegurarse de que su reportero se encontrara a salvo y, en tal caso, conocer algunos pormenores de lo que
había sucedido. Niño contestó casi enseguida. Le explicó que él se
encontraba dentro del recinto cuando estalló el tiroteo, muy cerca
de la puerta de salida, y la estampida lo había sacado del salón y ya no
pudo volver a entrar, pero el fotógrafo había quedado adentro. Exci-
tado, Niño comentó que su compañero alcanzó a transmitir algunas
imágenes de la masacre, antes de que los guardias lo despojaran de
su equipo. Entre lo que pudo ver él mismo antes de salir del salón y
lo que le transmitió el fotógrafo podía asumir que habían sido acri-
billados todos los miembros del estrado y algunos ocupantes de las
primeras filas. Todo indicaba que se había tratado de un comando
numeroso, no de un loco solitario o de un par de fanáticos. Con orgullo le comentó que *El Mundo* había sido el primer medio en subir
una nota más o menos completa, porque el resto de sus colegas quedaron aislados, atrapados dentro del salón.

Tan pronto como terminó la llamada, Tomás revisó el portal de
su diario. Después llamó a su subdirector y hablaron largo rato para determinar la cobertura y los recursos necesarios para afrontar la
emergencia. Le pidió que Claudia fuese mencionada con discreción
entre la lista de las personas lesionadas, pero sin ofrecer mayor detalle sobre su estado de salud, al menos hasta nuevo aviso.

Al terminar la conversación volvió a pensar en Claudia y de nuevo se ensombreció su ánimo. Tendría que estar haciendo llamadas a un ritmo frenético para contactar a sus fuentes y obtener información anticipada a los boletines de prensa institucionales que muy pronto comenzarían a circular, pero se sentía sin energías. Debería estar enterándose de cuáles eran las primeras pistas que manejaban las autoridades sobre la identidad de los atacantes y conocer la lista preliminar de las víctimas del atentado, las dos preguntas que buena parte de los periodistas del mundo occidental se estarían planteando ahora mismo. Sin embargo, el desánimo se había apoderado de su cuerpo y había expulsado al periodista que hasta unos minutos antes llevaba dentro. Ahora solo pensaba en el mundo que se derrumbaba con la desaparición de Claudia. Tenía la sensación de que no volvería a verla con vida y se aferró a la esperanza de poder contar con unos minutos adicionales para despedirse de ella, decirle todo lo que había callado, permitirle irse con el corazón henchido. Un estremecimiento removió sus entrañas y la imagen del columnista extraviado y solitario que había sido antes de encontrarla reclamó de nuevo cada una de sus células.

Dos horas después, Jaime y Amelia lo encontraron casi en la misma posición, cuarenta llamadas ignoradas en su buzón, sentado en un sofá de lona verde limón inventariando las grietas casi imperceptibles de la pared.

## 45

**Gamudio**
*Día 0, 12.15 a.m.*

—La primera fase fue un éxito —dijo Steve Godnes al iniciar la reunión. Gamudio pensó que era típico del asesor estadounidense un eufemismo para designar la peor tragedia en la historia política reciente de México.

—Se salvó Agustín Celorio, pero ese siempre fue un objetivo secundario —continuó Godnes. Le escuchaban Wilfredo Gamudio y Noé Beltrán sentados alrededor de una mesa del despacho de la residencia que el gobernador tenía en la colonia El Pedregal de la Ciudad de México. Un recinto blindado y sellado a toda posibilidad de interferencia física o digital—. Está confirmada la muerte de Cristóbal Santa, una media docena de funcionarios estadounidenses encabezados por el subsecretario y el embajador, un Premio Nobel de literatura, tres periodistas conocidos y está en coma la propietaria de *El Mundo*, varios corresponsales de prensa extranjera incluyendo el de *The New York Times*, dos directores de editoriales importantes, varios políticos mexicanos de primer nivel, entre ellos el alcalde de Guadalajara. Una lista con más de un centenar de personas que seguirá creciendo a medida que los hospitales confirmen el desenlace de los casos en estado crítico.

El tono de Godnes era el de un ejecutivo haciendo el informe de ventas de un trimestre particularmente exitoso. «Pero el puto yanqui tiene razón, ha sido un éxito...», se dijo Gamudio. La noticia había comenzado a dar la vuelta al planeta provocando a su paso indignaciones de la más distinta índole. La unanimidad de la condena contra el Estado mexicano se convertiría en una presión insoportable en los próximos días.

—Una lástima, lo de Celorio —dijo Beltrán, insatisfecho pese a todo.

—Quizá resultó mejor así —se defendió Godnes—: la desaparición de dos precandidatos en el mismo evento habría puesto la atención sobre el superviviente, a pesar de que retiramos tu candidatura hace un mes.

—¿Y los Zetas? ¿Qué saben de los Zetas?

—Tal como estaba planeado, activamos el dispositivo en cuanto terminaron de escucharse los disparos. Los primeros informes hablan de que no hay supervivientes entre los miembros del comando. Puede estar tranquilo, general.

—La fase dos será clave —intervino Gamudio, consciente de que esta vez era él quien incurría en el eufemismo.

—Repasemos los detalles —demandó Beltrán dirigiéndose a Godnes.

—Será una estrategia de pinzas —dijo el estadounidense, ignorando a Gamudio—. Por un lado, asegurarnos de que esa indignación se traduzca en un clamor a favor de una mano dura de una vez por todas. En las próximas horas todo el capital que hemos invertido en medios tradicionales y digitales será usado para exacerbar la rabia y la exasperación. Lo que hicimos con lo de las Torres Gemelas en Nueva York fue impecable y eso que nos agarró por sorpresa y que aún no teníamos posibilidad de trabajar las redes sociales; a las veinticuatro horas la gente estaba dispuesta a golpear a todo musulmán que pretendiera subirse a un avión. A partir de mañana, y de manera progresiva, nos aseguraremos de que esa rabia se dirija en contra del blandengue de Prida. En estos casos siempre se necesita un chivo expiatorio, será muy fácil convertir al presidente en el blanco de los ataques.

—La fase dos será tan exitosa como la primera —dijo Gamudio. No quería que Godnes se llevara todo el mérito de una estrategia a la que él mismo le había dedicado tantas horas de planeación —. Radio y televisión están ya trabajados.

—Tenemos muchos amigos allí —asintió Beltrán—, pero lo de internet es nuevo. ¿No hay riesgo de que se sepa que somos nosotros los que estamos achuchando al perro?

—Despreocúpese, gobernador, eso lo lleva mi gente —intervino el estadounidense—. Utilizaremos *boots*, motores, blogueros y *twitteros* que sembramos hace meses y que guardamos para esto, distintos a los que impulsaron su precandidatura. Nadie los relacionará con nosotros. Ellos comenzarán a insistir en una figura con las características de la suya y, pasados algunos días, filtraremos su nombre hasta transformarlo en sinónimo de esperanza y seguridad.

—Y luego está la otra parte de la pinza —intervino Gamudio, ante el protagonismo descarado del otro—. Sus propias intervenciones. Lo más prudente será mantener un perfil bajo durante los próximos días. Un mensaje de pésame de su parte esta tarde y luego mutis, como dicen los teatreros. Dentro de cuatro o cinco días buscaremos un evento que justifique su presencia en la Ciudad de México, al que acudan reporteros y fotógrafos. Allí será su primera declaración pública en contra de Prida. La estoy puliendo para asegurarnos de que se convierta en el titular principal de diarios y noticieros; algo cauto pero categórico.

—Con mucho cuidado —dijo Godnes—, no vaya a ser interpretado como un intento de sacar partido político de la tragedia. Resultaría contraproducente.

—Precisamente por eso, nuestras apariciones en público serán de menos a más. Noé Beltrán no se ofrecerá a dirigir los destinos de México; por el contrario, será la opinión pública quien se lo exija a tal punto que él se vea obligado a sacrificarse por su país —respondió Gamudio, como si Beltrán estuviera ausente.

El gobernador asintió conmovido, respiró profundamente y alzó la frente, como si en ese momento, en efecto, estuviera inmolándose en beneficio de la patria. Por su mente cruzó la imagen de su busto estampado en los billetes de quinientos pesos.

—¿Qué hacemos con Sergio Franco? Está en el Hospital Militar, pero me informan que seguramente saldrá en unos días —dijo Gamudio en su afán por mostrar su meticulosidad como estratega, alguien que no dejaba un cabo suelto. El gesto de Beltrán reveló que su pregunta le había enfadado.

—No fastidiemos con eso por ahora. Dentro de unos diez días, si sienten que la presión está bajando, que algún pinche desastre en el mundo o el culo de la Kardashian nos quita la atención, entonces lo rematan —dijo el gobernador irritado, mientras sacaba un billete de su cartera. Observó los rostros de Frida Khalo y Diego Rivera y decidió que el país merecía una mejor imagen que la de esos dos comunistas drogadictos y holgazanes.

## 46

**Sergio**
*Día 0, 1.10 p.m.*

«¿Dónde te habías ido?», preguntó Sergio a Rossana, quien sujetaba su mano en la cama del hospital y lo miraba en silencio, blanca y luminosa. Quiso repetir su pregunta pero ahora la figura angelical había adquirido los rasgos de Alka; pómulos erguidos, grandes ojos de venado. Pequeñas astas cubiertas de nieve coronaban su cabeza majestuosa. Luego Alka dijo algo a otra mujer: veinte miligramos de oxicodona cada cuatro horas. Sergio vio a dos enfermeras salir por la puerta y la habitación quedó en silencio salvo por el sonido regular del goteo del suero.

Poco a poco recordó lo sucedido la noche anterior y la silueta oscura atravesada por una flecha, como los gallos de giralda que miden los vientos sobre los tejados de las casas de campo. Pensó en su propia herida y se miró el vientre abultado por los vendajes que lo circundaban. Supuso que la anestesia era la responsable de que no sintiera nada y también de las ensoñaciones nebulosas que le llegaban por oleadas.

Luego entró una mujer equina que le resultó vagamente familiar. Rostro alargado y huesudo, largas crines a los costados. De sus labios gruesos salió un relincho que él tardó en descifrar.

—Hola, Sergio, soy Delia Parnasus, ¿me recuerdas?, estoy con Celorio.

—Sí —afirmó él, sí sabía que estaba con Celorio, aunque nunca había entendido en calidad de qué.

—Él está en Guadalajara —continuó ella—, en cuanto regrese vendrá a verte. Me pidió que pasara a ver cómo estabas.

Él regresó la mirada a su propio vientre y se preguntó cómo estaba, pero no tenía la menor idea; lo único que sabía es que no sentía nada salvo la levedad de un mareo desvaído que lo hacía flotar.

Luego ella lanzó una larga perorata sobre el motivo por el cual Celorio se retrasaría, algo que había sucedido en Guadalajara. Parnasus decidió que no era momento de informarlo del coma con pronóstico pesimista en el que Claudia se encontraba, aunque consideró que era importante informarlo vagamente de los acontecimientos para que, en su momento, la noticia no lo tomara totalmente por sorpresa.

La mención de Guadalajara le hizo recordar que él tenía un boleto para el día siguiente. Luego pensó que hoy era ese día siguiente y que seguramente ya no podía usarlo. Se consoló pensando que no había convencido a Alka de acompañarlo a Guadalajara, y por lo mismo nada se había perdido. Nunca se habría perdonado dejarla tirada en el aeropuerto. Luego recordó que ella había estado en su casa la noche anterior y que era ella quien había llamado a Celorio. Se preguntó dónde estaría y por un momento temió que sus atacantes hubieran regresado a su casa y la hubiesen lastimado.

Como si Delia intuyese lo que estaba pensando, preguntó.

—Sergio, esto es importante. Celorio me ha pedido que hagas un esfuerzo para recordar. ¿Qué sucedió anoche en tu casa? ¿Quién te disparó?

—Un hombre llamó en la madrugada para decirme que un sicario venía a matarme. Yo lo esperé con una flecha y le atravesé la garganta. Pero él tenía una pistola y alcanzó a disparar; sentí un tirón en el estómago —de golpe recordaba todo, o casi—. ¿Y Alka? ¿Dónde está? —preguntó angustiado clavando la mirada en la puerta por donde había salido la enfermera.

—¿Alka? —respondió ella confundida—. ¿Alka es Milena?

Él afirmó con la cabeza.

—Está bien, ella te trajo y aquí pasó la noche. Salió un rato —contestó Parnasus, aunque no tenía idea de si la rubia regresaría; había desaparecido sin despedirse. Prefirió desviar el tema—. ¿De qué la conoces? ¿Estaba contigo en tu casa?

Sergio no contestó. Alka había venido, había pasado el resto de la noche a su lado, preocupada por su salud. Sonrió y cerró los ojos. Una vez más la figura de un ángel blanco flanqueó su cama.

Parnasus asumió que en las próximas horas difícilmente podría extraer alguna información adicional de parte del tenista. Pero no quería irse sin asegurarse de cumplir el encargo de Agustín.

—Sergio, por ningún motivo digas tu nombre al personal del hospital. No todavía, es por tu propia seguridad —susurró ella al oído del paciente. No estaba segura de que la hubiese escuchado y lo repitió. Sin embargo, él parecía haberse sumido de nuevo en un sueño profundo.

Al salir de la habitación se detuvo en la puerta y contempló la larga figura cubierta por las mantas. Tenía que asegurarse de que un guardia custodiase su habitación. Si los malos presagios respecto a su prima se confirmaban, podría estar contemplando al próximo mandamás de *El Mundo*. Algo muy conveniente para la causa de Celorio, a condición de mantenerlo con vida. Sobre todo ahora que el principal obstáculo para convertirse en primera dama había sido removido de su camino. Se vio a sí misma en un largo y entallado vestido de noche presidiendo alguna ceremonia en el Palacio Nacional, pero el cuerpo con el que se imaginó adoptó la silueta vestal de Milena.

Irónicamente, Milena también pensaba en Delia Parnasus mientras intentaba explicar a Mario las sensaciones encontradas que había experimentado en las trágicas horas transcurridas al lado de Sergio.

—Es del tipo de mujer a quien no le creería ni la hora —se lamentaba la rubia—, pero no podía hacer otra cosa. Hice lo que Sergio me pidió.

—Por lo pronto él está donde debe estar. Seguro que se repondrá completamente, debe de tener una salud de hierro.

—Todavía no me lo explico —insistió ella, confundida—; nunca debí involucrarme, ya había decidido no volver a verlo.

—Tranquila, no tienes nada que reprocharte. Si no hubieras intervenido probablemente estaría muerto —respondió él, mientras observaba a los paseantes disfrutar de un mediodía soleado pese al viento fresco que removía las hojas otoñales depositadas en el suelo. Se encontraban en la terraza de un restaurante de la colonia Roma pidiendo una taza de café tras otra, a dos manzanas de las instalaciones de *Lapizarra*. Le parecía un contrasentido que los transeúntes caminaran relajados y sin prisa, como si se tratara de un sábado cualquiera, indiferentes a la masacre que había ocurrido en Guadalajara. O quizá no lo supieran; él mismo se había enterado apenas una hora antes cuando lo llamaron del diario digital. Y pese a la emergencia, había accedido a dejar su trabajo unos minutos para ver a Alka cuando esta le comunicó lo que le había sucedido a Sergio.

—Qué extraño, en realidad apenas lo conozco y a mí me toca salvarle la vida.

—¿Regresarás al hospital?

—Es que no tengo nada que hacer allí. Pertenece a un mundo con el que no tengo nada que ver —dijo Alka desalentada. Mario pensó que en realidad ella no pertenecía a ningún mundo desde hacía tiempo, pero prefirió animarla.

—Por lo que le he escuchado decir a Tomás, el mundo de Sergio se desmoronó hace ya algún tiempo, entre la muerte de la novia y su retiro del tenis.

—Sí —respondió ella, reflexiva—, se le nota algo perdido. Como yo, a lo mejor eso es lo que nos está juntando. Apenas lo he visto tres veces pero lo siento muy cercano, como si nos reconociéramos de otros tiempos. ¿Será que me mira como Rosendo? —se preguntó ella, repentinamente alarmada—. ¡Qué miedo!

—No te enredes con explicaciones de diván. Además, el tipo es un galán de clase mundial; por lo que sé, le suspiran una legión de modelos y actrices. Lo que quiero decir es que tiene méritos propios para que te guste, no necesita parecerse a su tío.

—Tampoco tú te enredes con otras historias. Parecemos adolescentes dándole vueltas a la primera cita en el bachillerato —dijo ella—. Estoy segura de que nunca volveremos a vernos —concluyó, en tono decidido.

Se equivocaba, por supuesto. Antes de una semana Alka intentaría de nuevo salvarle la vida a Sergio, esta vez a costa de la suya.

## 47

**Jaime y Amelia**
*Día 0, 1.30 p.m.*

Dos horas después del atentado, y sin salir de su habitación, Jaime tenía una idea bastante cabal de lo que había sucedido. Sus oficinas en México habían convocado a la totalidad del personal, y Lemlock interceptaba en tiempo real las llamadas y los correos electrónicos que intercambiaban de manera febril las autoridades de los distintos cuerpos de seguridad avocados al caso. Prida dispuso que el procurador general de la República coordinara las pesquisas y este a su vez designó al capitán Juan Sandoval como el investigador en jefe a cargo de las decisiones policiacas relacionadas con el Expediente Bucano, como fue bautizado por el propio Sandoval. El apelativo corrió con muy poca fortuna; para la prensa, presionada siempre por la necesidad de comprimir los titulares, la masacre fue conocida como el Filazo. El detective era la estrella ascendente de la policía mexicana, desmantelador de bandas de secuestradores y responsable de la detención espectacular de dos capos del narcotráfico algunos meses atrás. Era también un discípulo de Jaime Lemus, con quien pasó ocho años formativos en la década anterior.

De hecho, Jaime acababa de terminar una prolongada conversación telefónica con Juan Sandoval. El capitán tomó la llamada de su exjefe porque sabía que Lemlock era responsable de la instalación y supervisión operativa de la red vial de cámaras de vigilancia adquiridas por la alcaldía de Guadalajara. Supuso que tarde o temprano necesitaría de su colaboración. Salvo un par de datos que los estadounidenses habían exigido no divulgar, no experimentó reticencia alguna para compartir con Lemus la información que poseía sobre el caso. Daba por descontado que este terminaría conociéndola por sus propias vías en las siguientes horas. Confiaba en que este gesto de buena voluntad fuera recíproco. La empresa de Jaime era la consultora en seguridad y capacitación de la mayoría de los gobiernos estatales y presidencias municipales; en sus oficinas de la Ciudad de México habían sido diseñados los organigramas y protocolos policiacos de muchas instituciones. En suma, la red de informantes y la tecnología de intervención e inteligencia que tenía la empresa eran superiores a las oficiales. Sandoval lo sabía porque él mismo había ayudado a montarlas.

Jaime hizo una recapitulación de lo que se sabía hasta ese momento. El atentado fue ejecutado por un comando de quince elementos infiltrados entre el personal de la empresa Ecoson S.A., responsable de la instalación del audio en los salones de conferencias. El dueño de la empresa, un tal Macario Ledezma, atribuyó a Raúl Sentíes la idea de integrar en su equipo a una brigada de técnicos encabezada por un joven llamado Carlos Matosas. Sentíes, líder de profesores y responsable de la contratación de varios servicios de apoyo para la organización de la FIL, había desaparecido desde una semana antes tras un viaje a la Ciudad de México del que no había vuelto. Algunos cadáveres de los atacantes habían sido identificados como miembros del grupo de Zetas fugados casi tres semanas antes de una prisión de Mazatlán. El director de la penitenciaría había sido acribillado un día después de la fuga. Se desconocía el procedimiento utilizado para introducir las armas al Centro de Convenciones, sede de la FIL, poderosamente protegido desde tres días antes, aunque se presumía que los falsos técnicos de sonido lo habían hecho disimulándolos entre altavoces y cajas de cables. En el salón principal fueron encontrados los cuerpos de catorce asesinos, todos ellos con la zona lumbar explosionada por un dispositivo sujeto a la altura de la cintura. Pero uno de los objetos explotó sin más consecuencia que algunos rasguños en el rostro de una edecán que yacía a dos metros de distancia. La sospecha de que el aparato pertenecía al decimoquinto miembro del comando se convirtió en certeza cuando Macario Ledezma, el empresario de Ecoson, fue llevado ante los cadáveres de los sicarios y aseguró que el cabecilla, Carlos Matosas, probablemente un alias, no se encontraba entre ellos. Al revisar las fichas de los fugados del penal mazatleco, el hombre reconoció el rostro de Jonathan Jiménez. Tras confirmar que el expresidiario no se encontraba entre el público retenido, las autoridades iniciaron oficialmente la cacería en contra del JotaJota, como sería bautizado por los medios de comunicación esa misma noche.

La llamada de Amelia al teléfono de la habitación interrumpió la secuencia de eventos que Jaime inventariaba; su amiga estaba ansiosa por conocer lo que él había averiguado sobre el caso. Él la invitó a su cuarto, a tres puertas de distancia, porque no deseaba separarse de su *laptop*; esperaba en la próxima media hora algunos informes adicionales de parte de su equipo. En otras circunstancias la mera posibilidad de que Amelia lo visitase en su habitación habría despertado todo tipo de ensoñaciones y esperanzas, pero no en esta ocasión. Nada en la vida de Jaime era más importante que un desafío político por resolver, más aún tratándose de un atentado que cambiaría la historia del país. Sin embargo, el pelo mojado, los brazos desnudos y el andar felino de Amelia al aproximarse provocaron que una onda de calor recorriera su espinazo.

Amelia, en cambio, entró en la habitación de su amigo sin ninguna reticencia, como si su encuentro tuviera lugar en una cafetería o en una oficina. Constató el escrupuloso orden de la estancia y se alegró de que la reunión fuese en el cuarto de él y no en el suyo. Le sorprendió observar sobre la mesita de noche el marco de una fotografía de los cuatro Azules tomada cuando rondaban los quince años. Entrelazaban los brazos, sonrientes, como si estuvieran a punto de bailar una danza griega. A su pesar la inundó una oleada de ternura al imaginarse a su amigo, siempre duro y hermético, introducir la fotografía en su equipaje cada vez que partía a un viaje.

Antes de compartir información, Jaime le comunicó que Claudia se encontraba entre las víctimas y que Tomás estaba ileso. Amelia lo sabía porque unos minutos antes había visto publicada en *Lapizarra* una lista provisional de los muertos y heridos. Había estado tentada de llamar a Tomás, pero por alguna razón se contuvo. Se dijo que prefería tener más información antes de ponerse en contacto con su expareja. Jaime compartió lo que sabía sobre el estado de Claudia, no mucho en realidad, y resolvieron acompañar a su amigo un poco más tarde.

Posteriormente, él hizo de nuevo un recuento de los hechos conocidos hasta ese momento. Luego examinaron las consecuencias. Una parte del cerebro de Amelia seguía enganchada a lo que pudiera estar pasando en el hospital San Javier; desconocía como suyas las oscuras sensaciones que esta tragedia le provocaba. En algún momento la pregunta de lo que pasaría entre ella y el periodista si Claudia fallecía había despuntado entre sus pensamientos, pero la rechazó con repugnancia. Decidió concentrarse en el ejercicio que Jaime le proponía.

—Supongo que la utilización de los Zetas descarta un motivo ideológico o un trasfondo internacional, ¿no? Si participaron lo habrían hecho por encargo de otros —reflexionó Amelia.

—Nada es imposible pero supongo que tienes razón —respondió Jaime.

—¿El subsecretario Pizolatto es un político prometedor? ¿Un futuro candidato para ocupar la Casa Blanca o para dirigir el Pentágono? ¿Algo que justifique que un grupo de interés gringo quisiera eliminarlo?

—No, en absoluto. Es un funcionario de carrera del Servicio Exterior, ya maduro, que seguramente había alcanzado su tope en el escalafón político. El operativo no está dirigido en su contra, aunque el que lo hizo no tenía ningún problema en hacer enojar a los Estados Unidos.

—Esto nos deja con dos objetivos posibles: impedir a Cristóbal Santa hacerse con la presidencia porque contravenía los intereses de alguien o simplemente utilizar su muerte para desestabilizar al Estado mexicano.

—O ambos. Aunque yo me centraría en lo primero. Hay otras maneras de desestabilizar a un país; se tomaron muchas molestias para asegurar la muerte del candidato —dijo él.

—Pero se tomaron aún más molestias para hacerlo dentro de la FIL y cargarse a otro centenar de celebridades. No, hay algo más en esto. Había maneras más sencillas de ejecutar a Santa. No sé, un francotirador, un asesino solitario. Tú sabes más de esto.

Jaime reflexionó durante algunos instantes y asintió con la cabeza. En efecto, un sicario profesional podría haber realizado esa misión con menos riesgos y sin involucrar a tanta gente. Amelia tenía razón, alguien quiso quitar del camino a Santa, pero también asestar un golpe brutal al gobierno de Prida.

—Centrémonos por un momento en la sucesión presidencial. Aquí caben dos posibilidades: el que lo hizo simplemente quería impedir que Santa llegase a Los Pinos porque eso afectaba a sus intereses. Como aquel candidato al gobierno de Tamaulipas que fue ejecutado por los Zetas porque no aceptó la propuesta de negocios que el cártel le hizo, ¿recuerdas?

—¿Torres? Luego gobernó su hermano, completamente dócil a los narcos.

—Exacto. Los Zetas que lo mataron no tenían a otro candidato, simplemente no querían que el que se estaba postulando tomase el poder. Ese podría ser el caso.

—¿Tú crees que un cártel de la droga está en condiciones de armar un numerito como este? —preguntó ella, más bien incrédula.

—En términos logísticos no tengo ninguna duda —respondió él, aunque recordó que uno de los correos interceptados por su equipo afirmaba que el explosivo utilizado para eliminar al comando era un C4 de tercera generación, algo que el propio FBI había considerado de uso exclusivo del Pentágono. ¿Cómo diablos podría haber llegado eso a manos de los Zetas? Decidió que ese misterio tendría que analizarlo más tarde—. Los narcos no suelen operar en términos de geopolítica; en última instancia son empresarios prácticos que intervienen exclusivamente sobre aquello que afecta a sus negocios.

—Y desafiar frontalmente al gobierno mexicano y al gringo de manera tan gratuita no solo sería temerario sino estúpido. Incluso si Cristóbal Santa hubiera desechado alguna negociación planteada por ellos, supongo que había otras maneras de resolverlo o eliminarlo —insistió Amelia. Estuvo a punto de decir que podría llamar a Carlos Lemus, el asesor de Santa, para saber si habían recibido alguna propuesta de parte del crimen organizado, pero entendió que eso sería poco menos que un sacrilegio para Jaime. Prefirió abordar el tema desde otro ángulo—. Y también está la otra posibilidad —completó Amelia—. Eliminar a un candidato para asegurarse de que llegue el que tú deseas. Y si así fuera, el titiritero de todo esto tendría nombre.

—¿Celorio, Beltrán, otro que no estamos viendo? —dijo él.

Pensativa, Amelia recorrió la habitación con la mirada, repasando nombres como si algún otro candidato estuviera resguardado tras el sofá o el servibar.

—Celorio se salvó por los pelos. Dudo que el golpe viniese de su propio campo o de alguien que lo quiera ver convertido en presidente.

—Sí, demasiado arriesgado. Además, políticamente será un apestado justamente porque es el que resulta ostensiblemente beneficiado. Y en este país de *sospechosismos* eso equivale a una tumba. ¿Te acuerdas de Manuel Camacho cuando mataron a Colosio? El resto de los priistas prácticamente linchaba al pobre hombre porque era el rival del asesinado. Nunca más levantó cabeza.

—Solo quedaría Beltrán —concluyó ella, en tono exploratorio.

—Beltrán —secundó él, reflexivo, como si enunciase una línea de trabajo.

—Renunció a la contienda presidencial hace qué, ¿un mes? —dijo ella, recordando el gusto con el que publicó la nota en *Lapizarra*.

—Ajá. Unos días antes de la fuga del penal de Mazatlán.

—Noé Beltrán —añadió ella, aún escéptica—, o quizá alguien que intenta despejarle el camino.

Los dos guardaron silencio, abrumados por las implicaciones. Era apenas una hipótesis, aparentemente inconcebible, pero la secuencia de razonamientos la hacía probable. Jaime decidió que había muchos huecos por llenar, un reto para Lemlock en los próximos días. Amelia miró su reloj y comentó su preocupación por Tomás y lo que estuviera pasando con Claudia. Solo entonces Jaime recordó la información recibida una hora antes de parte de su equipo. Aunque todavía no se había hecho del conocimiento público, al parecer Sergio Franco, el primo de Claudia, había sido víctima de un ataque la noche anterior. Fue internado en un hospital militar de la Ciudad de México y todo indicaba que se encontraba fuera de peligro. Compartió el dato con Amelia y ambos concluyeron que Claudia tenía derecho a saberlo, o Tomás al menos, para que se lo comunicara a ella en el momento que considerara prudente; decidieron trasladarse al hospital San Javier.

Treinta minutos más tarde Amelia se asustó de la expresión de Tomás, a quien encontraron atrincherado en una pequeña sala rodeado de media docena de vasos desechables de café vacíos. La tragedia había sucedido apenas cuatro horas antes, pero el rostro devastado del periodista parecía el de alguien que no hubiese dormido en dos días. No obstante, la llegada de sus amigos logró sacarlo del lugar al que se había ido.

Tras abrazarlos él les explicó que aún no habían regresado los médicos que se habían llevado a Claudia. Amelia se sentó a su lado y le pidió que narrara lo que había sucedido desde que llegaron a la ceremonia de inauguración.

Tomás habló de una frase de Cristóbal Santa sobre libros y balas que serviría de cabeza de ocho columnas, del cuerpo del secretario sacudido por las ráfagas, de la tibieza húmeda que inundó su mano cuando protegió a Claudia, de la aparición inmediata y oportuna de un enfermero y de su salida en la primera ambulancia, hasta llegar al lugar en que se encontraban. Jaime quiso interrumpir el relato, pero Amelia lo contuvo. Tomás divagó algunos minutos sobre el cuerpo de la joven sacudido por el movimiento de la ambulancia, la naturaleza de sus heridas, el desinterés del camillero. Solo cuando el cansancio le ganó la partida volvió a su silencio ensimismado. Unos segundos más tarde observó los vasos vacíos y les dijo que les habría invitado un café pero no encontraba su cartera.

—¿El enfermero que los sacó del salón estaba allí en el momento del tiroteo? —preguntó impaciente Jaime.

—Sí.

—¿En las primeras filas?

—Sí —dijo el otro, exasperado—. A tres metros de donde yo me encontraba. Lo llamé y vino enseguida.

—¿Es el mismo que luego te ignoraba durante el traslado?

—No, aquel era un héroe anónimo, el de la ambulancia un patán.

—¿Y no sabes dónde está? ¿Entró en el hospital?

—No, él nos acompañó un rato y luego se bajó de la ambulancia, dijo que regresaba a la FIL porque allí lo necesitarían.

—¿Sabes dónde se bajó?

—No, no me acuerdo. Fue cuando la ambulancia se detuvo porque había un contingente de ciclistas, como una ruta. Estuvimos parados allí como tres minutos que se hicieron eternos.

Jaime se separó un par de metros y llamó por el celular a Patricia Mendiola, su mano derecha en Lemlock, y le pidió que enviase la foto de Jonathan Jiménez a su teléfono; luego le ordenó que trazara la ruta entre el Centro de Convenciones y el hospital San Javier y detectara la intersección con una vía de ciclistas sabatina en el mapa callejero de Guadalajara.

Instantes más tarde el rostro de Jonathan Jiménez inundó su pantalla. Se la mostró a Tomás y le preguntó si se trataba de su enfermero. Este simplemente sonrió agradecido.

Jaime volvió a llamar a Patricia y le pidió invertir todos los recursos disponibles para revisar las cámaras de vigilancia de la zona en la que el muchacho habría descendido de la ambulancia. También le pidió que enviara de inmediato a Guadalajara una unidad de intervención que ella misma encabezaría. En realidad la misión habría correspondido a otro capitán dentro de su equipo, Ezequiel Carrasco, un excomandante de la Dirección Federal de Seguridad, ahora jefe de agentes operativos en Lemlock, pero Jaime intuyó que, tratándose de un fugitivo solitario, la aprehensión requería de un toque menos brusco del que solía prodigar Carrasco.

Amelia e incluso Tomás a pesar de su consternación percibieron el entusiasmo conquistador de pueblos que exudaba Jaime durante la serie de llamadas en las que se embarcó a continuación. Inquiría a algún colega de Interpol, presionaba a un general, llamaba de nuevo a su oficina, solicitaba un dato o dictaba una instrucción de manera categórica e inapelable. Ella se preguntó cuánto de este entusiasmo arrollador provenía de la excitación que le provocaba una investigación de esa magnitud y cuánto de haberse liberado de la pesadilla que significaba ver a su padre encumbrado en el poder, a la sombra del ahora fallecido Cristóbal Santa.

# 48

**Jonathan**
*Día 0, 1.45 p.m.*

Solo había estado en Guadalajara cinco años antes, cuando acompañó a uno de los visores de los Zetas enviado por la organización a explorar la posibilidad de arrebatar la plaza a Nueva Generación, una organización vinculada originalmente al cártel de Sinaloa. Los Zetas asumieron que el asesinato por parte de las autoridades del cuñado del Chapo, Nacho Coronel, el capo que mantenía la ciudad en un puño, provocaría fracturas en la organización local. Y, en efecto, la lucha fratricida que se desató entre los subordinados de Coronel permitió a los Zetas abrigar esperanzas de hacer alianza con alguno de los cabecillas regionales para deshacerse del resto y eventualmente apoderarse de la ciudad. Durante cuatro semanas Jonathan acompañó a un operador del cártel sondeando distribuidores, detectando descontentos, seduciendo indecisos y explotando miedos. Al final regresaron con las manos vacías. Jonathan habría dado cualquier cosa por haberse fijado mucho más en el trazado de algunas colonias residenciales, pero su trabajo en aquella ocasión había consistido en tasar el valor comercial de la plaza: la cuantía de las extorsiones en bares, antros, prostíbulos y restaurantes, información de poca utilidad en este momento. Con todo, recordaba lo suficiente para saber que se encontraba en la colonia Chapalita, una zona de clase media alta limítrofe de otros barrios más pudientes.

Necesitaba comida y cambiar de apariencia o al menos de ropa. Una camiseta distinta, una gorra. Pasó de largo una tienda de 7-Eleven y un mini supermercado porque solían tener cámaras de vigilancia. Cuarenta minutos más tarde encontró lo que buscaba: un pequeño mercado callejero en torno a una iglesia. En un puesto atendido por una mujer de apariencia indígena compró dos bolsas grandes de comida y en otro, en el que despachaba un anciano, adquirió dos camisetas: una blanca y otra del equipo de futbol local. En algún lugar había leído que los indígenas tienen menos posibilidades de distinguir a un blanco de otro, de la misma forma que a él mismo le resultaba difícil discernir los rasgos entre un mixteco y un zapoteco. En todo caso, asumió que había pocas posibilidades de que la humilde mujer reconociera su rostro en los noticieros de la noche o en los diarios de la mañana. Mucho menos el viejo, quien examinó el billete de doscientos pesos a quince centímetros de sus ojos. Para no llamar la atención más de la cuenta, de inmediato se colocó la camiseta de rayas rojiblancas sobre la sudadera de enfermero. Al parecer las Chivas del Guadalajara jugarían esa noche, porque había visto a varios hombres y niños con el atuendo del equipo local.

Le llevó otros treinta minutos encontrar la casa ideal. Una residencia de amplio jardín con un letrero de alquiler que parecía llevar varias semanas en exhibición, quizá meses. Esperó el momento en que la calle quedara solitaria para brincar la cerca revestida de vegetación y entrar en el jardín del predio. Una vez dentro, y oculto a la vista del exterior, buscó una ventana de acceso, dispuesto a romper el vidrio. No tuvo que hacerlo, alguien había dejado apenas entreabierta una ventana de la cocina, probablemente a manera de ventilación. Al entrar en la casa se apresuró a abrir el grifo del fregadero para saber si contaba con agua. No había comprado botellas para no fatigar su marcha, pero sabía que no podría quedarse en esa casa si carecía de ella. Aliviado, observó que después de un par de bufidos el grifo soltó un torrente de agua turbia que paulatinamente se hizo transparente.

Subió a las habitaciones de la segunda planta percatándose de que a su paso dejaba huellas sobre el tenue polvo que cubría el suelo. Supuso que eso no era del todo malo; significaba que la casa no era visitada con frecuencia por el vendedor o los posibles compradores. Si alguien llegaba a darse cuenta de sus pisadas probablemente las atribuiría a una visita anterior.

Buscó la habitación más alejada de la puerta de entrada, una que le permitiera contar con más tiempo para ponerse a salvo en caso de escuchar la llegada de alguna persona. Dejó las bolsas sobre el suelo y siguió explorando la segunda planta de la casa. Buscaba un acceso a la azotea donde pudiese esconderse momentáneamente en caso de necesitarlo. Al final del pasillo encontró una pequeña escalera que, en efecto, conducía a la azotea. La puerta estaba cerrada con llave, pero juzgó que se trataba de una chapa barata que cedería con facilidad. Se dijo que más tarde buscaría algún trozo de alambre para abrirla.

Regresó a la habitación que sería su refugio los siguientes días e hizo un balance de su situación. La cartera extraída de la chaqueta de Tomás Arizmendi tenía cuatro mil quinientos pesos, de los cuales él ya había gastado seiscientos. Tenía lo suficiente para subsistir otras cuatro o cinco semanas con visitas periódicas al mercado, si fuera necesario. Tendría que conseguir una manta y algunas cosas de baño en su siguiente excursión. Sabía que las primeras horas serían las más intensas de la persecución. A medida que transcurrieran los días, las autoridades asumirían que él había escapado del cerco y tendrían que expandir el perímetro de la búsqueda. Solo entonces intentaría salir de Guadalajara.

La cartera incluía tres tarjetas de crédito, pero eran inservibles, utilizarlas revelaría su ubicación; por lo demás, daba por hecho que muy pronto serían canceladas. Una credencial de *El Mundo* sostenía que el hombre de pelo quebrado y pestañas largas que lo miraba desde la tarjeta con un intento de sonrisa que más bien parecía un rictus era el director del periódico. Se le veía incómodo, como alguien más acostumbrado a observar que a ser observado. Aunque al recordar las extrañas versiones de sí mismo que le devolvían las credenciales de las instituciones penitenciarias por las que había pasado, pensó que todos los documentos de identidad eran una caricatura en la que no se reconocía; como si las instituciones establecieran con esa foto una personalidad que era la de ellos, no la suya.

Recordó a la mujer que lo acompañaba en la ambulancia, la dueña del periódico, según el tal Tomás. Sería un desperdicio si moría; ahora que el efecto de la adrenalina había por fin cedido, comenzó a torturarlo el recuerdo de los muslos blancos que pudo entrever cuando la tomó de los tobillos para subirla a la camilla. Hacía años que no acariciaba a una mujer y nunca a una como esa. Se dijo que tendría que salir vivo de la situación en la que se encontraba, al menos para no irse de este mundo sin sudar sobre un cuerpo como el que ahora le inspiraba esa falsa nostalgia.

Una vez que se sintió en un lugar seguro, por el momento, examinó sus opciones y decidió que no eran muchas. Su propia familia, los Zetas, lo estaría buscando para eliminarlo con cualquier pretexto que el Z14 hubiera inventado; y esperaba aún menos de las bandas rivales que dominaban el occidente de México. Las autoridades seguramente prometerían una fortuna a todo aquel que facilitara información para su captura; recordaba que por el Chapo se ofrecieron tres millones de dólares. Y aunque en el caso de los capos esos ofrecimientos no funcionaban porque el denunciante solía ser víctima de la peor de las represalias, él se había convertido en un paria. Su propio hermano, si lo tuviera, estaría dispuesto a entregarlo a cambio de hacerse millonario y no pagar las consecuencias. Lo cual significaba que no podría confiar en nadie.

Modificar su apariencia tampoco parecía una opción sencilla. Podía dejarse crecer el pelo, pero era demasiado lampiño para esconder el rostro en una barba profusa. Y, para colmo, sus ojos verde amarillo y su piel pálida hacían de él un tiro al blanco llamativo en las calles morenas y mestizas de todo el país. Mimetizarse entre la población estaba descartado.

No, definitivamente no sería capaz de sobrevivir. Con un poco de suerte podría mantenerse un paso por delante de sus muchos perseguidores por un tiempo, meses quizá. Pero no más que eso. Era el único eslabón que vinculaba al operativo con los verdaderos autores de la matanza en la Feria y estos no descansarían hasta silenciarlo.

Esta última idea quedó resonando en su cerebro. Súbitamente entendió que allí había algo. Ser el único eslabón, en efecto, debería tener valor para alguien. Un valor incalculable. El problema era saber para quién o quiénes y qué podrían ofrecerle a cambio. Por primera vez en el día sintió hambre.

## 50

**Carlos Lemus**
*Día 0, 2.30 p.m.*

Un migrante aprehendido y deportado justo después de cruzar el desierto, un atleta descalificado por un arranque anticipado, un rey abdicado antes de tomar posesión: eso era Carlos Lemus a las 11.55 de esa mañana.

Contra su voluntad el abogado se había quedado en la capital porque esa misma tarde se reunirían con Carlos Slim, el hombre más rico de América Latina, tan pronto como Cristóbal Santa regresara de Guadalajara. Le habría gustado estar presente en la ceremonia de inauguración de la FIL y escuchar en boca del candidato las cuidadosas tesis que habían salido de su propio cerebro. Había quedado muy satisfecho del nivel intelectual y político del discurso que daría el secretario en presencia de la élite cultural del país. Quería pensar que ningún estadista mexicano había pronunciado una pieza con la profundidad y brillantez como la que él y su equipo prepararon en los últimos días. El mismo Santa había dicho que era el banderazo de salida de su presentación en sociedad, aun cuando no fuese una postulación oficial. El ministro ahora estaba muerto.

«Carlos Slim me salvó la vida», pensó Lemus. Veinticuatro horas antes el empresario había confirmado la cita, lo cual obligó al abogado a cancelar su viaje y dedicar las siguientes horas a preparar una propuesta concienzuda y atractiva. Era imposible gobernar sin llegar a un acuerdo con el sujeto que representaba por sí solo un siete por ciento de la economía del país. Santa había dicho que de un hombre así prefería estar ni demasiado lejos ni demasiado cerca. Ahora simplemente ya no estaba.

Recordó a los asesores de confianza de Luis Donaldo Colosio, el candidato presidencial asesinado en 1994. Todos ellos fueron conocidos como «las viudas de Colosio». Carreras truncadas en la línea misma de salida. ¿También él quedaría defenestrado? ¿Sería la viuda de Santa? Lemus se sacudió de encima el ominoso presagio y se dijo que su verdadero jefe era el presidente Prida. Fue él quien le pidió convertir al secretario de Educación en material susceptible de llegar a Los Pinos. El incidente de Guadalajara había cancelado esa vía, la de Santa, pero la misión persistía. Tan pronto como el presidente escogiera a otro candidato seguramente le pediría al abogado su ayuda para llevarlo a buen término.

Instantes más tarde se dijo que simplemente se estaba contando mentiras piadosas. Cualquiera de los sustitutos de Santa tenía equipos más o menos formados. Él mismo sería un personaje incómodo, si no es que odiado. A lo largo de los meses anteriores había tendido trampas y zancadillas a los rivales. Y ahora uno de ellos sería el nuevo príncipe. Seguramente un príncipe rencoroso.

Pensó en los cuartos de guerra de Agustín Celorio, de Noé Beltrán, de otros dos gobernadores. ¿Alguno de ellos habría sido capaz de orquestar ese atentado? Celorio carecía de los tamaños, Beltrán de la sofisticación, los otros eran aún más rupestres. ¿Quién podía tener la capacidad logística y el odio tan acendrado para permitirse una medida así de temeraria? ¿Quién podría estar dispuesto a correr ese riesgo con tal de impedir que ellos llegaran al poder?

Un nombre se coló en su cerebro y le removió el espinazo. Lemus trató de sacudírselo; negó con la cabeza y apretó el vientre para evitar que la idea penetrara en su organismo. Pero esta se abrió paso a cuchillo, se incrustó en las neuronas y terminó alojándose en algún lugar dentro del tórax. El virus de la sospecha tenía nombre: Jaime Lemus.

Su hijo había intentado todo tipo de chapuzas para enlodar el nombre de Santa y poner en su contra a la opinión pública y a la clase política. No obstante, él logró neutralizar todos esos ataques. ¿Sería Jaime tan mal perdedor que ahora se atrevía a violar las reglas del código no escrito pero acatado entre los políticos priistas? Aunque, bien mirado, su hijo ni era priista ni se consideraba político y, desde luego, no se sentía obligado a ningún código. Y, peor aún, le profesaba un odio enfermizo.

Dos horas después, de camino a Los Pinos, convocado a una reunión extraordinaria con Prida, la sospecha se había transformado en dolorosa sospecha.

**Jaime, Amelia y Tomás**
*Día 0, 6.50 p.m.*

La tarde comenzó a convertirse en noche y la salita en la que se encontraban los tres amigos quedó en penumbra. El infausto aviso que les habían dado una hora antes sobre el coma al que los doctores indujeron a Claudia, para evitar una muerte súbita, parecía haber consumido la escasa luz que se colaba por la ventana.

Tomás no estaba para ironías. Su estado de ánimo navegaba en la amplia gama de matices que suponía un estado de coma. A ratos se convencía de que, como en las películas, Claudia despertaría plena y vital, como si simplemente se hubiera echado un rato a descansar. Pero luego su cerebro era acosado por la imagen inapelable de una línea verde horizontal y un electrocardiograma emitiendo un *bip* fijo e interminable, mientras los médicos desconectaban sueros y apagaban aparatos. Le parecía absurdo que su cuerpo estuviera baldado y horadado por cables cuando apenas esa mañana, minutos antes de dar inicio la ceremonia, ella le hizo prometer que tras los discursos y el coctel de bienvenida, se irían a Tlaquepaque a tomarse unos tequilas y a escuchar mariachis desafinados. En este momento deberían estar semiborrachos, cantando a José Alfredo Jiménez y a Juan Gabriel.

Amelia consolaba a su amigo como mejor podía. Le dolía verlo hundido en ese pesar tan profundo, tan poco usual en Tomás. Desde la infancia había sido un experto en evadir consecuencias, en pasar la página con cualquier pretexto. Poseía un cinismo fatalista para sacudirse el pasado inmediato y una tendencia a experimentar entusiasmos ingenuos sobre lo que le esperaba a la vuelta de la esquina. Una mezcla que lo había hecho refractario al verdadero sufrimiento. Hasta ahora.

Ella misma se encontraba sacudida, destemplada. Conocía bien a la mitad de las víctimas de la masacre; algunas, como el corresponsal de *The New York Times*, viejo amigo de Tomás, se había convertido en un asiduo compañero de bares. Nunca había entablado una relación íntima con Claudia, pero se habían tratado mucho en los últimos años; resultaba difícil imaginarse a ese temperamento tan lleno de entusiasmos, al cuerpo joven y su cabellera roja apagados para siempre. Razones para estar triste existían muchas, aunque nunca se confesaría que una era ver a Tomás sufriendo así por una mujer que no era ella.

El único que seguía siendo el mismo era Jaime. Un hombre con muchas habilidades, pero dar consuelo no era una de ellas. Se acercó a Tomás un par de veces a darle unas palmadas aunque se sintió torpe, como si estuviese sacudiendo de polvo las hombreras de su chaqueta. Entendía que lo suyo era estar allí para lo que pudiera ofrecérsele a su amigo, no para balbucear falsos bálsamos que ni siquiera él creía. Y pese a la tragedia que los reunía, había algo tranquilizante en el hecho de saber que los cuatro —Mario ya venía en camino, alertado por Amelia— formaban una manada. Así había sido en los últimos cuarenta años y así seguiría siendo hasta el fin de sus vidas; sin importar los amores, las fortunas y los infortunios, los muertos que se atravesaran en su camino. Y ahora Jaime respondía como mejor sabía, aquello que creía era su deber y su función dentro de esa manada: defender y atacar.

Una y otra vez había abandonado la salita donde se encontraban para hacer llamadas de seguimiento al caso. Ahora salió a la calle para recibir a Patricia Mendiola, recién llegada de la Ciudad de México.

—Creo que sé dónde está —informó ella en cuanto se reunió con su jefe—. Una cámara lo captó a una manzana del lugar en el que se bajó de la ambulancia. Lo seguimos detectando de manera intermitente por distintos sitios de la colonia Chapalita y se nos perdió en un pequeño tianguis afuera del templo de Nuestra Señora de Guadalupe. Pero tuvimos suerte y pudimos retomar el rastro: hay una toma muy clara de su rostro quince minutos después de salir de la zona de comercios. Trae una camiseta de las Chivas y dos bolsas grandes de plástico que parecían pesadas.

—Piensa esconderse —reflexionó Jaime—. ¿Y ahora dónde está?

—Se nos volvió a perder —dijo Patricia, bajando la vista.

—¿Cómo? Es una zona de intensidad triple A, no es posible —protestó él. Se refería al número de cámaras que solían colocar siguiendo un patrón que nunca se informaba al público: muy intenso en colonias residenciales, escueto en los barrios pobres, salvo en alguna esquina conflictiva.

—Está en un radio de dos manzanas, no más —se disculpó ella—. Una sección con aceras muy arboladas, lo cual dificulta el seguimiento, pero no hay posibilidad de que haya salido de ese perímetro. Hemos revisado las grabaciones de manera exhaustiva.

—¿Ya llegaron tus hombres?

—Sí, dos camionetas con seis agentes. No traje más porque solo ellos tienen la credencial de investigadores de la Policía Federal, las que nos dio el comandante Eliú. Preferí que se vinieran por carretera porque los autos traen placas oficiales, así no nos molestarán las rondas que están haciendo los federales. Guadalajara está prácticamente en estado de sitio.

—Lánzate a esas dos cuadras. Si quiere esconderse no tendrá más remedio que forzar su entrada en alguna de las casas y tomar a algún rehén. Preferirá alguien que viva solo o que así lo parezca. Un anciano quizás. Mira si hay alguna oficina o una escuela, podría estar allí asumiendo que no abrirán hasta el lunes.

—Llevo su foto en el celular. Preguntaré a los vecinos si lo han visto por allí. Lo encontraremos, es una zona de casas grandes, no hay muchos lugares donde haya podido meterse —aseguró ella, dándose confianza.

—Aborda a los vecinos solo si resulta natural. Nada que despierte sospechas, podría estar observando desde alguna ventana. Llévate a uno de los agentes, que parezcan una pareja paseando en sábado por la noche. Váyanse antes de que se haga tarde.

—Bien, te aviso en cuanto tenga algo.

—Avísame, pero no hagan nada que pueda espantarlo y lo lleve a escapar de la ratonera. Y si notas que la caballería llegó, mejor retírate; supongo que no tardarán en descubrir lo mismo que nosotros. Me extraña que no hayan venido a interrogar a Tomás sobre el misterioso enfermero.

—Ni vendrán, no te preocupes —dijo ella—. Las cámaras de video del Centro de Convenciones son malísimas, pocas y mal distribuidas. Ya revisamos lo que traían: captan a nuestro personaje agachado al cargar la camilla en uno de los pasillos pero nunca se le ve el rostro. En el estacionamiento la toma es muy lejana y apenas se percibe al grupo cuando se introduce en la ambulancia. No hay manera de que lo relacionen con Tomás y Claudia.

—No los subestimes. Los gringos están volcados en la investigación con toda su parafernalia. En cualquier momento el gobierno tomará el control del centro de monitoreo de la red de cámaras de la ciudad y hará a un lado a nuestros supervisores. El FBI ya está asesorando a los federales. Tarde o temprano identificarán al enfermero en algún punto de la ciudad y lo rastrearán. Es solo cuestión de tiempo, tenemos que intervenir en las próximas horas, después de eso, entramos en zona de riesgo.

—Dame un par de horas para encontrarlo —aseguró ella.

—Y otra para sacarlo de ahí —respondió él—. Llévenselo directamente a México a una casa de seguridad escondido en la camioneta. Las placas de agentes federales que traen serán más que suficientes para que los dejen pasar sin ser revisados. Ante cualquier problema digan que obedecen órdenes del comandante Eliú. Yo me comunicaré con él para decirle que estoy retirando a la gente que Lemlock tenía en la región y evitar así cualquier roce o confusión con las fuerzas de seguridad que están llegando a Guadalajara.

—¿Y qué hacemos con las cámaras de vigilancia de la zona? Grabarán el operativo de extracción —objetó ella.

—Nadie estará mirando. Le pediré a Mauricio que intervenga el sistema de vigilancia mientras aún tenemos el control; dejará un gran sector inhabilitado en esa zona, tardarán un rato en restablecerlo. Atribuirán el daño a los organizadores del operativo contra la FIL, pensarán que forma parte de la estrategia de evasión de los responsables —Patricia agradeció mentalmente al bueno de Mauricio Romo, jefe de la división digital en Lemlock, un genio de clase mundial en materia de programación y *hackeo* cibernético.

—Perfecto, espero darte buenas noticias muy pronto.

—Otra cosa; lo que siga comunícalo en clave. En teoría estos aparatos son inexpugnables —dijo él, dirigiendo la mirada al teléfono que colgaba del cinto de ella—, pero con los gringos interviniendo nunca se sabe.

Al poner rumbo a la sala de espera donde se encontraban sus amigos, Jaime se sentía eufórico. Tuvo que reprimir una sonrisa mientras caminaba por los pasillos. La jornada que había iniciado de manera tan trágica se estaba convirtiendo en una oportunidad histórica. La posibilidad de que su padre se transformara en el hombre fuerte del régimen se había evaporado por completo. Y casi tan bueno como lo anterior era tener en su poder al ser humano más buscado en todo el planeta en este momento.

Con frecuencia, Jaime se había preguntado qué cosas sabría Lee Harvey Oswald, silenciado horas después de asesinar a Kennedy, llevándose a la tumba la identidad de los verdaderos responsables de la muerte del presidente. Ahora tendría a su disposición, al menos durante algunas horas, a Jonathan Jiménez, y si bien Cristóbal Santa no era Kennedy, conocer antes que nadie al autor intelectual de la masacre de Guadalajara podría tener un valor incalculable. Jaime no temía las consecuencias políticas o jurídicas que provocaría haberse apropiado del JotaJota a espaldas de las autoridades. Pretextaría que el azar lo había puesto en la pista del asesino y, temiendo que el operativo pudiera tener cómplices entre las autoridades policiacas, prefirió entregarlo personalmente a la oficina del presidente. Incluso los estadounidenses tendrían que aceptar sus razones; después de todo, habían perdido a Oswald a manos de la policía local.

Juzgó que si Patricia conseguía hacerse del falso enfermero en las próximas dos horas, él podría estar interrogándolo a las seis de la mañana en la Ciudad de México. Antes de entrar a la sala de espera del hospital llamó al servicio de taxis aéreos ejecutivos, del cual era propietario oculto, para reservar un vuelo privado a las doce de la noche.

Su entusiasmo no decreció incluso a la vista de la desolación en la que encontró a Tomás y Amelia. Acababan de comunicarles que Claudia había muerto.

# 51

**Carlos Lemus**
*Día 0, 7.10 p.m.*

La docena de hombres que encontró de pie o sentados en torno a la mesa de reuniones de la oficina del presidente cuchicheaban nerviosos entre sí, en espera de Alonso Prida. Algunos lo saludaron con una inclinación de cabeza apenas perceptible, pero nadie lo incorporó a alguno de los corrillos que se habían formado. Constituían el grupo compacto del consejo de seguridad del gobierno federal, un equipo del cual él no formaba parte. Pasó revista a los cuadros colgados en las paredes como si en verdad le interesaran los mapas antiguos y las estampas de veleros de guerra del siglo XVIII. Se preguntó si a ojos de los presentes ya se había convertido en una viuda de Santa; un día antes todos habrían hecho caravanas en su honor, pero en apenas ocho horas se había transformado en un vestigio del pasado.

—Buenas tardes, señores —dijo Prida al entrar en la sala y ocupar la cabecera de la larga mesa. Sin más preámbulos pidió al procurador de la República que los pusiera al tanto de lo que estaba sucediendo.

Carlos Lemus advirtió el firme tono de voz de Prida, la espalda envarada y su atuendo impecable. El hombre parecía decidido a enfrentar la peor crisis de su gobierno con la mejor versión de sí mismo. Por lo menos en apariencia.

El procurador relató los pormenores del trágico operativo: lo que se sabía del comando, las armas y las estrategias utilizadas, las víctimas caídas, la vasta persecución desatada en contra de Jonathan Jiménez. El informe incluía un perfil psicológico del joven, extraído de los expedientes acumulados a su paso por instituciones penitenciarias.

—He estado en comunicación continua con el presidente Brook desde que salí de Texas; le prometí una colaboración absoluta en la investigación. ¿Cómo va eso?

—Complicado, señor. Los gringos quieren hacerse con el control de todo; comparten muy poco de lo que encuentran. Así va a ser muy difícil poder ayudarnos mutuamente.

—La desconfianza es comprensible: ellos están convencidos de que se trata de un golpe desde adentro del aparato político mexicano. Y mientras no conozcan el origen quieren evitar todo riesgo de filtración. Veré qué puedo hacer con Brook, pero tampoco es que la Casa Blanca pueda hacer mucho para vencer la desconfianza de los cuerpos de seguridad gringos, y supongo que en esto están metidos todos: CIA, FBI, NSA, DEA.

—De nuestra parte habrá colaboración absoluta —dijo el procurador, bajando los ojos.

Carlos Lemus pasó revista a los presentes y su balance fue desalentador: generales, policías de larga experiencia a cargo de cuerpos de seguridad, expertos en inteligencia. Un equipo conformado para enfrentar la amenaza del crimen organizado, pero muy limitado para bregar con una crisis geopolítica que ponía contra la espalda al propio Estado mexicano. Incluso Jacinto Márquez, secretario de Gobernación, lo más cercano a un secretario del interior, era un operador político hábil en el terreno de las negociaciones prácticas, aunque de mirada demasiado chata para encarar una perspectiva histórica o una razón de Estado.

Tras un momento de vacilación, Lemus levantó la mano. Juzgó que su futuro político se había esfumado horas antes y que ya no tenía nada que perder. Estaba preparado: toda carrera política, igual que la vida, inexorablemente termina con una derrota; la jubilación o el exilio en el primer caso, la muerte en el segundo. Al menos se iría de la escena pública diciendo lo que pensaba.

—Lemus tiene algo que decirnos —intervino Prida—. Le pedí que nos acompañara porque podría tener información confidencial sobre Santa que resulte útil en la investigación —agregó dirigiéndose al resto. Luego hizo un gesto con la mano para que el abogado tomara la palabra.

—Gracias, señor presidente. Solo quería hacer una reflexión

puntual: no sé si nos conviene esa colaboración incondicional con los estadounidenses de la que se está hablando.

—Lo último que nos conviene es echarnos encima a los Estados Unidos —dijo Elías Zúñiga, secretario de la Defensa, un general formado en West Point—. Algunos republicanos ya están pidiendo la intervención de los marines para defender a la embajada y a las empresas de su país. Cualquier cosa que sea percibida como desinterés o mezquindad de nuestra parte simplemente profundizará el agravio. Las consecuencias podrían ser peores —al final de su comentario el militar buscó con los ojos la aprobación de Prida. Este simplemente observó a Lemus, intrigado.

—Lo que ha sucedido es una tragedia, es cierto —continuó el abogado—; los ojos del mundo ven con reprobación a México. Pero no es insalvable, ya nos sucedió con Colosio y también le pasó a Estados Unidos. Lo importante es cómo vamos a responder. No podemos permitir que los gringos se apropien del caso, aprehendan al sicario y lo lleven ante sus propios tribunales, y, no nos engañemos, eso es lo que quieren. En tal caso, el Estado mexicano y sus instituciones mostrarían al mundo que son de pacotilla.

Un silencio expectante se extendió por la mesa. Lemus lo interpretó como una muestra de interés y continuó.

—El agravio en contra de nuestras instituciones es infinitamente mayor que el de los gringos. Un subsecretario y un embajador no valen más que un futuro presidente, un alcalde de Guadalajara y una porción de la élite cultural y política de este país. Ya no estamos en la época en que un blanco valía por cien indios. No debemos permitir que ellos se sientan con mayor derecho que nosotros para gestionar esta crisis de seguridad. La tragedia ocurrió en tierras mexicanas y fue perpetrada por criminales mexicanos. La única solución posible es que sean las instituciones del país quienes den la cara a la comunidad nacional e internacional e impartan justicia de manera responsable y legítima. Es la idea misma de nación lo que aquí está en juego, y los sentados en esta mesa tenemos una responsabilidad histórica.

Lemus se sabía un orador eficaz, en ocasiones brillante, aunque al final de su arenga temió haber apelado a un sentimentalismo barato; era muy consciente de que toda referencia a la nación constituía un guiño a la demagogia y alguno de los presentes podría cobrárselo caro. No obstante, observó que sus palabras habían conmovido a dos o tres de los asistentes; otros buscaban el rostro de Prida antes de asumir cualquier tipo de reacción. La del secretario de la Defensa, en cambio, no ofrecía ninguna duda. El semblante enrojecido de Zúñiga mostraba que el militar se lo había tomado como una descalificación personal. Estaba a punto de intervenir cuando Prida tomó la palabra.

—Gracias, Carlos —dijo con una inclinación de cabeza y dirigiéndose al procurador agregó—: tenemos que asegurarnos de que las aprehensiones corran por cuenta nuestra. Por ningún motivo los culpables y los sospechosos pueden salir del territorio mexicano. Así se lo comentaré al presidente Brook y tú hazlo con tus contrapartes. Comparte la información que consideres prudente para mantenerlos tranquilos, pero nada que les permita estar un paso por delante de nosotros.

Zanjado el punto, Prida solicitó opiniones sobre los posibles autores intelectuales de la agresión. Lemus volvió a pensar en su hijo, aunque ahora que escuchaba otras versiones y testimonios ya no estaba tan seguro de su hipótesis inicial. La mera idea de compartir con ese grupo la sospecha de que se trataba de una rencilla familiar sonaba pueril y descabellada. Y quizá lo era. Sabía de los repetidos intentos que hizo Jaime para echar abajo la candidatura de Santa y, cuando eso falló, sus maquinaciones para poner al secretario de Educación en su contra. Pero de eso a cometer un crimen de Estado había una enorme distancia, ¿o no? Prefirió guardarse sus opiniones y se dedicó a escuchar las de los otros.

Durante la siguiente media hora abordaron las posibles motivaciones y consecuencias de la tragedia, al final asumieron que solo estaban especulando. Concluyeron que había que centrarse en la cacería de Jonathan Jiménez.

## 52

**Los Azules**
*Día 0, 8.20 p.m.*

Tomás, Amelia, Jaime y Mario se encontraban en una pequeña sala del hospital San Javier, en espera de que les entregaran el cuerpo de Claudia Franco para ser trasladado a la Ciudad de México, donde se llevarían a cabo las exequias correspondientes. La policía retrasó el trámite hasta el término de la autopsia y del examen meticuloso de la ropa que la mujer portaba durante la ceremonia de inauguración. Tomás había sido interrogado sobre lo sucedido una y otra vez por detectives de diversas instituciones y cada indagación le hundió aún más en la tristeza y la desesperanza.

A unos metros de distancia, Jaime observó los últimos dos interrogatorios y lo que vio lo dejó tranquilo. Era tal la cantidad de testimonios que los policías debieron recabar en las primeras horas y tantos los cuerpos de seguridad involucrados, que ninguna autoridad relacionó la observación de la edecán sobre el falso enfermero con el sujeto que ofreciera ayuda a Tomás para sacar a Claudia en camilla del auditorio. Resultaba evidente que quienes interrogaban no estaban al tanto del resultado de otros testimonios, o no de todos, al menos por el momento. Con un poco de suerte, en unas horas Jonathan Jiménez sería llevado a la Ciudad de México. Eso le daría a Lemlock un plazo de varias horas para trabajar a placer sobre el prisionero. Estaba impaciente por partir al aeropuerto, pero no quería abandonar a su amigo en el estado en que se encontraba. Nunca lo había visto así.

Mario le había dicho que tenía que despabilarse y asumir que era el director del periódico que ella amaba por encima de todo, que seguramente Claudia habría querido que en estos momentos de crisis él asumiera la conducción de *El Mundo* y que el diario ofreciese una lección de periodismo profesional en la vorágine que padecería el país en los siguiente días. A Mario le tenía sin cuidado la reputación del periódico, pero creyó que ese argumento provocaría una reacción capaz de sacar a su amigo de la molicie y el abatimiento.

Pese a las palabras de Mario, no era el periódico en lo que Tomás estaba pensando. El vacío que Claudia dejaba le resultaba absurdo, inconcebible, como el que despierta convertido en ciego después de un accidente y no puede siquiera imaginarse cómo será el resto de su vida. Le parecía un contrasentido que la naturaleza renunciara a mantener en su inventario un ser tan expansivo, vital e irrepetible. El sonido de su risa cuando era sorprendida en falta o el aroma intenso e indescifrable de su sexo se extinguirían para siempre, y eso constituía una pérdida irreparable para el universo. Insoportablemente irreparable para él. Nunca se dio cuenta de en qué momento su pasión por el cuerpo eléctrico y goloso de ella transitó al amor por la persona. Le habría gustado decírselo, y ahora, al duelo de la pérdida, se sumaba la tortura del remordimiento.

Amelia lo miraba confundida. Desde niños siempre había podido acompañar a Tomás en esos estados de ánimo líquidos que le acometían de vez en vez. Dentro de la cofradía de los cuatro, los dos construyeron una intimidad profunda nacida de la certeza compartida de saberse ajenos al guion que otros llamaban vida. Como dos bañistas que observan desde la orilla de la piscina a los que chapotean en el agua. Pero esta vez el dolor de Tomás era privado, indivisible, inalcanzable.

A Jaime simplemente lo devoraba la impaciencia. Llamó a Amelia aparte, le comunicó las novedades.

—Hablé con la madre de Claudia. Le dije que no volara a Guadalajara, que mejor recibiera el cuerpo de su hija en la funeraria de Gayosso. La salida del avión está programada para las seis de la mañana, supongo que a las nueve ya estará en una de las salas de velatorio.

Amelia recordó a doña Edith vestida de luto y de pie al lado del féretro de su marido, fallecido tres años antes. No la había vuelto a ver desde entonces. Allí, en Gayosso mismo y durante los funerales de su padre, Claudia había buscado a Tomás para pedirle que se hiciera cargo del periódico, arrancando así el ciclo que terminaría mañana, justo en el mismo sitio.

—Pobre mujer, primero se entera del sobrino baleado y horas más tarde de la muerte de su única hija —dijo Amelia.

—Y, peor aún, dentro de dos o tres días tendrá que tomar decisiones sobre el diario. Solo le queda Sergio Franco en la familia.

—Dudo que al tenista le interese —respondió ella—. Oye, ¿sabes cómo va a quedar después de su operación? No me extrañaría que lo único que quiera sea tomar un avión para salir del país después de lo que le sucedió. Y si yo estuviera en sus zapatos no lo culparía.

—Y por lo que veo, tampoco hay mucha certidumbre en el puesto del director —dijo Jaime mirando a su amigo, quien había vuelto a concentrarse en las grietas de la pared.

—*El Mundo* necesita a Tomás tanto como Tomás necesita a *El Mundo* —dijo Amelia—. Ya se recuperará. Y tal y como están las cosas, todos necesitaremos de *El Mundo*. Vienen tiempos de cacería de brujas, gritos y sombrerazos en los que hará falta equilibrio e inteligencia. *Lapizarra* jugará un papel importante, si lo dejan, pero no basta.

# 53

**Jonathan**
*Día 0, 10.40 p.m.*

«Tiene que ser esta casa», se dijo Patricia tras mirarla un largo rato. Ninguna otra construcción en el perímetro poseía ni de cerca las ventajas que esa mansión en renta ofrecía para alguien en busca de una guarida. Un escondrijo perfecto, al menos para algunos días. A fuerza de examinar la oquedad oscura de sus ventanas, casi podía sentir la respiración de su presa, nerviosa y acechante, en algún lugar detrás de esas paredes. Pero esto último no se lo diría a sus compañeros o a su jefe; la intuición femenina o las corazonadas de un cazador no entraban en los protocolos de intervención de Lemlock.

A Jaime Lemus le bastó la descripción que ella hizo del lugar para autorizar el operativo. Asumiendo que Jonathan estaba solo y probablemente desarmado, un comando de siete personas, Patricia incluida, sería más que suficiente. A ella le habría gustado tener el lector de calor para detectar la ubicación del objetivo, pero no estaba incluido en el equipo ligero que trajo consigo desde la Ciudad de México. Dejó a un agente en la camioneta, con el motor encendido y las luces apagadas, y a otros dos en el jardín para interceptar a la presa en caso de que llegara a eludirlos dentro de la casa. Ella y los tres restantes entraron por la ventana entreabierta de la cocina, probablemente el mismo lugar por el que había penetrado el sicario horas antes. El equipo se dispersó por la planta baja hasta agotar cualquier resquicio que sirviera de refugio y se reagrupó para subir por las escaleras.

Jonathan despertó cuando escuchó los ruidos tenues producidos por los fragmentos de vidrio que había colocado debajo de la ventana abierta, restos de un foco de un clóset que sacrificó con ese propósito.

Contuvo la respiración y entendió que varias personas se movían con sigilo por la planta baja. Decidió escabullirse a la azotea inadvertidamente; habría querido retirar las bolsas de comida para no revelar su presencia, pero juzgó que el ruido que provocaría sería contraproducente. Por lo demás, concluyó que sus agresores sabían que él estaba allí. Caminó tan silencioso como pudo hasta alcanzar la pequeña puerta que comunicaba con la escalera que llevaba al techo y salió a la oscuridad estrellada de una noche de luna nueva. Se refugió detrás del tinaco de agua, en una orilla de la azotea, y especuló con la posibilidad de descender hasta el jardín. No encontró algo que pudiera utilizar para descolgarse y asumió que su única alternativa sería un salto de más de diez metros al vacío. Respiró profundamente y quiso pensar que cualquier cosa que le deparara el golpe sería preferible a ser detenido y quizá muerto y torturado por sus perseguidores. Luego percibió las dos siluetas que patrullaban el jardín y concluyó que no tendría ninguna posibilidad de escapar de ellos con las piernas quebradas o la crisma rota. Los dos esbirros estarían encima de él aún antes de ponerse en pie. Consideró meterse en el tanque de agua, pero desplazar la pesada losa que lo tapaba necesariamente atraería las miradas de los dos que vigilaban desde afuera. Agotadas sus opciones, se hizo un ovillo y se entregó a la posibilidad de un milagro.

Patricia dejó a uno de sus hombres en la planta baja y llegó a la azotea con los últimos dos. Las bolsas de comida abandonadas en la que supuso sería la recámara principal confirmaban la presencia del fugitivo. Cuando por fin ascendieron por la estrecha escalera que conducía al tejado, la vista plana que ofreció la azotea, apenas interrumpida por los tanques de agua, no le dejó duda del lugar en el que se escondía el criminal. Temerosa de que él recurriera a una acción desesperada que pusiera en riesgo su vida, decidió llamarlo.

—Jonathan, soy Patricia Mendiola. No vamos a lastimarte.

Él guardó silencio, desconcertado. Habría esperado cualquier cosa menos escuchar la voz de una mujer. En los últimos segundos había considerado la posibilidad de suicidarse tirándose desde arriba, con la esperanza de alcanzar las puntas de metal que coronaban la valla del muro que rodeaba el perímetro de la finca. Una idea peregrina pero preferible a caer en manos del Z14 o los siniestros exmarines que le acompañaban.

—Queremos hablar contigo —agregó ella, tras una pausa.

Alertado por la voz de la detective, uno de los guardias que patrullaba el jardín proyectó con su linterna un haz de luz sobre el fugitivo. Este se tapó con el brazo y estuvo a punto de perder el equilibrio.

—¡Apaguen esa luz! —gritó ella, temerosa de provocar una reacción de pánico en Jonathan. El breve atisbo al rostro del fugitivo mostraba que, en efecto, era casi un adolescente. Recordó a un cachorro abandonado que una vez se refugió debajo de su coche.

—Queremos hablar, no lastimarte —insistió Patricia—. Los que te pusieron allí intentaron matarte, supongo que eso ya lo sabes. Solo queremos saber quién está detrás de todo esto. No somos policías y mucho menos miembros de un cártel. Digamos que somos una parte interesada. Podemos ayudarte.

Patricia sabía que estaba mintiendo. Lemlock tendría que entregar el muchacho a las autoridades, pero se consoló pensando que incluso esa alternativa era mejor para él que ser encontrado por sus exjefes, quienesquiera que estos fueran.

Él pensó que allí había una oportunidad, aunque aún no estaba listo para ceder. El Z14 era un sujeto astuto y podría haber recurrido a una mujer para engañarlo.

—Jonathan, no tenemos toda la noche. Otros peores que yo ya están sobre tus pasos, en cualquier momento podrían llegar. —Y en esto último Patricia no mentía. Ella misma oteó el horizonte para asegurarse de que todavía se encontraban solos.

Él hizo lo mismo y se contaminó de la impaciencia que transmitían las palabras de ella. El silencio y la oscuridad de las calles vecinas le hicieron pensar en una calma chicha a punto de quebrarse. Eso terminó por decidirlo. Abandonó la protección del tanque de agua y dio unos pasos hacia la mujer con las manos en alto, aunque nadie se lo había pedido.

Minutos más tarde rodaban por las calles de la ciudad en busca de la autopista que les conduciría a la capital. A Patricia le habría gustado interrogarlo de inmediato; cuanto antes conocieran la identidad de los autores intelectuales del atentado, más posibilidades tendrían de explotar la ventaja que habían tomado sobre el resto de los interesados. Pero tenían que salir de la zona con urgencia y en el trayecto sería imposible hacerlo, era demasiado arriesgado llevarlo como pasajero a la vista de todos; su cara de rasgos infantiles hacía poco probable que fuera tomado como uno más de los agentes. Decidieron esconderlo en la parte trasera de una de las camionetas donde habían trasportado las armas. El cuerpo esmirriado de Jonathan no tuvo problemas para extenderse en el pequeño cubículo cubierto por la lona. El ardid no resistiría la revisión más somera, pero era preferible que llevarlo al descubierto. Patricia juzgó que podrían pasar todos los retenes sin otro contratiempo que la identificación de los pasajeros.

Cuatro horas más tarde, en las inmediaciones de Toluca, Jonathan golpeó con el puño una de las paredes interiores de la camioneta; se detuvieron unos kilómetros más adelante, en un paraje solitario. El joven y dos de los hombres orinaron a unos metros de distancia del vehículo. Pese a la brevedad del descanso, Patricia intentó extraer alguna información del prisionero, pero este se negó en rotundo hasta no hablar con el líder; asumía que un agente operativo no lo era.

A las 5.30 de la mañana llegaron a una casa de seguridad de Lemlock en la colonia Narvarte. Duchado y recién cambiado, Jaime Lemus les esperaba en la habitación destinada a los interrogatorios.

## 54

**Gamudio**
*Un día después, 1.00 a.m.*

Se supone que él no tendría que estar ahí, en ese Mercedes que partía a cuchillo la bruma de madrugada en su camino a una bodega a las afueras de Guadalajara. Una camioneta con cinco exmarines les seguía a corta distancia. Era un riesgo para Godnes, para Robert Cansino, para él mismo y, sobre todo, para Noé Beltrán, quien se había quedado en la Ciudad de México, tras impartir las instrucciones finales. Todos ellos tendrían que estar en Chiapas, a mil kilómetros de distancia de lo que había sucedido esa mañana en la FIL.

Pero Godnes aseguró que el Z14 había exigido la presencia de Gamudio en la cita en la que entregarían la recompensa: cinco millones de dólares en efectivo, un pasaporte venezolano genuino con la fotografía del capo y, lo más importante, el *software* y las claves que permitirían monitorear los flujos de combustible que circulan por los oleoductos de Texas y México en tiempo real. Hasta ahora, el Z14 había tenido que corromper a funcionarios de Pemex que en el mejor de los casos ofrecían información parcial y con frecuencia imprecisa. Ahora podría tener datos confiables para planear sus operaciones con el máximo de eficiencia. Adicionalmente contaba con la promesa de inmunidad absoluta en caso de que Noé Beltrán llegase a la presidencia.

Cuando llegaron a la bodega el Z14 los esperaba con dos de sus hombres, además de los cuatro miembros del grupo original fugado del penal de Mazatlán que no participaron en el operativo de la FIL. Uno de ellos custodiaba el portón de acceso a la bodega y otro la puerta de la pequeña oficina donde los recibió. Se suponía que a estas horas el capo ya tendría que haber ejecutado a los exprisioneros, pero al parecer decidió aprovecharlos como refuerzo para su cita con Godnes y Gamudio.

—¿Y para qué tantos soldados? —reclamó el anfitrión al ver a cuatro exmarines y al propio Cansino entrar en la oficina. Todos llevaban armas en la mano aunque encañonaban al piso.

—¿No pensarás que me iba a aventurar con cinco millones de dólares a cuestas por las carreteras sin la debida protección, no crees? —respondió Godnes e hizo una indicación a Gamudio para que ayudara a depositar los dos sacos de lona verde militar sobre la pequeña mesa.

Todas las miradas quedaron atrapadas por los fardos de dólares que quedaron expuestos al abrir las dos largas cremalleras. Algunos de los fajos de billetes cayeron al suelo. Incluso el Z14 quedó fascinado con el espectáculo. Dos de sus hombres no resistieron el impulso de doblarse para recoger el dinero caído.

Era justo lo que esperaba Godnes; a su señal los soldados apuntaron sus pistolas automáticas contra sus anfitriones y los obligaron a desarmarse. Cansino emitió un chiflido para que el exmarine que había quedado afuera redujera a los dos guardias del exterior.

—No seas idiota, ¿qué estás haciendo? —protestó el Z14, más indignado que temeroso—. ¿Sabe de esto Beltrán?

—Nada se hace sin su consentimiento.

—¿Y tú crees que yo no tomé medidas para protegerme en caso de que quisieran traicionarme? —retó el capo.

—¿Y tú crees que no te hemos monitoreado desde el primer instante en que te buscamos? —respondió Godnes—. No tienes otra cosa que el relato completo que le hiciste a tu amante venezolana. Con eso lo único que provocaste fue condenarla también a ella; bueno, a ella y a una amiga a la que le insinuó que estabas haciendo unos tratos fabulosos con un gobernador.

El Z14 contrajo el labio como Gamudio había notado que hacía cuando se mostraba contrariado. Salvo eso, ningún otro gesto delató enfado o miedo. Más bien parecía intrigado.

—¿Y cómo chingados vas a hacer para que el gobierno crea que a mí me interesaba cargarme a Santa?

—Ay, mi hermano, aunque tú no lo sabías, desde hace dos meses intercambias correos electrónicos con direcciones utilizadas por otros narcotraficantes. Los que te contrataron estaban muy molestos porque Santa había prometido erradicar a los Zetas para dejar todo el campo al cártel de Sinaloa cuando llegara a la presidencia —dijo Godnes ufano, como quien se saca un conejo de la chistera.

Y, en efecto, tras una indicación de su parte uno de los soldados extrajo una *laptop* de su mochila, envuelta en un plástico transparente.

—Me gustaría que dejaras tus huellas digitales en el aparato, pero asumo que no nos harás la cortesía. Supongo que tendrá que ser una contribución póstuma.

—Y yo supongo que ya saben que se les escapó un pajarito de la jaula; el más peligroso, diría yo —el narcotraficante esbozó una sonrisa—. Y creo que para eso me necesitan; el JotaJota, como ahora le dicen, seguramente acudirá a su familia, a los Zetas. Así que tengo más probabilidades de encontrarlo yo que todas las policías juntas, y para eso no creo que te vayan a servir de mucho tus marines —dijo el capo, con una mirada de desprecio a los exsoldados estadounidenses.

—Justamente por eso es que tenemos que poner fin a nuestro acuerdo —afirmó Godnes impaciente, como si no entendiera la incapacidad del otro para ver lo obvio—. Si las autoridades encuentran a Jiménez, inmediatamente vendrán por ti. Así es que solo nos estamos adelantando, preferimos que te encuentren de una vez, pero bien calladito. Disculpe usted los inconvenientes —terminó diciendo el asesor de Beltrán en tono irónico.

—Hijos de puta —dijo el Z14, aunque sin mayor animosidad, todavía reflexionando en las palabras de Godnes—, nunca fue cierto lo de darme el programa para espiar los poliductos, ¿verdad? ¿Y al menos existe o también eso se lo inventaron?

—Existe, pero nunca iba a ser tuyo. Si te sirve de consuelo, los cinco millones sí puedes quedártelos. Es más, te dejamos con ellos.

Cansino ordenó a sus hombres recoger del suelo las armas de las víctimas y el grupo abandonó la habitación bloqueando la puerta detrás de sí. Se desplazaron algunos metros hasta refugiarse tras los coches estacionados en el interior de la bodega y Cansino operó el dispositivo que detonó el explosivo contenido en los dos sacos con billetes. Un estallido contenido sacudió las paredes de la bodega y lanzó hacia fuera la puerta de la oficina.

Cuando reingresaron a la habitación el olor a carne y a billetes quemados hacía irrespirable la atmósfera. El pequeño foco que colgaba del techo se había hecho añicos, por lo que tuvieron que usar linternas para asegurarse de que todos los Zetas estuvieran muertos. Deliberadamente, la cantidad de explosivo utilizado, el mismo empleado en la FIL, fue la justa para que los cadáveres no quedaran irreconocibles. El cuerpo del Z14 era el menos dañado y tenía la espalda destruida; al parecer fue el único que intentó alejarse del dinero, a los otros hombres la explosión les sorprendió en pleno rostro. Godnes aseguró que eso no sería un problema; sus tatuajes hablaban por ellos.

Cansino y sus agentes tardaron otros quince minutos en hacer ajustes en la escena y en borrar todo rastro de su paso por el lugar. Las autoridades encontrarían en la bodega al responsable material y en la computadora a los autores intelectuales y los motivos suficientes para explicarse el atentado de Guadalajara.

En el viaje de vuelta a la Ciudad de México, Godnes y Cansino comentaron los incidentes de la misión. Wilfredo Gamudio, en cambio, se sumió en un largo silencio alimentado por sus preocupaciones. Nunca le comunicaron que el propósito del viaje era eliminar al Z14 y sus hombres; solo le dijeron que no abriera la boca e hiciera exactamente lo que se le indicara. El sangriento e inesperado desenlace le hacía abrigar los peores presagios. Finalmente se armó de valor y se atrevió a preguntar lo que traía atravesado:

—¿También a mí me van a matar?

—No seas tonto, Gamudio, ¿por qué dices eso? —contestó Godnes, quien aunque maldecía como soldado en inglés, nunca recurría a palabras soeces en español. Quizá porque era el idioma que había aprendido en casa de su padre, un hombre autoritario y de malas pulgas.

—Después del Z14, Cansino y yo somos los siguientes de la lista —respondió él, aun cuando el agente estadounidense estuviera presente.

—Usa el cerebro, no el trasero. Nadie cercano a Beltrán puede ser asesinado en este momento, atraería la atención sobre el gobernador. Eso significa que todos nosotros estamos blindados.

—¿Pero era necesario deshacerse del Z14? El acuerdo era que desaparecería de inmediato y supongo que él era el más interesado en cumplirlo. ¿Para qué asumir riesgos?

—Ninguna operación de este tipo es perfecta si no ofrece una pista falsa y definitiva que nos elimine de la lista de sospechosos de una vez y para siempre. ¿Y qué mejor pista que una que es auténtica? —dijo el asesor estadounidense, embriagado de sí mismo.

—¿De veras crees que las autoridades se conformarán con la cabeza del Z14? —objetó Gamudio—. A mí me parece que no descansarán hasta encontrar el siguiente eslabón de la cadena; o sea, a nosotros. Nadie va a creer que se aventó ese tiro por sus propios huevos.

—Entonces no has entendido nada de lo que ha pasado esta noche. Lo importante no fue la eliminación de estos malosos —el español de Godnes era perfecto, aunque de vez en cuando recurría a palabras que solo un niño utilizaría—. No solo se trataba de silenciar una posible filtración sino también de generar un culpable. La verdadera belleza de todo este complot está en los puntos finos —dijo el estratega—. Tenemos un *software* israelí que es una obra de arte —continuó—. Una vez que un correo electrónico baja un código de manera inadvertida, el virus anida en el celular o la computadora residente y permite utilizar el aparato desde un sitio remoto. No solo te enteras de todo lo que contiene, también recibes los correos y mensajes antes que el destinatario. Mejor aún, puedes retener algunos y editarlos; puedes enviar textos ficticios como si fueran auténticos, incluso con fechas retroactivas, ¿no es una maravilla?

—¿Y eso qué tiene que ver con el Z14? —interrumpió Gamudio, irritado como muchas otras veces por el tono talmúdico en el que Godnes gustaba solazarse.

—Durante semanas nos dedicamos a buscar hasta encontrar algunas direcciones de correo electrónico que los Zetas utilizan de manera clandestina. Cambian con frecuencia pero estas aún están activas. Introdujimos conversaciones que expresan el deseo de Cristóbal Santa de extirpar a los Zetas y la decisión de estos de tomar medidas punitivas —desde el asiento del copiloto, al lado de Cansino, quien conducía el Mercedes, Godnes hablaba con una cadencia regular y precisa, como un científico leyendo un informe técnico, mientras miraba hipnótico la línea iluminada de la carretera—. Nuestros *inputs* fueron emitidos con fechas anteriores a lo de la FIL, y aunque en su momento fueron retenidos, ahora han sido liberados. Aparecerán con las fechas originales. Las autoridades encontrarán datos que revelan detalles del operativo para atacar a la FIL junto a correos que dan cuenta de otras rutinas auténticas de tráfico y lavado de dinero del cártel. Incluso utilizamos los mismos sistemas de encriptado y claves que ellos manejan. Nada que los expertos del gobierno no puedan decodificar. La computadora que encontrarán al lado del cuerpo del Z14 es la hebra que les permitirá desenredar toda la madeja.

—¿Y estás seguro de que tus expertos son mejores que sus expertos? —respondió Gamudio, con la esperanza de encontrar una grieta en los argumentos del otro, solo por el placer de mostrarle que también él podía equivocarse.

—Al final todo puede saberse, pero tomaría mucho tiempo y hombres descubrir nuestros pasos; ya eliminamos cualquier rastro del virus israelí de la *laptop* que dejamos. Siempre puede haber un genio excéntrico y escéptico que sospeche algo; tendremos que estar atentos para desacreditarlo si llega a darse el caso. Sujetos con obsesiones complotistas siempre existen, aunque en pocas ocasiones son tomados en cuenta en sus instituciones. Las autoridades quieren ofrecer una solución rápida e inapelable y se la estamos dando. Con un poco de presión mediática y otro de manipulación desde adentro para cerrar cualquier intento de abrir otra línea de investigación, estaremos todos a salvo. Incluso tú y Cansino.

Las siguientes horas los tres hombres apenas hablaron, cada uno concentrado en sus propias preocupaciones. Cansino con los nervios aún de punta luego del operativo; no se relajaría hasta llegar a la Ciudad de México y abandonar la carretera. Los cinco marines que les acompañaban tenían credenciales de la policía judicial de Chiapas, no obstante sería un incordio explicar qué es lo que hacían de madrugada en el trayecto entre Guadalajara y la capital. Fueron detenidos brevemente en dos ocasiones en retenes montados en la carretera en las últimas horas, aunque pasaron sin dificultad.

No obstante, Cansino sabía que él aún no se encontraba a salvo, pese a lo que aseguraba Godnes. Y tampoco Gamudio tenía razón cuando decía que era el siguiente eslabón en la cadena. Al ser responsable directo del operativo, Cansino era consciente de que él ocupaba esa incómoda posición. Jonathan Jiménez nunca había visto su rostro, pero sí el de los hombres que trabajaban para él. Los exmarines saldrían de México a partir del día siguiente, cada uno por su lado, y nadie podría encontrarlos. Tenía plena confianza en ellos; se trataba de un grupo compacto, veteranos de muchas batallas, que habían cometido más infamias de las que podían recordar, antes y después de convertirse en mercenarios. Uno de ellos murió en la casa de Sergio Franco, pero su cadáver nunca sería hallado. Esta operación no era ni por mucho la más sangrienta en su expediente, habida cuenta de que ni siquiera habían disparado una sola bala.

Pero Jonathan sí había visto a los marines que impartieron la instrucción y los escoltaron cada día a las instalaciones de la feria. Y para cualquier investigador avezado eso constituía un rastro que tarde o temprano conduciría hasta él. Mientras estuviera vivo, el fugitivo era una amenaza.

Godnes, en cambio, rumiaba su éxito. Le habría gustado que los colegas y superiores que le echaron de la Agencia Nacional de Seguridad en Washington se enteraran de su hazaña. Ninguno de ellos habría sido capaz de concebir un plan tan riguroso como el que ahora había ejecutado; el uso de drones y satélites los había ablandado y hacía años que la propia CIA no realizaba un operativo tan temerario o meticuloso como el que estaba a punto de culminar. Con todo, la fuga de Jonathan Jiménez constituía una fisura en la operación hasta ahora impecable. Pero incluso ese cabo suelto le resultaba un desafío estimulante. El verdadero talento se mostraba en la capacidad para improvisar con elegancia e ingenio y resolver los imponderables que la realidad solía imponer a los planes mejor urdidos. Los exmarines constituían un grupo de mercenarios; bastaría fabricar pruebas de una supuesta relación previa entre el Z14 y los estadounidenses. Un intercambio de correos electrónicos cifrados en los que el capo acordase la contratación de los excombatientes. Eso sería suficiente para despreocuparse del destino de Jonathan Jiménez. O casi. En el fondo, todos estarían más tranquilos cuando el muchacho estuviera muerto.

Gamudio solo quería que comenzara un nuevo día. Le había fascinado entrar en contacto con ese mundo de pistolas y hombres de acción, tan ajeno al análisis de correlación de fuerzas y a las mesas de negociación política a las que estaba acostumbrado. Pero ahora estaba harto de la violencia salvaje que se había desatado y amenazaba con llevárselo entre las patas. Solo quería llegar a casa y descansar para amanecer en la vida que conocía y dominaba, en la construcción de alianzas y estados de ánimo que convirtieran a Noé Beltrán en el próximo presidente. Sobre todo quería alejarse del hombrecillo brillante y terrible con el que llevaba encerrado tantas horas.

## 55

## Prida y Sergio

*Un día después, 1.50 a.m.*

«Cuando llegué a Los Pinos estaba convencido de que sería el mejor presidente que había tenido el país. Parecía tan fácil no cometer los mismos errores de mis predecesores. Y mírame ahora, ¿te has enterado, Sergio? Lo que sucedió hoy me convertirá en el peor de la historia. El hombre que permitió que el Estado mexicano se le diluyera entre los dedos. Porque eso dirán: que encabezo un Estado fallido, que soy un pusilánime, un inepto.»

Alonso Prida se reclinaba sobre el lecho de Sergio Franco sentado apenas en la orilla de la silla, las rodillas casi tocando el suelo, hablando en murmullos al perfil del jugador, quien respiraba acompasadamente con los ojos cerrados. La habitación se encontraba semioscura, la puerta cerrada, los guardias en el pasillo.

«Hay vidas que quedan definidas por un momento, por un exabrupto, por un accidente. Hombres y mujeres que son recordados por una singularidad en sus vidas largas colmadas de otras cosas. Como el viejo Trujillo, mi maestro de química, el mejor profesor de la escuela, cuya pasión pedagógica pasó a segundo plano en el ánimo de una generación tras otra debido al recuerdo ridículo de un bisoñé grasoso. ¿Así será mi sexenio? ¿Así seré recordado? ¿El presidente que perdió al país? ¿Se olvidarán de mis reformas, que pusieron en movimiento a la economía? ¿De mis desvelos para mantener a raya a los grandes empresarios?»

Al pasar la medianoche y terminar la última sesión de las muchas que celebró durante la jornada, Prida se refugió en su despacho de la residencia oficial. Su esposa se había retirado a su propia recámara minutos antes. Bebió dos vasos de *whisky* y se dijo que tendría que conciliar el sueño para arrancar temprano la terrible agenda que le esperaba al día siguiente. Se tomó otro trago y la relajada liviandad que le produjo el alcohol se fue transformando en laxitud desesperanzadora. Había huido de su cuerpo la energía que desplegó durante las últimas horas para mostrar al país y a sus colaboradores la entereza de un líder en momentos de crisis. Ahora solo tenía deseos de llorar, de sumirse en la autocompasión, de mandar todo al carajo. Habría deseado conversar con su padre, ya difunto, para poner las cosas en perspectiva, para intercambiar reflexiones con alguien que no fuese su empleado, alguien con quien pudiera sincerarse sin cometer indiscreciones de jefe de Estado. Luego recordó que Sergio Franco estaba hospitalizado a unos pasos de distancia; seis minutos más tarde se desahogaba en su lecho.

«A Salinas le mataron a su candidato y todo se le descompuso. En medio del pánico los empresarios sacaron su dinero del país, el peso terminó devaluándose y eso arrastró a una crisis económica terrible. Él acabó exiliándose en Irlanda y en Cuba durante años y se convirtió en el villano favorito de los mexicanos. ¿Será eso lo que me espera, Sergio? O quizá algo peor; por lo menos en aquella ocasión la muerte del candidato se atribuyó a un asesino solitario y desquiciado y eso le puede pasar a cualquier país. En cambio ahora se trata de un ataque directo al propio gobierno, a mi gobierno, como si fuera una república bananera. No tengo ni puta idea de cómo evitar lo que sigue: rumores de desestabilización, salida de capitales, contracción económica. Y a mí me verán como el culpable de todo el desastre. El próximo presidente me tomará como chivo expiatorio para hacer borrón y cuenta nueva; el sacrificio que el nuevo César necesita para aplacar a las graderías. Yo haría lo mismo. El pretexto será lo de menos, terminaré tras las rejas y los míos serán perseguidos y acosados. Ni siquiera mi amistad con Brook podrá salvarme. ¿Amistad? Tampoco de eso estoy seguro; hoy me llamó como si no hubiésemos jugado unas horas antes, como si nunca lo hubiéramos hecho. Hijo de puta; por el tono con el que habló cualquiera pensaría que yo fui el responsable de sus muertos. Me advirtió que su gente, "*our people*", ya estaba investigando, y que esperaba colaboración de nuestra parte para encontrar a los culpables. Más que una petición, parecía una amenaza.»

Los *whiskies* consumidos habían endurecido la lengua de Prida y entorpecido sus palabras, y ahora la indignación provocó que terminara hablando casi a gritos. Sergio escuchó las últimas frases, aunque prefirió mantener los ojos cerrados y fingir que aún dormía. No entendía del todo a qué obedecía el derrotismo del presidente aunque agradecía su visita; interrumpía la letanía del ronroneo de los sueros que durante horas había reinado en la habitación.

«¿Qué pude haber hecho diferente? ¿Si hubiera elegido a otro le habría pasado lo mismo que a Santa? ¿La tragedia fue provocada por mis errores o estaba predestinada? Quizá no tiene nada que ver conmigo, y le habría pasado a cualquiera. El puto azar es el verdadero capitán de nuestros destinos.»

Sergio captó la última frase y pensó en el golpe de suerte que hace que una bola pegue en la red y caiga muerta en la cancha rival, en el encuentro casual en una cafetería capaz de trastocar el corazón, en el capricho de tener en casa arco y flechas tras meses de haberlos ignorado.

«¿Qué voy a hacer, Sergio? Ahora daría cualquier cosa a cambio de que mi sexenio hubiera terminado hace un mes y que mi única preocupación del día fuera arrancarte un elogio por mis progresos con el revés cruzado.

»Quizá tenga razón el hijo de la chingada de Noé Beltrán y lo que verdaderamente necesita el país es someter el caos a sangre y fuego, romper culos y voluntades, despellejar a los de piel sensible y quebrar el espinazo de los valientes hasta que una sola voluntad se imponga a todos los demonios que andan sueltos. Yo no tengo el ánimo para eso. La verdad, no tengo el ánimo para nada.»

Sergio había dejado de seguir el monólogo, su mente flotaba entre brisas de palmeras en alguna playa de saladas humedades. No escuchó cuando Alonso Prida salió trastabillando de la habitación.

# 56

**Jaime y Jonathan**
*Un día después, 7.45 a.m.*

El expediente de Jonathan Jiménez tenía todos los vicios del buro-
cratismo, la reiteración y la jerga jurídica ininteligible y anodina. No
obstante, la revisión meticulosa de una media docena de reportes
clínicos de las instituciones por las que había pasado mostró a Jaime
que, pese a su edad, Jonathan era un criminal peculiar, dotado de
un extraordinario coeficiente intelectual. Pero no solo eso.

La mayor parte de los informes elaborados por los psicólogos y los
trabajadores sociales que se habían atravesado en su camino eran ne-
gativos. Algunos lo acusaban de ser cínico e insensible, inteligente e
introvertido. Otros, aún más duros, deploraban las habilidades mani-
puladoras del prisionero y el desengaño que a la postre les había provocado. Una tal Sonia Burgos de la penitenciaría de Mazatlán reportó
a lo largo de varias semanas las prolongadas conversaciones sobre los
libros que el joven leía en la biblioteca, sus puntos de vista originales
y sensibles. En alguna ficha se dijo convencida de encontrarse ante
un prisionero fuera de serie, brillante y propositivo, que en otras circunstancias de vida habría sido un ser humano capaz de destacar en
cualquier terreno que se lo propusiera. Pero había un informe previo, de una prisión en Tamaulipas, de parte de una psicóloga que se
mostraba horrorizada por su comportamiento; gracias a la insistencia
de ella, Jonathan había sido trasladado a un pabellón más benigno,
destinado a delincuentes de cuello blanco: ejecutivos y funcionarios
condenados por fraudes y delitos no sangrientos. Al día siguiente de
su traslado, asesinó por la noche a un contador acusado de blanquear
dinero, con quien los Zetas sostenían una antigua reyerta.

Jonathan lo recibió con todos los sentidos alerta. Revisó de arriba abajo a Jaime, deteniéndose en los zapatos, en las manos y luego en el rostro. El escrutinio fue tan intenso y deliberado, que involuntariamente Jaime metió una de las manos en su bolsillo para no dejarla expuesta, vulnerable. Al darse cuenta de lo que hacía, rebuscó dentro del pantalón y extrajo un llavero, lo único que tenía dentro del bolsillo, como si esa hubiese sido su intención original. Tomó asiento al otro lado de la mesa y con la punta de una llave raspó una ligera mancha en la superficie. Jaime era un experto en interrogatorios, lo cual incluía interpretación de gestos y lenguaje corporal. Luego pensó que el otro también lo era, con la diferencia de que para él constituían una técnica profesional, y para Jonathan, en cambio, un recurso de sobrevivencia. Se preguntó cuál de los dos tendría más experiencia en este tipo de conversaciones; no le gustó su propia conclusión.

Dos horas después se tomó un respiro. Sus colaboradores lo esperaban detrás del vidrio falso que comunicaba con la habitación contigua.

—Duro de roer, el cabrón, quizá haya que recurrir a otros métodos —dijo Ezequiel Carrasco, excomandante de Dirección Federal de Seguridad y jefe de agentes en Lemlock.

—Podríamos intentar sacárselo por la fuerza, pero tiene inconvenientes —respondió Jaime—. Nos llevaría un buen rato doblarlo porque el muchacho defenderá con su vida lo que sabe, es lo único que tiene para negociar. Y tampoco es que podamos entregarlo muy lastimado.

—Pues estamos contrarreloj —insistió Carrasco—, después del mediodía será muy difícil explicar por qué no lo entregamos antes. Tendríamos que cambiar la versión de la hora y las circunstancias en que lo detuvimos, pero el muchacho podría echarnos de cabeza. Yo insisto en que le saquemos la información a mi manera: en muchas ocasiones ellos mismos están esperando recibir el castigo para poder doblarse; les parece que si lo confiesan entre gritos de dolor no traicionan a nadie. Solo así sienten que no defraudan al machito que llevan dentro.

—No creo que vayamos por mal camino —dijo Patricia, dirigiéndose a Jaime—, está ganando tiempo, midiéndote para saber si puede confiar en ti, ofreciendo migajas para probar tu buena voluntad o tu capacidad para conseguir lo que él necesita.

—Lo que él necesita no se lo puedo dar. Debo convencerlo de que entregarlo a alguna autoridad confiable al menos le permitirá conservar la vida —respondió el dueño de Lemlock.

—Tampoco eso se lo va a creer. Él sabe que si pudieron sacar a veinte convictos de un penal de alta seguridad en Mazatlán, no tendrán problema en ejecutarlo en cualquier prisión mexicana en que lo refundan —dijo ella.

—Pues no pretenderá que simplemente le abramos la jaula por su bonita cara, ¿no? —terció Carrasco.

—Por su bonita cara no, por la identidad de los que mandaron matar a Cristóbal Santa sí —respondió ella, y al sentir que la conversación había llegado a un punto muerto, añadió—. Pero me parece buena señal que no haya negado el hecho de que formó parte del comando; ni siquiera le ha interesado demostrar que él no disparó, como sabemos gracias a la versión que tenemos de la edecán. Quiere hablar, solo que no ha escuchado de nosotros lo que él espera.

—Bueno, habrá que seguir. No quiero dejarlo descansar, seguramente está agotado después de lo que ha pasado las últimas veinticuatro horas. Eso juega a nuestro favor, den la instrucción de que ningún alimento y solo medio vaso de agua el resto de la mañana.

Tres horas más tarde, Jaime volvió a interrumpir el interrogatorio. Antes de encarar a sus colaboradores, se encerró algunos momentos en el baño para refrescarse. Se sorprendió de lo cansado que se sentía; comenzó a preguntarse si estaría en condiciones de ganar esa partida. El rostro del muchacho exhibía los estragos de un día interminable, pero su concentración seguía siendo absoluta, sus cinco sentidos alerta en cada pregunta, en cada giro de la conversación. A Jaime le quedó claro que no iba a ganar por un descuido del prisionero y que este se encontraba lejos, muy lejos, de estar a punto de quebrarse.

Jonathan suponía que Jaime era un funcionario de alto nivel de alguna institución policial. Por lo mismo estaba convencido de que su interrogador o sus jefes estaban en condiciones de ofrecerle una salida definitiva a cambio de la información que necesitaban. No podía saber que Lemus no era más que el dueño de una empresa privada que se había tomado atribuciones extralegales y que no podía retenerlo por más tiempo. Algo que sumía a Jaime en la impaciencia.

Este había sondeado la posibilidad de engañar a Jonathan haciéndole creer que aceptaba sus condiciones: su liberación a cambio de la identidad de los organizadores del atentado. Una vez que tuviese la información podría entregarlo a las autoridades y desentenderse de él. Pero el joven había sido categórico; no confesaría nada a menos que tuviera una garantía documentada de parte de la Procuraduría General de la República. Por más que Jaime insistió en que ninguna autoridad competente pondría por escrito y firmaría un acuerdo de esa naturaleza, Jonathan se había mostrado intransigente. No quedaba más opción que intentar engañarlo con alguna documentación falsa y esperar que el muchacho la aceptara como auténtica o recurrir a la violencia; dos vías que tomarían más tiempo del que tenía.

Se preguntó si estaba dispuesto a correr más riesgos con tal de enterarse de la verdad. ¿Era Noé Beltrán el responsable de la masacre? Hasta ahora solo tenía una conjetura que bien podía estar equivocada, pero lo que el joven sabía quizá podría confirmarlo. No obstante, retener al prisionero algunas horas más terminaría comprometiéndolo de manera inexcusable.

Durante algunos segundos examinó su rostro en el espejo del lavabo, como si escrutara los arrestos del sujeto que tenía enfrente. Una sonrisa comenzó a dibujarse con la revelación que estalló en su cerebro: podía no entregarlo. ¿Sería capaz? Solo un puñado de empleados de Lemlock sabía que Jonathan Jiménez se encontraba allí. Nada impedía sacarle la verdad y luego hacerlo desaparecer de la faz de la tierra.

Desechó la idea por absurda y se dijo que no tenía por qué arriesgar todo lo que había conseguido en la vida. Pero el lobo que Amelia juraba que él llevaba dentro volvió a hacer trizas su prudencia. ¿Y si cumplía con su deber y entregaba al muchacho solo para que Noé Beltrán lo silenciara? El militar tenía muchos amigos entre los cuerpos de seguridad; se trataba de un universo profesional dentro del cual Beltrán seguramente constituía el favorito de los aspirantes a la presidencia. Si el muchacho desaparecía, con él se esfumaba quizá la única evidencia capaz de incriminar al gobernador de Chiapas o, peor aún, de evitar que llegara a la presidencia. Por el contrario, si retenía al joven y le extraía los datos que permitieran encontrar otras evidencias, estaría en condiciones de exhibir la culpabilidad de Beltrán, o de cualquier otro que hubiese sido el responsable de la masacre. Pensó incluso que *El Mundo* —y por qué no, *Lapizarra*— podrían ser la vía para revelar el escándalo a la opinión pública. Esta perspectiva lo dejó satisfecho, sonrió al espejo, ahora sí abiertamente, y se incorporó. La sensación de seguridad en sí mismo recorrió su cuerpo revitalizando órganos e insuflando vida, como si la sangre hubiese estado retenida por la incertidumbre. Ahora Jaime se sentía confiado, impaciente por abordar el plan apenas concebido: retener a Jonathan Jiménez se había convertido en un deber moral.

Regresó a la habitación donde esperaban sus colaboradores y les informó que desde ese momento continuaría el interrogatorio en solitario. Bloqueó la vista del falso espejo tras el cual veían al prisionero y les pidió que regresaran a las oficinas de Lemlock. Podía confiar en su silencio, pero prefería hacer sin ellos las siguientes sesiones. Luego se introdujo en la recámara donde esperaba el joven.

—Bueno, Jonathan, arrancamos de cero. La buena noticia es que no soy policía, la mala es que puedo hacer contigo lo que quiera.

# CUARTA PARTE

—

Muerte súbita

*30 de noviembre a 2 de diciembre*

## 57

**Amelia, Tomás y Sergio**
*5 días después, 11.00 a.m.*

Amelia saludó al recepcionista y subió al cuarto piso, pero una vez que se encontró ante la puerta del apartamento de Tomás decidió que era una pésima idea haber venido. Tendrían que haberlo hecho Mario o Jaime, no la examante, no para rescatarlo del hoyo abismal en el que él estaba sumido tras la pérdida de Claudia. Pero los intentos de Mario habían fracasado uno tras otro, Tomás ni siquiera abrió la puerta a pesar de las llamadas de su amigo. Todo lo contrario, sus negativas habían sido cada vez más cortantes. Y Jaime había desaparecido desde el domingo anterior cuando regresó de Guadalajara; solo habían recibido mensajes vagos de su parte en los que aseguraba que pronto tendría las claves para entender lo que había sucedido en la FIL.

Así que Amelia no tuvo más remedio que apersonarse en el domicilio de Tomás e intentar lo imposible. Mario le había dicho que temía por la cordura de su amigo y que nunca se perdonaría si llegaba a cometer alguna locura. Pero ahora no podía sentirse más incómoda haciendo el papel de intrusa, la expareja entrometiéndose en el duelo del periodista por la pérdida de su pareja. Antes de tocar el timbre de la puerta, se preguntó cómo debería conducirse. ¿De manera imperiosa, reprendiéndolo, llamándolo al orden, abriendo las ventanas y cortinas y enviándolo a la ducha? ¿Empujándolo si fuera necesario y cortando en seco sus lloriqueos? O, por el contrario, ¿armándose de paciencia, sentándose con él para conversar en complicidad durante horas, mimetizándose con su pena hasta que el cansancio y el desahogo le hicieran reaccionar?

Podía anticipar el ambiente salobre y descompuesto que encontraría, las botellas vacías tiradas en la sala y en la recámara, un plato con comida apenas mordisqueada pudriéndose en la mesa, la devastación física e higiénica del cuerpo de su amigo. Nunca previó lo que halló cuando él abrió la puerta después de que ella se identificara. La luz de media mañana inundaba una habitación razonablemente limpia, aromatizada por el café recién hecho. El pelo mojado y la barba lisa de Tomás delataban que acababa de salir de la ducha. Súbitamente Amelia se sintió en falta. Parecía que había interrumpido las rutinas de su amigo, dispuesto a enfrentar una jornada más.

—No contestabas el teléfono —dijo ella a manera de disculpa—, Mario me insistió en que viniera, el portero me dejó pasar, ¿se llama Pancho, no? —agregó, mientras daba los primeros pasos al interior de la habitación.

Él asintió en silencio, se acercó a Amelia y la abrazó. Enterró su cabeza en el hombro de ella y la apretó tan fuerte como pudo.

—Es una putada —dijo él, con rabia.

Ahora fue ella la que asintió sin pronunciar palabra; percibió el alcohol macilento que Tomás exudaba, y también ella lo estrechó con fuerza. Se mantuvieron así un largo rato. Él con la sensación de que con su única frase ya había dicho todo lo que tenía que decir; ella no queriendo ser la primera en deshacer el abrazo.

Finalmente, él retrocedió y tomó asiento en uno de los sofás. Ella hizo lo mismo, enfrente de él.

—Voy a salir un tiempo del país. Tres o cuatro semanas; no puedo estar aquí.

—¿Solo? —preguntó ella, y se sintió incómoda por el tono utilizado, como si estuviera haciendo un reproche o una escena de celos—. Quiero decir, ¿estarás con amigos? ¿Con parientes?

—No tengas temor; no cometeré ninguna tontería. Al revés, lo hago para salvarme —dijo él—. Me pasé tres días bebiendo a mansalva, sumido en la autocompasión: justo ahora que parecía tenerlo todo, la puta ruleta lo destruye. Y sí, en más de una ocasión me dieron ganas de mandar todo a la mierda y tirarme por el balcón. Al final ya deliraba: ¿por qué a mí? ¿Por qué no me concedieron ocho o diez años de esto que por fin había logrado en la vida?

—Has logrado muchas cosas en la vida, Tomás —dijo ella a su pesar.

—Por primera puñetera vez no me sentí un impostor o el inmerecido beneficiario de un golpe de suerte —continuó él, como si no la hubiera escuchado—; todo lo contrario, estaba muy orgulloso de lo que hacía, reverenciado genuinamente por una mujer increíble, comprometido en algo trascendente para la vida de los demás. Y de pronto el suelo se desfondó; me vi peor que nunca, atormentado por la pérdida de Claudia y todo lo que ella representa —las últimas palabras salieron con dificultad de la garganta agarrotada de Tomás.

—Sí —concedió ella—, creí que te recogería entre vómitos y restos de alcohol. Pero aquí estás —agregó, recorriendo con su mirada el ambiente ordenado y la ropa limpia que él portaba.

—El dolor me arrancó los intestinos a dentelladas, Amelia, no las neuronas. Puedo ser un egoísta pero no soy tan bruto. Después de tres días de compadecerme tuve que asumir que otras ciento cuarenta personas murieron en Guadalajara. Por no hablar de los miles de asesinados en la absurda guerra contra los cárteles. No puedo seguir pretendiendo que el universo se ha cebado en mi contra.

—¿Y entonces? ¿Por qué salir del país? No lo comprendo, el periódico te necesita, hoy más que nunca —dijo ella, más bien aliviada por las reflexiones de su amigo.

—¿Nunca has amanecido como anestesiado, sabiendo que tienes que levantarte pero te resulta imposible despertar del todo por más que te lo exiges? Hoy por la mañana entendí que no podía seguir en ese hoyo; supongo que toqué fondo y no quiero regresar allí, por eso tengo que salir.

—Entiendo lo que dices, ¿pero no sería más fácil ponerte en pie ocupando tus días en algo intenso, trascendente como tú mismo acabas de decir? Sobre todo ahora que el país necesita una prensa que ayude a exhibir y explicar lo que está pasando.

Él guardó silencio algunos instantes y denegó con la cabeza.

—Tengo miedo de intentarlo y fracasar.

—Pero si ya has demostrado que eres capaz, el periódico nunca había estado mejor —respondió ella en tono exasperado, como si dijese algo obvio.

—Lo mismo me dijo doña Edith, tratando de convencerme de regresar cuanto antes. Me llamó por teléfono hace un rato. Tampoco ella entiende que cuando digo que no puedo, no me refiero a mi trabajo como director sino a la ausencia de su hija —dijo él con voz quebrada, y tras una pausa para reponerse, añadió—: voy a extrañarla más dentro del diario que manteniéndome fuera de él. Sin ella nada volverá a ser lo mismo; temo que una noche regrese a casa para beber hasta perderme —y esta vez no pudo evitar que su mirada vagara hacia el balcón.

—Por eso te vas —sentenció ella.

—Por eso me voy.

Volvieron a quedarse en silencio y ahora fue ella quien sintió el soplo de la melancolía. Le habría gustado caminar a la estantería en la que Tomás guardaba las botellas y servirse un trago de alcohol. En su lugar le pidió a su amigo una taza de café.

Él se incorporó para dirigirse a la cocina, pero el tintineo del interfón interrumpió sus pasos. El portero le comentó algo y él accedió. Intrigado, se giró a donde se encontraba Amelia y le dijo que Sergio subía por el ascensor.

El hombre que había sido chofer de Claudia, un tal Hilario, saludó a ambos, abrió la puerta de par en par y empujó la silla de ruedas que transportaba al tenista; les dijo que aguardaría en el coche y estaría atento a su llamada para regresar por su pasajero y se retiró.

Amelia y Tomás se acercaron a saludar al visitante, impresionados por la lividez de su rostro. No lo habían visto en el funeral de su prima tres días antes y no se explicaban qué estaba haciendo allí en lugar de recuperarse en una cama de hospital.

—Lo sé —dijo él, levantando la mano en su defensa—, pero ya estaba harto de las gelatinas. ¿De dónde sacaron los pinches médicos que esas mierdas son sanas?

—En eso tienes razón —dijo Amelia riendo—, aunque no sé si es muy sano andar por la calle con tu herida —añadió, mientras se inclinaba para darle un beso en la mejilla. No se habían tratado mucho pero habían simpatizado desde la primera vez que se encontraron en la fiesta de aniversario del periódico, algunas semanas atrás.

—Solo me quedan unos puntos que me quitarán en tres días y no pienso sentarme a contemplarlos hora tras hora. Además, me urgía hablar con Tomás —dijo él, y el tono fúnebre con que pronunció las últimas palabras le hicieron recordar a Amelia que Sergio era el otro gran damnificado por la muerte de Claudia. Lamentó el tono festivo con el que lo había recibido y prefirió despedirse—. Bueno, me voy. Tenía que estar en una reunión hace media hora —y dirigiéndose a Tomás—: a lo mejor me doy una vuelta con Mario en la noche, por si necesitas algo. Está más inquieto que si fuera tu mamá —agregó antes de salir.

Cuando se quedaron solos, los dos hombres se examinaron detenidamente, menos con los ojos que con el recuerdo de los últimos meses; cada cual valoraba lo que el otro significaba para Claudia. Tomás veía en algunos rasgos del rostro de Sergio trazas de la belleza de su prima y concluyó una vez más que él era lo más cercano a un hermano que la mujer llegó a tener. Por su parte, Sergio miró a Tomás por primera vez con afecto genuino; hasta entonces el periodista siempre había estado a prueba, de manera inconsciente lo sometía a una evaluación constante para comprobar si era digno de los sentimientos que despertaba en Claudia.

Sergio comenzó por pedirle detalles de las últimas horas de vida de Claudia. Tomás respondió con un largo monólogo, muy distinto de aquel que transmitió a los policías; habló de la sangre tibia que manaba de su cuerpo cuando se tiraron al piso; de la sarta de groserías que ella nunca diría al incorporarse tras el tiroteo; de la manera en que él debió correr junto a la camilla porque ella nunca quiso soltarle la mano, incluso inconsciente; del rostro increíblemente hermoso y plácido que tenía cuando bajó a la tumba.

—Cuando era niña el fuego de su pelo era aún más encendido —respondió Sergio—, su temperamento también. En una ocasión, tendríamos once o doce años, sus papás me invitaron a pasar unas vacaciones en la costa, en Mazatlán. Una tarde de lluvia me desafió a cruzar la bahía y salir a la arena por la playa de Olas Altas, un lugar plagado de peñascos peligrosos. Yo me negué en redondo; aunque los dos nadábamos bien me pareció infantil y estúpido afrontar las piedras en medio de ese oleaje. Claudia me ignoró y se tiró al agua; la dejé avanzar diez o quince metros y luego me lancé detrás de ella, furioso conmigo mismo porque no podía dejarla asumir el riesgo sola. Poco antes de llegar a la playa las cosas se pusieron horribles; las crestas nos zarandeaban de un lado a otro y costaba mucho avanzar, en algún momento me raspé un brazo en las rocas y me distraje, cuando miré hacia delante vi que ella estaba en problemas. Un calambre le atenazaba una pierna y a duras penas se mantenía a flote; el agua la mecía de fea manera y amenazaba con estrellarla contra las piedras. Supongo que la adrenalina tiró de mí y tras muchos esfuerzos logramos regresar mar adentro, donde el oleaje era menos intenso y las aguas más profundas. Allí flotamos hasta que ella logró reponerse, al rato regresamos por donde habíamos venido. Pasamos algún tiempo tirados sobre la arena, conscientes de la estupidez cometida. Conmovida, ella me hizo prometerle que cuando volviera a ponerse en peligro yo estaría allí para protegerla. Absolutamente convencido de lo que decía, sellé mi juramento: tomé con un dedo un poco de la sangre que tenía en el codo y mojé con ella la palma de mi mano y luego la suya y las estreché solemnemente. Le dije que era una promesa de sangre. Al final no pude cumplirle y eso me atormenta por absurdo que parezca. No sé si ella lo pensó cuando la acribillaron, que no estuve allí para defenderla, que le había fallado. Es lo primero que me vino a la mente cuando me enteré de su muerte. Estos días he soñado que ella viene a reclamármelo.

—No hay manera de salir ilesos de una pérdida tan gratuita, tan brutal —convino el periodista, confirmando que las heridas del otro no eran menores a las suyas.

—La pregunta es: ¿qué vamos a hacer con eso, Tomás?

—Sufrir el duelo, padecerlo, vivir con una cicatriz en el pecho, supongo.

—Entonces no conociste bien a Claudia. Ella no se habría conformado simplemente con ser añorada. Los Franco no estamos hechos para acojonarnos entre lamentos o para exhibir nuestras cicatrices.

Tomás recordó la furia combativa que ella mostró cada vez que el diario o su familia fueron amenazados y debió reconocer que Sergio tenía razón. De haber sobrevivido a la masacre de la FIL hoy estaría convertida en una amazona dispuesta a devolver golpe por golpe. Supuso que la carrera del tenista se había construido sobre la misma entereza para responder a la adversidad. El periodista empezó a entender el motivo de la visita. No había venido exclusivamente a compartir recuerdos sobre su prima ni a enterarse de cómo transcurrieron sus últimos momentos. Supuso que Sergio había hablado con su tía y conocía su negativa de regresar a la dirección de *El Mundo*.

Como si adivinase sus pensamientos, Sergio dio un giro a la conversación.

—No sé mucho de periódicos pero aprendo rápido, Tomás. Y tampoco es que tenga alguna alternativa. Quizá la familia Franco deba vender la empresa en algún momento, pero por ningún motivo lo haremos ahora. No cuando acabamos de recibir un mazazo como este; no vamos a salir por la puerta trasera con el rabo entre las patas. Sería un insulto para Claudia y para Rosendo.

El otro asintió. Era la filosofía de los Franco en su más pura expresión. También entendía que Sergio no tenía otra opción, era el único miembro de la familia que quedaba para asumir la responsabilidad; los demás parientes eran relativamente lejanos o de plano inservibles. Pero eso no significaba que él mismo estuviese en esa tesitura. Su compromiso había sido con Claudia, no con la familia Franco y, por lo demás, cada quien tenía derecho a recomponerse de una catástrofe de acuerdo con su propia naturaleza. Él no pertenecía a esa estirpe de varias generaciones acostumbradas a hacer valer su voluntad; a diferencia de los Franco, los Arizmendi formaban parte de los mexicanos de a pie, acostumbrados a hacerse a un lado para no ser arrollados por el paso intempestivo de las calamidades o de los carruajes majestuosos e indiferentes en los que viajaban personas como los Franco.

—Yo no puedo hacerlo solo, Tomás. No te pido que te quedes si no quieres, solo que me ayudes a cumplirle a Claudia. Dame unos meses, lo que tome vengar su muerte. Indagar y exhibir a los verdaderos culpables, quien quiera que ellos sean. No sé de qué manera el ataque que sufrí está relacionado con lo de la FIL, pero no puede ser una casualidad. Allí hay un punto de partida.

De manera mecánica, casi sin proponérselo, Tomás pidió detalles a Sergio sobre lo sucedido en su casa la víspera de la tragedia de la FIL. Hizo anotaciones mentales, precisó datos y coincidió en que se trataba de un intento de asesinato con motivaciones políticas. Tomó nota del número telefónico desde el que había sido alertado por la voz distorsionada, con la esperanza de que el equipo de Jaime pudiera desentrañar algo. Se percató demasiado tarde de que el periodista que acechaba en él había tomado otra vez el control. Habría querido argumentar, como lo había hecho un rato antes con Amelia, sus razones para no regresar al diario, el temor de que la ausencia de Claudia lo llevara a la desesperación, pero le pareció impropio y cobarde decírselo a quien quizá la echaría de menos tanto o más que él.

Quedaron de verse al día siguiente en *El Mundo* para informar al personal de la institución, y más tarde a la opinión pública, los cambios en el liderazgo de la empresa y para definir la estrategia a seguir para asegurarse de que los asesinos de Claudia pagaran por sus culpas.

## 58

**Carlos y Prida**
*5 días después, 11.50 a.m.*

«Quién sabe si los detectives del gobierno sirven para algo, pero desde luego sus diseñadores gráficos son deplorables», pensó Carlos Lemus mientras escuchaba al procurador general de la República ofrecer al presidente Prida y a su gabinete de seguridad el resultado de sus investigaciones cinco días después de la tragedia de Guadalajara. Un video de animación reproducía los movimientos de los miembros del comando suicida durante el operativo, cada uno con su respectiva foto montada sobre la cabeza, como una máscara estática y macabra. Mucho menos afortunada resultó la imagen de las víctimas; algunas fotos de archivo mostraban a algunas de ellas sonriendo mientras los sicarios las masacraban y sus cuerpos se desplomaban abatidos por las balas. Molesto, el propio Prida reprendió al procurador por sus excesos pedagógicos en la elaboración del informe.

Lemus juzgó que las conclusiones eran aún peores que la manera de presentarlas. Según los archivos digitales encontrados junto al cuerpo del Z14, aparente organizador del operativo, todo el Filazo, término utilizado por la prensa, se reducía a un complot de los cárteles de la droga. Una explicación que convencía a muy pocos; la opinión pública esperaba algo más sustancioso que la eterna versión de hacer recaer las culpas en los narcos. El veredicto no podía ser peor para Prida. Los que creían en la tesis del narco confirmarían que el gobierno había perdido definitivamente la partida, que el crimen organizado era un Estado paralelo e incontrolable y que el presidente tendría que renunciar. Los que no la creían se quedarían convencidos de que la culpabilidad de los narcos simplemente era una coartada; que la tragedia había sido perpetrada desde arriba y que el presidente era cómplice encubridor o, peor aún, artífice de la misma.

Carlos Lemus asumió que el gobierno no tenía otro recurso que exponer la tesis del procurador, se creyese o no. Era lo único que tenían, en todo caso. Pero equivalía a seguir pagando las letras de un coche nuevo que acababa de ser robado; el peor de los dos mundos. Ni siquiera tenían el rostro de un prisionero para exhibir. El tal Jonathan Jiménez se había esfumado. Muchos de los presentes daban por descontado que el tipo estaba muerto y sus restos calcinados o algo equivalente. A falta de un prisionero real, el procurador insistía en que su ridículo Nintendo ofrecía una evidencia tangible de la veracidad de la tesis oficial.

Y, sin embargo, Lemus pensó que el desánimo de Prida era lo más preocupante. Esa misma noche estaba programado un anuncio del mandatario que sería difundido por televisión en cadena nacional. Se suponía que sería un llamado a todos los mexicanos para cerrar filas en torno a las instituciones, en momentos en que la nación era objeto de amenazas internas y externas. El problema es que ni siquiera el presidente parecía estar convencido de su discurso. Su actitud era la de alguien dispuesto a hacer lo que le pidieran sus asesores con tal de que después de eso lo dejaran en paz. Carlos Lemus se dijo que los gestos de derrota, su rostro cenizo y la voz hastiada labrarían su propia tumba política con el mensaje de esa noche. Minutos más tarde, el abogado entendería los motivos del desánimo presidencial.

Al terminar la reunión, Prida retuvo a dos de sus secretarios y al propio Lemus; en el despacho los esperaba Agustín Celorio, el canciller. Los cuatro hombres escucharon estupefactos lo que su jefe compartió con ellos.

—Hace una hora el secretario de la Defensa y otro general, Ruiz, el de la Primera Zona Militar, exigieron ser recibidos. Cabrón, nombré a Zúñiga para que se hiciera cargo de la Defensa porque creí que era el más institucional; ahora vino a desafiarme. Llegaron con encuestas sobre el desplome del apoyo popular, según ellos solo uno de cada diez mexicanos simpatiza con el gobierno en este momento, pusieron el grito en el cielo por la cantidad de dólares fugados durante las últimas setenta y dos horas y aseguraron que en cualquier momento la gente comenzaría a vandalizar los comercios. Están convencidos de que si no hacemos algo drástico el Estado se desmoronará en cuestión de semanas —Prida hizo una pausa y miró a sus colaboradores en busca de alguna reacción. Solamente Lemus la tuvo, los otros tres habían enmudecido.

—Y a juicio de ellos, ¿qué significa hacer algo drástico, señor presidente? —preguntó él, temiendo lo peor.

—La designación de un Generalísimo, un Comandante Plenipotenciario, un Fiscal Superior; dijeron que lo del nombre era irrelevante, lo importante era dotarlo de «poderes extraordinarios para conducir al país en tiempos extraordinarios».

—¿Y el presidente? —inquirió indignado Celorio.

—Me convierten en un títere, una figura simbólica en el mejor de los casos.

—Pero eso ni siquiera tiene un sustento legal, constitucionalmente no puede hacerse —protestó Jacinto Márquez, secretario de Gobernación—. Bueno, eso creo —agregó indeciso.

—Justo por eso le pedí a Lemus que nos acompañara. Necesitamos un jurista que sepa y que tenga huevos, el procurador es un pendejo —dijo Prida, dirigiendo la vista a la sala de juntas contigua, donde habían estado reunidos minutos antes.

—Constitucionalmente todo puede hacerse, señores —dijo Lemus—; basta que dos tercios del Congreso lo aprueben y, tal como está la situación, pueden aprobar cualquier cosa. Algunas medidas podrían requerir el acuerdo de la mayoría de los congresos estatales, y el trámite es engorroso pero a la postre lo conseguirían. En todo caso el dichoso Generalísimo podría comenzar a operar de manera provisional desde el momento en que se anuncie la creación de su puesto.

—Y supongo que usted los mandó a la chingada, señor presidente. Es poco menos que un golpe de Estado, un acto de usurpación —se indignó de nuevo el de Gobernación.

—Precisamente, me amenazaron con quitarle el «poco menos» si me negaba.

—Disculpe, señor. ¿Lo dijeron así? Eso constituye una revuelta, una insurrección —reaccionó Celorio.

—Me dijeron que justamente eso era lo que querían evitar —respondió el presidente en tono irónico—. Que la irritación entre los poderes fácticos era de tal magnitud que solo tomando la iniciativa y adelantándoseles podría mi gobierno impedir que hicieran algo drástico.

—¿Los poderes fácticos? —se burló Lemus—. ¿Desde cuándo los militares son los autorizados para tomar el pulso a los empresarios, a los grupos políticos, al clero o a las trasnacionales?

—Dijeron que los generales del Ejército Mexicano más cercanos al Pentágono aseguraban que en Washington verían con buenos ojos un relanzamiento del liderazgo en el país, que estaban muy preocupados por el desmoronamiento —dijo Prida cabizbajo y lanzó una mirada interrogante al canciller.

—En esa parte quizá sí hay algo —respondió Celorio, casi entre dientes—: Robertson, el brazo derecho del presidente Brook, me habló esta mañana para decirme que no se tragaban la versión de los Zetas ni por un minuto, pero que eso no era lo importante. Lo que en verdad estaba en juego era la gobernabilidad del país y que Norteamérica no se podía permitir una crisis de inestabilidad crónica justo en su frontera.

—Cabrones: cuando les conviene somos parte de Norteamérica y cuando no, somos el traspatio, el lugar donde comienza Sudamérica y la barbarie —dijo el de Gobernación y Lemus pensó que quizá no era tan mal sujeto.

—Otra amenaza velada —deploró Prida.

—¿Mencionaron los generales algún candidato? —preguntó Lemus.

—A nadie con nombre y apellido. Simplemente dijeron que se necesitaba un hombre recio que inspire el respeto de las fuerzas armadas, de los cuerpos de seguridad, de Washington y de la iniciativa privada —ahora Prida había comenzado a hablar sin entusiasmo, ni siquiera había indignación en su letanía.

—No estará postulándose el propio secretario de la Defensa, ¿no? —dijo Celorio, desconfiado.

—No me dio esa impresión. En tal caso habría dejado hablar a otro —respondió el mandatario, ahora reflexivo—. Yo no quise indagar detalles porque parecería que estaba accediendo a su planteamiento —añadió como si se disculpara con los otros cuatro.

Lemus advirtió que desde hacía un rato ninguno de los presentes se dirigía a Prida llamándolo presidente o recurriendo a alguna de las fórmulas de cortesía. Decidió recordárselo.

—¿Y en qué terminó todo, señor presidente? ¿Con qué respuesta se fueron?

—Les dije que pensaría en su propuesta, que por el momento tenía que concentrarme en el mensaje que daré esta noche. Me dijeron que regresarían por la mañana para conocer mi decisión y que confiaban en que yo haría lo más conveniente para los intereses de la nación —volvió a decir con ironía.

—Dimitir —concluyó Celorio en tono sentencioso y la mirada de los otros cuatro le hizo darse cuenta de su imprudencia—. Quiero decir, eso es lo que esperan esos cabrones —añadió apresurado.

Sin embargo, la sentencia quedó flotando en la habitación como el humo de tabaco en un tugurio. El silencio se adueñó de la reunión, los ojos de todos vagando en algún punto del tapete que mullía la salita de la oficina presidencial, en cuyos sillones se encontraban. Lemus intentó sacudir la molicie fatalista que se había instalado en el grupo. Se dijo que él ni siquiera pertenecía a ese equipo. Todavía no se explicaba del todo qué había impulsado a Prida a convocarlo, aunque suponía que el presidente, quizá de manera intuitiva, entendía que necesitaba opiniones ajenas a la unanimidad que se inocula entre compañeros que han trabajado unidos mucho tiempo. Decidió justificar su presencia una vez más.

—Quizá tengan razón en el diagnóstico, señor presidente, al menos en parte, pero no necesariamente en la solución.

Prida tardó en levantar la vista, cuando lo hizo parecía levemente intrigado.

—Es cierto que el país necesita una sacudida. Lo de la FIL quebró la última reserva de confianza que la gente podía tener en el gobierno, y discúlpeme por decirlo así. También es cierto que ningún discurso podrá restituirla. Lamento decirlo, señor presidente, pero tampoco creerán cualquier cosa que usted diga o prometa.

—¿Qué significa eso? ¿Quieres que el presidente suspenda su mensaje? —reprochó el secretario Jacinto Márquez.

—No digo eso. Desaparecer de la escena, ocultarse, sería más dañino; el vacío de poder simplemente alimentaría las inclinaciones golpistas de algunos. Lo que digo es que tendría que hacerse otro tipo de mensaje, algo que constituya el principio de una sintonía del presidente con los ciudadanos.

—Acabas de decir que cualquier discurso endulzado sería tachado de demagógico —insistió Márquez.

—No si va acompañado de medidas drásticas, históricas.

—¿Drásticas?, ¿en qué sentido? —preguntó Prida.

—Los halcones que vinieron a visitarlo podrían tener razón en el sentido de que la crisis exige medidas extraordinarias; un golpe de Estado, si es preciso. Yo le pregunto: ¿estaría usted dispuesto a emprender un golpe de Estado contra su propio gobierno?

—Explícate.

—¿Tendría algún inconveniente en grabar hoy un breve mensaje y anunciar que mañana su gobierno hará una propuesta histórica y trascendental? Apareciendo ahora evitamos el vacío de poder y anunciando que algo gordo será comunicado mañana generamos una expectativa. Faltan tres horas para la retransmisión del mensaje. Deme una hora para presentarle una propuesta.

Cinco minutos más tarde, Carlos Lemus trabajaba en una pequeña oficina lateral perteneciente a uno de los asesores. Observó la pantalla en blanco de la computadora; reflexionó algunos instantes y llamó a Amelia.

## 59

**Jaime y Jonathan**
*5 días después, 12.00 a.m.*

Durante cuatro días Jaime Lemus y Jonathan Jiménez vivieron en un universo propio. Jornadas de doce horas de conversación, pocas horas de sueño, comidas improvisadas en horarios extravagantes. Al término de algunas de esas sesiones, Jaime estuvo tentado a rendirse y dejar al muchacho en las manos de Tony Soprano, apodo con el que se conocía en Lemlock al esbirro responsable de las tareas sucias. Pero siempre se resistía; en parte porque se negaba a salir derrotado de ese encuentro y en parte porque no estaba seguro de que la tortura pudiera sacar algo útil de su prisionero. La vida había hecho de Jonathan un artefacto duro y pulido, absolutamente impenetrable a los intentos para doblarlo, atemorizarlo o seducirlo.

Por lo demás, el chico no era del todo intransigente. Cuando sentía que Jaime estaba a punto de perder la esperanza, ofrecía algún detalle sobre el operativo, apenas lo necesario para despertar el interés del detective, nunca lo suficiente para revelar la identidad de los organizadores del atentado.

Después de dos días, Jaime decidió cambiar la estrategia. En lugar de intentar engañarlo o manipularlo, optó por sincerarse. Le explicó en detalle quién era y qué es lo que hacía, e incluso lo trasladó a las oficinas de Lemlock para mostrarle los alcances de la empresa, sus recursos y los contratos en marcha en Latinoamérica. Luego lo instaló en una celda en los sótanos del edificio.

Para entonces, Jaime ya sabía que había quemado sus naves y emprendido un viaje sin retorno. Jonathan nunca podría ser entregado a las autoridades. Tendría que convencer al joven de que Lemlock tenía los recursos y capacidades para inventarle otra vida a cambio de que revelara su secreto. Jaime no estaba convencido de que pudiera o quisiera salvarlo, pero tampoco era algo que descartara; prefería dejar ante sí mismo la duda sin despejar: de esa manera su trato con el joven era más convincente.

Este entendió el cambio de estrategia, no obstante todavía esperó dos días durante los cuales se dedicó a estudiar a Jaime. Lo interrogó sobre su pasado, las razones para dedicarse a esto, los motivos para no tener familia o pareja, las pulsiones para levantarse cada día o aquello que le hacía perder el sueño por las noches. El propio Jonathan compartió con su interlocutor pasajes duros de su experiencia sin ninguna conmiseración, sin intentar justificar alguna infamia imperdonable, una traición trapera. Pero exigía lo mismo a cambio. Poseía un olfato para detectar las respuestas hechas, las fórmulas en las que el propio Jaime se había apertrechado, las negaciones construidas a fuerza de repetirlas. Jonathan confrontaba, desmenuzaba, encontraba las contradicciones, ridiculizaba cuando era necesario.

El director de Lemlock nunca había pasado por un diván, ni lo haría, pero esas conversaciones fueron lo más parecido que tuvo a una indagación de los inframundos que durante cuatro décadas había mantenido en la oscuridad.

Al final de esos cinco días Jonathan entendió que se había agotado el tiempo. Seguía sin confiar del todo en su cancerbero, pero sabía que Jaime tenía que tomar un decisión muy pronto. Por lo demás, los dos se habían vaciado; no quedaba mucho más que tuvieran que decirse. Juzgó que las probabilidades de que no lo matara eran ligeramente mayores si decidía confiar su secreto.

El jueves por la tarde le dijo que estaba listo para negociar de buena fe. Él confesaría lo que sabía y a cambio, una vez que Jaime comprobara la veracidad de la información, este buscaría una manera de ponerlo a salvo: habían hablado de fabricarle una identidad, sacarlo del país e instalarlo en algún lugar donde pudiera comenzar de cero.

Jonathan explicó que el Z14 fue contratado por un tercero a quien él nunca llegó a conocer. Sin embargo, le habló de los seis marines que los custodiaron durante tres semanas y los describió de pies a cabeza. Dos de ellos portaban un tatuaje alusivo a la unidad a la que pertenecían cuando militaban en los Seals, organización a la que hacían referencia creyendo que ninguno de los Zetas entendía sus conversaciones en inglés. También sabía que quien les pagaba se llamaba o le decían Bob, aun cuando nunca llegó a verlo. Por lo general sus custodios hablaban poco en presencia de ellos, pero Jonathan pudo percibir que uno de los agentes se mostraba cada vez más impaciente por el prolongado encierro. Una y otra vez, el más veterano de la cuadrilla, un hombre llamado Richard, había tranquilizado al impaciente asegurándole que Bob era un cliente de fiar; al parecer ya les había contratado en alguna ocasión para hacer un trabajo sucio para la DEA.

Jaime no necesitó de mayores detalles para adivinar el involucramiento de su viejo amigo Robert Cansino, responsable durante años de las operaciones de la DEA en México y excompañero en la Interpol. No era un secreto que, tras una renuncia precipitada, desde hacía varios meses trabajaba en asuntos de seguridad para el gobierno de Chiapas. Supuso que Noé Beltrán estaría pagándole una fortuna.

El testimonio de Jonathan no solo permitía confirmar las sospechas sobre el general, ahora gobernador y aspirante a la presidencia, sino algo mucho más importante: una hebra firme para buscar evidencias.

Con el dibujo de los tatuajes que Jonathan pudo reproducir, Lemlock encontró muy pronto la unidad de asalto a la que habían pertenecido los dos marines. Obtuvieron un listado de los cincuenta y dos miembros que habían pasado por esa célula en los últimos diez años y mostró las fotos a su prisionero. Este reconoció a cinco de los seis integrantes del equipo utilizado por Cansino.

Las siguientes horas los investigadores y *hackers* de Lemlock intentaron reconstruir la trayectoria de los exmarines. Se habían retirado del ejército entre 2008 y 2010 para fundar una pequeña empresa de consultoría en seguridad; un eufemismo para designar sus actividades como mercenarios. Tenían los suficientes contactos para mantenerse vinculados a los exoficiales que habían saltado al sector privado y operaban como subcontratistas de empresas más grandes.

Jaime supuso que encontraría rastro del paso de los marines por el sistema de videos de la red vial de Guadalajara. Según Jonathan, los exmilitares los habían escoltado a él y a sus compañeros en sus traslados a la FIL en los días previos a la inauguración. Ubicarlos en compañía de quienes se transformarían en el comando ejecutor mostraría su complicidad en el atentado. Pero eso no necesariamente era una prueba del involucramiento de Robert Cansino y, por extensión, de Noé Beltrán. Necesitaría algo más, algo que relacionara a Bob con los militares.

Por desgracia, el expediente de los marines y el de Cansino revelaban que no habían trabajado juntos de manera oficial, sus trayectorias nunca se cruzaron; su amigo siempre perteneció al universo de las corporaciones policiacas, nunca a las castrenses. No obstante, Jaime daba por descontado que no era la primera vez que el exagente de la DEA contrataba a mercenarios y el testimonio de Jonathan lo confirmaba. Con frecuencia constituían el brazo ejecutor a cargo de las tareas sucias de las agencias estadounidenses en su lucha contra el crimen organizado, el equivalente a los drones que los cuerpos antiterroristas utilizaban para eliminar a las cabezas más radicales del islam.

Tras desplegar los expedientes sobre la mesa de la celda de Jonathan, Jaime preguntó al joven si recordaba alguna mención de cualquier otra tarea que la unidad de exmarines hubiera desempeñado para Cansino.

—Nada —respondió él—. Casi no hablaban frente a nosotros; pero sé que habían hecho trabajitos juntos desde antes. El que se llamaba Richard le decía al más nervioso que se calmara, pero el chavo seguía quejándose —afirmó Jonathan, señalando la foto de Randy Soave, un fortachón de pelo graso, una versión desfavorecida de un John Travolta de treinta años.

—¿Quejándose?

—El chavo estaba encabronado, ya se quería ir y le comenzaba a poner peros al encargo. Era el único que estaba pendiente de su teléfono, y como que eso molestaba al que parecía el jefe de ellos.

—¿Lo decía abiertamente?

—No, yo me di cuenta de que era algo que comentaban cuando estaban solos. Se le notaba la molestia o las dudas. El otro le decía que todo iba a salir bien y le recordaba que el tal Bob siempre les había cumplido.

—¿Y qué le estaría picando al chavo ese? En teoría están acostumbrados a misiones largas y mucho más ingratas que esta.

—Es que está enculadísimo. No siempre venía el jefe con ellos cuando nos escoltaban, y cuando no venía aprovechaba para presumirle a su compa, el puertorriqueño, algo de los mensajes que le habían llegado de su novia. Yo creo que por eso ya quería regresar a Gringolandia.

—Buenísimo, ese dato puede marcar toda la diferencia.

—¿Cómo?

—Un culo puede destruir el plan mejor armado, estimado Jonathan. Nunca te enamores, y si lo haces, nunca se lo digas a nadie.

Minutos más tarde se reunió a solas con Patricia Mendiola. Lo que seguiría no podía ser compartido con otros miembros de Lemlock.

—Averigua adónde voló Randy Soave, ninguno de ellos debe de estar ya en México. Que te ayude Mauricio pero no le des mayores detalles. En cuanto lo sepas reserva un boleto y lánzate para allá; mientras vuelas conseguiré todo lo que haya sobre Soave; domicilio, teléfono, correos, y te lo envío. Es esencial enterarnos de dónde vive su novia. Cuando tengas perfectamente ubicada a la pareja enviaré a Tony Soprano; lo sitúas en la escena y regresas.

Patricia asintió en silencio, agradeció la instrucción de volverse cuando el Gordo hiciera su aparición. Nunca le había gustado estar cerca de él cuando participaba en alguna misión. Nunca le había gustado estar cerca de él, punto. Era la versión clandestina de Lemlock; un engendro de crueldad y eficiencia capaz de infundir terror incluso entre los gánsteres. Trató de desprenderse del escalofrío que solía invadirla cuando evocaba a la mole que sus compañeros llamaban Tony Soprano. Y aún con más ahínco intentó despojar de rostro a la novia del tal Soave. Aunque ella aún no lo supiera, nadie querría estar en sus zapatos.

## 60

**Gamudio y Beltrán**
*6 días después, 12.15 a.m.*

—¡Hijo de tu reputísima madre! —le dijo Noé Beltrán a Wilfredo Gamudio, aunque este entendió que el insulto no iba dirigido a él, pese a que el pisapapeles que el gobernador lanzó contra la puerta pasó a algunos centímetros de su cabeza. El general parecía tener una conversación a solas con Prida, como si fuera este, y no Gamudio y Godnes, a quien tuviese enfrente. Estos optaron por permanecer callados hasta que pasara la tormenta. Los accesos de cólera del general eran legendarios; también lo eran los excesos que podía cometer en ese estado. Willy revisó el potencial de daño de los objetos sólidos al alcance de la mano de su jefe. Como siempre, una Colt 45 reposaba encima de su escritorio.

Segundos antes, Gamudio le había comunicado el resultado de la reunión clandestina que sostuvo con Elías Zúñiga, secretario de Defensa, tras la segunda visita que el general había hecho a Los Pinos para conocer la decisión final de Prida.

—¿Qué te dijo exactamente? —preguntó Godnes a Gamudio, viendo de reojo a Noé Beltrán para asegurarse de que su ataque de furia había pasado.

—No entró en muchos detalles. Básicamente me dijo que Prida lo mandó a la mierda y que no le dio muchas explicaciones. Al final lo sentí hasta temeroso, el presidente lo acusó de insurrección. Zúñiga no cree que lo mantenga como secretario de Defensa por mucho tiempo más, da por sentado que el presidente lo quitará del cargo en cualquier momento.

—¿Y tú, qué le dijiste? —se impacientó Godnes.

—Le hice ver la situación, Prida está contra las cuerdas, le aseguré que no perdería su puesto. Su jefe no puede darse el lujo de desestabilizar lo único que aún cohesiona a su administración. Le guste o no, el ejército sigue siendo la institución del gobierno más respetada por los ciudadanos.

—Tendríamos que hacerle saber que los militares no permitiremos que deponga a Zúñiga —dijo Beltrán—. Hay cuarenta generales de división en México, pero los que mandan no pasan de doce. Tres o cuatro no me quieren, al resto los tengo en la bolsa. Ahora mismo les hablo y cuando tenga su respaldo llamaré a Prida para decirle que se meta la banda presidencial por donde le quepa.

—Quizá eso sería poco conveniente, gobernador. Equivaldría a abrir nuestras cartas por completo —dijo Godnes en tono reflexivo—, aunque tiene usted mucha razón cuando dice que una llamada de su parte a los generales sería clave —se apresuró a agregar.

—Coincido —dijo Gamudio, que intuyó la intención del comentario del estadounidense—. Bastará con decirles a sus colegas que el despido de Zúñiga en este momento equivaldría a culpar a los militares de la crisis que vive el país. Esa sería la lectura que haría la opinión pública, y eso el ejército no puede permitírselo. Basta que cualquiera de ellos llame a Prida en nombre de todos, siempre y cuando no sea usted.

—Además, si otro general llama a Prida, fortalecerá la propuesta original de Zúñiga. El presidente se dará cuenta de que no era un asunto de tres o cuatro sino de todo el sector. Y lo es; el ejército ya no está dispuesto a hacer el trabajo sucio de políticos corruptos e ineptos —agregó Godnes.

—Ustedes me dijeron que Prida iba a doblar las manos al primer apretón —dijo Beltrán, mirándolos con rencor.

—Está dando patadas de ahogado, señor —respondió Godnes—. El mensaje que transmitió anoche por la televisión lo muestra, el tipo se puso a dar discursos tipo Martin Luther King que nadie entendió.

—Un payaso. A mí más bien me recordó a López Portillo diciendo que defendería el peso como un perro, justo unos días antes de la devaluación —se burló Beltrán, pero luego frunció el entrecejo—. ¿Y a qué se referirá con lo de un aviso histórico para hoy por la noche?

—Estamos investigando, yo no me preocuparía —lo tranquilizó Gamudio—. Nuestros contactos en Los Pinos afirman que se pasa el día encerrado y que solo lo ven el de Gobernación, Celorio y Lemus, además del secretario particular. Me preocuparía si estuvieran desfilando por su oficina los líderes políticos, obreros o empresariales, pero al contrario; el tipo está cada vez más solo.

—Hay que darle una vuelta más a la tuerca para asegurarnos de que el pendejo coma mierda —dijo Beltrán categórico.

Los otros dos lo miraron intrigados. Gamudio no estaba muy seguro de querer enterarse de lo que entendía el gobernador por otra vuelta de tuerca.

—Chínguense a Sergio Franco. Eso le pegará a Prida por debajo de la línea de flotación. Ya me dijeron que fue a lloriquear a su cama la otra noche. Pendejo: ¿no sabe que está en un hospital militar? ¿Creía que no nos íbamos a enterar?

—No está mal —coincidió Godnes—. Franco es una figura mundial y el mexicano más querido según las encuestas. Será la gota que colme el vaso. Brillante, señor.

Gamudio asintió, sin atreverse a comentar que la idea había sido acordada semanas antes en esa misma habitación. No obstante, tuvo que admitir que la decisión era correcta. Sería el último empujón para conseguir que Prida se hiciera a un lado. Lástima, también él era fan del tenista.

—Háganlo hoy mismo para que Prida se atragante con la noticia por la mañana —dijo Beltrán—; y si con eso no se hace a un lado, pasamos al plan K.

—Sí, señor —respondió Gamudio, tragando saliva. Nunca pensó que alguna vez se verían obligados a poner en marcha el plan K, designado así en honor a Jack Kevorkian, el Doctor de la Muerte.

—Pero esta vez a ver si lo haces bien, carajo. No me vayas a salir con que ahora el pinche tenista los reventó a chingadazos con su raqueta —concluyó, mirando a Gamudio con rencor. Este tomó su maletín y se encaminó a la puerta. El gobernador lo observó y compartió con Godnes una última reflexión, como si su asesor ya hubiese salido de la habitación.

—No hay cruda sin humildad ni pendejo sin portafolio.

Gamudio alcanzó a escuchar la risa de ambos, aunque cerró la puerta tras de sí como si no hubiera oído nada.

# 61

**Sergio y Tomás**
*6 días después, 1.00 p.m.*

Tomás no pudo impedir el *déjà vu* que le produjo la vista de todos los miembros de la redacción reunidos para ungir a Sergio Franco como nuevo presidente del periódico *El Mundo*. Justo tres años antes en un escenario similar él mismo fue designado director. Ambas ceremonias se producían por consecuencia de una muerte; la de Rosendo Franco antes, ahora la de su hija. Pero los ánimos no podían ser más contrastantes. En aquella ocasión el personal entendía los cambios como un relevo natural, biológico, la sucesión familiar anticipada desde años antes; sin ser festivo, el ambiente había sido tenuemente optimista, como si todos los presentes esperaran que la transición generacional los protegiera de alguna forma contra la decrepitud que sufrían los periódicos. Ahora, en cambio, la atmósfera era tan triste que un redactor sugirió en voz baja que se trataba de un ensayo general de las pompas fúnebres del propio diario. Las lágrimas de doña Edith, madre de Claudia, quien se había empecinado en estar presente, tampoco ayudaron a disipar el ambiente luctuoso.

Al final de la ceremonia Tomás debió reconocer el carisma de Sergio. El tenista irradiaba indignación, pujanza y honestidad. El director había estado preparado para intervenir al menor asomo de desencanto, o incluso de burla, de los reporteros. Formaban parte de un gremio que solía abrigar una aversión enconada a la cursilería y a la demagogia y no tenían ningún recato en demostrarlo. Tomás temía que de alguna manera le hicieran saber a Sergio la indiferencia o la antipatía que les provocaba el arribo de un intruso a la presidencia de la empresa, alguien que no poseía más merecimiento que el apellido. Para su sorpresa, al final de su intervención Sergio provocó un aplauso espontáneo.

—No sé nada de periodismo, salvo por la rutina cien veces padecida de ser acribillado en las ruedas de prensa por sus colegas de deportes —había dicho al final de su breve discurso—. Me encantará estar de este lado y asegurarme de que todos ustedes puedan seguir haciéndolo en beneficio de nuestros lectores. No sé nada de periodismo —insistió—, pero conozco de lealtades; lo que le hicieron a Claudia, lo que le hicieron al país, requiere de una explicación y no descansaremos hasta encontrarla. Yo no confío en los políticos ni en los policías, pero confío en ustedes. Cuenten con la libertad y los recursos para hacer lo que saben hacer mejor que nadie en este país: poner de rodillas al poderoso, exhibir al que se creía impune. Mostremos por qué los buenos periodistas son los verdaderos fiscales allá donde la justicia es un cómplice del soberano. Y, sobre todo, mostremos que nadie puede meterse con *El Mundo* y salirse con la suya. Se lo debemos a Claudia, nos los debemos a nosotros mismos.

Tomás había pensado pronunciar algunas palabras pero luego de lo que había escuchado juzgó que cualquier cosa que dijera resultaría anticlimática. La figura alta y apuesta de Sergio en el centro de la redacción era un imán de todas las miradas; difícil no abrazar la cruzada de este atractivo paladín en contra de los perversos del mundo. Decidió que a él le tocaba jugar el papel de capataz y actuó en consecuencia.

—Bueno, a trabajar. Si los demonios no descansan, tampoco nosotros. Dentro de media hora todos los jefes de área a la sala de juntas.

Una vez a solas, Tomás pudo advertir en la palidez de Sergio el esfuerzo que le había significado su breve pero intensa intervención. Lo condujo a su propia oficina, mucho más cercana que la que había ocupado Claudia, y le ofreció agua y unos minutos para reponerse. El tenista había declinado utilizar la silla de ruedas en su comparecencia con los periodistas y ahora pagaba el precio.

—Tendría que revisarte el doctor, no tienes muy buena pinta.

—Solo estoy mareado, ahora se me pasa.

—Pero valió la pena, están contentos.

—Lo que dije va en serio. Hoy desayuné con mi tía y decidimos meter toda la carne en el asador. Nos vamos a deshacer del parque industrial que tenía Rosendo para la instalación de las nuevas prensas, eso y la venta de otras propiedades nos dará el flujo para meterle un turbo a la operación.

—¿Turbo? ¿Exactamente a qué te refieres?

Sergio resintió la mirada de Tomás. Advirtió que el periodista lo veía como un intruso y no podía culparlo. Para él no era más que una raqueta prodigiosa, no muy distinto a un malabarista. Alguien que había invertido toda la vida en fortalecer una destreza en detrimento de cualquier otra.

—Durante estos meses no solo he sido el interlocutor de Prida; también Claudia me tomó como confidente de sus preocupaciones. Horas y horas escuchando sobre la inminente muerte de los diarios, de la incertidumbre del periodismo digital, de la mejor manera de alargar la vida de *El Mundo*. Y si algo me ha sobrado es tiempo así que yo mismo acabé dándole vueltas al asunto, haciendo de *sparring* de Claudia.

Tomás no pudo evitar una pizca de celos. Siempre creyó que Claudia y él formaban la cofradía exclusiva dentro de la que cada cual compartía con el otro sus temores y esperanzas sobre el futuro de *El Mundo*.

—Por turbo me refiero a explotar al máximo el breve tiempo que tenemos como productores de información de calidad —continuó Sergio—, y para eso estamos dispuestos a invertir en más reporteros, corresponsales, informantes, articulistas de calidad, investigaciones profundas y largas aunque cuesten.

—El resto de la industria sigue el camino opuesto: reducir presupuestos para mantenerse a flote —comentó Tomás, incrédulo.

—No tendría que ser indefinido. Solo dos años. Y simultáneamente invertir en la migración a lo digital. Debemos convertirnos en un producto imprescindible, sin importar la tecnología que vaya a utilizarse en el futuro.

Tomás sonrió a su pesar. Las frases de Sergio eran las que él, literalmente, había deslizado de manera obsesiva en el oído de Claudia en los últimos meses. Nunca imaginó que ella no solo retenía sus argumentos a favor de un cambio drástico, sino que los defendía con convicción en sus conversaciones con el primo.

—Además, necesitamos dar una respuesta contundente a la muerte de Claudia. El lunes transferiré un préstamo personal de un millón de dólares para que no te detengas frente a los gastos de investigación sobre ese tema. Contrata personal extra, tráete a los mejores, compra información, *hackea* lo que haya que *hackear*. Cualquier cosa que nos mantenga un paso delante de los policías, del gobierno y de sus pinches versiones.

—El periodismo no es como el tenis —dijo Tomás, un tanto irritado por el caudal de órdenes disfrazadas de apoyos que recibía—. No es cuestión de dinero sino de habilidad y paciencia, de construir confianza con las fuentes de información necesarias. No se trata de contratar al mejor entrenador o comprar la raqueta con tecnología espacial.

—Quizá yo no conozca mucho de periodismo, Tomás, pero por lo visto tú entiendes menos de tenis. Los torneos tampoco se ganan a billetazos. Simplemente digo que a partir del lunes tendrás recursos ilimitados para investigar; seguro que tú sabrás qué hacer con ellos.

—Disculpa, Sergio —dijo Tomás tras una pausa, consciente de lo impropio de su comentario—. Han sido días duros. Te agradezco la confianza y sí, los recursos adicionales serán importantes. Tampoco yo quiero defraudar a Claudia, cuenta conmigo.

—Gracias, lo sé. Ahora dame mi primera lección. ¿Cómo abordar, periodísticamente hablando, las dos preguntas que no me dejan dormir? ¿Quién intentó matarme? ¿Quién asesinó a Claudia?

## 62

**Carlos y Prida**
*6 días después, 2.00 p.m.*

—Quizá ellos tengan razón, Carlos —dijo Prida, aún sacudido por la nueva reunión con los generales pese a que había terminado casi dos horas antes. Todavía no estaba convencido de la alternativa que ofrecía Lemus, a la que apenas le había prestado atención, pero había decidido rechazar tajantemente la propuesta de los militares y así se lo había comunicado. La reacción de estos había sido irrespetuosa; por momentos incluso temió que la sesión terminara de manera violenta.

—Un golpe de Estado en contra del presidente constitucional nunca puede tener la razón. Estás aquí por el voto del pueblo, un puñado de gorilas con medallitas no puede decidir lo contrario —dijo Carlos, tratando de infundir confianza en Prida.

—La historia indica que en muchas ocasiones la sinrazón se impone a la razón.

—Vale, pero no porque la razón se rinda y salga por la puerta trasera, presidente.

—Los hubieras visto. Ocho décadas de trato respetuoso y subordinado de los militares frente al poder civil se esfumaron como por encanto. Han decidido que estamos en una especie de estado de guerra y que el momento les pertenece. Y parecería que no son los únicos, llevo tres días recibiendo presiones de todos lados; el presidente Brook volvió a hablarme para exigir responsables de la masacre, el cabrón; las editoriales internacionales boicotearon a la FIL y decidieron retirarse y escritores famosos de todo el mundo publicaron una carta demandando mi renuncia; los empresarios quieren soluciones inmediatas o terminarán sacando del país lo que resta de sus capitales. Los argentinos exigen un desagravio por lo de Cristina, cualquiera diría que la quieren beatificar. Y para acabarla de chingar, no ha habido ninguna noticia mundial importante en la última semana; nada que saque a México de las portadas de periódicos y noticieros. La ciudad está tomada por marchas de todo tipo que piden que me vaya. Tienen razón, Carlos, el país está al borde del precipicio y a todos se les ha metido en la cabeza que yo soy el responsable.

Lemus observó a Prida y concluyó que estaba a punto de desmoronarse. Era la primera vez que lo veía con algunos cabellos ligeramente fuera de cauce; su peinado engominado y perfecto había sido una impronta desde el inicio de su carrera política. Pero sobre todo lo traicionaban las profundas ojeras que cruzaban su semblante: el hombre parecía haber envejecido una década en la última semana.

—¿Tienes un tequila, presidente?

Prida señaló con un gesto vago una estantería con puertas adosada a la pared y continuó reflexionando, más para sí mismo que para su interlocutor.

—Y quizá lo que proponen los generales no sea una sinrazón —dijo Prida—. A ti y a mí nos parece que Putin es impresentable, pero muchos piensan que salvó a Rusia del despeñadero. El caos con Yeltsin, tras la caída del Estado soviético, derivó en un desmadre absoluto con los oligarcas y la mafia rusa despachándose a su gusto. A falta de instituciones democráticas, la crisis requirió de una mano dura como la de Putin para meter a todos en cintura.

Carlos escuchó en silencio mientras servía dos copas de tequila reposado.

—Quizá Noé Beltrán sea el Putin de transición que se requiera en este momento. Ni modo —concluyó el mandatario.

—¿De transición? Putin lleva diecisiete años en el poder de una manera u otra. Y Beltrán no sería diferente —dijo Carlos, mientras entregaba una copa al mandatario—. Y, a propósito, ¿ellos te propusieron explícitamente a Beltrán?

—Proponen una fórmula curiosa. Designar al general Joaquín Ruiz como comisionado plenipotenciario y simultáneamente informar que el PRI optó por Beltrán para la presidencia en las elecciones del próximo año. Ruiz es un incondicional de Beltrán y dirige la Primera Zona militar, la que tiene mayores efectivos. Si yo aceptaba, mañana mismo harían un llamado a la nación y notificarían de inmediato una serie de restricciones políticas y económicas para introducir orden y estabilidad. Ya hasta lema tienen: «México de pie» —dijo Prida, entrecomillando con los dedos.

—Pero no aceptaste.

—Pero no acepté, y ahora no sé qué va a suceder.

Carlos dio un largo trago a su copa y pensó en lo que tendría que decir. Resultaba irónico que hasta unos días antes su papel hubiera sido pastorear al candidato Cristóbal Santa y evitar que cometiera pecados imperdonables en su camino al trono. Ahora tenía que hacer algo similar con el presidente e impedir que cometiera el mayor de los pecados capitales en la política: abdicar.

—Escuche lo que tengo que decirle, señor. Esto ya ha sucedido antes. El presidente se llamaba Francisco I. Madero y el secretario de Defensa Victoriano Huerta y los argumentos fueron los mismos. Y varias décadas después sucedió algo parecido en Chile, salvo que allí se llamaban Salvador Allende y Augusto Pinochet, pero el guion era idéntico.

—¿Me quieres convertir en mártir? —preguntó incrédulo Prida.

—Aquí no estamos discutiendo una incidencia de tu carrera, una coyuntura en la que haya que optar por lo que más convenga para tu futuro. Más bien se trata del futuro del país que juraste representar —Lemus no advirtió el momento en que comenzó a tutear a Prida.

—Bájale, no se trata de envolverse en la bandera y tirarse por el balcón; lo importante es saber qué es lo que conviene a los mexicanos.

—Lo que les conviene a los mexicanos es que su presidente no se arrugue frente a estos primates —dijo Carlos, irritado. Decidió empinar el resto del tequila para obligarse a callar. Pensó que había ido demasiado lejos; en la práctica lo estaba acusando de cobardía y traición. Esperó la reacción de Prida pero este también decidió vaciar su copa. Cuando finalmente habló lo hizo en tono apesadumbrado.

—¿Tú crees que estoy obligado a hacer de Madero? ¿De Salvador Allende? De plano, ¿a morirse? —la última palabra apenas resultó audible.

—Si hay que morirse, pues a morirse, presidente, y yo con gusto te acompaño. Pero aún no rechaces mi plan, no lo derrotes antes de echarlo a andar. Tampoco les vamos a dar el gusto a estos hijos de puta sin dar la batalla, ¿no?

—A ver, cuéntame otra vez de qué se trata —dijo Prida con voz cansina, aunque una brizna de esperanza se coló en su mirada. El día anterior Lemus dijo algo de un golpe de timón que él apenas escuchó. En su fuero interno había asumido que tendría que someterse a la voluntad de los militares. No obstante, esa mañana se había armado de valor y rechazado categóricamente la propuesta de los generales; ahora temía las consecuencias. Sin saber qué más hacer, decidió escuchar con mayor atención lo que Lemus tuviera que decir.

El abogado dedicó los siguientes veinte minutos a explicar su propuesta. Mencionó nombres y acciones a seguir, fortalezas y debilidades, ejemplos históricos e historias ejemplares.

Prida escuchó en silencio y siguió callado cuando Lemus terminó. Finalmente, con voz apagada, indagó:

—¿Crees que funcionará?

—Tiene posibilidades y, sobre todo, es más digno. No te prometo el éxito, pero incluso en el peor de los casos es mejor perder por las buenas razones que por las malas.

—*Okey*, pónmelos  al teléfono, y a los que estén en el país cítalos para esta noche.

—Ya lo hice, están convocados a una reunión a las siete, dos horas antes de tu comparecencia ante a las cámaras.

## 63

**Los Azules**
*6 días después, 3.40 p.m.*

—Fue Noé Beltrán —dijo Jaime. Amelia asintió, pero Tomás y Mario no ocultaron sus dudas. Compartían en el reservado del restaurante Pajares un pescado en salsa de soya y un platón de albóndigas en tomate.

—¿Estás seguro? Es un cavernícola, aunque nunca pensé que tanto. Y no porque crea que tenga algún escrúpulo —dijo Tomás—; me parece que no tiene la sofisticación que se necesita para una operación de este tipo.

—Estoy absolutamente seguro de que fue él —insistió Jaime.

Y les contó la manera en que las cámaras habían captado los rostros de los marines utilizados para custodiar a los Zetas responsables del operativo. No podía decirles que tenía a Jonathan Jiménez en los sótanos de las oficinas de Lemlock; sus amigos no comprenderían las razones que lo llevaron a capturarlo y a retenerlo. Había momentos en que él mismo no lo comprendía del todo.

—Y las comunicaciones de esos marines los vinculan con Bob Cansino —continuó Jaime—. ¿Se acuerdan de él? El que estaba en la DEA, ahora es jefe de pistoleros con Beltrán. Y estoy de acuerdo contigo, el general carece de las neuronas para concebir un plan como este, pero no Godnes, el estratega que se trajo de la NSA.

—¿Y por qué lo haría? El riesgo es mayúsculo… —intervino Mario.

—Deshacerse de Santa, poner a Prida contra las cuerdas —reflexionó Tomás en voz alta y con rabia, sin poder evitar el recuerdo del rostro ensangrentado de Claudia.

—Mucho más que eso —dijo Amelia—, yo también tengo noticias: ayer me llamó Carlos Lemus, pero me le anduve escondiendo hasta hace un rato que le contesté…, después de catorce mensajes en mi buzón —agregó a manera de justificación mirando a Jaime—. No entendí del todo, pero quiere que vaya esta noche a Los Pinos a una reunión con el presidente. Me dijo que allá me explicarían de qué se trata, aunque me adelantó que tenían que responder a un intento de rebelión de los militares. Al parecer los generales quieren imponer una especie de gobierno provisional con uno de los suyos, con el pretexto de que el país se está deshaciendo.

—A Noé Beltrán, supongo —sentenció Tomás.

—No es posible. Habría que exhibir en *El Mundo*, en *Lapizarra*, la culpabilidad de Beltrán —protestó Mario—. Solo falta que el criminal que desató todo esto se quede con el poder. Tendríamos que lincharlo en lugar de permitirlo.

—Evidencias no hay. Nada que pueda ser publicado —dijo Jaime. En realidad él estaba esperando noticias de Tony Soprano en cualquier momento. Algo que pudiera convertirse en una prueba de la relación entre los marines y el equipo de Noé Beltrán. Pero aún no podía compartirlo con sus amigos. Por lo demás, se preguntaba hasta dónde podrían llegar los deseos de Tomás y de Amelia para deshacerse de Beltrán. Confrontarlos con sus propios escrúpulos le proporcionaba una inesperada gratificación.

—No andan tan errados con eso de que el país se le está deshaciendo a Prida —reconoció Tomás—. Mañana publicamos una pieza sobre la salida de capitales del país; todo mundo está cambiando su dinero a dólares. Aunque el Banco de México queme sus reservas no podrá sostener el peso; caerá al vacío en cuestión de horas.

—Pero de eso a entregarle el poder a los militares hay un gran trecho —se lamentó Amelia—. Hace casi ochenta años que no gobierna un general en México y mira que hemos pasado por unas cuantas crisis.

—No como esta —se lamentó Mario, recordando el curso de historia que impartía en la facultad—. Nunca el gobierno había tenido tan poco apoyo. Todos están en su contra. Algo se está desmoronando, Amelia. Escuché del saqueo de tiendas en Guerrero y Oaxaca; el gobernador de Guanajuato exigió autonomía fiscal y quiere desvincular sus finanzas de la federación; los narcos tomaron y quemaron varias presidencias municipales en Michoacán.

—De acuerdo, el huracán Katrina arrasó el territorio o llegó el virus de los zombis, si tú quieres, ¿pero en esa emergencia tú te pondrías en manos de los soldados? —cuestionó ella.

—Peor aún, Amelia —insistió Jaime—. Una vez que los militares lleguen al poder será muy difícil sacarlos. Si Noé Beltrán lo consigue, buscará quedarse mucho tiempo.

—Me parece imposible. Quizá no haya pruebas, pero el mero rumor de su responsabilidad en la matanza de la FIL provocaría que la sociedad, los empresarios, la comunidad internacional impidan que ese monstruo llegue a Los Pinos —objetó Mario.

—Ningún rumor será capaz de contrarrestar la sensación de inseguridad y miedo que se ha desatado entre la población. Desde hace días las redes y los medios tradicionales bombardean mensajes apocalípticos; la gente está asustada. Y cuando eso sucede voltea en dirección al matón del barrio, al que es capaz de pegar coscorrones a diestra y siniestra. Y no nos engañemos, ese matón es Noé Beltrán —dijo Tomás.

—Y supongo que los otros poderes tampoco se opondrán a su llegada —añadió Amelia—. A todos les interesa la estabilidad, no importa de dónde venga. Si Beltrán apacigua la pradera, gringos o empresarios harán la vista gorda respecto a la manera en que llegó al poder. Nadie querrá escuchar rumores que incomoden sus conciencias, mucho menos sus intereses.

—No podemos quedarnos cruzados de brazos —dijo Mario, con determinación.

—No, no podemos —secundó Amelia.

Jaime se cuidó de mostrar la satisfacción que le producía ver a sus amigos dispuestos a cualquier cosa para evitar que Beltrán se saliera con la suya. No tenía claro aún hasta dónde podía llegar para arruinar la estrategia del gobernador de Chiapas, pero podía asumir que contaría con ellos para hacerlo.

—*If worst comes to worst*, tendremos que hacer algo para evitarlo —dijo él y la aceptación tácita que leyó en el rostro de Amelia le hizo pensar que ella estaría a bordo en cualquier escenario. Como muchas otras veces en el pasado, Tomás intervino para arruinar la fiesta.

—A ver, tampoco podemos jugar a los Niños Héroes. Lo único que podemos hacer es lo que hemos hecho en otras ocasiones: documentar y exhibir en público lo que hay detrás de esta infamia. Lemlock tiene los recursos para investigar, nosotros también —y Tomás implicó a Amelia con la mirada—, además, contamos con el escaparate para mostrarlo al mundo.

Amelia asintió y miró a Tomás con agradecimiento. Como si el comentario de su amigo hubiera puesto las cosas una vez más en perspectiva, rescatándola de la zona de sombras en la que había comenzado a deslizarse. Jaime lamentó el cómplice cruce de miradas entre los examantes y se preguntó si alguna vez sería capaz de separarlos por completo. La desaparición de Claudia hacía de Tomás, otra vez, un rival amenazante. La historia de su vida.

—Por lo pronto, veamos qué va a hacer Prida antes de colgarnos a los hombros la responsabilidad de la historia patria —apuntó Amelia en tono irónico, con ganas de quitar la tensión que se había instalado entre ellos.

—Reunámonos esta noche para que nos cuentes las novedades de tu visita a Los Pinos. Yo mismo he puesto a la mitad de la redacción a trabajar sobre el tema y supongo que tú traes a Lemlock zambullido en el asunto. A esto le queda aún mucha cuerda —respondió Tomás.

—Veámonos en mi oficina, no importa a qué hora salga Amelia de Los Pinos. Tengo algo que enseñarles —propuso finalmente Jaime. Una invitación que no había pensado hacer pero que salió de sus labios intempestivamente. No podía dejar que la ingenua propuesta de Tomás terminara por imponerse. Les mostraría que esta vez las buenas intenciones se quedaban cortas y que tendrían que ensuciarse las manos si querían evitar males mayores.

## 64

**Patricia y Jaime**
*6 días después, 3.55 p.m.*

Su terapeuta seguramente reprobaría la obsesión por las novelas policiacas en las que solía refugiarse cuando se sentía deprimida por alguna de las infames experiencias que le deparaba su profesión. Patricia llevaba dos horas instalada en una sala del aeropuerto de Miami, perdida en un texto de John Connolly mientras esperaba la salida del vuelo vespertino con destino a México. La noche anterior había montado guardia frente a un bonito *bungalow* de la calle Ocho de Hallandale, en el que vivía Laurie Carter. No se retiró hasta que pudo confirmar que, en efecto, Randy Soave la acompañaba. En algún momento de la velada los dos jóvenes salieron brevemente en un Jeep rojo a la tienda más cercana para abastecerse de vituallas y bebidas. Parecían exudar hormonas y una fascinación apremiante el uno por el otro. Patricia lamentó haber visto la escena; Laurie podía tener un gusto cuestionable en materia de hombres, pero en todo lo demás era la imagen viva de una joven sana de Florida: dentadura inmaculada, rostro redondo de ojos verdes vivarachos, piel dorada y cuerpo atlético.

Horas más tarde, al despuntar la mañana, se encontró con Tony Soprano en un Dennys cercano, le describió la casa y le confirmó la presencia de Randy. Nunca hablaron de la misión que el matón tenía por delante. Finalmente, ella decidió tomar un taxi al aeropuerto pese a que su vuelo no saldría hasta las seis de la tarde. Quería alejarse de ese hombre, pero sobre todo quería olvidar el rostro lozano e iluminado de Laurie Carter.

Comió un sándwich de atún en el Starbucks de la terminal aérea, terminó de leer la novela de Connolly y de inmediato arrancó una de Leonardo Padura. No quería que su mente comenzara a especular sobre lo que estaba sucediendo en Hallandale. Encontraba alivio en las escenas sangrientas que ofrecía un buen libro policiaco; lo que pudiera sucederle a los personajes de ficción que poblaban esas páginas de alguna forma hacía menos real su propio trabajo. En esos asesinatos nunca moría nadie, en los suyos sí. Por lo demás, su terapeuta nunca más podría reprenderle; por exigencia de Jaime abandonó el psicoanálisis a las pocas semanas de haber iniciado las sesiones. Él le dijo que los secretos de Lemlock no podían ser confiados a nadie, incluso bajo juramento profesional.

Empezaba a meterse en los dilemas del detective Mario Conde, cuando una llamada de Tony Soprano la interrumpió.

—Tienes que venir de inmediato.

—¿Adónde?

—Al *bungalow*.

—Eso no está en las instrucciones que recibí.

—Tienes que venir. Es urgente—dijo el Gordo y colgó.

Patricia consideró que no tenía alternativa. Soprano podía ser siniestro pero era un profesional. No se lo habría pedido si no fuera imprescindible. Durante el trayecto en el taxi trató de especular sobre lo sucedido. ¿Interrogó a la pareja y se topó con información delicada que requería tomar decisiones inmediatas? Probable. ¿Fue sometido por el exmarine y ahora Soprano estaba siendo presionado para obligarla a entregarse? Imposible, en ningún escenario podía imaginar que esa mole pudiera ser sometida. ¿El asunto se le fue de las manos y la pareja murió sin entregar alguna pista? Altamente posible.

«Estoy aquí», tecleó ella en su teléfono desde la calle lateral donde el taxi la dejó. «Entra», respondió el otro.

El Jeep seguía en el mismo lugar en el que se encontraba la noche anterior; nada parecía importunar la tranquila fachada cubierta de plantas de hojas grandes y voraces. Patricia empujó la puerta y confirmó la última de sus tres hipótesis. El cuerpo de Randy Soave yacía boca arriba con dos disparos en el pecho, dos más en la cabeza y un oscuro charco sobre las baldosas. Ella asumió que el *bungalow* había sido edificado en una pendiente, pues toda la sangre se encontraba en el costado derecho del cadáver. Laurie también recibió cuatro disparos pero con una distribución diferente. Las rodillas clavadas en la alfombra y el torso apoyado sobre el sofá, con dos orificios en la espalda y dos más en la nuca. Sus ojos miraban con expresión de espanto un cojín de terciopelo azul, como una diseñadora de interiores escandalizada por una discordancia imperdonable de colores y tejidos.

Patricia miró confundida a Tony Soprano; no parecía la escena de un interrogatorio. Quizá Soave había reaccionado violentamente al abrir la puerta y el empleado de Lemlock no había tenido otra alternativa que ejecutarlos. Tampoco esta hipótesis resultó correcta.

—Estaban así cuando llegué —dijo él.

—No es posible —respondió ella, incrédula—. Anoche estaban bien. Estuve observando otras dos horas temprano en la mañana y todo parecía en orden.

—Así los encontré a las 2.30 cuando decidí entrar, después de estar varias horas vigilando la casa. Así que debieron de morir mientras tú y yo estábamos reunidos.

—Revisa si hay algo que nos pueda servir y salgamos de aquí —dijo ella, tras un instante de ensimismamiento.

—Ya lo hice. No hay nada, y si lo había se lo llevaron —respondió él, indicando con la cabeza el caos que reinaba en el lugar.

Caminaron dos manzanas hasta el auto de alquiler que él conducía y se alejaron del barrio. Luego Patricia llamó a Jaime desde un celular no registrado. Este no pareció sorprendido.

—Quienes lo contrataron están borrando el rastro —le explicó—. Mientras ustedes dos estaban allá, descubrimos que los otros cinco marines ni siquiera alcanzaron a tomar el avión. Desaparecieron, seguramente están enterrados en alguna barranca. Soave se salvó porque en su impaciencia por ver a la novia anticipó el vuelo pagando el boleto con su propio dinero. Sus jefes tuvieron que ejecutarlo en Florida.

Jaime les ordenó regresar cuanto antes, terminó la llamada y se dirigió a la celda de Jonathan. Tendría que repasar con el joven la posibilidad de encontrar alguna otra pista, aunque dudaba que la hubiera. Se hallaban otra vez en ceros. Tenía la absoluta certeza de que Noé Beltrán se encontraba detrás de los hechos, pero empezaba a dudar de que algún día pudiera demostrarlo.

## 65

**Sergio y Tomás**
*6 días después, 6.50 p.m.*

No podía creer que se lo hubieran pedido a él. Matar a Sergio Franco era una putada. Eso había ganado por haber traicionado las órdenes anteriormente recibidas, cuando alertó al tenista del sicario que le acechaba. Al perdonarle la vida se había condenado a tener que ejecutarlo él por su propia mano. «Así de puñetero es este oficio, lo traicionas y te la cobra», se dijo Bartolomé Farías, metido en un Golf a dos manzanas de las instalaciones de *El Mundo*, en espera de Franco. Sería una putada, sí, pero al menos tenía arreglo. Bastaba con meterle dos tiros en la cabeza y asunto arreglado, no se habría perdido nada. O, bueno, sí, la vida del pistolero atravesado por la flecha de Sergio. ¡Qué tiro! Y hasta eso le había dado gusto; no conocía bien al gabacho pero durante las horas que le anduvo sirviendo de chofer le pareció que era un mamón. Ni siquiera hablaba español.

Por fortuna, Bob Cansino no se las había olido. ¿O sí? El jodido gringo era más malicioso que una víbora. Bartolomé tragó saliva e intentó recordar los gestos y las palabras de su jefe cuando le transmitió la nueva orden. ¿Y si sospechaba algo y lo estaba poniendo a prueba? O, aún peor, ¿qué tal si mataba a Sergio y luego lo despachaban a él por si las dudas o nomás para borrar la evidencia?

El problema es que ahora estaba complicado acercarse a Franco. Las últimas horas las había pasado encerrado en el diario hasta muy tarde por la noche. Y alguien decidió ponerle protección; un coche montaba guardia frente a su casa las veinticuatro horas y tres judiciales se le pegaban en cuanto salía del periódico.

No sería fácil, aunque sabía cómo evadir a sus escoltas. Era la ventaja de haberlo vigilado durante tantos días; conocía qué es lo que le removía el pellejo y le alborotaba la hormona. Hoy mismo tendría que hacerle una visita a Milena para poder cumplir de una maldita vez la tarea asignada. «Una lástima», pensó Bartolomé, aunque pensándolo bien no supo qué es lo que más le pesaba: el sacrificio de su ídolo o el desperdicio del cuerpo espectacular de la rubia.

Algo similar pensaba Sergio, a doscientos metros de distancia, en su oficina del periódico. Sabía que le debía la vida a Alka, pero se sentía decepcionado por el desinterés mostrado durante su convalecencia; no había vuelto a saber de ella. Y en su nueva vida no parecían tener cabida las tardes relajadas en la terraza de un café de Las Lomas. Se preguntó si ella habría regresado a la mesa que solía ocupar y si observaría con nostalgia el vacío que él había dejado.

Dos breves toques en la puerta de su oficina y la aparición del rostro de Tomás desvanecieron el recuerdo de Alka. Estuvo tentado de preguntar al periodista su opinión sobre ella, pero él no le dio oportunidad.

—Traigo la prueba de portada para mañana, ¿quieres verla? Es un madrazo.

«Presionan los militares a Prida», leyó Franco en el titular de ocho columnas. Y, un poco más abajo, en otra nota, «800 vidas cobra la represión en Chiapas».

—Es fuerte, pero no entiendo cómo se relaciona con lo de la FIL. Se trataba de no quitar el dedo del renglón, ¿no?

Tomás estuvo a punto de poner a Sergio al tanto de lo que había discutido durante la comida con Jaime y el resto de los Azules. Se contuvo. No solo no tenía pruebas del involucramiento de Beltrán en el atentado; tampoco podía confiar en la discreción de Franco. No lo conocía lo suficiente. Era interlocutor de Celorio y de Prida, y no estaba seguro de lo que sucedería si el gobierno se enterara de los hallazgos de Lemlock. Por lo demás, cualquier infidencia significaría traicionar el pacto de silencio que acordó con sus amigos.

Pero también sabía que tenía que alertar a la opinión pública de lo que estaba pasando y de quién sería el primer beneficiario del linchamiento al que estaba siendo sometido Prida. El reportero que cubría los temas militares, un veterano con las mejores fuentes, había conseguido un borrador de un Decreto para la Estabilidad y el Orden que circulaba entre los generales. Entre otras medidas, el documento limitaba las operaciones bancarias, el tránsito de personas y la línea editorial de los medios de comunicación.

El propio Tomás redactó la versión final de las dos piezas que le mostró a Sergio Franco. En la primera hizo énfasis en la naturaleza anticonstitucional de las medidas represivas contenidas en el documento de los militares y de la violación flagrante que entrañaba a las garantías y a los derechos humanos de los ciudadanos. Confiaba en que la indignación de las redes sociales y de la opinión pública provocase un freno a las intenciones de los generales.

La otra nota, la de Chiapas, tenía un doble propósito; mostrar sin decirlo el riesgo de permitir la llegada de militares a puestos políticos: asesinato y encarcelamiento de activistas sociales y periodistas, abusos contra la población, uso represivo del aparato de justicia. El texto sobre Beltrán tenía además otra intención; si el gobernador era el responsable del intento de asesinar a Sergio Franco, de alguna manera la publicación de esta nota le haría más complicado volver a intentarlo. Sería el primer sospechoso en caso de que el presidente de *El Mundo* sufriera un segundo atentado justo después de la severa crítica del diario en su contra. Pero esas razones no podía compartirlas con el propio Franco.

—¿Y no es un riesgo confrontar tan abiertamente a los militares y al gobernador de Chiapas? —preguntó Sergio, recordando el terrible expediente que Celorio le hizo leer sobre el aspirante a la presidencia.

—Sí, pero ya no nos queda otra. Todos los informes indican que este cabrón es el líder en la sombra de los generales que están impulsando el pinche Decreto para la Estabilidad y el Orden. Si eso prospera incluso nos pueden cerrar el diario. Así que es ahora o nunca —respondió Tomás, satisfecho de su improvisación. Luego frunció el entrecejo, podía ser un pretexto aunque también un terrible pronóstico.

—Pues si Beltrán es una amenaza para *El Mundo*, dale con todo —dijo Franco, y tras una breve pausa—: yo mismo podría conseguirte algún material sobre algunos cadáveres en su clóset —agregó, pensando en Beltrán.

—¡Eso! —dijo Tomás animado—, Rosendo o Claudia habrían dicho lo mismo. —Pero no había terminado de decirlo cuando se arrepintió de sus palabras. El recuerdo de Claudia espesó el ambiente e instaló un largo silencio entre ambos.

—Publícalo —concluyó Sergio, con más rabia que entusiasmo.

Tomás se retiró cabizbajo. Nada de lo que hiciera regresaría a Claudia a sus brazos. Le dio una última mirada a su primera página y la entregó al jefe de diseño. Al menos hoy se iría a casa sabiendo que asestaba un duro golpe al responsable de su desgracia. Se equivocaba, sus notas no verían la luz del día siguiente.

## 66

**Carlos, Prida, Amelia**
*6 días después, 7.00 p.m.*

Amelia había acudido una docena de veces a Los Pinos, aunque esta era la primera vez que lo hacía sin saber qué estaba haciendo allí. Carlos le había dicho que se trataba de una reunión clave para afrontar la crisis que vivía el país y las presiones de los militares, un argumento demasiado vago pero suficiente para despertar su curiosidad. Más aún cuando en la sala de espera se encontró a Cuauhtémoc Cárdenas, el líder histórico de la izquierda mexicana, al Premio Nobel Mario Vargas Llosa y al expresidente español Felipe González. Su confusión aumentó cuando vio llegar al empresario Alejandro Martí y al cineasta Alejandro González Iñárritu. Todos ellos habían recibido una llamada de Carlos Lemus de parte del presidente Prida, con argumentos similares a los que escuchó Amelia. Apenas comenzaban a interrogarse unos a otros mutuamente sobre el propósito de la reunión, cuando el propio Lemus los invitó a tomar asiento a lo largo de una gran mesa en la sala de juntas.

—El presidente nos acompañará dentro de unos momentos. Por mi conducto agradece infinitamente su presencia a este llamado tan intempestivo; pero puedo asegurarles que esta reunión es trascendente para la historia del país. Dentro de unos minutos comprenderán las razones.

Los asistentes afirmaron en silencio, aunque inevitablemente se miraron unos a otros; no entendían qué podían tener en común tan diversas trayectorias políticas, profesionales y geográficas.

—Todos ustedes son personas comprometidas con la democracia —dijo Lemus, como si leyese sus pensamientos—. Y a menos que hagamos algo, México está a punto de retroceder varias décadas a estadios de barbarie y autoritarismo que ya había superado. Lo poco o lo mucho que haya avanzado el país está en riesgo de ser tragado por fuerzas siniestras y violentas contra las que todos ustedes, de una manera u otra, han luchado a lo largo de sus vidas.

Una vez más los presentes cruzaron miradas, ahora no sin cierta suspicacia. Más de uno se preguntaba de qué manera su vecino encajaba en la definición de «cruzado por la democracia».

—Lo que van a escuchar es un secreto de Estado. Cualquiera que sea su determinación al final de esta reunión, confío en que actuarán con responsabilidad. Lo que aquí se diga no podrá salir de estas paredes hasta que todos lo acordemos; si alguno de ustedes tiene algún problema con ello, con todo respeto le pediría ahora mismo que nos dispensara de su presencia.

Se trataba de una petición retórica. Amelia juzgó que después de esa introducción ninguno de ellos se retiraría antes de escuchar la historia completa. Atisbó los rostros de Vargas Llosa y de González Iñárritu y se preguntó si estarían desde ahora concibiendo la escena de una novela o una película. Carlos siempre había gozado de un talento teatral para vender sus causas, no era casual que se hubiese convertido en el abogado más exitoso del país. De manera inevitable, Amelia recordó al hombre del que se enamoró dos décadas atrás.

Lemus explicó el golpe de Estado virtual que intentaban los militares, encabezados por el propio secretario de la Defensa. Describió la forma en que los sectores conservadores y buena parte de los poderes fácticos presionaban a favor de una salida autoritaria de la crisis. Les dijo que la atmósfera de escepticismo y miedo que se había instalado entre la opinión pública favorecía, por desgracia, una solución radical como la que exigían los generales. En suma, el gobierno carecía del capital político para revertir la crisis y las instituciones democráticas eran demasiado endebles para resistir el vendaval de un populismo de corte fascista como el que se les venía encima.

—A menos que hagamos algo, lo que nos espera es un Vladimir Putin, un Benito Mussolini o un Hugo Chávez, ustedes escojan —concluyó Lemus.

Como si estuviese orquestado, justo en ese momento Alonso Prida ingresó a la habitación desde una puerta lateral. Amelia intuyó que el mandatario habría estado observando la escena desde algún monitor. Los presentes se pusieron de pie. Quizá en otras circunstancias varios de ellos no habrían tenido esa deferencia con un líder al que no necesariamente respetaban, Amelia entre ellos, pero las palabras de Lemus imprimieron en la escena una solemnidad a la que ninguno pudo sustraerse.

—Les he informado de la situación, señor presidente —dijo Lemus, como si el otro no lo supiese.

—Gracias, Carlos, gracias a todos ustedes. No abundaré en la magnitud de la amenaza que se cierne sobre las instituciones. También quiero decirles que prefiero salir con los pies por delante del despacho presidencial que claudicar ante los militares; no seré yo quien abdique de manera voluntaria y ponga fin a más de setenta años de gobiernos civiles legítimos.

Cuauhtémoc Cárdenas se removió en el asiento. No podía estar en desacuerdo con la tesis de Prida de resistir a los militares a cualquier costo, después de todo, su padre había sido el ariete que desde Los Pinos desmanteló a los generales de su poder político. Sin embargo, le resultaba difícil quedarse callado cuando un priista machacaba con lo de sus gobiernos legítimos. No obstante, se contuvo. Estaba aquí para evitar un mal mayor, no para ventilar viejos agravios.

—Pero no se trata de meter al país en una guerra civil o algo que se le parezca. Les he convocado porque se me ha ocurrido una estrategia para darle a las instituciones una posibilidad de enfrentar la crisis —dijo Prida, y empezó a hablarles de Guatemala.

Amelia entendió hacia dónde iba. Una década atrás, ante la impunidad y la violencia que generaba una crisis política crónica y golpes de Estado endémicos, la sociedad guatemalteca echó mano de un recurso límite. Con la colaboración de la ONU creó una comisión contra la corrupción, dotada de facultades judiciales y presupuesto propio. Su legitimidad fue tal que en 2015 sus investigaciones fueron capaces de llevar a la cárcel acusado de corrupción a Otto Pérez, nada más y nada menos que el presidente en funciones.

—No tenemos tiempo para involucrar a un organismo internacional. Pero sí podemos formar una comisión extraordinaria, integrada por extranjeros y nacionales de reputación intachable, y otorgarle poderes plenipotenciarios para encauzar la investigación sobre lo que sucedió en la tragedia de Guadalajara. Gozaría de presupuesto independiente y con capacidad de convocar a investigadores internacionales.

—¿Y ustedes creen que los mexicanos aceptarían que algunos extranjeros se inmiscuyan en sus asuntos? —dijo Cárdenas—. Así sean personalidades respetables —agregó a manera de disculpa inclinando la cabeza en dirección a Vargas Llosa y Felipe González.

—La idea es generar una comisión con doce miembros, de los cuales siete u ocho sean locales. La presencia de personalidades internacionales sería minoritaria pero tiene como propósito dejar claro que estarían por encima de la influencia de algún político o un partido mexicano —argumentó Carlos Lemus.

—Hace unos minutos hablé con los expresidentes César Gaviria y Bill Clinton —dijo ufano Prida—. Ambos querían conocer más detalles pero me parece que están en la mejor disposición de ayudar.

—Lo de Clinton es clave —intervino Lemus—. Estados Unidos es una de las partes agraviadas por la tragedia en Guadalajara. De alguna forma la presencia del expresidente provocará que Washington y la prensa de ese país concedan al menos un margen de dudas a favor de la comisión. Es importante que no se le deje la vía libre al Pentágono para favorecer una solución militar.

—Lo importante es evaluar si los mexicanos concederán alguna oportunidad a su propuesta. Tampoco es que vaya a producir resultados inmediatos —dijo Amelia, dirigiéndose a Lemus. A juzgar por la pasión con la que argumentaba el abogado, cabían pocas dudas de quién era el autor intelectual de lo que estaban escuchando.

—Aquí estamos cuatro mexicanos, según sus cuentas faltarían otros cuatro y no estaría mal incorporar a algún banquero, a un obispo y a un político que la derecha respete —dijo el empresario Alejandro Martí—. Esto no va a funcionar si no es capaz de ofrecer cierta confianza a los sectores conservadores.

—De acuerdo, quizá necesita un mejor balance —dijo Amelia—. La manera en que la comisión quede integrada es clave, pero es mucho más importante cómo va a funcionar. Supongo que a ninguno de los que estamos aquí nos interesa correr el riesgo de ser manipulados o convertirnos en una fachada para legitimar un gobierno con el que tenemos diferencias.

González Iñárritu miró con respeto a la única mujer presente en la sala. No podía estar más de acuerdo; él mismo había lanzado duras pullas a la torpeza e insensibilidad del gobierno y no le hacía ninguna gracia aparecer ahora salvándole el día.

—Y supongo que eso habla por todos —dijo Felipe González en tono conciliador—. Habrá que estudiar al detalle el estatuto de autonomía de la comisión en Guatemala. Conozco bien a su director ejecutivo, el colombiano Iván Velázquez, puedo hablarle por teléfono hoy mismo y pedirle un balance de lo que le ha funcionado y lo que podría mejorar.

—Y habría que ver que el interés de Gaviria y de Clinton sea algo más que una respuesta cortés a una llamada de teléfono —dijo Cárdenas. Le parecía dudoso que el expresidente de Estados Unidos quisiera involucrarse en un tema de América Latina, una región que nunca formó parte de su lista de prioridades.

—A mí me parecieron francamente interesados —dijo Prida a la defensiva—. Y sí, habría que encontrar a los otros miembros de la comisión.

—Un banquero, un obispo y un político de derechas —intervino Carlos Lemus, y todos rieron porque lo dijo en el tono de quien relata un chiste de cantina—. Cuenten con ello.

—Pero no un escritor extranjero —acotó Vargas Llosa—. No me malinterpreten, me siento muy honrado por la confianza pero soy completamente ajeno al día a día de la vida en México, me encuentro aquí simplemente porque vine a la Feria del Libro. Creo que esta comisión requiere de hombres y mujeres de Estado, profesionales de la política, y yo hace mucho que decidí limitarme a los libros. Más allá de eso, encantado en lo que pueda ayudar desde mi trinchera.

—Entendemos, maestro. Aunque le pediría que nos acompañe un rato más, sus puntos de vista nos enriquecen —dijo Lemus, y dirigiéndose al resto de los asistentes, añadió—: en la carpeta que hay frente a ustedes se encuentra un proyecto con todos los recursos legales, económicos y políticos que se requieren para asegurar la autonomía y la eficacia de las decisiones de la comisión. Modifiquen lo que consideren más importante, no se preocupen por los detalles, podemos ajustarlos en los próximos días. ¿Les parece que nos volvamos a reunir dentro de una hora? Queremos hacer el anuncio oficial a las nueve de la noche —concluyó, entusiasmado.

—¿Y por qué la prisa? —inquirió Felipe González.

—La situación no aguanta más —respondió Lemus—. Dentro de dos horas, a las nueve de la noche, el presidente se dirigirá a todo el país para anunciar la existencia de la comisión y su disposición a acatar las resoluciones que emanen de ella. Aunque solo esboce la idea, creemos que bastará para enfriar o al menos retrasar las intenciones golpistas de los militares.

—Solo espero que no sea demasiado tarde —dijo casi entre dientes Alejandro Martí.

—¿Cómo? ¿Por qué? —preguntó Prida, inquieto.

El resto de los presentes miró al empresario con curiosidad. Martí era el fundador de una exitosa cadena de tiendas deportivas y había saltado a la escena pública cuando su hijo fue secuestrado y asesinado ocho años antes. A partir de entonces se convirtió en uno de los rostros más visibles de la sociedad civil para expresar el hartazgo de los ciudadanos por la violencia y la incapacidad de las autoridades para abatirla. Un hombre respetado por todas las corrientes políticas.

—Podría ser demasiado tarde —reiteró Martí—. A mí no me han abordado, pero sé que desde ayer se están haciendo consultas entre los empresarios, exhortándolos a mantener la tranquilidad y a conservar sus capitales en el país. Los rumores aseguran que en cuestión de horas habrá de instaurarse el orden y la estabilidad. No se precisan los detalles sobre quién ni cómo impondría ese orden, aunque con lo escuchado aquí me queda claro de lo que se trata. Lo único que puedo decir, porque no tengo más información, es que los exhortos proceden desde arriba, de los verdaderos dueños del dinero.

—¿Los de la lista de Forbes? —inquirió Prida consternado. Una docena de mexicanos, entre los más ricos del mundo, controlaban alrededor del veinticinco por ciento del PIB del país.

—Algunos, no todos. Y el rumor no parte directamente de ellos, pero sí de los directivos de algunas de sus empresas —precisó Martí.

—Parece que los generales no solo han hablado con usted, señor presidente —dijo González Iñárritu.

—Supongo que anticipaban el rechazo de esta mañana y decidieron actuar unilateralmente; o tal vez solo estaban preparando el terreno —reflexionó Lemus, en voz alta.

—Lo primero es asegurar la lealtad de las guardias presidenciales, no ponérselo fácil —dijo Felipe González—. En cualquier momento podrían aparecer por aquí y deponerlo con algún pretexto. Se ahorrarían el golpe de Estado.

—Si van a intentar lo de la comisión tendría que ser ahora —convino el cineasta González Iñárritu—, habría que informar a la opinión pública que existe la posibilidad de una salida institucional, antes de que sea demasiado tarde.

—Pues hagámoslo ya —dijo Cárdenas—. Hablen ahora mismo con Clinton y con Gaviria o alguien equivalente y, si es posible, añadan un par de nombres como lo sugiere Martí. Y tiene razón Felipe, usted tendría que acuartelarse aquí en Los Pinos con guardias presidenciales leales. Se lo pensarán dos veces antes de tomar por asalto las instalaciones.

Sin proponérselo, la mayoría de los presentes pensó en la figura de Salvador Allende en el Palacio de la Moneda, embutido en su inútil casco, momentos antes de morir. El recuerdo inundó el ambiente de oscuros presagios. Inevitablemente todos terminaron mirando a Prida en espera de algún llamado a la acción, pero este se había encerrado en un largo silencio, como si esperase encontrar en la cruz blanca de su pluma Montblanc las claves para solucionar sus problemas. «Este hombre no es Salvador Allende», se dijo Amelia exasperada.

—Yo voy a hablar con la gente de Clinton y de Gaviria para explicarles la situación —dijo Lemus finalmente—. Nos ayudaría muchísimo si ustedes pueden revisar el proyecto de la comisión aquí mismo y sugerir algunos nombres de candidatos para los miembros que aún faltan. Nosotros regresamos en media hora. Tendríamos que estar en cadena nacional lo más pronto posible, veré incluso si puedo adelantarlo —afirmó el abogado y miró a Prida buscando su aprobación. Este seguía ensimismado en su pluma—. Señor presidente —dijo Lemus, incómodo por la pasividad del mandatario—, solo usted puede hablar con el general Santamaría, para poner en alerta a las guardias presidenciales.

Prida respiró profundamente, levantó la vista y repasó los rostros de los presentes, como si apenas ahora cobrara conciencia de lo que estaban haciendo allí.

—Sí, claro, ahora lo hago —contestó y salió apresurado sin decir otra cosa.

—No sé… —dijo Martí dubitativo, mirando la puerta por la que había salido Prida.

—Con mayor razón —contestó Cárdenas, también él con la mirada puesta en las gruesas lajas de madera.

Sin saber qué otra cosa decir, todos abrieron el documento que tenían enfrente y se enfrascaron en su lectura.

# 67

**Gamudio y Beltrán**
*6 días después, 7.30 p.m.*

—El plan K está armado, listo para echar a andar tan pronto usted lo indique, presidente —informó Gamudio a Beltrán. Se encontraban en la oficina de la residencia del gobernador en la Ciudad de México.

—No me digas así —rechazó Beltrán, aunque la sonrisa de satisfacción decía otra cosa—… todavía.

—La gente de Prida no alcanzará ni a meter las manos. Bueno, eso de la gente de Prida es un decir, creo que ya no le queda nadie.

—Repasemos los detalles, no quiero que falle nada —en realidad Beltrán conocía el operativo con toda precisión, pero no se cansaba de escucharlo: en parte porque se aseguraba de que el plan no tenía fisuras y en parte porque oírlo le proporcionaba la placentera sensación de estar cada vez más cerca de cumplir su sueño.

—El operativo se realizaría después de medianoche, hoy o mañana si fuera necesario. Contamos con que el presidente seguirá en Los Pinos, de donde no ha salido en los últimos días —Gamudio titubeó; le habría gustado no usar ese título, no ahora que ya se lo había atribuido a Beltrán, pero al parecer este no notó la disonancia—. Uno de los oficiales de la guardia presidencial que trabaja para nosotros, el teniente Ernesto Macías, hará una llamada a la 1.50 de la madrugada para informar de una emergencia. Nos hemos asegurado de que él esté a cargo de la coordinación de los turnos de la noche durante toda la semana. Pocos minutos después llegará una ambulancia procedente del Hospital Militar; los doctores y enfermeros que lleguen también trabajan para nosotros. El mismo oficial que hizo la llamada se asegurará de que los filtros de seguridad permitan el acceso del vehículo y sus ocupantes.

—¿Está confirmado que la esposa duerme en una habitación separada?

—Absolutamente. Desde hace más de un año. Como usted sabe, prácticamente viven un divorcio puertas adentro.

—Ya están en Los Pinos…, ¿luego?

—Encabezado por el oficial de las guardias presidenciales el grupo se dirige directamente al dormitorio de Prida, lo someten, le tapan la boca y lo sujetan a la camilla. Hemos acordado que no intercambiarán palabra alguna con el paciente. Allí mismo se le aplica la primera de las inyecciones que nos pasó Godnes. Es un derivado de la insulina, le hará perder el conocimiento y desencadenará una embolia sin dejar rastro —Gamudio dijo lo último con voz apenas audible—. Instantes más tarde estarán rodando en la ambulancia camino al hospital.

—Por cierto, ¿dónde está Godnes? Pedí que lo llamaran.

—Está con los de la unidad cibernética. Resulta que los de *El Mundo* traen para mañana un reportaje en contra suya, general; también revientan el Decreto de Estabilidad y Orden. Pero no se preocupe, vamos a pararlo. ¿Recuerda el virus que sembramos en los servidores del diario? Pues los vamos a activar esta noche —respondió Gamudio, satisfecho.

—El virus no paraliza las prensas, ¿no?

—No, pero no podrán imprimir las láminas que utilizan las prensas y sus programas de edición quedarán hechos trizas, todo está automatizado. Imposible que lo resuelvan en la madrugada. Restituir operaciones podría llevarles varios días.

—Bueno… —dijo Beltrán, no del todo convencido—. A ver, ya están en el hospital, ¿luego? —continuó con el tono de un maestro solicitando la tabla de multiplicar.

—Prida es ingresado en la sala de terapia intensiva, la cual será sellada por militares inmediatamente, aduciendo razones de seguridad. Una eminencia del área de neurología ya tiene redactado el reporte sobre el estado crítico del paciente.

Gamudio se sorprendió por la facilidad con que convirtió a un presidente en paciente; la palabra cada vez le sonaba más natural. Al parecer la descripción también complació a Beltrán, porque suavizó el tono del interrogatorio.

—¿Y luego? —Ahora la actitud del general era más amable, casi cariñosa.

—En las redes sociales comienza a circular de manera anónima e *in crescendo* el rumor de que Prida ha sufrido una embolia; poco a poco se introducirá el dato de que se trata de algo grave. A las seis de la mañana el Hospital Militar, presionado por los rumores, libera el boletín con el dictamen de los doctores. Entre otras razones aducirán la presión alta y la ansiedad provocada por la crisis política que enfrentaba el paciente. Lo ideal habría sido que el comunicado lo emitiera la oficina presidencial, pero no podemos contar con ello, aun cuando a varios de los empleados los hemos cortejado desde hace tiempo.

—¿Además de los generales Zúñiga y Ruiz, cuántos saben del plan?

—Solo los indispensables. Macías el de las guardias presidenciales y el neurólogo, el doctor Luque; él mismo escogió a los tres que irán en la ambulancia, gente de su confianza. Ninguno sabe de nosotros: creen que trabajan para Zúñiga.

—¿La parte jurídica?

—A las cuatro de la mañana Zúñiga despertará a Saúl Pereda, presidente de la Comisión Permanente del Congreso. No sabe nada del plan, pero es simpatizante de nuestra causa. No le extrañará demasiado que sea el secretario de Defensa quien lo ponga al tanto de la situación porque se le informará que Prida se encuentra en un hospital militar. Para las ocho de la mañana, cuando se haga oficial la muerte del paciente, la comisión ya estará reunida. Estimamos que de los treinta y siete miembros veintiséis son favorables a la designación de un presidente provisional de corte militar, dada la situación de crisis en la que nos encontramos. A las 8.30 ya debería de haber un elegido.

—¿Quién crees que resulte, Zúñiga o Joaquín Ruiz?

—Creo que da lo mismo, los dos generales son sus incondicionales. Incluso es mejor que se le deje al presidente de la comisión ofrecer los dos nombres para que exista un debate real y una votación dividida; se verá mejor. Cualquiera que resulte garantiza el nombramiento suyo como candidato oficial a la presidencia en las elecciones del verano. En su primer acto de gobierno el presidente provisional firmará y pondrá en operación el Decreto de Estabilidad y Orden.

—¿El manejo con los otros poderes: empresarios, gringos, prensa, Iglesia, sindicatos?

—Yo traigo algunos, otros los trae Godnes; ahora veo por qué se ha atrasado.

Justo en ese momento entró de manera intempestiva el asesor estadounidense. Su cara descompuesta contrastaba radicalmente con el momento idílico que habían compartido hasta entonces Beltrán y Gamudio.

—¡Se está jodiendo todo! —dijo Godnes, desde la puerta por la que entraba.

—¿Qué pasa? Explícate —exigió Beltrán.

—Hace unos minutos, Carlos Lemus se comunicó con las televisoras para insistir que en su mensaje de esta noche Prida presentaría algo que dará un vuelco a la situación que vive el país.

—¿Y? ¿No me habían dicho ustedes que no esperaban más que otra fanfarronada llorona? —protestó Beltrán.

—La insistencia de Lemus me alertó, así que pedí que actualizaran el informe de nuestras orejas en Los Pinos. Resulta que hubo una reunión con Cuauhtémoc Cárdenas, Felipe González, Vargas Llosa, Alejandro Martí, Amelia Navarro y González Iñárritu. No se han ido, al parecer siguen allí. Acabo de hablar con uno de los asistentes del secretario particular de Prida. Estamos jodidos.

—¿Por qué? —preguntó Gamudio, ahora sí alarmado.

—A las nueve de la noche el presidente dará a conocer la formación de una comisión plenipotenciaria integrada por celebridades nacionales e internacionales, hablan de Clinton y de Gaviria, además de los que ya les comenté.

—¿Y eso? ¿En qué modifica nuestros planes? —preguntó ansioso Beltrán.

—Básicamente nos están robando la idea, crear una instancia paralela al presidente que tome el control de la crisis, pero en lugar de designar a un militar de mano firme, ponen un revoltijo de comisión. Aunque será un fracaso total, por lo pronto nos deja fuera de la jugada.

—No necesariamente —se defendió Beltrán—. No importa que Prida haga su *show*, total, pronto estará muerto.

—Será un muerto mucho más incómodo —reconoció Gamudio—. La creación de una comisión de ese tipo generará entusiasmos y mucha atención internacional. Será percibida como un acto de valentía y transparencia de parte de Prida, y si encima aparece muerto al día siguiente sus bonos subirán aunque sea de manera póstuma. No digo que será un mártir, pero la gente lo verá con otros ojos.

—Exacto —secundó Godnes—, eso nos obligaría a tener que aceptar la dichosa comisión con todo lo incómoda que puede llegar a ser. Peor aún, no sé cómo sería tomada la llegada de militares al poder luego de esa paparruchada seudodemocrática de un interventor ajeno al gobierno.

—Pues adelanten la enfermedad de Prida, impidan su puto informe a la nación —concluyó Beltrán, encolerizado.

—¿Cómo? ¿Antes de las nueve? Son las siete cuarenta —objetó Gamudio—. Imposible enfermarlo a la vista de todos, seguramente estará reunido con su equipo preparando lo de la televisión.

—Puede hacerse —dijo Godnes, pensativo—, simplemente habría que aislarlo. La pregunta es si Zúñiga tendrá los tamaños para poner él mismo la inyección.

—A ver, barájamela más despacio —pidió Beltrán.

—Zúñiga se apersona inmediatamente en Los Pinos y pide hablar con Prida, a solas y brevemente —dijo Godnes—. Este no se negará, porque tendrá curiosidad de conocer cuál es la postura de su secretario de Defensa. Incluso podría pensar que viene a pedir perdón, arrepentido de sus amenazas. Una vez a solas, el general le administra la dosis que precipita el primer ataque. Después de eso, el plan continúa como lo teníamos diseñado.

Gamudio hizo una comparación mental de los dos cuerpos que se medirían en el despacho presidencial. El general era un hombre recio y alto pero cargaba sesenta años a cuestas; Prida era de estatura más baja pero su condición física era inmejorable. El balance no lo dejó satisfecho. Todos los presentes literalmente se estaban jugando la vida al resultado de un forcejeo, y en caso de haberlo seguramente irrumpirían al primer sonido los colaboradores que se encontraran en las inmediaciones de la oficina presidencial. Desconocía si el blindaje del despacho incluía un aislamiento acústico total. La idea era inquietante por donde la mirara.

—Sugiero que lo acompañe otro general. Total, la primera vez la comitiva era de dos, a nadie extrañará que regresen los mismos —propuso, precavido.

—Pues que vaya Ruiz. Que ese cabrón también se gane el derecho a convertirse en presidente provisional, a ver cuál de los dos sale más hombrecito y agarra la jeringa —dijo Beltrán.

—En media hora pueden estar en Los Pinos. Ahora lo echo a andar —dijo Godnes con determinación, aun cuando no confiaba del todo en Zúñiga. El secretario de Defensa había accedido al plan, confiado en que el presidente aceptaría la propuesta original y se haría a un lado de manera voluntaria. El ministro de guerra pensó que ni siquiera se violentaba el orden constitucional si Prida se mantenía como una especie de figura simbólica, mientras dejaba hacer a los militares. Pero cuando el mandatario rehusó la propuesta original, había costado mucho trabajo convencer a Zúñiga de pasar a la siguiente fase y hacer enfermar al presidente. Ahora que todas las opciones se reducían a que el propio general aplicara la inyección, no estaba tan seguro de su anuencia. Siempre cabía la posibilidad de exhibir su traición si se negaba a ir hasta el fondo, pero confiaba en convencerlo por otras vías. Repasó sus argumentos y salió de la habitación para hacer la llamada.

—Enhorabuena, señor presidente —dijo Gamudio, cuando se quedaron solos, conmovido por la decisión histórica que acababan de tomar. Si las cosas se descomponían terminarían en la cárcel o frente a un paredón, pero si todo salía bien, en cuestión de horas tomarían el control de la cabina de mando del país. Lamentó no tener una copa en la mano para brindar. Se puso en pie, creyendo que se despedirían con un abrazo, pero Beltrán se había distraído; tenía la vista clavada en un billete de quinientos pesos desplegado sobre su escritorio.

Antes de que Gamudio llegara a la puerta, lo alcanzó la voz del gobernador.

—Y lo de Sergio Franco, ¿cómo va?

Gamudio tardó un instante en comprender a qué se refería su jefe. Los últimos acontecimientos habían eclipsado todo lo referente al tenista.

—Ya trae el asunto Bob Cisneros, entiendo que ese trabajo está en proceso —respondió vagamente.

—Llámale, dile que lo truenen esta misma noche. Al que no le conmueva la muerte de Prida le pegará la de Franco. Quedará clarísimo que al país se lo ha cargado la chingada.

—Y que aquí está su padre para ponerlo en su sitio —dijo Gamudio, zalamero, pero Beltrán no pareció escuchar. Su atención volvió a centrarse en la foto de Diego Rivera.

## 68

**Amelia**
*6 días después, 7.55 p.m.*

Se conocía lo suficiente para saber que su molestia no obedecía al hecho de haber perdido la discusión. Había argumentado que una sola mujer en una comisión de doce miembros resultaba poco plural e incluyente. Pero el resto de sus ahora colegas eligieron a otros tres varones para responder a la sugerencia de Martí: Manuel Clouthier, hijo de un personaje histórico símbolo del PAN, el partido de derecha; Manuel Medina Mora, exdirector de Banamex; Juan Pablo Castañón, líder del Consejo Coordinador Empresarial. Cada una de estas designaciones le parecía intachable si querían tener el apoyo de la iniciativa privada y los sectores conservadores, aunque no podía negar que el saldo final exhibía una carga más que lamentable de testosterona.

No era eso lo que le había obligado a trasladarse de un lugar a otro durante los últimos veinte minutos en la sala de juntas en la que se encontraban, una señal inequívoca de que estaba «molestita», como solía decir Tomás. Se puso de pie en dos ocasiones para servirse café y un vaso de agua, aunque apenas llegó a probarlos. Cambió de silla otras tantas veces pero siguió sin encontrar su sitio. Sí, definitivamente estaba molesta, aunque tardó en descubrir la razón: no debía estar allí.

No encontraba su sitio porque ese no era su sitio. No es que estuviera en desacuerdo con la idea de la comisión o con sus integrantes; respetaba a la mayoría de ellos. Comenzaba a torturarla la sensación de que al aceptar la encomienda estaba sacrificando a *Lapizarra*. Sabía que no podía ser miembro de una junta de gobierno y a la vez dirigir un medio de información independiente. Su diario digital perdería legitimidad, sus contenidos serían leídos con desconfianza aun cuando mantuviesen el rigor y una perspectiva crítica. Ni siquiera ayudaría renunciar a la dirección de la página digital. La opinión pública estaba enferma de suspicacias, y con razón; se asumiría que, pese a su renuncia, ella seguía manejando el medio desde la sombra.

En una hora el presidente Prida hablaría en cadena nacional para informar al país de la creación del nuevo organismo y haría pública la lista de sus integrantes. Una vez que se diera a conocer su nombre, Amelia estaría irreversiblemente involucrada y, por consiguiente, *Lapizarra* quedaría herida de muerte. Y, sin embargo, la decisión no era sencilla; llevaban más de una hora reunidos y tenían todo a punto, sabía que cometería una irresponsabilidad al echarse atrás en el último minuto.

Decidió consultarlo con Tomás. Su amigo tenía mucha más experiencia en materia periodística, quería asegurarse de no estar exagerando sus temores sobre la suerte de *Lapizarra*. Se disculpó un momento y salió a un pasillo para hablar a solas.

Confiando en que el aparato facilitado por Jaime fuera tan inviolable como él aseguraba, marcó a Tomás. Tan pronto como respondió el periodista, le hizo un rápido resumen de la situación: el velado intento de golpe de Estado, el plan de Carlos Lemus para contrarrestarlo, el anuncio inminente por parte de Prida, la inclusión de su nombre en la lista de la comisión y sus reservas sobre el impacto que ello tendría en la existencia de su diario digital.

Su amigo escuchó en silencio, absorbiendo la información y a su vez compartió con ella el preocupante borrador de decreto para «el orden y la estabilidad» que tenían preparado los militares. Finalmente, le ofreció su opinión.

—Coincido con Carlos. La comisión es imprescindible y es necesario que lo informen ahora mismo. Pero también tú tienes razón. No puedes estar en ella y seguir dirigiendo *Lapizarra*. Tendrás que decidir entre una cosa u otra.

—No tengo ninguna duda: *Lapizarra*.

—Haces bien —dijo Tomás.

—El asunto ahora es cómo me salgo. ¿Se lo digo al resto de los miembros aquí reunidos? ¿Busco a Carlos?

—La invitación en última instancia viene de Prida. Lo más digno, me parece, es que informes personalmente a él. Después de eso lo compartes con los demás para que busquen un reemplazo.

—Bien, pues al mal paso darle prisa. Te aviso cuando salga.

—Avísame y te alcanzo en cuanto salgas de Los Pinos y nos vamos a buscar a Jaime y Mario. ¿Va?

Cuando cortaron la comunicación Tomás respiró profundamente, consternado. Un golpe de Estado versión *light*, una comisión plenipotenciaria para frenar ese golpe de Estado y, para efectos inmediatos, otra portada para el día siguiente. En la que había trabajado durante toda la tarde era inservible o por lo menos incompleta. Levantó el teléfono y llamó a Sergio.

También Jaime quedó consternado con la conversación aunque por distintos motivos. Los teléfonos que les había proporcionado a sus amigos podían ser inviolables para otros, pero a él le permitían monitorearlos en tiempo real, incluso cuando no estaban activos. La alerta que tenía instalada para cualquier enlace entre Tomás y Amelia le había llevado a temer lo peor, sin embargo, nunca se imaginó el contenido de la conversación. Ahora a la amenaza de un golpe militar se sumaba otro escenario lamentable: que su padre fuera el héroe que los salvara del desastre. Por desgracia era poco lo que podía hacer desde sus oficinas para impedirlo, salvo seguir monitoreando el teléfono de su amiga.

Cuando Amelia terminó la llamada se dirigió directamente al secretario particular de Prida. Este se encontraba en su despacho con Carlos Lemus y otros asesores, repasando los términos del mensaje que el presidente emitiría dentro de cincuenta minutos. Ella insistió que solo le quitaría unos segundos al mandatario pero que era absolutamente indispensable verlo de inmediato. Instantes más tarde se cruzó con Carlos Lemus, quien la interrogó inútilmente con la mirada. Amelia cerró la puerta y se aproximó al escritorio de Prida para hablar a solas con él. Poco después llegaron los generales.

## 69

**Prida, Amelia, Zúñiga**
*6 días después, 8.10 p.m.*

—Entiendo tus razones, Amelia, pero te pido que pienses en el país. Hay momentos en que el bien común obliga a hacer sacrificios personales, aun cuando sean terribles —dijo Prida tras escuchar sus argumentos. Amelia pensó que era un buen actor. Sus palabras tenían la textura y la intensidad necesarias para eliminar cualquier asomo de demagogia en lo que sin duda era una frase prefabricada. Los ojos del presidente quedaron fijos en los suyos, como si su alma pendiera de su respuesta. Agradeció que hubiera un escritorio de por medio, de otra forma, estaba segura, él la habría tomado por los hombros o algo similar.

—Nadie es indispensable y menos en una comisión de doce personas. Estamos a tiempo de encontrar un sustituto; ahora mismo puedo sugerirle a mis compañeros una media docena de opciones. El balance será el mismo, no te preocupes. —Si él había optado por tutearla, ella decidió hacer lo mismo.

—Eres muy modesta, Amelia. Una mujer como tú es absolutamente insustituible —dijo Prida, recorriendo con la mirada su cuerpo.

«Mierda, su gobierno puede estar al borde del precipicio pero este sigue jugando a ser galán de pacotilla. Es más fuerte que él», pensó Amelia. Iba a contestarle cuando el teléfono lo interrumpió. Prida tomó la bocina, escuchó y tras colgar se excusó con ella.

—Acaba de llegar el general Zúñiga, como comprenderás debo recibirlo inmediatamente. Pero esta conversación no ha terminado —dijo él poniéndose de pie, y tras un titubeo agregó—: mira, espérame aquí en esta salita, es un pequeño anexo en el que a veces me echo una siesta. Así continuamos en cuanto ellos se vayan —Prida caminó hacia una puerta lateral, la abrió y la invitó a pasar, luego dio media vuelta y se apresuró a recibir a los militares.

Amelia revisó el lugar con desconfianza, el largo sofá de tres piezas tenía una densidad hostil, amenazante; decidió esperar de pie. Luego se dijo que estaba exagerando. El presidente no podía estar jugando a una seducción *in extremis* cuando tenía en sus manos el discurso que podía cambiar la historia de su gobierno. Por lo demás, él tenía razón; había que resolver cuanto antes lo de su exclusión en la lista de miembros que integraban el organismo que sería dado a conocer a la opinión pública en menos de una hora. Decidió esperar a que se fueran los militares y zanjar la cuestión inmediatamente después. Luego cayó en cuenta de que esa visita podía cambiar todo. Si ellos reculaban en sus intenciones usurpadoras, Prida podría modificar su estrategia o al menos no tendría que ejecutarla de manera tan apremiante. Eso sería un alivio para su situación personal. Involuntariamente dirigió la mirada a la puerta que acababa de franquear, preguntándose qué es lo que estaría por pasar detrás de ella. Para su sorpresa advirtió que Prida, en su prisa, la había dejado apenas entreabierta.

Amelia se acercó a la puerta pero pudo ver muy poco a través de la delgada abertura, apenas una franja de la oficina presidencial; escuchó fragmentos de la conversación. Con voz apenas perceptible y en tono reflexivo, Zúñiga trataba de convencer de algo al presidente. La respuesta de Prida, en cambio, alcanzó a oírse perfectamente: «Esto es una sublevación, una traición, y tú eres un traidor». Zúñiga respondió fuera de sí: «No, el traidor eres tú, traicionaste a las fuerzas armadas y ya no queremos ser usados en sus porquerías». El presidente no pareció escucharlo, por el contrario, levantó aún más la voz: «Y los traidores pagan las consecuencias». Después se hizo un silencio. Amelia empujó ligeramente la pesada puerta y escuchó el sonido de un teléfono al caer y luego el golpe sordo de algo pesado precipitado contra la madera del parqué.

Sin pensarlo más, Amelia abrió la puerta por completo y vio a dos figuras, Zúñiga y otro militar, doblados sobre el cuerpo de Prida a un costado del escritorio. Solo alcanzaba a ver las piernas del mandatario pataleando con energía; Amelia asumió que sufría algún tipo de ataque epiléptico. Eso la llevó a abandonar toda reserva, ingresó a la oficina presidencial y se acercó a los hombres. Alarmada les preguntó qué estaba pasando. Zúñiga sostenía una inyección en la mano, mientras el otro empujaba contra el piso a Prida, quien hacía esfuerzos desesperados para evitar que le pincharan el estómago.

Amelia supuso que le suministraban alguna medicina contra un padecimiento que ella hasta ahora ignoraba. Estaba a punto de dar media vuelta para solicitar atención médica, cuando un detalle destruyó la composición de la escena que su cerebro había construido: el presidente tenía un espadrapo sobre la boca. Casi inmediatamente escuchó el grito apagado de Zúñiga.

—Espera —gritó el secretario de Defensa.

El otro militar se incorporó a medias mientras ella se debatió un instante entre sus ganas de huir para buscar ayuda o defender a Prida. Era una mujer atlética, de adrenalina rápida y física, más propicia a correr hacia adelante que hacia atrás. El titubeo la perdió. Ruiz la tomó de un tobillo y tiró con fuerza de ella, derribándola sobre el tapete, con la otra mano el general sacó una pistola de la cintura y la encañonó, a medio metro de distancia.

—Ni una palabra o te mueres —dijo Ruiz.

Ella observó la mirada desesperada y fiera del agresor y luego la boca del revólver. La cavidad negra le pareció enorme y mortífera, y se preguntó si alcanzaría a ver la bala al salir expulsada antes de que entrase en su cabeza.

Amelia advirtió que el presidente había dejado de moverse, parecía respirar pero no estaba segura.

—¿Qué le dieron? —preguntó ella, desafiante.

—Un calmante para evitar que se lastimara durante el ataque que lo fulminó —contestó Zúñiga.

—Pidamos ayuda entonces —respondió ella, mirando hacia la puerta de salida.

—En un momento, deja que le quite el espadrapo —dijo el secretario de Defensa—, era para que no se mordiera él mismo.

—Perfecto —respondió ella, e intentó ponerse de pie.

—¿Y tú crees que esta es pendeja? —le recriminó Ruiz a Zúñiga mientras volvía a sujetar a la mujer del tobillo—. Y tú no vas a ningún lado.

—¿Y ahora qué hacemos? Esto no estaba en el plan —se lamentó Zúñiga y luego, con rencor, recriminó a Amelia—. ¿Qué chingados estabas haciendo allá atrás?

—¿Y ustedes? ¿Qué chingados creen que están haciendo? ¿Qué le hicieron al presidente?

—Estate quieta, pendeja, ya te lo advertí —amenazó Ruiz a Amelia, quien forcejeaba para zafar el pie.

—¿Ahora qué hacemos? —preguntó Zúñiga.

Ella confirmó lo que siempre había creído: el secretario de Defensa era un pelele manipulado por el pequeño círculo de generales en torno a Beltrán.

—No sé —vaciló Ruiz—. Seguir con el plan, llama a la ambulancia.

—¿Y qué hacemos con esta?

—Métela en el cuarto ese del que salió, silénciala, escóndela. Luego le pedimos a alguien de confianza en Los Pinos que se deshaga de ella —tras una pausa, Ruiz cambió de idea—. Yo lo hago, tú llama a la ambulancia, pero ya.

Amelia entendió que sería asesinada en los siguientes minutos. El general la arrastraba del tobillo mientras ella intentaba asirse a las patas de algunos de los muebles sin poder aferrarse a ninguno. Dos metros antes de abandonar la habitación pidió ayuda.

—Grita tanto como quieras —dijo Ruiz, ufano—, hace un año Prida mandó sellar su oficina para evitar ser escuchado.

Y, tras decirlo, fatigado de estar forcejeando con su víctima, colocó una rodilla en el suelo y con la cacha de la pistola golpeó con fuerza el mentón de Amelia. Ella no perdió el conocimiento pero quedó aturdida, la vista nublada.

Cuando pudo enfocar de nuevo veía el sofá de tres piezas a través de un velo, luego se percató de que su vista no era el problema sino la bolsa de plástico que envolvía su cabeza. Lo confirmó cuando intentó respirar; el celofán se plegó contra su boca y le provocó una oleada de pánico. Se encontraba boca abajo, el hombre había colocado las rodillas contra su espalda y sujetaba la bolsa desde algún lugar de su nuca. Sentía la presión de un anillo cortante contra la piel de su cuello. Intentó sacudirse al general durante algunos segundos, pero eso solo consiguió que sus pulmones exigieran más oxígeno. Poco a poco cesaron sus esfuerzos y una sensación de ingravidez la inundó;

lo último que pensó fue que eso era lo que se sentía al morir. Luego todo fue una inmensa quietud. Una quietud qué duró apenas un instante, aunque ella ya no pudo enterarse.

El teniente Ernesto Macías irrumpió en el despacho de Prida, seguido de otro guardia presidencial, de Carlos Lemus y de Agustín Celorio. Zúñiga hablaba por su celular, aunque todavía sostenía la jeringa en la mano. Ruiz, arrodillado sobre Amelia. En un acto reflejo este último se llevó la mano a la cintura en busca de su pistola, pero mucho antes de que pudiera alcanzarla Macías lo abatió de un tiro en la cabeza. La puntería del oficial era notable al parecer, porque sin pausa alguna repitió la dosis en contra de Zúñiga. El general cayó muerto en una posición extraña, un brazo estirado como si quisiera alejar de su cuerpo la jeringa que aún mantenía en la mano.

Carlos corrió a donde se encontraba Amelia y con movimientos torpes y desesperados le quitó la bolsa de plástico; la mujer no respiraba. Él aplicó durante algunos segundos respiración de boca a boca y presiones contra su pecho, hasta que ella se dobló y aspiró una profunda bocanada. Segundos más tarde se incorporó y musitó algo inaudible; Carlos inclinó la cabeza para escucharla mejor.

—¿Qué dijiste?

—Me vas a romper una costilla —repitió ella, con lágrimas en los ojos.

—Para revivirte te rompería varias —rio él.

—Creí que estaba muerta. Gracias.

—En realidad te salvó Jaime —dijo él, a su pesar—. Llamó a mi teléfono, muy alterado, para decirme del ataque de Zuñiga contra Prida. No tengo idea de cómo lo supo. Eso es lo que nos llevó a entrar, de otra manera no llegamos a salvarlos.

El uso del plural les hizo recordar a la otra víctima. Voltearon en dirección a donde media docena de personas rodeaba el cuerpo de Prida y del doctor que lo atendía, Rubén Cantoral, médico de guardia en Los Pinos. El presidente al parecer no reaccionaba. Instantes más tarde una camilla con ruedas entró al despacho y se lo llevaron.

Carlos y Amelia quedaron sacudidos por la escena, preguntándose si el presidente aún estaría con vida. Ninguno compartió la preocupación con el otro.

—Lo que se necesitó para que Jaime volviera a hablarte —dijo ella, en tono irónico, con el deseo de espantar o conjurar la tragedia que se había desarrollado ante sus ojos.

—No fue mucha conversación, aunque es la primera en más de veinte años. Pero preferiría que tú no usaras este tipo de pretextos para juntarnos —respondió él, en el mismo tono.

Amelia asintió, mientras pensaba en el cuerpo inerte de Prida alejándose en la camilla. Luego la sacudió un violento ramalazo:

—Detengan la camilla —gritó ella, a nadie en particular.

—¿Qué pasa? —se alarmó él.

—Zúñiga y Ruiz hablaron de llamar una ambulancia para llevarse a Prida. Quizá son parte de su complot —especuló ella.

—No jodas —exclamó Lemus y salió apresurado en busca del teniente Macías, el eficaz oficial que los había librado de Zúñiga y Ruiz. No lo encontró, «se subió a la ambulancia con el presidente», le dijo Celorio al pie de la escalera de la residencia oficial, mientras veía la parte trasera del vehículo abandonar Los Pinos a toda marcha rodeada de patrullas y motocicletas.

## 70

**Jaime y Carlos**
*6 días después, 8.13 p.m.*

Jaime escuchó consternado la conversación entre Carlos y Amelia. Durante algunos minutos no había sido sino un testigo lejano de lo que sucedía en el despacho presidencial, a ocho kilómetros de distancia de donde se encontraba. Los celulares que había entregado a sus amigos eran poco menos que altoparlantes para él.

Alertado por la llamada de Amelia a Tomás, Jaime había dejado todo para seguir la conversación que su amiga sostuvo con el presidente. Cuando Amelia pasó a la salita anexa y el silencio se prolongó durante un par de minutos, Jaime creyó que la espera se alargaría y aprovechó esos instantes para ir al baño. Al regresar escuchó los gritos de Amelia, y aunque le resultó incomprensible la razón para que ella se hubiera involucrado en la escena, la desesperación que percibió en su voz le hizo suponer que Zúñiga había recurrido a la violencia y estaba dispuesto a hacer cualquier cosa. Desperdició quince segundos en una llamada infructuosa al secretario particular de Prida tras la cual no lo pensó dos veces y marcó al celular de su padre, asumiendo que estaba en una oficina adyacente.

Ahora que su amiga se encontraba a salvo, se preguntó qué estaría pasando con Prida; la mención sobre una ambulancia y un complot resultaba confusa. Supuso que Beltrán había optado por asesinar a Prida o dejarlo permanentemente baldado mediante alguna enfermedad inducida. Pero después de la intervención de los guardias presidenciales, todo indicaba que Zúñiga y Ruiz habían sido neutralizados, aun cuando no tenía manera de saber si alguno de ellos seguía con vida. No obstante, nada de eso descartaba que el manotazo del gobernador de Chiapas fuese a fracasar. La ausencia del presidente abría un vacío político que ganaría aquel que controlase los hilos del proceso jurídico que seguiría; y algo le decía que Beltrán ya había previsto ganar esa batalla. Seguramente era su aliado el presidente de la Comisión Permanente del Congreso, un reaccionario de pacotilla.

Concluyó que lo único que podía evitar el golpe de Estado maquillado de Beltrán era que el testimonio de Zúñiga o de Ruiz lo incriminara o, mejor aún, que Prida se recuperara; el personaje nunca había sido de su agrado, pero era el menos malo de los escenarios.

Su primer impulso fue detener de alguna forma la ambulancia que había partido con el cuerpo de Prida. Pero asumió que la guardia de Los Pinos ya se estaría encargando del asunto; no habían transcurrido más de dos minutos desde que el presidente fuera subido a la camilla en su despacho y el momento en que su padre corrió a dar la alarma sobre la sospechosa ambulancia. Por lo demás, ambulancia o no, la guardia presidencial ya no se separaría de Prida.

Jaime se removió inquieto. Descolgó el teléfono y llamó a Mauricio Romo, de investigaciones cibernéticas de Lemlock.

—Consígueme el nombre del oficial de la guardia presidencial que está a cargo de turno en Los Pinos, su teléfono y todo lo que puedas encontrar sobre él. Dejen cualquier otra cosa que estén haciendo.

Luego llamó a Agustín Celorio, pero su teléfono marcó ocupado. Molesto, se vio obligado a marcar el número de su padre, una vez más.

—¿Conseguiste detener la ambulancia?

—No, pero el teniente Macías, el de guardias presidenciales, va en ella y es seguida por todo un convoy. Ahora mismo Celorio está tratando de hablar por teléfono con él —respondió Carlos, y tras una pausa—:¿Y tú cómo sabes lo de la ambulancia? —inquirió, extrañado.

—Va al Hospital Militar, supongo.

—Era una ambulancia militar —coincidió Carlos, ahora preocupado.

—Tienen que hablar con el director del hospital y hacerlo responsable de lo que llegue a suceder. Detengan a todo el personal médico que iba en esa ambulancia. Amelia tiene razón, podrían estar involucrados con Zúñiga. Y pongan a Macías sobre aviso, ¡pero ya!

Carlos miró a Celorio, quien hacía gestos de frustración con el teléfono en la oreja. Al parecer no podía comunicarse con el teniente. El abogado hizo un gesto con el dedo como si enrollara un rizo, para indicarle que siguiera intentándolo. Luego pensó que su hijo estaba en lo correcto; debería llamar al Hospital Militar. La ambulancia estaría por llegar, justamente era la instalación responsable de cualquier emergencia presidencial por su cercanía y la garantía de seguridad que ofrecía.

—Te llamo luego —dijo Carlos y pudo escuchar la respiración al otro lado de la línea—. Gracias, hijo —añadió conmovido, pero Jaime cortó la comunicación.

Aunque encontró en el cine al director del hospital, el doctor Dámaso Sánchez, finalmente logró hablar con él. «A quién se le ocurre meterse a ver una película estando el país al borde de un alzamiento militar», se dijo Lemus; pero luego matizó su condena: nadie sabía del alzamiento (¿era un alzamiento?), se trataba de un viernes por la noche y, además, el pobre doctor era bien conocido por sus despistes políticos. Dámaso, como se le conocía universalmente, llevaba treinta años en su posición gracias a su capacidad de mantenerse al margen de los vaivenes políticos. Eso y ser una eminencia internacional en materia de enfermedades del corazón, alguien que dejaba hacer su trabajo a los administradores profesionales del hospital.

Carlos lo puso al tanto de la imposibilidad de ponerse en contacto con el teniente Macías, quien acompañaba al mandatario, y de la necesidad de ordenar a los soldados que custodiaban el hospital que detuvieran al personal médico de la ambulancia. Un aturdido Dámaso le dijo que sí a todo; el atronador ruido de fondo indicaba que el doctor ni siquiera había salido a los pasillos de la sala de cine para responder el teléfono. Resignado, Carlos le pidió los datos del responsable de la guardia en el hospital. Resultó ser un Saúl Remedios, a quien de inmediato llamó y le repitió la información.

—No cuelgue —dijo Remedios en su escritorio y estiró el brazo para llamar a la caseta de acceso. No alcanzó a tomar el aparato, un soldado con voz quebrada por el espanto le dijo que acababan de traer al presidente.

## 71

**Gamudio y Beltrán**
*6 días después, 8.25 p.m.*

—Ese teniente Macías es de lujo —comentó en tono apreciativo Noé Beltrán a Godnes y a Gamudio.

Al igual que Jaime, habían monitoreado el encuentro en el despacho presidencial entre Prida y Zúñiga, aunque ellos lo hacían a través del teléfono de este último, intervenido por los técnicos que trabajaban a las órdenes de Godnes. Semanas antes habían pedido a todos los implicados instalar en sus teléfonos una aplicación con el pretexto de que eso les permitiría conversaciones privadas e inviolables; ninguno supo que eso convertía a sus aparatos en micrófonos distantes al servicio del exagente de la NSA.

Los tres se inclinaban sobre una bocina reproductora como lo harían tres apostadores sobre una radio en los años treinta siguiendo una pelea de box en la que les fuera la vida en juego. En esta ocasión literalmente ese era el caso.

Beltrán se había molestado cuando escucharon que, contraviniendo las indicaciones, Zúñiga había entablado conversación con el presidente, en un último intento por convencerlo. Luego estrelló un vaso contra la pared cuando se dieron cuenta de la intromisión de Amelia en el despacho, pero festejaron al comprender que Zúñiga había aplicado la inyección letal. Aplaudieron la presencia de espíritu del general Ruiz, capaz de improvisar sobre la marcha un ajuste al plan original eliminando a la mujer, y les tomó por sorpresa escuchar dos balazos de manera intempestiva. «No es la Beretta de mis generales», se lamentó el militar. Vivieron en ascuas los siguientes segundos hasta que, pese a la tensión, sonrieron al entender que Prida había sido trasladado exánime en una camilla. Pero insultaron al unísono a Amelia cuando esta pidió a gritos que detuvieran a los de la ambulancia.

—Habrá que escapar mientras aún tenemos oportunidad —propuso Gamudio a los otros dos.

—No es la Beretta de mis generales —repitió Beltrán, reflexivo—, pero sí es una arma de uso exclusivo del ejército… o de las guardias presidenciales —agregó luego de una pausa.

Godnes entendió de inmediato la implicación de lo que decía su jefe. Tecleó en su *laptop* y el monitoreo que difundía la bocina que estaba sobre el escritorio saltó del teléfono de Zúñiga al de Macías. Oyeron gritos aislados, órdenes intempestivas y finalmente el sonido metálico de lo que asumieron eran las puertas de la ambulancia al cerrarse. Luego la voz clara y contundente de Macías, al parecer dirigiéndose a los ocupantes de la unidad.

«Cambio de planes. Nada de embolias ni paros al corazón: un testigo vio lo de la inyección, así es que ustedes simplemente actúen como cualquier tripulación de una ambulancia normal. Zúñiga y Ruiz están muertos y diremos que actuaron por su cuenta, así que no estamos haciendo más que el procedimiento a seguir en una tragedia como esta. ¿Queda claro? Ahora mismo llamo al hospital. Desháganse de la segunda inyección, tírenla a la calle.»

«¿Y si mejor se la ponemos?», se escuchó decir a uno de los enfermeros. «No, no nos arriesguemos: ahora que saben del asunto revisarán con lupa los pinchazos y los síntomas. Tírenla.»

—Es de lujo —coincidió Godnes. Los tres siguieron escuchando.

«Código Alfa, póngame con el médico de guardia.» Y tras una pausa: «Doctor Luque, Cóndor ha sido intoxicado con una inyección aplicada por el general Zúñiga, quien fue abatido. Repito, intoxicado por una inyección. Llegamos en dos minutos, inicie procedimientos para revivirlo. Y, doctor, el país entero tiene los ojos puestos en usted, no se ponga nervioso, actúe como lo haría en cualquier otro caso».

—Supongo que con eso el doctor Luque entenderá que la misión se aborta. Repasemos otra vez: ¿cuántos están metidos en el enjuague? —Beltrán lo recordaba perfectamente, pero le tranquilizaba escucharlo en la jerga técnica y precisa de Godnes, le hacía pensar que todo se cumpliría con precisión científica. Era tal el respeto reverencial que el gobernador dispensaba al estadounidense, que Gamudio, irritado, a veces pensaba que Beltrán confundía la NSA, de donde Godnes procedía, con la NASA y la meticulosidad de los viajes espaciales.

—Los mínimos: dos camilleros y el conductor y esos a medias, y en el hospital Luque y su enfermera de confianza. Ninguno sabe de nosotros, creen que trabajan para Zúñiga. Incluso el teniente Macías cree que con su rápida reacción al matar a Zúñiga y Ruiz elimina todo rastro que pueda incriminarlo.

—Pero la llamada de Zúñiga a la ambulancia involucra a los enfermeros —objetó Gamudio.

—No. Esa llamada al Hospital Militar fue por los conductos normales. Nosotros simplemente nos aseguramos de que fuese nuestra ambulancia la que estuviera en el turno para responder al llamado de Los Pinos. Zúñiga incluso avisó que se trataba de un código Alfa, el designado por el protocolo cuando se refiere al presidente. Y, en el peor de los casos, recuerden que todos ellos creen trabajar para Zúñiga.

—No corremos ningún peligro, ¿ves? —le dijo Beltrán a Gamudio en actitud recriminatoria.

—Quizá —se defendió el otro—, pero la idea de una salida militar ante la crisis política ya no será posible ahora que un general fue sorprendido intentando matar al presidente.

—Por cierto, ¿bastará una inyección para cumplir el objetivo? —preguntó Beltrán.

—No está claro —respondió Godnes—. Yo le entregué la sustancia a Zúñiga, pero las dosis las preparó Luque. Iban a ser tres para completar el *shock* hipoglucémico que lo mataría en cuestión de horas. Entiendo que la primera era la más fuerte. Si le va bien queda inválido o algo así. En todo caso el ingrediente activo es imposible de ser rastreado. Lástima que apareciera esta pinche vieja —se lamentó.

—Lo jodió todo —sentenció Gamudio.

Y, sin embargo, una parte de él se había relajado ahora que sabía que ellos estaban fuera de peligro. Incluso sentía cierto alivio por el hecho de que los planes fracasaran. Ahora tendrían que desmantelar el tinglado del golpe de Estado y limitarse a terminar la gestión del gobierno de Chiapas. La situación le ofrecería la posibilidad de deslindarse de sus dos colegas. Él simplemente era un asesor político, no entendía cómo había terminado por ser parte de un complot para asesinar al presidente. Quizá la embriaguez tóxica de saberse protagonista, la convivencia con el psicópata de Godnes, el deseo de ser útil. Algo que tendría que revisar para no volver a repetirlo. La vida le estaba dando una oportunidad de salir del tobogán en el que se había metido y estaba dispuesto a aprovecharla.

—No, no está arruinado del todo —dijo Godnes con una sonrisa—. Yo diría que hasta podemos sacarle partido.

Los otros dos lo miraron intrigados. Beltrán con esperanza, Gamudio con temor.

—Zúñiga es funcionario del gobierno de Prida. Podemos venderla como una rebelión al interior del mismo grupo.

—Está difícil, su cómplice fue Ruiz, un militar que no es miembro del gabinete —objetó Gamudio.

—No si sembramos correos prefechados, con el mismo *software* que utilizamos con el Z14. Podemos implicar a Celorio y al general Santamaría, el único de los militares importantes que es leal a Prida. Con eso eliminamos varios enemigos de un plumazo.

—¿Ya lo habías pensando o se te ocurrió ahorita? —dijo Beltrán, sonriendo.

—La incursión de Zúñiga en Los Pinos siempre fue la parte más vulnerable del plan —dijo Godnes, en el tono pontificador que tanto irritaba a Gamudio—, por eso me aseguré de que los implicados solo tuvieran relación con él. Si caía, la investigación comenzaría y terminaría con el secretario de la Defensa. Y sí, estuve pensando opciones B en caso de que fuera sorprendido durante su ataque a Prida.

Godnes hizo una pausa en espera de que alguno de los otros dijera algo, pero se mantuvieron callados; tuvo que conformarse con la mirada expectante de Beltrán.

—Y lo que terminó sucediendo simplemente era uno de los escenarios posibles; además, el balance es inmejorable, después de lo que ha hecho Macías al ejecutar a Zúñiga. El teniente se estaba salvando a sí mismo, pero sin saberlo te va a hacer presidente.

Gamudio se preguntó en qué momento Godnes había comenzado a tutear al gobernador. En cualquier caso, el asunto no le dio muy buena espina.

—Tú me vas a hacer presidente —dijo Beltrán agradecido.

—Será necesario recalibrar su imagen, general —dijo Gamudio, deseoso de intervenir. Ahora estaba celoso—. Habrá que quitar el énfasis a toda referencia militar en su perfil y acentuar su papel como gobernador, presentarlo como el único político que estos años ha sido contrapunto al gobierno de Prida, el único que criticó sus torpezas y previó el desmadre en que esto se iba a convertir.

—Lo importante es sembrar la culpabilidad de Zúñiga, Celorio y Santamaría. Intercambiarán correos cifrados —Godnes entrecomilló con los dedos— en los que compartirán su indignación por la tragedia de Guadalajara y lo mucho que les irrita la ineficiencia de Prida. Resultará natural que concluyan en la necesidad de hacerlo a un lado.

—Genial, date prisa.

Beltrán siguió a Godnes con la mirada hasta que este abandonó la habitación.

—Vale oro este chaparrito —dijo finalmente, y dirigiéndose a Gamudio añadió—: hazme un favor, antes de irte a hacer tus cosas, quítame esos vidrios del suelo, no se vaya a cortar alguien.

Gamudio observó los restos del vaso estrellado contra la pared y se puso en pie para recogerlos. Habría querido decirle que no era su sirviente, pero prefirió no desafiarlo; en momentos de tensión el general podía ser incluso peligroso, más aún con la omnipresente Colt depositada en el escritorio. Tomó dos *folders* de cartulina y se agachó sobre la madera.

—No seas güey —dijo Beltrán, negando con la cabeza, exasperado—. Pídeselo a alguien de intendencia. Averigua qué pasó con Prida, asegúrate de que se carguen a Sergio Franco o ve a ver si ya puso la puerca, pero, carajo, no te pongas a barrer en estos momentos. No te digo…: si los pendejos volaran taparían el sol.

Gamudio se incorporó, ruborizado, y salió de la habitación en silencio. Luego llamó a Bob Cansino:

—¿En qué va lo de Federer?

## 72

**Sergio y Milena**
*6 días después, 8.45 p.m.*

Más que austera, la pequeña casa en la que vivía Milena parecía deshabitada. Como si su inquilina nunca la hubiera ocupado del todo. Sentado en la penumbra de la sala, Bartolomé repasaba el inventario minimalista, la ausencia de objetos personales sobre los muebles, ninguna foto en las habitaciones. La casa de alguien que en cualquier momento pensara abandonarla con una maleta en la mano.

Al examinar las habitaciones no había resistido detenerse en un cajón de ropa interior y deslizar los dedos entre las minúsculas prendas de satín. La observación de un vello púbico en la bañera le provocó una erección imperiosa; se masturbó apresurado, con el oído alerta a cualquier sonido que pudiese llegar procedente de la puerta de entrada. Limpió todo rastro de semen y lo tiró en el retrete. Le hizo bien quitarse el exceso de excitación, una distracción erótica en un momento decisivo del trabajo puede ocasionar terribles consecuencias.

Luego se sentó a esperar en la penumbra desde un sillón de la sala. Dos horas más tarde, cuando finalmente escuchó los pasos de ella en el rellano de la puerta y el tintineo de su llavero, él extrajo del abrigo la pistola con silenciador. Dos minutos más tarde, Milena ocupaba un sillón enfrente de él.

Bartolomé había encañonado a muchas personas en su vida, normalmente para amedrentarlas. Ninguna había reaccionado como lo hizo la croata. La mujer lo miraba casi con indiferencia, acaso vagamente intrigada. Señaló con un dedo de la mano una de sus botas, a manera de aviso, se inclinó para descalzarse y con las manos flexionó los dedos del pie, como si los ayudara a recuperarse de una larga caminata. Se incorporó y siguió masajeándose pero ahora colocó el pie derecho sobre el muslo opuesto. La falda de lana se deslizó hasta su regazo y dejó entrever el pubis apenas disimulado por la ropa interior transparente. Bartolomé se imaginó una cavidad húmeda y palpitante. Se felicitó por haberse blindado contra esa estratagema, aunque su respiración agitada indicó otra cosa.

Sin embargo, nada en la actitud de la mujer sugería un intento de seducción. Más bien parecía abstraída, como alguien que se relaja a solas en casa al final de una larga jornada.

—Bueno —dijo finalmente—, ¿vienes a violarme, a robarme o solo a quitarme el sueño?

—Vengo a ayudarte, a ayudarlos.

—Y, encañonándome, ¿en qué me ayudas? —le reconvino ella.

—Es una precaución; solo para asegurarme de que tendrás la paciencia para escucharme. Además, algo sé de tu pasado —dijo él, al tiempo que extraía las dos dagas encontradas al revisar la casa, una bajo el colchón de la cama, la otra en el clóset junto a la entrada, al lado de los paraguas—, no quería que te sintieras tentada a usarlas antes de explicarte por qué estoy aquí.

—Soy toda oreja —concedió Milena.

—Oídos, soy todo oídos —corrigió él.

Ella lo miró impaciente. Bartolomé se preguntó cómo haría esa mujer para hacerlo sentir a la defensiva pese a ser él quien tenía una pistola en la mano.

—Yo fui quien te llamó para que fueras a auxiliar a Sergio, y no sé si lo sabes, también lo llamé a él para decirle que un asesino estaba a punto de llegar a su casa. Esa noche lo salvé dos veces.

No esperaba un abrazo de agradecimiento, pero al menos una reacción de sorpresa; la mujer ni siquiera parpadeó. Él descruzó las piernas e inclinó el cuerpo hacia delante, ansioso por convencerla.

—Verás —continuó—, yo era el conductor del hombre que fue a ejecutarlo. Solo que para entonces ya me había encaprichado con ustedes dos; llevaba varios días siguiéndolos. Vi cuando se conocieron, la pasión que despertaste en él. Pensé que el campeón no se merecía ese final, y encima a manos de un gringo, después de todas las satisfacciones que le dio a México —la voz de Bartolomé rezumó orgullo.

—¿Y? —dijo ella indicando con los ojos el arma en su mano.

—El problema es que ahora me han ordenado que yo cumpla el contrato. Y en este negocio si te echas pa' tras te mueres. Así que necesito de él; tiene los amigos para quitarnos de encima al del encarguito. Puedo decirle de quién se trata, pero no voy a acercarme a Sergio con todos los judas que trae encima. Aquí es donde tú puedes ayudarme.

—¿Cómo? —preguntó ella, midiéndolo, desconfiada.

—Llámale, debe de estar en el periódico o de camino a su casa. Dile que necesitas verle, vendrá enseguida, te lo aseguro.

Ella siguió examinándolo; su expresión mostraba que aún no estaba convencida. El hombre claramente era un matón y en eso no mentía, pero no estaba tan segura de que quisiera ayudarles.

—¿Podría al menos prepararme un té?

Él vaciló. Le incomodaba romper la posición ventajosa que ahora mantenían. La mujer le sacaba una cabeza de altura y sus largas extremidades podían generarle algún problema si hacía algo inesperado. Pero debía convencerla de sus buenas intenciones y juzgó que una negativa la pondría aún más a la defensiva.

—Claro, te acompaño a la cocina.

Él la siguió a dos metros de distancia, empuñando la pistola, aunque había dejado de encañonarla.

—Lo mío es el té —dijo ella. Y, en efecto, él observó que en la amplia barra, al lado de los quemadores había una media docena de frascos con distintas yerbas dispuestos en semicírculo alrededor de una extraña tetera en forma de burbuja. Como una enorme novia rodeada de sus damas de compañía. Todo lo demás era moderno y de un pulido metálico.

—¿De cuál quieres? —dijo ella, mientras buscaba un recipiente y lo llenaba de agua—. Tengo vainilla con miel, almendra caramelo, anís, té negro, frutales —su voz ahora era aterciopelada y tan dulce como los aromas que le ofrecía.

—Tomaré lo mismo que tú —dijo él, intimidado por la calidez de su trato.

—Perfecto, te gustará —respondió ella con una tersura en la voz que hacía pensar que ya no hablaba de una taza de té. Luego colocó la olla en el fuego.

Él retrocedió un par de pasos. No tenía ninguna gana de ser sorprendido por una jarra de agua hirviendo. Ella extrajo de la tetera un cuenco de cristal provisto de una redecilla y comenzó a llenarlo con una mezcla de distintas yerbas. De una alacena superior bajó un tarro de metal con algo que parecía pimienta y vertió una buena cantidad en el cuenco.

—¿Qué es eso? —inquirió él, desconfiado.

—El té base, sin eso solo es agua perfumada —respondió ella sin darle mayor importancia y luego, con mucho mayor énfasis—: ahora demuéstrame que tú eres el que me habló aquella noche, ¿qué me dijiste?

Bartolomé hizo un resumen de la conversación que ella y Sergio habían sostenido en la terraza del Café O, y luego, casi textual, la llamada telefónica con la que él la había alertado del peligro que corría su amigo. Recordaba incluso las objeciones iniciales a las que ella recurrió intentando sacudirse de encima la obligación.

Milena asentía con la cabeza y mientras él hablaba llenó dos tazas con la infusión y le ofreció una a Bartolomé. Este la rechazó y le indicó que ella bebiera primero. Ella sonrió, comprensiva, y dio un largo trago a la bebida de él. Luego se la entregó. Él sorbió con desconfianza y encontró el sabor aceptable, giró la taza para colocar sus labios sobre la mancha de carmín que ella había dejado; vació la mitad del contenido.

—Ahora vamos a llamar a Sergio —dijo ella—. ¿Cuál es su número?

Complacido, Bartolomé tomó el celular que ella le proporcionó, tecleó rápidamente y se lo devolvió. Se llevó la taza de nuevo a los labios pero se percató de que ella no bebía, suspendió el movimiento e hizo un gesto en dirección a la bebida aún intocada de Milena. Ella sonrió, como si se tratase de un juego infantil, y también tomó un largo trago.

—Sergio, habla Alka, necesitamos vernos; es muy urgente —pausa—. Sí, ahora mismo, por favor —pausa—. Vivo a dos cuadras de tu casa; Montes Urales 365 —pausa—. No, no te preocupes, estoy bien —pausa—. Gracias, nos vemos en media hora —dijo, y vio a Bartolomé haciendo gestos para indicarle que el tenista no acudiera acompañado. Él habría querido acercar el oído y escuchar la conversación completa, pero prefería mantenerse a distancia de la mujer; una última medida de precaución pese a todo.

—Vienes solo, ¿verdad?... Lo que debo decirte no es para nadie más —dijo ella y colgó.

Regresaron a la sala y retomaron las posiciones originales, uno en cada extremo de la habitación. Bartolomé estaba satisfecho; todo salía a pedir de boca. Las cosas se habrían puesto complicadas si ella se hubiera negado a llamarlo. No parecía ser una mujer a la cual se pudiera manipular fácilmente, incluso con violencia. Ahora solo faltaba saber cómo los asesinaría. Fantaseó con la posibilidad de hacer pasar a Sergio, invitarle un té y charlar como viejos amigos: le describiría la manera en que lo había salvado, se declararía su rendido admirador y confesaría la ternura que le provocó darse cuenta de la pasión que existía entre ellos. Pero entendía que eso sería demasiado arriesgado.

No, decidió que tenía que liquidarlos de inmediato; tratar de vigilar a dos cuerpos jóvenes y atléticos como el de ellos era demasiado temerario.

Luego se obligó a pensar en la escena final. Milena acudiría a abrir la puerta, lo cual suponía correr un riesgo porque ella podría intentar cerrarla desde afuera y escapar, dejándolo adentro; decidió que no tenía ninguna gana de perseguirlos por el jardín externo o la acera. Otra opción sería colocar la pistola contra la espalda de la mujer cuando abriese la puerta, pero tampoco le pareció una buena idea; Sergio podría verlo, entrar en desconfianza y reaccionar de manera sorpresiva. Se le ocurrió algo mejor. Le dijo que desde ahora dejase la puerta entreabierta; y le indicó que cuando Sergio llegase simplemente le pidiese pasar a la sala. La disposición de los sillones que ocupaban era perfecta: el tenista la vería a ella primero y solo se enteraría de su presencia cuando estuviera dentro de la habitación. Para entonces ya lo habría encañonado con su pistola. Dispararía de inmediato.

Sonriente se sumió en sus cavilaciones. Recordó una película de vaqueros que había visto años atrás: *Yo maté a Billy The Kid*, o algo así. Pensó que algún día él podría afirmar entre colegas, «Yo maté a Sergio Franco». Se relajó pensando que la misión terminaría con éxito: todo estaba bajo control, era un profesional.

Los minutos restantes transcurrieron en silencio. Ninguno tenía deseos de hablar.

Sergio recibió la llamada de Alka en el automóvil, quince minutos después de salir del diario y a punto de llegar a su casa. Tenía tiempo de sobra; ella le había pedido media hora, aun cuando él le dijo que podía llegar de inmediato. Asumió que ella había querido tomar un baño o preparar algo para ofrecerle. Se imaginó una mesa de tablones suecos, la llama lánguida de una vela en el centro y dos copas de vino tinto. O quizá un par de copas de tequila con una jarra de jugo de naranja en medio. Sonrió con la broma anticipada.

Decidió cambiarse de ropa y revisar la herida del estómago, aunque no había sangrado en los últimos días, inevitablemente se preguntó si su estado dificultaría alguna posición en caso de que llegasen a la cama. Luego se sintió un poco ruin; ella solo había hablado de verse, quizá quería conocer su opinión sobre alguna dificultad, consultarle un dilema.

Al quitarse la camisa sudada recordó las últimas horas y se sintió culpable por estar pensando en un asalto sexual después de los terribles altibajos por los que habían pasado. Claudia muerta, el país al borde de una convulsión. A lo largo de la velada, Tomás había entrado en su oficina una y otra vez con una noticia más desastrosa que la anterior. Modificaron tantas veces la portada del diario que ya no recordaba cuál había sido la versión definitiva. Se retiró de su oficina esa noche porque se encontraba al límite del agotamiento; al observar su semblante, el propio Tomás le exigió que se fuera a casa.

Durante el trayecto consideró la enorme fatiga que le supondría subir a su dormitorio, tomarse una ducha, emprender los muchos actos rutinarios que había que invertir antes de apagar la luz y dormirse. Solo deseaba olvidarse de la crisis política, de las muertes, de las muchas infamias y traiciones que parecían surgir detrás de cada piedra. Sin embargo, la llamada de Alka lo había cambiado todo. Una corriente de adrenalina insufló de vida glándulas y cerebro. Súbitamente se despejó la bruma sofocante que lo inundaba minutos antes, para ser sustituida por el luminoso recuerdo del rostro de la mujer.

Diez minutos antes de la hora pactada pasó lenta y silenciosamente por el frente de la pequeña casa que respondía al domicilio que Alka le había proporcionado. Se trataba de una construcción de modestia inesperada en un barrio caracterizado por mansiones enormes, de extensos jardines. La de ella tenía una pequeña cerca enrejada y dos o tres metros de césped antes de la puerta principal.

Pidió al chofer que se estacionara media cuadra más adelante. Esperó algunos minutos más, bajó del coche, se dirigió al carro de escoltas que lo seguía y les dijo que no se movieran de ese sitio. En realidad conocía muy poco a Alka, pero intuía que era una persona reservada; no quería presentarse a su primera cita acompañado de una corte de policías judiciales. Luego indicó al chofer que dejara el auto enfrente de la finca, la llave debajo del asiento y se retirara a descansar. Si las cosas terminaban como él deseaba y la cita se extendía toda la noche, le parecía indecoroso tener al conductor velando el sereno durante horas.

Creyó que el ruido de la verja del pequeño jardín frontal alertaría a Alka de su llegada, pero no fue así. La oscuridad era absoluta y a primera vista la casa daba la impresión de estar deshabitada; las cortinas de la única ventana visible estaban cerradas. Se aseguró de que el número que se encontraba encima de la puerta era el correcto y no obstante se preguntó si habría cometido algún error o, peor aún, si habría sido objeto de alguna broma pesada.

Al percatarse de la puerta apenas entreabierta su desconfianza aumentó. Tocó con los nudillos sin ningún resultado, primero débilmente y luego con mayor fuerza. Con todo, observó unas luces atenuadas procedentes del interior de la vivienda. Empujó ligeramente la puerta y llamó a Alka; otra vez el resultado fue infructuoso. La tensión provocó una punzada en la herida como si fueran a descoserse las puntadas que ya no traía, y con la punzada lo atenazó el recuerdo del balazo recibido una semana antes.

Retrocedió dos pasos y decidió calmarse. Le parecía imposible que Alka no escuchara las violentas percusiones de su corazón. Luego se le ocurrió algo que debió hacer minutos antes: la llamó al teléfono que había quedado registrado en el suyo media hora atrás. Unos instantes más tarde escuchó el tono de una melodía de Chopin que procedía del interior de la vivienda: el domicilio era el correcto, aunque eso no descartaba que se tratara de una broma o algo peor.

Decidido, entró en la casa y la llamó en voz alta. Le bastaron tres pasos para verla de perfil sentada en un sillón de la sala. Y solo entonces entendió por qué no había respondido: tenía la barbilla encajada en el pecho y el cuerpo desmadejado. Sergio temió lo peor y se precipitó sobre ella tratando de despertarla pero solo consiguió que su cabeza se torciera a un lado de fea manera. Espantado, se preguntó si estaría viva y levantó la vista en busca de algo que ayudara a revivirla. Solo entonces advirtió que no estaba sola. Un tipo se encontraba a tres metros de distancia en el sillón del fondo de la habitación; Sergio se estremeció por la sorpresa. El hombre también parecía estar inconsciente, aunque no tenía visos de estar muerto: un hilo de saliva le corría por la solapa y su respiración provocaba un silbido agudo, impropio de un adulto.

Sergio se concentró algunos momentos en el examen de Alka hasta que intuyó, más que sintió, un movimiento en sus pulmones. El hallazgo le provocó a él mismo una profunda exhalación de alivio. No obstante, seguía confundido. Volvió a apreciar la escena y observó al hombre; por alguna razón asumió que le resultaría más fácil despertarlo a él y enterarse de una vez por todas de lo que había sucedido allí.

Lo sacudió suavemente al principio y luego con mayor energía, hasta que un objeto duro y metálico se deslizó contra el suelo. Sergio se agachó para recogerlo y casi lo soltó por la sorpresa. Una pistola con un largo silenciador. La imagen de su asesino con un arma similar recortada en el marco de la puerta de su casa volvió a golpearlo con nitidez. Con el arma en la mano retrocedió algunos pasos y se sentó en el sofá que se encontraba a medio camino entre Alka y el esbirro. Reflexionó algunos instantes y luego, como si recordara algo súbitamente, se precipitó a la puerta de entrada y la cerró con seguro. No quería correr el riesgo de enfrentarse a un cómplice del sujeto que babeaba en el sillón.

Luego miró con aprehensión el interior de la vivienda, preguntándose si estarían solos. Se aseguró de que el hombre siguiera inconsciente y revisó rápidamente el resto de la casa. No le tomó más de dos minutos: una recámara amplia, un baño, una terraza interior y un pequeño estudio.

Cuando regresó vio la taza caída a un costado del sillón donde se encontraba Alka, al final de su largo brazo. Un dedo de ella seguía enganchado en la oreja del recipiente, como si se tratase de un enorme arete. Un pequeño charco había alcanzado el tapete que enmarcaba a la mesa de centro. En ella, justo enfrente del hombre, observó otra taza, aunque esa estaba vacía.

Examinó los restos de la bebida pero sus conocimientos en materia de somníferos no llegaban muy lejos. Ocupado en la manipulación de las dos tazas abandonó la pistola en la mesa de centro y al percatarse regresó a ella apresurado. Cabía la posibilidad de que el matón, o lo que fuera, recuperara el sentido. O al menos eso esperaba por el bien de Alka.

Decidió llamar a los guardaespaldas y solicitar ayuda médica. Se contuvo antes de llegar a la puerta. No tenía ninguna confianza en esos sujetos; si bien habían sido enviados por Celorio, después de lo que había pasado en Los Pinos le resultaba difícil confiar en algún extraño.

Eran las 11.25 de la noche, asumió que Tomás aún se encontraría en el diario. Le llamó y lo puso al tanto de la situación. El periodista recordó el pasado de Milena, el intento de asesinato que había sufrido Sergio, y concluyó que el tema lo desbordaba. Coincidió con él que no era conveniente alertar a sus escoltas y le dijo que Jaime lo llamaría en unos instantes. Él sabría qué hacer.

Sergio colgó y trató de recordar lo que sabía de Lemus. Lo había visto un par de veces: un tipo con cara de ejecutivo de transnacional, siempre seguro de sí mismo. Claudia le había dicho que su empresa llevaba la seguridad del periódico y sabía que era amigo íntimo de Tomás.

En efecto, la llamada de Jaime entró unos segundos más tarde. Sergio repitió lo que había dicho a Tomás, respondió a un par de preguntas y recibió varias instrucciones. Jaime le pidió que antes que nada inmovilizara al sujeto atándolo de pies y manos con algún cordón; todo indicaba que el pistolero estaba fuera de combate pero era necesario no correr riesgos. Después tendría que buscar en el resto de la casa muestras de la sustancia que había encontrado en la taza; ello haría más fácil identificarla y buscar algún antídoto para ayudar a Milena. Le dijo que en cuestión de minutos llegaría el comandante Ezequiel Carrasco y un doctor, quienes trabajaban para él; ellos se harían cargo del asunto. Tras una pausa, Jaime cambió de parecer; iría Patricia Mendiola. Ella provocaría menos desconfianza en los judiciales que aguardaban a unos pasos de la finca. Finalmente, Jaime compartió con él algo que lo dejó sacudido.

—Sergio, todo indica que Milena logró salvarte de un segundo intento de asesinato. El hombre que tienes enfrente es peligroso. Pero también es mucho más que eso. Este ataque está relacionado con el de la FIL y con el de Los Pinos, y quizá el único eslabón que permite vincular a todos estos crímenes sea el matón que está en tus manos.

## 73

**Carlos, Celorio y Prida**
*7 días después, 7.45 a.m.*

No entendía de qué estaba hecho Carlos Lemus, pero sin duda era algo de lo que él carecía, pensaba Agustín Celorio. Comenzaba a despuntar el día y habían pasado toda la noche en el hospital; la tensión y la fatiga habían hecho estragos en él. La imagen que le devolvió el espejo del lavabo del baño se parecía más a la de su padre que al rostro del hombre que había sido hasta un día antes. El semblante fresco y despejado de Lemus, en cambio, era el de alguien que apenas inicia el día. Y por alguna razón su ropa había decidido hacerse cómplice de sus genes indestructibles; lucía impecable. Por el contrario, la chaqueta y el pantalón de casimir que Celorio portaba mostraban el tipo de arrugas que solo lucen bien en la tela de lino.

La noche anterior, Lemus había hablado con los miembros de la futura comisión para informarles que el presidente había sido hospitalizado por un malestar físico, un contratiempo inesperado. Les dijo que postergarían el anuncio de la iniciativa hasta nuevo aviso y les pidió la más absoluta discreción respecto a todo lo que habían discutido en las últimas horas. Prometió llamarlos tan pronto se recuperara el mandatario. Algunos de ellos se mostraron escépticos sobre la versión ofrecida, aunque alguien comentó que Prida padecía desde hacía algún tiempo una afección cardiaca mantenida en secreto. Se quedaron un rato especulando sobre el efecto que la indisposición presidencial provocaría en la delicada situación política y concluyeron que la mala noticia precipitaría una crisis mayúscula. Se despidieron rayando la media noche después de intercambiar opiniones sobre la tragedia política a punto de estallar.

En las siguientes horas, Lemus y los colaboradores más cercanos de Prida decidieron establecer un cerco informativo y mantener en reserva la enfermedad del presidente hasta no conocer sus alcances. El general Vicente Abarca, jefe de las guardias presidenciales, Celorio, Carlos y el secretario particular juzgaron que la terrible inestabilidad que enfrentaba el país exigía no dar la noticia hasta que tuvieran en las manos un reporte médico confiable. Hacerlo antes supondría sumir al país en la incertidumbre y provocar un vacío de poder, así que decidieron darse la posibilidad de discutirlo por la mañana. Mientras tanto se aseguraron de que todos los involucrados guardaran un absoluto hermetismo. Tras algunas dudas decidieron convocar a la esposa de Prida y le explicaron las razones por las que por el momento no podría llamar a nadie más.

Los cuatro hombres y la mujer montaron guardia durante horas. En caso de haber preguntas habían acordado responder que el presidente pasaba la noche en el hospital para atenderse de una gripe severa, pero no tuvieron que hacerlo; la velada transcurrió sin que nadie se percatara de la desaparición del mandatario.

Las cosas comenzaron a desbordarse con el primer sol de la mañana. A partir de las ocho circuló el rumor en la redes sociales. Primero de manera muy vaga e imprecisa: que el presidente había sufrido una infección intestinal; que fue internado en el Hospital Militar; que sería dado de alta en cualquier momento; que no, que se trataba de algo más delicado. Carlos y Celorio asumieron que no eran más que filtraciones inevitables surgidas de empleados de menor rango, tanto en el hospital como en la residencia oficial, que se habían enterado de una visita de emergencia de una ambulancia a Los Pinos.

Sin embargo, muy pronto las aparentes filtraciones se convirtieron en dardos de preocupante precisión: afirmaban que el presidente había sido sacado en camilla tras una discusión en su despacho y que la lesión podía ser de gravedad, incluso mortal. Alrededor de las once de la mañana explotó la bomba: se afirmaba que el secretario de Defensa había agredido al presidente, quizá de muerte. Cuando el siguiente mensaje hizo referencia a una inyección letal, entendieron que se trataba de algo más que una filtración. Y cuando en las redes empezó a mencionarse que el ataque de Zúñiga podía formar parte de una intriga surgida al interior de su gabinete, concluyeron que el complot iba más allá del secretario de Defensa.

Lo confirmaron de la peor manera poco después del mediodía, cuando se hizo viral el rumor de que Zúñiga, Celorio y el general Santamaría estaban en conversaciones para deshacerse de Prida desde unos días antes.

—¡Es un infundio criminal! —protestó Celorio, cuando una llamada de Parnasus lo puso sobre aviso y pudo constatarlo él mismo en su pantalla.

—Es absurdo, no te preocupes —dijo Lemus, aunque su ceño fruncido indicaba justamente lo contrario.

Los otros dos hombres y la mujer miraron sus propios celulares, el tema se había convertido en *trending topic* en cuestión de minutos. Angustiado, Celorio buscó en ellos una mirada comprensiva, cómplice. El general Abarca y el secretario privado se la concedieron con una mezcla de conmiseración. Ninguno de ellos querría estar en los zapatos del canciller. En cambio, la primera dama lo miró con desconfianza.

—Señora —se defendió él—, he sido el colaborador más leal del presidente, espero que no dé pie a esas mentiras.

—Pues hasta ahora no se han equivocado, coinciden punto por punto con lo que ustedes me relataron: la visita de Zúñiga al despacho, la inyección.

—Mienten en esto último y seguramente se equivocan también en el caso de Santamaría —insistió Celorio—. Todos saben que en los últimos meses se convirtió en el hombre de confianza del presidente entre los círculos militares. Justo por eso quieren deshacerse de él.

—El tema no es que sea un infundio obvio —dijo Carlos e inclinó la cabeza en dirección a la esposa de Prida, como si la reprendiera por su escepticismo—, sino quién lo está sembrando —y luego, como si recordara algo, agregó—: ¿Quién maneja redes sociales y espionaje digital en Los Pinos? —preguntó al secretario particular—. Diles que hagan una búsqueda para conocer el origen de esos mensajes.

Celorio recordó la potente oficina de estrategia digital que Prida había montado en la residencia oficial y suspiró aliviado. Gozaba de un presupuesto descomunal y contaba con algunos de los mejores talentos en materia cibernética del país; ellos podrían detectar el origen espurio del embuste.

—Pues entre que son peras y son manzanas —dijo ella— yo preferiría que usted se retirara.

Celorio iba a protestar, pero Carlos hizo un gesto de asentimiento.

—Quizá sea lo mejor, Agustín. De cualquier manera tendrías que preparar con tu gente algún comunicado para desmentir el infundio. Lo peor que puede suceder es que se crea que te escondes.

Celorio aceptó consternado y se despidió. En el camino convocó a su equipo a las oficinas de la cancillería. Cuando unas horas más tarde Delia Parnasus no apareció ni respondió a sus llamadas, entendió que sus problemas eran aún más serios de lo que había temido.

Mientras tanto, Lemus había llegado a la conclusión de que no podían mantener el secreto por más tiempo, pues ya había dejado de serlo. Desde hacía dos horas habían comenzado a llegar reporteros y unidades móviles de televisión a las puertas del hospital, acribillando con preguntas a quien se pusiera por delante. El secretario privado argumentó que si no les ofrecían algo, los noticieros solo podrían alimentarse de los rumores que circulaban en la blogosfera.

Convocaron al director del Hospital y le exigieron un reporte exacto del estado de salud del presidente.

—Infarto cerebral —dijo Dámaso, desalentado—. Lo más probable es que el paciente sobreviva, pero algunas de sus funciones neurológicas quedarán irreversiblemente afectadas. Imposible en este momento conocer los alcances del daño.

—¿Afectará su capacidad para gobernar? —preguntó Lemus, y no pudo evitar mirar de soslayo a la mujer de Prida. Estaba al tanto de que no eran una pareja precisamente amorosa, no obstante, la insensibilidad de su pregunta le hizo sentirse incómodo. Con todo, era la pregunta que había que hacer.

—Tendrá suerte si puede reconocer a su familia —respondió el doctor con expresión lastimera, y ahora fue él quien se excusó con una mirada en dirección a la primera dama.

Para entonces, buena parte del gabinete se encontraba en un salón improvisado del hospital. Lemus supuso que tendrían que convocar a Jacinto Márquez, secretario de Gobernación, y al vocero presidencial antes de dar los siguientes pasos. El general Abarca salió brevemente al recinto donde empezaban a arribar políticos de todas las corrientes e informó de manera muy escueta que el presidente se encontraba grave y que en unos minutos se emitiría un comunicado. Luego convocó a Márquez y al vocero de Los Pinos a incorporarse al pequeño grupo en el que se encontraban Lemus y el secretario particular.

Redactaron en conjunto el texto que el vocero daría a conocer quince minutos más tarde. Optaron por dar cuenta de lo que había sucedido en el despacho presidencial y del precario estado de salud de Prida. Sin embargo, añadían un voto de confianza en la recuperación del paciente. El comunicado afirmaba que cualquier amenaza en contra del Ejecutivo había sido conjurada y los atacantes reducidos; afirmaba que el gabinete y los coordinadores parlamentarios, encabezados por Márquez, secretario de Gobernación, estarían reunidos a partir de ese momento para asegurar la estabilidad y continuidad en las tareas de gobierno, en tanto el presidente se reintegraba a sus funciones.

El borrador del texto que leyó Carlos recibió la aprobación del grupo. Luego extendió la hoja improvisada al vocero presidencial. Inmediatamente después el secretario de Gobernación se acercó a Lemus.

—Bueno, abogado, muchas gracias por sus servicios. A partir de aquí nosotros nos encargamos. El gobierno de la República queda en deuda con usted —dijo Jacinto Márquez, con una sonrisa en la boca.

Lemus asintió, también él con una sonrisa irónica. Miró a la probable viuda, luego hizo una señal con la cabeza al secretario privado, como haciéndolo responsable de cuidar la plaza, y se retiró. «Pobre Prida —pensó—, eliminados él y Celorio, sus únicos aliados en medio del festín de cuervos que se ciernen sobre el presidente son una esposa distante y un secretario leal pero limitado.»

## 74

**Los Azules**
*7 días después, 12.30 a.m.*

Amelia explicó a Tomás, Jaime y Mario paso a paso lo que había sucedido la noche anterior. Contra la intención original de reunirse al salir de Los Pinos, ella había preferido retirarse a descansar y ver a sus amigos por la mañana. Los agentes del Estado Mayor Presidencial la habían retenido durante horas, hasta quedar convencidos de su versión. Ella misma la repitió tantas veces que ahora trataba de rehuir las frases hechas con las que había respondido, para explicar al resto de los Azules lo que realmente experimentó y, sobre todo, lo que sintió. Tampoco ella había sido afecta a Alonso Prida, pero no podía olvidar las piernas convulsionadas del hombre, tirado a un costado de su escritorio. La conmovía no solo el acto de violencia sino el hecho de que, mal que bien, se trataba de la cabeza misma del Estado mexicano. Verlo pataleando así, como un muñeco desmadejado, tan frágil y perecedero, había removido en ella todas sus certezas sobre la vida pública, que de por sí no eran muchas.

Por su parte, Tomás los puso al tanto del Decreto de Estabilidad y Orden que los militares pensaban difundir en cuanto tomaran el poder. Al final había optado por no publicarlo por solicitud expresa de Carlos Lemus. El abogado le había llamado al enterarse de que Amelia había puesto al periodista al tanto de lo sucedido en Los Pinos. Lemus le pidió que no informase aún sobre el decreto o sobre el asalto sufrido por el presidente, hasta no saber su estado de salud real; a cambio le prometió darle de manera anticipada a él y a *Lapizarra* los reportes de salud del mandatario, antes de que se hicieran públicos, y la primicia de las últimas horas de actividad de Prida, antes de ser atacado.

Tomás informó a Amelia y a Mario del segundo intento de asesinato en contra de Sergio poco después del atentado en Los Pinos. Al final resumió lo que sabían y lo que desconocían: estaban frente a un intento de golpe de Estado por parte de los militares, pero quedaban tres cuestiones por resolver. Primero, si la tragedia de la FIL había sido parte de ese proyecto o si los militares simplemente habían reaccionado a ella; segundo, si la insurrección nacía y moría con el general Zúñiga o alguien estaba detrás de él. Y, finalmente, si el ataque en contra de Sergio Franco de alguna manera estaba relacionado con los sucesos políticos u obedecía a otro motivo, por ejemplo, a sus recientes vínculos con Milena. Sin ponerse de acuerdo, los cuatro repasaron en silencio lo que cada uno sabía sobre el pasado tormentoso de la rubia. Jaime interrumpió el silencio como solía hacerlo: con una revelación dramática.

—Pues tengo en el sótano a los dos cabos sueltos que responden a tus tres preguntas Tomás: el jefe del comando que atacó a la FIL y el sicario encargado de asesinar a Sergio Franco.

—¿Tienes al JotaJota? —dijo Tomás, incrédulo, y volteó a su alrededor como si Jonathan Jiménez fuese a aparecer en la propia oficina de su amigo.

Jaime los había invitado a las instalaciones de Lemlock para intercambiar información y monitorear juntos la evolución de una crisis política que parecía cambiar con cada hora. Aunque Amelia y Tomás habían vacilado porque no deseaban abandonar sus respectivos medios en un momento como ese, concluyeron que no existía un mejor lugar para seguir los acontecimientos que las oficinas de su amigo.

—Ajá. Lo tengo desde hace una semana. Ustedes son los primeros en enterarse.

—¡Jaime! ¿Estás loco? —exclamó Amelia—. El país está en vilo en espera de que aparezca el JotaJota, ¿con qué derecho te atreves a convertir un asunto de Estado en un jueguito personal?

—Tranquila —respondió él—. Piénsalo fríamente por un momento —luego explicó a los otros sus razones: el temor de que detrás de la masacre hubiese algo más que un cártel de la droga; el peligro de que el JotaJota fuera silenciado si lo entregaba a las autoridades; la necesidad de interrogarlo personalmente para descubrir a los verdaderos asesinos antes de que el sistema extendiera un velo opaco sobre el asunto, como sucedió en los casos de Colosio y de Kennedy.

—Quiero verlo —exigió Tomás.

El periodista recordó al joven enfermero que lo acompañara en los últimos momentos de la vida de Claudia y no pudo evitar sentirse invadido por una extraña nostalgia. Por las fotos que luego difundió la PGR pudo identificarlo y enterarse de que se trataba del jefe del operativo que había segado la vida de su amada, pero de alguna forma no le guardaba resentimiento. Quizá porque el rostro mil veces publicado no empataba del todo con la mirada intensa y la voz serena del muchacho que él recordaba. O quizá porque, cualquiera que fueran sus motivaciones, al ayudarlos había sido un aliado solidario durante esos que constituían los peores momentos de su vida y los últimos de Claudia.

—Espera, puedo mostrártelo, si quieres. Pero antes debemos discutir algo más importante —dijo Jaime.

Luego les hizo una propuesta que los cambiaría para siempre.

—Sin temor a equivocarme puedo sostener que Noé Beltrán organizó el ataque a la FIL con el propósito de desestabilizar al gobierno de Prida y deshacerse de Cristóbal Santa. Para ello recurrió a Bob Cansino y a un grupo de mercenarios exmarines, sirviéndose del Z14. El asesinato de Sergio Franco solo serviría para exacerbar el ánimo de la opinión pública y mostrar la necesidad de un gobierno autoritario, apoyado por los militares y encabezado por el propio Beltrán. De hecho, Cansino es el común denominador de los dos atentados: lo confirma por un lado el JotaJota y por otro el sicario que atacó a Sergio, un tal Bartolomé Farías. Los militares intentaron que Prida depusiera el poder por las buenas, tal como lo informó él mismo a los miembros de la futura comisión, Amelia entre ellos —continuó Jaime, haciendo un movimiento con la cabeza en dirección a su amiga, como si esperase su confirmación—. Al rehusarse a ceder el poder, optaron por asesinarlo.

Los otros tres absorbían la información asintiendo de vez en vez. A ninguno le sorprendía confirmar la responsabilidad de Beltrán, pero nunca se habrían imaginado que Jaime no solo pudiera asegurarlo sino también tuviera las pruebas para demostrarlo. Y así se lo dijeron.

—Lamento decirles esto pero no, no tengo las pruebas. Hasta donde sé, todos los exmarines han sido ejecutados y no hay testimonios que permitan vincularlos a Cansino. Y Bartolomé nunca aceptaría ante un tribunal que fue Bob quien ordenó asesinar a Sergio Franco: la justicia mexicana no condena a la pena de muerte; Beltrán sí y el tal Bartolomé lo sabe. Le tiene más miedo al gobernador que a cualquier tribunal. Mi gente le extrajo la información mediante otros recursos durante el interrogatorio —y aquí Jaime bajó la vista en atención a Amelia—, salvo que ese testimonio no tiene ninguna utilidad legal.

—Pero nosotros sabemos que fue él —protestó Mario—, tenemos medios para difundirlo.

—¿De veras? Si la vía legal está cerrada, la batalla por la opinión pública está perdida, por no hablar de los canales institucionales. Les puedo asegurar que la Comisión Permanente del Congreso se inclinará a favor de Beltrán o de uno de sus incondicionales para designar a un presidente provisional. Y eso puede suceder en cuestión de horas.

—Con todo, algo podría publicarse sobre Beltrán, las coincidencias que lo delatan, las sospechas de que se encuentra detrás de todo —aventuró Tomás.

—Lo único que conseguirías es que te metan a la cárcel por difamación. Según el nuevo decreto a favor de la estabilidad y el orden, te convertirías en un agente de disolución social. Lo que hicieron Bush y su procurador con los ciudadanos luego del ataque a las Torres, Guantánamo incluido, es de niños comparado con lo que pretenden Beltrán y su siniestro asesor —Jaime carecía de información sobre este último punto, pero asumió que su especulación sobre las intenciones del general no se alejaba mucho de la realidad.

—La opinión pública internacional no va a aceptar a un dictadorzuelo sin oponer resistencia. Podríamos darles pistas a los corresponsales extranjeros para que indaguen la responsabilidad de Beltrán en los asesinatos —protestó Mario.

—La opinión pública nacional e internacional va a comprar la versión de un complot dentro del propio gabinete, pueden estar seguros —dijo Jaime—. Y, nos guste o no, esa versión va a imponerse sobre cualquier otra que intente incriminar a Beltrán.

—No veo por qué —dijo Amelia—. De villano a villano, la trayectoria de Beltrán no tiene desperdicio.

—Y lo de Celorio y su participación en un intento de asesinar al presidente no es más que un rumor de mal gusto en las redes sociales —añadió Tomás.

—Es que me falta ponerlos al tanto de algo más. Juan Sandoval, el de la PGR, me avisó hace unos minutos de que su unidad contra delitos cibernéticos encontró los mensajes de correo electrónico intercambiados entre Celorio y Zúñiga. Miren —dijo Jaime, abrió la carpeta que tenía enfrente y extrajo una docena de páginas—. Acaban de llegar: se comunicaban desde hace meses para intercambiar apreciaciones sobre otros secretarios y políticos, algunas bastante duras. Eso bastará para que todos sus colegas quieran lincharlos. A partir del atentado en la FIL el intercambio se hace continuo y cada vez más crítico en contra de Prida. Los últimos tres días la conversación es abiertamente golpista.

—Eso no lo puedo creer —dijo Tomás.

—Yo tampoco, aunque a la prensa mundial y a la opinión pública les va a encantar —dijo Lemus—. Algunas de las expresiones son verdaderas perlas para las redes sociales. Miren esta sobre la primera dama: «Ya no aguanto a la pinche bruja, ahora quiere que el nuevo edificio de la Biblioteca Nacional lleve el nombre de su padre; hasta donde sé, las únicas letras que ese viejo conoció fueron las que pagaba por su auto; claro, antes de que la hija lo hiciera millonario».

—Celorio nunca diría eso —dijo Mario—, incluso si lo pensara. Y menos lo pondría por escrito. Es un diplomático profesional.

—¿Pudieron truquearlo? —preguntó Amelia.

—Seguramente, lo estamos revisando, aunque será imposible demostrarlo. Lo que sí aparece es que Zúñiga y Celorio pretendieron disfrazar sus mensajes recurriendo a correos falsos y a un *software* comercial que sitúa el origen de sus comunicados en direcciones electrónicas de Estados Unidos y Canadá; el mismo recurso que siguen los maridos para consultar pornografía sin que sus mujeres los descubran. Pero cualquier profesional podrá encontrar que las conversaciones salieron de las computadoras personales de ambos. Justo lo que desean los que las sembraron.

—¿Y cómo lo hicieron? —insistió Amelia.

—Allí está la magia —dijo Jaime, y a nadie le pasó inadvertido un ligero tono de admiración—. Abundan los programas para introdu-

413

cirse en la computadora de otro e intervenir sus mensajes y correos, todos los tenemos. Lo que parecía imposible era hacerlo de manera retrospectiva. Hace meses circula el rumor de que la NSA lo había desarrollado o adquirido pero muchos creíamos que no era más que una bufonada.

—La incriminación de los Zetas en la masacre de Guadalajara también se basa en los correos encontrados en la computadora del Z14 —reflexionó Tomás.

—Precisamente —dijo Jaime en tono conclusivo.

—Beltrán tiene amarrada la de seises por los dos lados —sentenció Mario, utilizando una expresión del dominó.

—Sí —dijo Jaime, rompiendo el denso silencio que se había instalado entre ellos—. Salvo que hiciéramos algo al respecto.

Dejó flotando la frase para lograr el efecto teatral al que era tan asiduo y con resultados por lo general infalibles. Esta vez tampoco fue la excepción: los otros tres lo miraron expectantes.

—¿Qué habrían estado ustedes dispuestos a hacer si vieran a Hitler encerrado escribiendo *Mein Kampf* años antes de hacerse famoso, sabiendo lo que sucedería después? ¿Habrían ahorrado el sufrimiento y la muerte a tantos millones de víctimas eliminando el problema de raíz? Claro, a costa de ensuciarse las manos. ¿Lo habrían hecho?

—¿Por qué tengo la sensación de que no se trata de una pregunta retórica? —dijo Amelia.

—Porque aún podemos hacer algo, aunque sea en extremo.

—Dejémonos de juegos y mejor explícanos qué es lo que se puede hacer —intervino Tomás, impaciente.

—Asesinarlo —soltó Jaime, disfrutando de la reacción de sus amigos.

Ninguno respondió.

—Piénsenlo bien —continuó—; sin Beltrán que los aglutine, con Zúñiga y Ruiz eliminados, los militares son en realidad bastante institucionales. El Congreso se inclinará por algún político de transición y la maquinaria del PRI se impondrá sobre cualquier otro hombre fuerte, como lo ha hecho durante casi un siglo. La lucha de facciones entre la clase política se resolverá hasta las próximas elecciones. Es decir, *business as usual*. En resumen, nosotros actuamos y le ahorramos al país la dictadura más o menos disfrazada que pretende Beltrán.

Amelia reflexionó sobre la caprichosa manera en que solían mezclarse las biografías de los personajes y la historia de los pueblos: ¿qué habría sucedido en Venezuela si no hubiera existido Chávez? ¿O en España si Franco hubiera sido más enfermizo en la infancia?

Tomás, en cambio, seguía impactado por el término utilizado por Jaime haciendo a un lado cualquier eufemismo: «asesinarlo», había dicho. «Quiere que nos embarremos con su mierda.» Por su parte, Mario pensaba en la imposibilidad de ayudar a su amigo en lo que proponía, le parecía algo absurdo; lo mismo le podían haber dicho que la solución consistía en que él viajara a Marte.

—No veo cómo podríamos hacerlo —dijo este finalmente.

—Hace dos años que tengo en mi nómina a Fernando Salas, comandante de la judicial de Chiapas. Se ganó la confianza de Beltrán, no al grado de participar en este operativo, porque eso lo llevan Godnes y Cansino, pero le ha hecho algunos trabajitos delicados en la Selva Lacandona. No le costaría trabajo aproximarse al general en las próximas horas.

—¿Y tú crees que lo haría? —dijo Mario, incrédulo.

—Costaría millones de dólares convencerlo, pero es probable. El tipo es codicioso. Puedo presionarlo con las pruebas de su participación en la matanza de tzotziles del año pasado. Lo más difícil es ofrecerle una vía de escape que él considere viable; esconderlo un tiempo, inventarle una identidad en otro país. En eso tú podrías ayudar —le dijo a Amelia—, lo hiciste muchas veces con víctimas de violencia familiar.

Tomás pensó que esto último era poco realista. Jaime no necesitaba de Amelia; muy probablemente el comandante en cuestión tendría que ser ejecutado tan pronto terminara su tarea. Su amigo no era alguien a quien le gustara dejar cabos sueltos. Y, por lo demás, difícilmente veía a un matón como el que se imaginaba recurriendo a ONG humanitarias para ponerse a salvo. Algo parecido pensó Amelia, porque optó por confrontar a su amigo.

—¿Por qué nos estás diciendo todo esto, Jaime? En realidad no nos necesitas, y tú lo sabes.

—¿Por qué se los estoy diciendo? —respondió él, desafiante y, tras una pausa, agregó—: porque durante mucho tiempo me he tragado este tipo de decisiones yo solo. Ustedes siempre se han visto como una pandilla de justicieros, sensibles al sufrimiento de los otros, dispuestos al sacrificio por el bien común. Pero es muy fácil hacerlo sin mojarse; todo muy bonito y esterilizado, nada que incomode el sueño y la imagen inmaculada que tienen de sí mismos. Pues déjenme decirles que tener poder y ejercerlo implica armarse de huevos y confrontar las propias convicciones —cuando terminó de hablar se encontraba de pie y gesticulando.

Los tres amigos escuchaban crispados, no solo por la crudeza de su confesión, sino también por su actitud exaltada; un desahogo catártico de algo que seguramente había acumulado durante años.

—Yo no voy a eliminar a Beltrán si todos ustedes no están de acuerdo y asumen las consecuencias. Es cierto, si acceden cargarán con un asesinato a sus espaldas. Pero si no lo hacen cargarán con algo peor: la desaparición de amigos, la represión y la supresión de libertades que desencadenará el gobierno de este bruto. Ustedes dicen.

Amelia estuvo a punto de protestar indignada, pero su propia respiración agitada la llevó a recordar la bolsa de celofán sobre su rostro. A su mente acudieron imágenes de oscuras mazmorras con decenas de amigos y activistas con las cabezas cubiertas por bolsas infectas. Por su parte, Tomás recordó el sensual cuerpo de Claudia, su cabellera roja, su risa pronta; todo eso pudriéndose en un sarcófago bajo tierra.

—Hazlo —dijo Amelia.

—Hazlo —pidió Tomás.

Mario pensó en sus clases de ciencia política, su fe inquebrantable en los métodos democráticos, su absoluta convicción en las vías pacíficas.

—Hazlo —dijo por fin, inclinando la cabeza.

—Hagámoslo entonces —concluyó Jaime con una sonrisa de satisfacción mientras examinaba el rostro de sus amigos. Ninguno le devolvió la mirada.

## 75

**Beltrán y Gamudio**
*7 días después, 6.10 p.m.*

Vaciló antes de interrumpirlos; Beltrán y Godnes reían mientras pasaban revista a un listado de nombres, como dos chiquillos decidiendo su petición de regalos a Santa Claus. El general sentado en su escritorio, su asesor de pie a un lado, mirando por encima del hombro de su jefe.

—¿Qué chingados quieres? —dijo Beltrán cuando se percató de su presencia.

—Presidente —dijo Gamudio—, acabo de hablar con Saúl Pereda, la Comisión Permanente del Congreso está lista para sesionar. Están citados a las ocho de la noche. Yo le había dado los nombres de Zúñiga y de Ruiz para el nombramiento del presidente provisional, asegurándole que gozaban del apoyo de ejército y que usted mismo los había palomeado. Pero ya ve, con el incidente ya no contamos con ellos. Habría que pensar en otro candidato. ¿A quién les mando?

—Yo digo que nos dejemos de mariconadas y propongamos de una vez tu nombre, presidente —intervino Godnes—, total, con el Decreto de Estabilidad y Orden funcionando, y ya en Los Pinos, nada impedirá que seas el candidato oficial para las elecciones. Serán de puro trámite.

—¡Eso! ¡Así se habla! —festejó Beltrán—. Ves, pendejo, por qué quiero a este chaparrito —le dijo a manera de reclamo a Gamudio—. Este sí tiene huevos.

Willy bajó los ojos, ofendido. No se explicaba por qué el general había arreciado los desplantes en su contra en los últimos días. Quizá era una manera de sacarse la tensión de la cuenta regresiva en la que estaban metidos. O una revelación del verdadero carácter del gobernador ahora que se encontraba tan cerca de la silla presidencial. Tampoco descartaba que el asesor estadounidense lo hubiera predispuesto en su contra para quedarse como único asesor de confianza de quien estaba destinado a ser el próximo jefe de Estado. «Eso sí que sería peligroso», pensó; si Godnes deseaba quitarlo de en medio podía terminar quebrado en una barranca cualquiera.

—Ahora mismo se lo digo —dijo Gamudio y dio media vuelta para retirarse, súbitamente le habían entrado ganas de estar en cualquier otro lado.

—Espera. Llama a Saúl Pereda para pasarle mi nombre, pero cuando regreses quiero que veas con Godnes la lista de indeseables, a ver cómo puedes ayudarle. A unos les daremos cárcel, a otros palo.

Gamudio observó el legajo de hojas; por lo visto el general estaba considerando una verdadera purga.

—Por cierto, ¿qué sabes de Sergio Franco? Hoy no he visto a Cansino. Búscalo.

Al salir de la oficina del gobernador, Gamudio se encontró a Fernando Salas, el director de la policía judicial de Chiapas. Este le comentó que necesitaba ver con urgencia al gobernador porque había un asunto delicado en San Cristóbal que no podía esperar. Ausente la secretaria privada de Beltrán, quien había salido a comer, lo había hecho pasar la recepcionista que operaba el pequeño conmutador. El personal de la casa particular del general en la Ciudad de México era mucho más reducido que el equipo con el que contaban en la capital de Chiapas.

El asesor vaciló, no tenía ninguna gana de volver a interrumpir a su jefe, pero asumió que Salas no habría venido hasta la capital a tratar un asunto con el gobernador en persona si no fuera importante. Lo último que necesitaban en este momento era un alzamiento zapatista o algo que se le pareciera.

—Presidente —volvió a importunar Gamudio—. Aquí está Salas, parece que surgió algo delicado en Chiapas, pide verlo con urgencia.

—Hazlo pasar —dijo Beltrán con buen ánimo, sin levantar la vista de los papeles que revisaba y luego, en tono más preocupado—: quédate, no vaya a ser algo importante.

Gamudio tomó asiento en una de las sillas frente al escritorio de

Beltrán, el recién llegado ocupó la otra. Godnes se mantuvo de pie al lado del general, aunque se separó ligeramente.

—Bueno, ¿qué es lo que resulta tan urgente, Salas? ¿Qué te apura? —dijo el gobernador, intrigado.

El judicial miró con incomodidad a los otros dos; había esperado encontrarse a solas con su jefe. Inhaló profundamente como si estuviera tomando valor para decirle algo inesperado y súbitamente desfundó una pistola que extrajo de la parte posterior de la cintura.

—Me enviaron a matarlo —dijo Salas, encañonando a Beltrán y amartillando.

Los tres quedaron paralizados. El gobernador emitió un gemido a medio camino entre la sorpresa y el quejido de un perro temeroso. Luego sintió un líquido cálido corriendo por su entrepierna. La larga pausa dramática del visitante permitió a Godnes percatarse del olor a orines, aunque los otros dos no lo percibieron.

—Me ofrecieron diez millones de dólares —añadió con una sonrisa.

—Yo te ofrezco más, voy a ser presi… —comenzó a decir Beltrán, pero el otro lo interrumpió con un gesto.

—Aunque no lo voy a hacer; mi lealtad es primero, mi general —dijo, bajó el brazo y apoyó la pistola en una de sus piernas.

Beltrán lo miró confuso, sin saber a ciencia cierta si el peligro había quedado atrás.

—Cabrón, qué susto me diste —comentó dubitativo, reconviniéndolo en tono amigable, todavía con la vista en el arma que descansaba sobre el regazo del otro.

—Solo quería hacerle ver la importancia de confiar únicamente en sus incondicionales, señor. Ninguno otro habría resistido el cañonazo de diez milanesas.

—Pues había otras maneras de demostrarlo; entre bomberos no nos pisamos la manguera, chingado —dijo Beltrán, un poco menos amigable.

Gamudio observó a Salas. Ahora parecía menos seguro de haber hecho lo correcto. La mano aún crispada sobre el arma; probablemente olvidada con la tensión del momento.

—¿Quién te mandó a matarme? —interrogó Beltrán, ahora sí imperativo.

—Jaime Lemus siempre habló en plural, como si también hubiera otros en el enjuague.

—Sus putos amigos —intervino Godnes—: seguro la vieja de *La pizarra* y Tomás el de *El Mundo*. Pero están entre los primeros de la lista —añadió con un gesto en dirección a las hojas que revisaban.

—¿Ya te pagó?

—Dos millones de adelanto en billetes, están en el coche. Si quiere se los traigo, señor.

Beltrán lo miró con resentimiento. Negó con la cabeza, llevó la mano a su pistola.

—Si no jalas el gatillo, métetela en el fundillo —dijo el gobernador y sin más palabras vació el cargador sobre el cuerpo de Salas—. A mí nadie me encañona, hijo de puta —gritó, mientras veía el cuerpo del policía doblarse sobre sí mismo.

Luego quiso levantarse para recoger el arma del otro pero sintió la humedad en sus piernas y prefirió permanecer sentado.

—Pásame la pistola, pendejo —le dijo a Gamudio, y luego con furia—: ¿Y estabas al lado y no ibas a hacer nada, mariquita?

Gamudio bajó la vista, esculcó el cuerpo del muerto y desprendió con dificultades el arma, aún aferrada a la mano del policía. Luego regresó la vista a Beltrán, quien movía los dedos como si tocara un piano al revés en señal de impaciencia para que le entregase la pistola. Willy percibió la incomodidad del otro; el militar se sentía vulnerable ahora que su propio revolver yacía inútil y vacío sobre el escritorio.

Por el contrario, él experimentó el poderío que trasminaba el contacto del arma pesada y letal; por primera vez en mucho tiempo no sintió temor frente al general. Y luego, como si su cuerpo tuviese voluntad propia, sin reflexión de por medio, su brazo se elevó hasta apuntar en dirección a Beltrán. Fue más un intento de señalamiento o recriminación que un acto de agresión, salvo que en lugar del dedo índice su mano esgrimía un cañón.

—¿Y ahora qué, pendejo? —dijo Beltrán enfurecido.

—Me llamo Wilfredo, general —contestó Gamudio, y apretó el gatillo.

Beltrán aulló tres veces, una con cada tiro, luego se quedó callado. Godnes brincó hacia atrás por la sorpresa y comenzó a darse la vuelta en dirección a la puerta cuando lo alcanzaron dos disparos, ninguno de importancia. Gamudio reaccionó, como si retomase la conversación luego de una distracción; miró a Godnes, que intentaba reincorporarse, y luego, con una sonrisa en la boca, también él vació la pistola sobre el otro.

Regresó la mirada al cuerpo inánime de Beltrán, percibió la mancha oscura de su pantalón, su pistola inútil y un billete de quinientos pesos sobre el escritorio. Pensó que Frida Khalo y Diego Rivera se habían salvado.

Los porrazos que asestaban en la puerta lo sacaron de su reflexión. Solo entonces se dio cuenta de que minutos antes, al entrar en la oficina, Salas la había bloqueado.

Apenas ahora comprendió del todo lo que había sucedido. Examinó la escena y trató de pensar como un forense. Devolvió la pistola a la mano de Salas e intentó repasar la secuencia de balazos para poder organizar un relato convincente. Habría que explicar cómo es que él se había salvado, cuándo corrió Godnes y quién disparó primero. Las variables en juego comenzaron a abrumarlo; los golpes en la puerta se hicieron más violentos. Decidió que él era un asesor político, no un detective. No se iba a salvar por una escena de crimen perfecta sino por la negociación política correcta. Corrió a la puerta, la abrió y gritó:

—¡Mataron a Beltrán!

La recepcionista y el chofer, los únicos presentes en las inmediaciones del despacho, se precipitaron al interior de la habitación y miraron atónitos la escena, luego el chofer corrió a la calle para llamar a los escoltas del gobernador, como si aún pudieran hacer algo. Gamudio siguió caminando hasta alcanzar el escritorio de la recepcionista y marcó el teléfono del secretario de Gobernación. Se detuvo antes de terminar, colgó y consultó su agenda. Luego llamó a Carlos Lemus. Hablaron durante diez minutos, al final sonrió, y se sentó a esperarlo.

# Epílogo

*9 días después*

La revelación la hizo despertarse de golpe. Pero se mantuvo inmóvil y con los ojos abiertos, de espaldas al hombre con quien había pasado la noche. Pero su propia respiración desbocada le decía que allí había algo que no podía ignorar. Después de llamarla Alka a lo largo de toda la velada, Sergio había susurrado un Milena a su oído, seguramente de manera involuntaria, justo en el momento en que había entrado en ella. El *lapsus* la tomó por sorpresa y terminó sacudiéndola, aunque no de la forma en que ella habría esperado. Lejos de incomodarla, la evocación de Milena le hizo sentir que por primera vez él le había hablado realmente a ella y no a quien pretendía ser. Como si las numerosas ocasiones en que la había llamado Alka no se hubiera sentido invocada. O no completamente.

Pero solo siete horas después, cuando despertó y quiso instalar a Alka, como lo hacía todas las mañanas antes de abrir los ojos, cobró conciencia de que esa batalla estaba perdida, que nunca podría recuperar a la adolescente que había dejado atrás, en una aldea croata a los diecisiete años. Los dos últimos años había intentado erradicar de su memoria la década durante la cual le había sido impuesta una vida que no era la suya, como meretriz de lujo en Marbella y México, bajo el nombre de Milena. Solo ahora entendía que esa década nunca desaparecería. Su identidad se nutría menos de la niña irremediablemente perdida y mucho más de esa mujer que había sobrevivido a un cautiverio atroz y desarrollado la entereza para imponerse a sus captores.

El error de Sergio era menos un desliz que el reconocimiento —y por qué no, la atracción— a eso en lo que ella se había convertido.

Hasta ahora había creído que él se había acercado porque podía intuir a la joven prístina, casi ingenua, que subyacía detrás de su trágico pasado, pero esa noche entendió que era a ella, a Milena, a quien él buscaba. Se preguntó si el hombre que yacía a su lado podría enamorarse de la mujer que llegaría a descubrir; dudó incluso si ella misma podría hacer las paces con eso en lo que había terminado por convertirse. Se respondió con una sonrisa silenciosa, cerró los ojos y se mantuvo inmóvil.

Sergio observaba la espalda de Milena preguntándose cada diez minutos qué estaba haciendo allí, solo para pasar los siguientes nueve minutos respondiéndose que no desearía estar en ningún otro lado. La sábana blanca que cubría a medias a la mujer arrancaba en la depresión de la cintura y ascendía a lo largo de la cadera como una nevada sobre las cumbres de una pronunciada cordillera.

La noche anterior había recorrido palmo a palmo esa geografía con el ánimo del colonizador que llega para quedarse. Sin embargo, la mujer le seguía pareciendo tan misteriosa como la rubia enigmática y discreta sentada en la terraza de un café que había conocido unas semanas atrás. El doctor que la atendió en las instalaciones de Lemlock la madrugada del sábado le comentó que la dosis ingerida por ella y por el esbirro podría haberles causado la muerte. Ambos requirieron de un lavado de estómago y la aplicación de sueros durante varias horas de recuperación.

A Sergio no le quedaba claro si ella había tomado el ataque del tal Bartolomé como excusa para suicidarse o si en verdad había estado dispuesta a matarse para salvarlo a él. En cualquier caso, justamente eso es lo que había hecho, salvarlo. Y si esa no era una razón suficiente para estar allí, ¿cuál entonces?

No ignoraba que algo en Milena estaba roto. Irreparable tal vez. Pero él no se sentía muy diferente. En el último año habían muerto las únicas dos personas que realmente le habían importado; eso y la vida del tenis dejada atrás cavaron un hueco en el pecho y una profunda desgana para querer llenarlo. Y sin embargo había sobrevivido a dos intentos de asesinato; y, un sin embargo aún más importante, había conocido a Milena. Ahora observaba la cordillera nevada de su silueta con el apetito del alpinista que imagina nuevas formas de escalarla.

Volvió a preguntarse si con la desolación de cada cual podrían construir algo más que ese abatimiento profundo que le adivinaba, que se adivinaba. Siempre cabía la posibilidad de que dos tristezas pudieran producir algo más que una depresión en pareja. Tenían en común que, sin importar lo que el futuro les deparara, la trayectoria de ambos quedaría marcada por su pasado. Bordeaban apenas los treinta años pero lo más importante de sus vidas, para bien o para mal, ya había transcurrido. Él siempre sería el extenista, ella la exprostituta. Quizá de esos dos no-futuros podría salir algo.

Tampoco es que tuviera mucha idea de lo que seguía. La noche anterior Tomás le había explicado que todo comenzaba y terminaba con el intento de Noé Beltrán de hacerse con el poder. En ese sentido ya no estaba obligado a mantenerse en México al frente del periódico: los asesinos de Claudia habían muerto y la amenaza en contra de *El Mundo* estaba conjurada. En los próximos días revisaría si se quedaba algún tiempo para hacer suya la causa de ese periodismo a medio morir, no menos lleno de incógnitas que su propio porvenir.

La otra razón para quedarse también había desaparecido. El pobre Prida nunca más volvería a jugar tenis o para el caso ninguna otra cosa. La embolia masiva lo había dejado parapléjico, al parecer con carácter permanente. Lo sentía por Celorio; no solo habían muerto sus aspiraciones de llegar a la presidencia, tendría suerte si no terminaba en la cárcel acusado de traición.

Algo parecido pensaba el todavía canciller; nadie le había pedido la renuncia o emprendido una causa legal en su contra, pero prácticamente no existía un mexicano que no hubiese leído o escuchado los supuestos intercambios entre él y Zúñiga para deshacerse de Prida. El procurador de la República había dado una conferencia de prensa el sábado anterior para informar de la muerte de Noé Beltrán a manos de uno de sus subordinados, el comandante de la policía judicial de Chiapas. Explicó que hasta ese momento no se descartaba que los hechos tuvieran relación con el atentado sufrido por el presidente la noche anterior y que ninguna línea de investigación estaba descartada. El domingo por la mañana uno de los subprocuradores llamó a Celorio por teléfono para pedirle que, por razones obvias, no saliera de la ciudad. Nunca precisó a qué se refería al mencionar las «razones obvias».

La única buena noticia había sido una llamada de Carlos Lemus el domingo por la noche; el abogado lo puso al tanto de las conversaciones que había sostenido con Wilfredo Gamudio. El exasesor de Beltrán habló de un programa para alterar los correos electrónicos. Lemus le dijo que los expertos de la PGR apenas empezaban a rastrear las huellas cibernéticas, pero que tuviera paciencia. Tarde o temprano su nombre quedaría exonerado. Mientras tanto le sugería separarse momentáneamente de su ministerio para no comprometer las tareas de la cancillería. La prensa internacional no hablaba de otra cosa que de la terrible telenovela mexicana y sus posibles desenlaces; en varios de ellos figuraba el canciller en el papel de villano.

Tan pronto como se enteró de la existencia del *software* utilizado para difamarlo, Celorio se comunicó con Charles Robertson. Quizá su carrera política estaba muerta, pero su futuro como consultor o directivo de alguna organización internacional pasaba por mantener una buena relación con Washington. Le urgía explicarle a su viejo amigo el infundio del que había sido víctima. Robertson lo escuchó distraído, le dijo que no se preocupara, como si no fuera un problema la vinculación con Zúñiga de la que hablaba la prensa. Luego el estadounidense le consultó sobre la posibilidad de que el candidato vencedor, quien quiera que ese fuera, retomase la promesa de levantar un muro en la frontera con Centroamérica; incluso aventuró el propósito de contratar al propio Celorio como cabildero de esa causa. El mexicano lo maldijo en voz baja, aunque le dijo que en su momento podrían discutirlo. Cuando colgó se arrepintió de haber llamado. Tenía la certeza de que Godnes había hecho algún tipo de acuerdo con el Pentágono a favor de la causa de Beltrán, y no le habría extrañado que el propio Robertson estuviese metido en estas negociaciones, quizá desde los días en que ellos conversaban a un costado de una cancha de tenis.

Siempre había dado por cierta la vieja consigna política de que los compañeros y colegas desaparecen cuando el infortunio hace naufragar el barco, pero en su fuero interno tenía la certeza de que habría un núcleo de leales cuando llegase el momento de remar en una balsa improvisada. Ahora descubría que la ingratitud no hacía distingos entre los viejos y los nuevos amigos.

Unos minutos antes había presidido una reunión de cinco personas donde tendría que haber una docena: subsecretarios y asesores.

La mayoría pretextó alguna razón de peso para no aparecer por la oficina ese lunes por la mañana. Y eso que había anticipado el único asunto en la minuta de la sesión: el aviso de su licencia temporal.

Lo más doloroso para Celorio era la deserción de Delia Parnasus. En los tiempos aciagos que se venían encima habría sido un consuelo contar con las sesiones de sexo intenso y liberador que compartía con la mujer o los intercambios de estrategias en medio de esa complicidad cínica y relajada a la que se habían aficionado.

Luego pensó que al menos él estaba vivo. Algo que no podía decirse de sus otros dos rivales en la contienda por la candidatura oficial. Y eso por no hablar del jefe de todos ellos, Alonso Prida, el hombre a quien cronometraba los segundos que le concedía al teléfono. Visto desde esa perspectiva, tenía que aceptar que el saldo podía ser más funesto. Con esta reflexión consideró que no todo estaba perdido; restablecería su buen nombre y cuando fuese oportuno se reintegraría a su ministerio; concluiría su gestión como canciller y, quién sabe, quizá el próximo presidente aún juzgara que podía ser útil a su país. Inventarió los activos políticos con los que aún contaba y decidió llamar a su amigo Sergio Franco, presidente de *El Mundo*. Él no lo rechazaría.

En la oficina del extenista le informaron que no lo esperaban hasta el mediodía. Estaba a punto de colgar cuando un repentino impulso lo llevó a pedir comunicación con el director. Tomás se puso al teléfono de inmediato. Celorio intentó explicarle lo del *software* que lo eximía de toda responsabilidad, pero el periodista le dijo que ya estaba al tanto. Le recomendó que se lo tomara con tranquilidad y aprovechara el receso para ponerse al día en su juego de tenis. Agradecido por el tono amistoso y casi festivo, Celorio le dio la primicia de su renuncia temporal. Colgó el teléfono sintiéndose más relajado; Tomás no.

El director de *El Mundo* no encontraba la paz desde muchos días antes, pero al desasosiego y a la tristeza se añadía ahora el sentido de culpa que experimentaba desde el sábado en la noche, cuando se anunció la muerte de Noé Beltrán. Concluyó que de alguna forma Jaime logró hacer efectiva la condena de muerte que los cuatro amigos habían acordado apenas unas horas antes; en el proceso se las había ingeniado para que también muriera el asesino, Fernando Salas.

No abrigaba duda alguna de que el mundo estaba mejor sin Noé Beltrán y que gracias a su muerte el país se había ahorrado el peor de los escenarios posibles. Pero lamentaba la incómoda sensación de saberse personalmente responsable de su ejecución. O, al menos, que parte de la responsabilidad moral recayera en los Azules. Se preguntó si a partir de ese momento cambiaría la manera en que ellos se veían a sí mismos. Hasta entonces habían constituido una cofradía cohesionada en torno a la convicción de que juntos eran moralmente superiores a cada uno de ellos por separado. Desde la infancia, en la escuela, fueron una especie de grupo de justicieros. El término fue acuñado por Mario y tachado de cursi por los otros tres amigos, aunque sin confesárselo todos ellos lo acogieron con orgullo. Defendían a las víctimas de *bullying*, tomaban venganza contra profesores arbitrarios, militaban en las causas correctas. O así lo creían.

Pero al optar por el asesinato sintió que habían violado una frontera y que ahora se precipitarían sin freno alguno por caminos oscuros e insondables. Habían ingresado al territorio de los canallas capaces de las mayores infamias bajo el principio de que un buen fin justifica cualquier medio. ¿Cómo se negarían al siguiente reto que Jaime les planteara «en beneficio del país»?

Al pensar en Jaime, Tomás sintió la irritación subir por la garganta. Luego se preguntó cuánto de su molestia tendría que ver con la rivalidad que los engarzaba desde que tenían siete años. Quizá solo estaba haciendo pasar por una cruda moral lo que en realidad no era sino la irritación que le provocaba haber cedido a la voluntad de su amigo. Por vez primera los Azules habían optado por los oscuros métodos de Jaime al tomar una decisión importante. Por lo general, Amelia y Tomás —en realidad más ella que él— imponían la línea a seguir basándose en un puñado de convicciones básicas, una de las cuales acababan de quebrar. En el pasado Jaime se había mostrado como el lado oscuro del cuarteto, la antítesis de la cara luminosa que representaban él y Amelia. Las propuestas de su amigo solían ser maquiavélicas, pecaban de cinismo y en ocasiones derivaban en la violencia. Hasta ahora los Azules habían sido inmunes a ese su lado oscuro. No más.

Tomás pensó en lo mucho que extrañaba a Claudia, en la manera en que su vitalidad animal le permitía fugarse del laberinto de dudas a las que su temperamento indeciso solía entregarse. Para ella la vida no tenía más pliegues que el imperativo de las pasiones, aunque acotadas, sí, por un corazón noble y alegre. Ahora mismo le estaría diciendo que no le diera más vueltas al asunto, que pensara en lo mucho que tenían por delante para mejorar *El Mundo* y que al hacerlo compensarían con creces cualquier estropicio que hubieran cometido; y si hubiera fallado en su exhorto, le habría mirado con picardía para desafiarlo a que adivinara el repentino antojo que le escocía la piel.

Nunca había guardado duelo por la partida de una mujer. Solía transitar sus rupturas con la ingravidez del que navega a la vista de la siguiente ensenada. Se dijo que esta vez sería diferente. Su homenaje personal a Claudia sería ese: mantenerse soltero algún tiempo, dedicar sus días a consolidar y expandir el proyecto que los había unido. Consideró la formidable tarea que tenía por delante: hacer de *El Mundo* un faro de referencia en los convulsos tiempos que vivía el país. La idea terminó por animarlo. Claudia habría tenido razón; de alguna forma el desafío honesto y encomiable restituía la imagen que tenía de sí mismo. Incluso Amelia tendría que verlo así.

Asumió que ella estaría sintiéndose igual o peor que él por la responsabilidad que compartían en los violentos sucesos del fin de semana. Juzgó que tendrían que verse; quizá juntos podrían hacer un balance crítico a manera de expiación, algo que permitiera a los Azules restablecer la inocencia perdida o lo que se le pareciera.

En realidad, Amelia no tenía idea de cómo se sentía, pero en todo caso muy distinto de lo que Tomás se imaginaba. Al principio, cuando recién se enteró de la muerte de Noé Beltrán, experimentó un enorme alivio; la pesadilla había sido conjurada. Sin embargo, al pasar las horas se fue colando en su ánimo la sensación de ser responsable de ese desenlace, al menos en parte. Jaime hizo justamente lo que le habían pedido: asesinarlo. Y para su sorpresa descubrió que no se sentía en absoluto culpable. Había intentado convencerse de la necesidad de una medida tan extrema con argumentos sobre el bien común, hasta que cayó en cuenta que no tenía que convencer a nadie; no a ella misma, en todo caso. Desconcertada, descubrió que su conciencia no tenía objeción alguna con el asesinato de Beltrán. Por el contrario, lo festejaba. A diferencia de Tomás, para quien las grandes causas morales eran material de columnas políticas, para Amelia y su pasado como activista la relación con el poder y sus inframundos entrañaba la propia supervivencia; una larga lista de amigos y conocidos desaparecidos lo confirmaba. Decidir entre ellos y Beltrán no ofrecía margen alguno para confundirse.

Por lo demás, su nueva trinchera, *Lapizarra*, exigía una absoluta concentración. En los últimos días el portal había triplicado su tráfico y muchas de sus notas sobre los acontecimientos del fin de semana se hicieron virales. Si bien *El Mundo* seguía siendo líder en número de consultas, no parecía que fuera a sostener su ventaja por mucho tiempo. Las notas de *Lapizarra* generaban más comentarios y provocaban más reacciones en las redes sociales. Todo indicaba que la nueva opinión pública seguía consultando los medios tradicionales pero hacía suyos los medios emergentes. *Lapizarra* sería *El Mundo* de las generaciones más jóvenes.

Amelia pensó en Tomás y en la rivalidad inevitable y encarnizada que sostendrían los dos medios en los meses por venir. Se preguntó si eso terminaría afectando la relación entre ambos, de por sí ambigua. Quince minutos antes su amigo la había llamado pero ella prefirió excusarse con el pretexto de la junta editorial de media mañana que estaba por iniciar. Intuía la necesidad que tenía Tomás de discutir los métodos de Jaime y ella no se sentía con ánimo de perderse en disquisiciones éticas. No ahora que requería certidumbre y un pulso firme para encabezar la revolución que estaba provocando *Lapizarra*. Y mucho menos aún necesitaba zambullirse en los terrenos pantanosos de la accidentada relación con su expareja. En la llamada de Tomás podía adivinar el desamparo en que lo había dejado la pérdida de Claudia; no tenía ninguna gana de fungir como interlocutor de esas confidencias y mucho menos convertirse en su refugio sentimental. Pero sobre todo temía por ella misma, por la recurrente fatalidad de ese vínculo que la unía al amigo de toda la vida. En todo caso, no estaba lista para chapotear en el siguiente capítulo de esa relación tan pantanosa.

Se preguntó por qué no había dado entrada a otros hombres en los últimos años; se sabía cortejada por pretendientes atractivos en más de un sentido, algunos de los cuales incluso provocaban su admiración profesional o intelectual. Y, no obstante, por alguna razón le resultaba cuesta arriba hacerse a la idea de avenirse a los modos y actitudes de un perfecto extraño. Justo lo que a otras amigas les resultaba tan fascinante, descubrir y dejarse descubrir, a ella simplemente le generaba una enorme pereza. Se dijo que algo debía de estar mal en ella, aunque le daba lo mismo.

Ahora que lo pensaba, supuso que Jaime estaba aquejado del mismo padecimiento, si es que se trataba de una anomalía. Un hombre apuesto, poderoso y seguro de sí mismo, pero también un solitario atrapado en su obsesión por enamorarla. Las certezas de Jaime eran justo las antípodas de las incertidumbres de Tomás. Se preguntó si algún día terminarían juntos. Durante años rechazó al lobo que su amigo llevaba dentro; sus turbias maneras, su gusto por la manipulación y el engaño. Pero después de lo sucedido el fin de semana, comenzaba a ver sus métodos con otros ojos. Quizá era cierto su argumento de que en determinados momentos los demonios que enfrentaban no podían ser combatidos de otra forma.

O quizá su rechazo simplemente obedecía a las misteriosas vías por las que transitan las cosas del corazón. Recordó la irrefrenable pasión que alguna vez le inspiró Carlos Lemus y por contraste la aparente indiferencia que experimentaba su piel al contacto con la de su hijo. Y, pese a todo, hoy tenía más ganas de celebrar el desenlace de la crisis de los últimos días con Jaime que con ninguna otra persona. Decidió llamarlo al final de la jornada para invitarle a tomar un trago.

Jaime también pensaba en su padre. El desenlace no podría haber sido más afortunado. Se había esfumado la insoportable posibilidad de ver a Carlos Lemus convertido en el verdadero poder atrás del trono de Cristóbal Santa. Ahora mismo sesionaba la Comisión Permanente del Congreso para elegir a un presidente provisional; los nombres que circulaban en los corrillos políticos eran inofensivos: un empresario respetado, un ministro de la Suprema Corte, un exsecretario de Hacienda y actual directivo del Fondo Monetario Internacional. Se buscaba a un hombre de transición, a un operador capaz de gestionar los consensos con las élites y la clase política. Alguien que supiese cómo restituir los equilibrios perdidos, pero sin la fuerza suficiente para constituir una amenaza para los demás.

Y suprimir el peligro que representaba Noé Beltrán no pudo tener mejor desenlace. La muerte de Fernando Salas, responsable de la ejecución del general y su siniestro asesor, había sido un bono inesperado. Se ahorró la necesidad de eliminarlo él mismo, con los riesgos que ello implicaba. Tony Soprano había esperado infructuosamente a Salas a media cuadra de distancia de la residencia de Beltrán. En teoría era el conductor que acompañaría al comandante a un escondite momentáneo, aunque en realidad lo llevaría a una tumba en un descampado. Pero luego de un tiempo de espera, Jaime logró enterarse de que el pistolero también había muerto en el despacho de Beltrán.

Aún resultaba confuso lo que verdaderamente había sucedido entre esas paredes. La información que tenía era parcial y equívoca, y resultaba evidente que Wilfredo Gamudio escondía algo. La reproducción de la escena del crimen, a juzgar por el testimonio de sus fuentes, hacía poco probable la versión oficial. Según esta, Beltrán mató a Salas pero no pudo impedir que el esbirro vaciara su pistola sobre él y Godnes. En su relato, Gamudio describió el motivo del tiroteo: el comandante de la judicial de Chiapas ofreció al gobernador dos millones de dólares del cártel de Sinaloa como pago anticipado para permitir nuevas rutas de la cocaína por la frontera sur. La indignación que provocó en Beltrán la oferta de Salas terminó en una discusión zanjada a balazos.

La versión hacía agua por todos lados, decidió Jaime, pero sabía que nadie la pondría en duda. Resultaba conveniente para todas las partes; era incluso la menos incendiaria para la delicada situación que vivía el país. Y desde luego él era el más beneficiado con ese dictamen.

Solo quedaban los dos cabos sueltos que tenía encerrados en los sótanos de sus oficinas. Definitivamente tendrían que deshacerse de Bartolomé Farías, el frustrado asesino de Sergio Franco. El tipo era carne de cañón, un don nadie sin la inteligencia suficiente para garantizar su silencio. Lo mantendría cautivo algunos días más hasta asegurarse de que ya no lo necesitaba vivo, grabaría en video su testimonio y le pediría a Tony Soprano que lo colocara en la tumba que Fernando Salas había dejado vacante.

Prescindir de la inteligencia de Jonathan Jiménez, en cambio, le parecía un desperdicio. Su cerebro era un prodigio. Mauricio, a cargo de investigaciones cibernéticas, estaba fascinado con él. En los últimos días había pedido al JotaJota información sobre las operaciones que los Zetas conducían en la *darknet*, la web oculta. Y si bien el joven solo había tenido acceso parcial cuando coordinaba el mercado de Matamoros, su perspicacia compensaba el resto. «Es un natural», había dicho Mauricio encantado, tras mostrarle algunos rudimentos de programación y encontrar horas más tarde soluciones y atajos interesantes a los retos que le puso por delante.

Por lo demás, al joven no le faltaba valor. Se había ofrecido como señuelo para atrapar a Robert Cansino, el único responsable de la matanza de Guadalajara que aún seguía vivo. El estadounidense sabía que mientras Jonathan no fuera silenciado, existía la posibilidad de resultar incriminado; por lo mismo, no rehusaría un encuentro aunque asumiese que el chico querría exigirle algo a cambio de su silencio. Pero Jaime desechó la propuesta. Sabía que Cansino había abandonado el país horas después de enterarse de la muerte de Beltrán. Incluso si podían hacerle volver con el pretexto de una reunión con Jonathan, juzgó que resultaba demasiado arriesgado. Cansino era un experto en operaciones, existía un alto riesgo de que el asunto terminara mal y él perdiera al diamante en bruto que había descubierto en Jonathan. Ya ajustaría cuentas con su excolega de alguna otra manera.

En todo caso, Jonathan no parecía tener ningún deseo de salir a la calle. Quizá porque daba por sentado que nada bueno le esperaba afuera o tal vez por el apetito que mostraba en aprender lo mucho que había en Lemlock. Jaime se preguntó si convendría una cirugía radical de su rostro para permitir su paulatina reinserción en los otros pisos del edifico y eventualmente salir al exterior. Por lo pronto tomó la decisión de transformar su celda en un estudio aceptable y dotarlo de una computadora poderosa. Con suerte, Jonathan Jiménez se convertiría en un extraordinario activo para Lemlock.

En suma, concluyó Jaime, habían sido diez días providenciales. Lo mejor de todo es que el desenlace redefinía a su favor la relación con sus tres amigos. Los Azules habían tomado una decisión histórica que abría la vía para participar de manera más incisiva en la vida del país. Sus dos amigos dirigían medios de información de enorme influencia y los recursos de Lemlock para explotar esa influencia eran inmensos. Su compañía asesoraba en materia de seguridad a una docena de estados y a decenas de empresas y corporaciones; una importante red de procuradores, comandantes policiacos y jueces le debían el puesto directa o indirectamente; su capacidad para hacerse de manera confidencial de información delicada de personajes de la política y de la economía sería una fuente de poder en el futuro inmediato. Su influencia sobre las redes sociales y la conversación pública no hacía sino crecer gracias al poderoso equipo de gestión digital que había montado. El recuento que hacía confirmaba que los Azules podían convertirse en factor de ascenso o caída de políticos, causas y proyectos en los años por venir.

Pensó en la mancuerna que harían Amelia y él, dentro y fuera de la cofradía de los Azules. Si bien con la muerte de Claudia daba por sentado que Tomás recurriría a Amelia tarde o temprano, conocía el orgullo de su amiga. El periodista la había lastimado en más formas de las que podía adivinar. Pero sobre todo sentía que había nacido una nueva complicidad entre él y su amada. Algo que él se encargaría de cultivar con la pasión y la meticulosidad de un relojero. Recordó los aretes egipcios que habían esperado dos décadas para llegar a su destinataria y se dijo que pronto destellarían entre los rizos oscuros de Amelia. Solo en ese momento podría cerrar la terrible fisura que su padre abriera tantos años antes. Frustradas las esperanzas políticas del viejo y a punto de hacer suya a Amelia, por primera vez en la vida sintió que lo había derrotado.

—Te interrumpo —dijo Patricia, aunque en realidad no parecía haber interrumpido nada, salvo la sonrisa que cruzaba el rostro de su jefe—. Acaban de informar de la decisión del Congreso.

—¿Y? —preguntó él, apenas interesado.

—Carlos Lemus es el nuevo presidente.

La sonrisa se transformó en un rictus: Jaime entendió lo que su padre y Gamudio habían negociado. El asesor de Beltrán había sido el enlace con Saúl Pereda, cabeza de la Comisión Permanente del Congreso, que tenía a su cargo la designación de un presidente provisional. Al parecer, Gamudio había comprado su inmunidad a cambio de un boleto a Los Pinos a favor de Carlos Lemus. Entendió también que ese presidente provisional haría todo lo necesario para convertirse en un caudillo para muchos años. Habilidad y carisma no le faltaban. También supo que su lucha parricida apenas comenzaba.

# NOTA DEL AUTOR

La historia de cómo surgió esta novela es en sí misma una novela. Hace poco más de veinte años Enrique Berruga me invitó a presentar en Guadalajara su libro *El martes del silencio*, un sabroso *thriller* político, publicado por la editorial Planeta. Confiado en el fino sentido del humor del autor, decidí gastarle una broma tomando como rehén al nutrido auditorio que nos escuchó. Durante la presentación afirmé que esa no era su primera novela, pues antes había publicado *La red*, un texto sobre una estrella del tenis mexicano que termina convertido en confidente del ocupante de Los Pinos. Debo reconocer que ningún gesto delató a Berruga, quien escuchó impávido la trama de una novela que nunca había escrito. Minutos más tarde y para nuestra sorpresa, el otro presentador, un conocido intelectual cuyo nombre prefiero guardarme, aseguró que, en efecto, *La red* le había encantado casi tanto como la obra que esa noche presentábamos. Durante la sesión de preguntas al autor volvió a surgir el tema de la novela del tenista y Berruga respondió que había sido publicada por la editorial Joaquín Mortiz, pero estaba agotada. Nadie advirtió la impostura.

Semanas más tarde llegó a las oficinas del diario en el que trabajaba un misterioso sobre amarillo con dos palabras: *La red*. En su interior encontré el primer capítulo de la historia del tenista y una frase de puño y letra de Berruga: «La pelota está en tu cancha». Tardé algunos días en interpretar el exhorto y cuando lo hice escribí el segundo capítulo de la historia. En las siguientes semanas alternamos el envío de sobres de papel manila hasta llegar al quinto o sexto capítulo. Al final los diarios y las embajadas terminaron por imponernos a cada cual otros temas y preocupaciones, y la historia del tenista y sus fines de semana en la cancha de Los Pinos quedó atrapada e inconclusa en el archivero.

Aunque la trama de *Los usurpadores* no tiene ninguna relación con aquellos borradores, de alguna forma cierra el ciclo iniciado dos décadas antes. A menos, claro, que algún lector aparezca con un ejemplar de *La red*, de Joaquín Mortiz, sobre un tenista devenido en involuntario asesor político. No sería la primera vez que la ficción encuentra la forma de construir su realidad.

Lo que no tiene nada de ficción, aunque así pueda parecerlo a algunos lectores, es el papel que el espionaje digital ha adquirido en las batallas políticas. Se ha puesto en boga que autoridades de todos los niveles montan oficinas paralelas para influir en las redes pero también para grabar audios y videos clandestinos de colegas y rivales. Por desgracia tampoco es ficción la tecnología que permite convertir el celular de otro en un micrófono distante, aun cuando se encuentre apagado. Los recursos que utilizan Jaime Lemus y la poderosa Lemlock están al alcance de los servicios de inteligencia de cualquier país occidental. Algunas reuniones con Guillermo Valdez, exdirector del Cisen en México, me resultaron aleccionadoras.

Las observaciones de Carlos Revés, Gabriel Sandoval y Carmina Rufrancos, editores en España y México, resultaron inestimables, pero más aún su complicidad en el proceso de concebir y hornear historias de los Azules. Mi agradecimiento a Guillermo Zepeda, siempre el primero y más riguroso lector de los borradores iniciales, y a Alejandro Páez, mancuerna profesional y socio en todo lo que no es ficción. Ricardo Raphael y el propio Enrique Berruga engalanaron con sus sugerencias la trama política. Camila Zepeda y Alma Delia Murillo me permitieron relatar crímenes e infamias a lo largo de todo el año sin perder el sosiego y el gozo por la vida. Ofrezco disculpas a Alma por los microplagios involuntarios de algunas de sus muchas frases mágicas y ocurrentes; con toda seguridad lo hago con más frecuencia de lo que alcanzo a advertir.